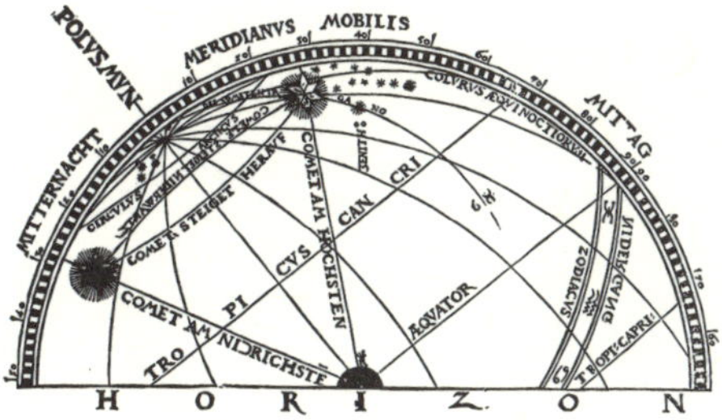
POLVS MVN
MERIDIANVS MOBILIS
MITTERNACHT
COLVRVS AEQVINOCTIORVM
COMET STEIGET HERAVF
COMET AM HOCHSTEN
CAN CRI
TRO PI CVS
COMET AM NIDRICHSTE
AEQVATOR
ZODIACVS
H O R I Z O N

AXEL GORA

Das Duell der Astronomen

WETTLAUF GEGEN DIE ZEIT Im Jahre 1618 wird Darius Degenhardt, Doktor der Astronomie an der Universität zu Frankfurt an der Oder und Verfechter des neuen kopernikanischen Weltbilds, zur Bewerbung als Hofastronom beim Kurfürst Johann Sigismund von Brandenburg geladen. Im kurfürstlichen Schloss zu Cölln-Berlin trifft Darius unverhofft auf einen Konkurrenten: den eitlen Astronomen und Vertreter des alten, ptolemäischen Weltbildes, Corvin van Cron, der sich ebenfalls um die Stelle bewirbt. Darius und Corvin bekommen 30 Tage Zeit, um die Bahn eines kürzlich entdeckten Kometen zu berechnen. Wer nach Ablauf der Frist die Berechnungen am genauesten und eindrucksvollsten präsentiert, wird das Amt mit allen Privilegien erhalten. Zwischen den beiden Männern entbrennt ein erbitterter Kampf um das Amt und um die Liebe einer Frau …

Axel Gora, geboren 1963 in Oberschwaben, lebt und arbeitet als Budōmeister und Buchautor in Augsburg. In den 80ern war er als Fremdgeschriebener Zimmerer auf der Walz und publizierte darüber seinen ersten Roman »Zehntausend Meilen«. Es folgten ein Ratgeber, ein Fachbuch und ein philosophisches Werk unter seinem vollen Namen Axel Schultz-Gora. »Das Duell der Astronomen« ist sein erster historischer Roman.

AXEL GORA

Das Duell der Astronomen

Historischer Roman

Original

GMEINER

Besuchen Sie uns im Internet:
www.gmeiner-verlag.de

Im Ehnried 5, 88605 Meßkirch
Telefon 07575/2095-0
info@gmeiner-verlag.de

1. Auflage 2011

Lektorat: Claudia Senghaas, Kirchardt
Herstellung / Korrekturen: Julia Franze / Doreen Fröhlich
Umschlaggestaltung: U.O.R.G. Lutz Eberle, Stuttgart
unter Verwendung der Bilder »Porträt eines jungen Mannes mit Laute«
und »Porträt der Lucrezia Panciatichi«;
Quellen: http://commons.wikimedia.org/wiki/File:Angelo_
Bronzino_064.jpg und http://commons.wikimedia.org/wiki/File:
Angelo_Bronzino_045.jpg
Druck: Fuldaer Verlagsanstalt, Fulda
Printed in Germany
ISBN 978-3-8392-1138-0

Für meine Eltern

Es werden Zeichen sein
an der Sonne,
dem Mond
und den Sternen.
Lukas, 21,25

Ihrer Lage nach nimmt die Erde
als Zentrum die Mitte des Himmels ein.
Claudius Ptolemäus, ca. 90–150 n. Chr.

Wir umkreisen die Sonne
wie jeder andere Planet.
Nikolaus Kopernikus, 1473–1543

1

Frankfurt an der Oder, 16. Juli 1618

Fäden über Fäden. Schnüre über Schnüre. Die ganze Deckenfläche des Turmzimmers war ein einziges Chaos dünner Stränge, die sich kreuz und quer zwischen unzähligen Kupfernägeln zogen.

Was Laien dort oben wie riesige, ineinander verwobene Spinnennetze anmutete, offenbarte Eingeweihten eine astronomische Meisterleistung: Sage und schreibe eintausendeinhundertundelf katalogisierte Sterne mit ihren Verbindungslinien hatte Darius dort oben an den wuchtigen Balken angebracht.

Als nach dreijähriger Arbeit der fulminante Akt vollendet war, hatte sein Dekan, Professor Ginsleben, bei der Präsentation vor Fachschaft und ausgesuchten Gästen eine Rede gehalten. »Kein anderer als Darius Degenhardt, unser junger Doktor der Astronomie, ist der Schöpfer dieser kosmischen Kreation«, hatte er verkündet. Auf die inkompetente Frage des Geheimrats, was dieses seltsame Fadenbollwerk eigentlich darstellen solle, hatte er erst mit einem strafenden Blick geantwortet, dann das eigenwillige Kunstwerk ad hoc als das »Degenhardtsche Sternengitter« betitelt und feierlich erläutert: »Es ist das einzigartige Dokument der Positionen aller Sterne aus dem *Almagest*, dem großen Werk des Claudius Ptolemäus.«

Unterhalb des Kunstwerks ragten ringsherum aus der gemauerten Wand in armlangen Abständen vierundzwanzig handtellergroße, schmiedeeiserne Borde hervor, fingerdick mit Wachs überzogen. Auf jedem Bord stand eine Kerze, doch keine glich der anderen; einige waren hoch, die Dochte unversehrt, andere abgebrannt bis auf den Stumpf. Hinter jeder Kerze war eine römische Ziffer ins Mauerwerk geritzt, sie galten den Stunden eines Tages – zweimal I bis XII.

Von den Deckenbalken bis zu den Bodendielen hinunter wallten schmale, feingewebte Stoffe mit dicht gedrängten Zahlenfolgen. Daneben hingen Skizzen der elliptischen Bahn von Mond und Erde in allen Farben und Größen, gezeichnet auf Papier, auf Pergament, auf Pappe; darüber Kurvendaten, dutzendfach durchgestrichen und korrigiert. Stoffe, Skizzen und Zahlen buhlten mit den goldgerahmten Porträts der vier großen Meister Kopernikus, Galilei, Brahe und Kepler um einen gebührenden Platz. Denn kein Stück Mauerwerk war frei von Geschriebenem oder Gezeichnetem geblieben bis auf die Kreuzfenster der Nord-, West- und Ostseite sowie den Platz, den Bücherregal und Ablage für Astrolabium, Papier und Gänsekiele beanspruchten. Auf dem Boden verstreut lagen zerknüllte Blätter, Schreibfedern mit stumpfen Schäften und zerfledderten Fahnen, und leere, ausgetrocknete Tintenfässchen.

Die Kirchturmuhr schlug fünf. Darius saß, Haar und Hemd schweißnass, an seinem Studiertisch vor einem ausgebreiteten und vollgeschriebenen Blatt, handgeschöpftes Bütten aus der Druckerei seines Vaters. Rechts und links davon lagen aufgeschlagene Folianten, faustdicke Wälzer, in Leder und Leinen gebunden.

Mit einem »Heureka!« steckte er die Schreibfeder zurück ins Tintenfass und trank in unmäßigen Zügen den Rest Wein aus der Karaffe. Er hatte das letzte Wort geschrieben, die letzte Formel aufgestellt, *pars secunda*, den zweiten und letzten Teil vollendet! Genau vier Jahre und sieben Monate hatte er gebraucht für die lediglich achtundneunzig Seiten starke Abfassung, die er nach ungezählten Titelentwürfen *Ultima Veritas Unica** nannte.

Denn darum ging es ihm.

Mit seiner Schrift, den neuen Formeln und den ungewöhnlichen Berechnungen würde er die Lanze brechen für Kopernikus und das neue Weltbild! Wo selbst der große Galilei scheitern musste, weil ihn die Inquisition vor zwei Jahren in die Knie gezwungen hatte, sollte er reüssieren.

Achtundneunzig Seiten. Nicht mehr und nicht weniger. Verglichen mit dem Umfang der Werke seiner Vorbilder, war das ein verschwindendes Nichts. Doch schon damals, als er die ersten heimlichen Gespräche mit Professor Ginsleben, seinem astronomischen Mentor, über latente Umwälzungen im Diskurs über die Weltbilder geführt hatte, war in ihm der Anspruch gewachsen, dass nicht die Fülle der Sätze und Rechenvorgänge entscheiden sollte, sondern die Tiefe und Tragweite jedes einzelnen Wortes und jeder kalkulierten Zahl, gestützt durch die unumstößlichen Gesetze der Logik und der Physik.

In einem Werk von unter hundert Seiten sollte es ihm gelingen, die fruchtlosen Disputationen mit der Kirche um den Erhalt des alten ptolemäischen Weltbilds zu beenden.

Wie gebannt starrte er auf seine Zahlen, Ziffern und Zeichen. Doch er las nicht mehr, was er geschrieben und gerechnet hatte, sondern beobachtete, wie das glänzende Nass der Tinte im atmosphärischen Dunst verflog. Mit jeder Sekunde trocknete Flüssiges zu Festem, hatte das Medium Schrift unsichtbare Gedanken in schlagkräftige Äußerungen verwandelt. Festgehalten für die Ewigkeit.

Durchs Ostfenster schien das Morgenlicht herein. Ein gebündelter Sonnenstrahl, in dem staubfeine Partikelchen

---

* ›Die letzte, einzigartige Wahrheit‹

aufstiegen. Der Strahl streifte die sich kringelnde Qualmfahne der gerade eben erlöschenden Tischkerze und schien über eine aus vier siegelroten Äpfeln geschichtete Pyramide hinweg. Ein geometrisches Stillleben, dachte Darius beim Anblick des Obstes und dessen ovalem Schatten auf dem Tisch. Die Welt ist Kunst und Mathematik. Er sinnierte über da Vincis Erkenntnisse der Schattenwirkung bei Sphären, zitierte im Geiste die Formel über das Verhältnis der Schattenprojektion der Äpfel zum Einfallswinkel des Sonnenstrahls und war geneigt, ein weiteres Buch aus dem Regal zu ziehen, Keplers *Dioptrice*, doch er unterließ es. Genug des Sinnierens und Rechnens, beschloss er und erhob sich. Er stützte sich auf die aufgeschlagenen Folianten, mit denen er die ganze Nacht – wie unzählige zuvor – zugebracht hatte.

Ein Buch nach dem anderen schloss er und stellte es zu den anderen zurück.

Bevor er die *narratio prima*, das letzte Werk des Bücherbergs, zuklappte, hielt er inne und sah auf die Abbildung inmitten des Buches, ein Porträt des Autors, Georg Joachim Rheticus, einziger Schüler von Nikolaus Kopernikus. Wie oft hatte er Rheticus' Werk schon gelesen? Zwanzig Mal? Vierzig Mal? Hundert Mal?

Er sah dem Konterfei in die Augen. »Glaubst du, ich beneide dich?«, sprach er zu ihm. »Pah! Nur weil du beim großen Meister in die Schule gegangen bist? Weil du es vermocht hast, deine Universität zu verlassen und den genialen Mann persönlich aufzusuchen?«

Mit einem Seufzer schloss er das Buch, schob es zu den anderen, griff nach dem obersten Apfel der Pyramide, musterte ihn wie einen Edelstein und legte ihn schließlich wieder zurück. Er konnte jetzt nicht essen. Essen und Denken vertrugen sich ebenso wenig miteinander wie

Trinken und Denken – Wein beflügle die Gedanken, hieß es, er jedoch hatte stets das Gegenteil erfahren.

Mit tiefen Atemzügen, als gelte es, die ganze Atmosphäre einzusaugen, trat er hinaus auf den Balkon. Die Stadt lag im Morgendunst. Er sah zur Kirchturmuhr und dachte: Die Zeit eilt mir davon. In einer Stunde muss ich meinen Vortrag halten: Die Unterschiede zwischen den Weltbildern von Ptolemäus und Kopernikus. Die Diskussion darüber erfreut sich steigender Beliebtheit – vierzehn neue Magister sind angemeldet –, selbst wenn viele meiner Schüler nur das Vordergründige verstehen, dass Ptolemäus die Erde in den Mittelpunkt stellt und Kopernikus die Sonne. Doch wie viel böses Blut deswegen vergossen wurde und immer noch wird, erschließt sich den meisten nicht. Darius dachte zurück an seine öffentliche Disputation zum Doktor über dieses Thema. Professor Ginsleben, der seine Gesinnung teilte, hatte ihm damals eingebläut: »Haltet Euch im Zaume und postuliert um Gottes Willen die Heliozentrik nicht als existent, sondern nur als mathematisches Modell! Andernfalls lauft Ihr Gefahr, ebenso der Inquisition anheimzufallen, wie es Galilei derzeit in Italien widerfährt.« Das hatte Darius schweren Herzens eingesehen und bis heute praktiziert. Die *Veritas* jedoch würde endlich damit brechen.

Achtsam schritt er den Balkon entlang und sah über die Oderauen hinweg. Er liebte den Sonnenaufgang, das scheinbar unmerkliche sich Erheben des glutgelben Kreises dort am Horizont. Er liebte ihn ebenso wie den Sonnenuntergang, diese einzigen, wenigen Momente, in denen man ohne gerußtes Glas in den Feuerball schauen konnte.

Eine Weile verharrte er, dann schritt er wieder zurück zur Westseite. Breitbeinig stand er auf dem Balkon, die Hände aufgestützt. Wie ein Fürst fühlte er sich, so wie er von hier oben die Stadt einsehen konnte.

Es war eine gute Idee gewesen, den Turm zu mieten. Wer außer einem Astronomen würde sonst Gefallen haben an einem der Stadtmauer vorgelagerten Spähturm? Ein Glück, dass der alte Bonifaz, sein Vorgänger, ihn zu einer Wohnstatt hatte umbauen lassen. Von diesem Gebäude, das als einziges einen ringsherum führenden Balkon besaß, ließen sich die Gestirne hervorragend beobachten, und als Bonifaz vor vier Jahren nach Paris gegangen war, hatte Darius die Mietnachfolge sofort angetreten.

Nur wenig Leben regte sich hinter der Stadtmauer. Vor der Kirche stellten ein paar Marketender ihre hölzernen Stände und Schragen auf, Wachen salutierten an den Stadttoren bei der Ablösung, zwischen den Gassen streunten eine Handvoll Köter und über den Schindeldächern flog eine Krähenschar.

Darius gähnte und streckte sich, als das Schlagen des Türklopfers unten am Turmeingang und eine Stimme zu ihm nach oben drangen: »Doktor Degenhardt! Seid Ihr da?«

Er lehnte sich über die Brüstung und sah hinab. Ein junger Student stand vor der Tür. Die dunkelrote Filzmütze in der Hand, strich er sich das struppige Haar zurecht, als er Darius begrüßte, und rief nach oben: »Dekan Ginsleben schickt mich. Ich soll Euch antragen, Ihr möget ihn um sechs Uhr in seinem Dienstzimmer aufsuchen.«

»Da habe ich meine Vorlesung zu halten!«

»Die Vorlesung ist auf acht Uhr verschoben.«

»Um was geht es denn jetzt schon wieder?«

Der Student zuckte mit den Schultern. »Hat er nicht gesagt.«

Darius nickte und bedankte sich mit einem Winken für die Nachricht. Ginsleben, Ginsleben, dachte er, stets kommt Ihr mit irgendetwas an, haltet mich von meiner Arbeit ab, und am Ende war Euer Anliegen doch wieder für die Katz.

Doch auch jetzt würde Darius pünktlich bei ihm erscheinen. Nicht, weil er laut der Statuten seinem Dekan zu folgen hatte, sondern weil Ginsleben ihm gerne überraschende Einfälle präsentierte. Das gefiel Darius an ihm.

Er ging zurück ins Turmzimmer, klaubte mit schnellen Händen die Papierbögen vom Boden und stapelte sie neben das Regal, ohne sie noch einmal anzusehen. Die Tintenfässchen und Federkiele warf er in einen großen Bastkorb hinter dem Lattenverschlag. Geradezu hastig hatte er Ordnung geschaffen, um mit umso mehr Muße sich noch einmal seinem Heiligtum, der *Veritas*, zu widmen: Konzentriert zählte er die Seiten einundfünfzig bis achtundneunzig durch, nickte bestätigend, klopfte sie auf der Tischplatte zurecht und steckte sie sorgsam in eine schweinslederne Mappe. Noch heute Morgen würde sie Ginsleben zum verschwiegenen Lektorat bekommen.

Pfeifend schritt er die Treppe hinab zum darunterliegenden Geschoss, wo Bett, Kleidertruhe und Waschzuber standen, wusch und rasierte sich, zog sich ein sauberes Gewand an und machte sich auf den Weg zur Universität.

Als Darius, die Mappe in der Hand, nach mehrmaligem unbeantworteten Klopfen in Ginslebens Dienstzimmer trat, kniete dieser auf allen vieren auf dem dunklen Dielenboden. Bei diesem Anblick schoss ihm der Gedanke durch den Kopf: Wenn ich ihm spinnefeind wäre wie dem Magister Magnus aus der Juristischen Fakultät, könnte ich meinem Dekan jetzt eine schmerzliche Behandlung mit meiner Stiefelspitze zukommen lassen. Sofort verwarf er den Gedanken, schämte sich sogar dafür, denn Ginsleben war ihm stets ein väterlicher Freund gewesen.

Darius hüstelte. »Ihr habt nach mir verlangt, werter Dekan?«

Ohne sich zu regen, antwortete Ginsleben: »Ah, Doktor Degenhardt. Kommt her und beobachtet dieses kämpferische Schauspiel.«

Darius legte die Mappe auf die Sitztruhe und kniete sich neben den Professor, der, ohne den Blick abzuwenden und mit einer großen Lupe in der Hand, dozierte: »Palomena prasina. Die Gemeine Stinkwanze. Sie gehört zur Ordnung der Schnabelkerfen.«

»Tatsächlich?« Für diese Krabbelviecher hatte Darius noch nie etwas übriggehabt. Im Gegenteil, ihn schauderte, wenn er daran dachte, wie sie in lauen Sommernächten gerne in Wams und Hose krochen. Doch hier bot sich ihm anscheinend ein Kampf zwischen zwei Exemplaren dar, was man wohl nicht alle Tage zu sehen bekam.

»Sie heißt so«, erklärte Ginsleben, »weil sie, wenn sie sich in Gefahr wähnt, ein Sekret absondert, mit dem nicht zu spaßen ist. Es klebt wie Pech und stinkt gotterbärmlich nach faulen Eiern.«

Darius verzog das Gesicht. Wenn stinkendes Sekret absondernde Schnabelkerfen das waren, wofür ihn der Dekan herzitiert hatte, statt ihn seine Vorlesung halten zu lassen …

»Seht genau hin! Erkennt Ihr das bronzefarbene Imago und die gelb gefärbten Außenkanten der Deckflügel?«

Darius zog die Mundwinkel nach unten.

»Hah!«, rief der Professor, »jetzt hat er ihn!«

»Mit Verlaub, Wanze ist Femininum.«

Ginsleben sah Darius verständnislos an. »Wie könnt Ihr für Eure Wissenschaft so viel Enthusiasmus aufbringen«, fragte er ihn, »den kleinen Dingen des Lebens aber nichts abgewinnen? Und, ungeachtet der Grammatik, es gibt auch unter dieser Gattung männliche Vertreter.«

Ginsleben erhob sich, während Darius, immer noch

am Boden kauernd, die ineinander verhakten Wanzen beobachtete, klopfte sich den Staub von den Knien, zog das bestrumpfte Bein bis zur Brust und zerstampfte mit einem gewaltvollen Tritt, nur eine Handbreit vor Darius' Augen, das Wanzengetier. Da Ginsleben, von Geburt an schielend, die Wanzen nicht direkt mit der Sohle erwischte, sondern nur noch mit dem Rand seines Absatzes, quoll der zusammengetretene Batzen zwischen Schuh und Holzdielen hervor und zog einen ellenlangen Schleimfaden, als er den Fuß wieder anhob. Darius wandte sich angeekelt ab und stand auf. Hätte ein Wegschnippen der Insekten unter den Schrank nicht genügt?

»Auch Wanzen sind Geschöpfe Gottes«, kritisierte er seinen Dekan.

»Das muss erst noch bewiesen werden. Für mich sind sie Ausgeburten der Hölle und gehören allesamt vernichtet!«

Nachdem Ginsleben, fluchend über seinen eingesauten Schuh, den Batzen mit einem Messer vom Absatz geschabt und ihn außen am steinernen Fenstersims abgestreift hatte, schritt er, Unverständliches murmelnd, zum Tisch. Auf diesem lag eine großformatige Mappe, geprägt mit dem Wappen der Viadrina. Sie nahmen Platz, Ginsleben in dem feudalen, mit Schnitzereien verzierten Lehnstuhl, Darius in einer etwas einfacher ausgeführten Variante gegenüber. Als Ginsleben den Arm nach der Mappe ausstreckte, hielt Darius ihm die seinige hin.

»Verzeiht mir, werter Dekan, weshalb auch immer Ihr mich herbestellt habt, könnten wir vorher den zweiten Teil meiner …?«

»*Pars secunda* Eurer *Veritas*? Ihr habt sie vollendet!« Ginsleben klappte die Mappe auf und blätterte die Bögen durch. Er nickte und sagte: »Ihr seid Eurem Ziel treu geblieben; unter hundert Seiten!«

»Wie lange werdet Ihr für das Lektorat brauchen?«

»Habt Ihr im zweiten Teil wieder so komplizierte Formeln aufgestellt?«

Darius wiegte den Kopf. »Keine ist komplizierter als irgendeine der kopernikanischen.«

»Das habt Ihr beim ersten Teil auch behauptet, und mir schien, Ihr hättet Galilei und Kepler zusammengeworfen.«

»Wie lange?«

»Hm. Bis zum September werde ich es wohl schaffen.«

Darius nickte zufrieden.

Ginsleben legte die Mappe in die Schublade seines Schreibtisches und schloss ab. »Nun lasst uns zu meinem Anliegen kommen«, sagte er und griff erneut zur Universitätsmappe. Er entnahm ihr einen Bogen Papier und las vor: »Darius Degenhardt, Doktor der Astronomie, geboren am 8. September 1593 in Frankfurt an der Oder. Einziger Sohn der Eheleute Urban Degenhardt, Druckermeister, geboren am 19. April 1573 in Hohenwalde, und Adelmut Degenhardt, geborene Stämlinz, Apothekerin, geboren am 1. Jänner 1575 in Jacobsdorph, gestorben am 21. Juli 1603.

Schulischer Werdegang: Domschule von 1597 bis 1600, Lateinschule von 1600 bis 1605; Immatrikulation an der Alma Mater Viadrina am 9. April 1603; Beginn der Studien am 1. August 1605; Bakkalaureat magna cum laude, erhalten am 2. Oktober 1607; Magisterpromotion summa cum laude, erhalten am 16. Dezember 1609; 12. Dezember 1612 Disputation über die beiden Weltsysteme zum Doktor der Astronomie mit Vergabe der Licentia docendi.

Seit dem 1. Januar 1613 außerordentlicher Lehrstuhl für Astronomie an der Mathematisch-Philosophischen Fakultät. Aufnahme zu den Magistri regentes in das Collegium artistarum.

Doktor Degenhardt zeichnet sich durch hervorragende Kenntnisse im Quadrivium aus, welches er hingebungsvoll und mit ausgefeilter Rhetorik den Studenten vermittelt.

Hervorzuheben ist sein außerordentliches astronomisches Wissen, welches ihn jederzeit für neue Aufgaben andernorts befähigt.

Gez. Prof. Dr. rer.-math. Ginsleben, Dekan der Mathematisch-Philosophischen Fakultät, Alma Mater Viadrina.«

Darius sah den Dekan fragend an. Er wusste von diesen Papieren. Das Dekanat der Artistenfakultät im Großen Philosophischen Kollegium hatte von allen lehrenden Magistern ein solches Blatt angefertigt. Es diente zur Empfehlung im Falle eines Universitätswechsels. Er hatte aber nicht vor, zu wechseln.

»Rektor von Krauchnitz wurde eine Nachricht des Kurfürsten von Brandenburg übermittelt. Das Amt des Hofastronomen ist neu zu besetzen«, klärte Ginsleben ihn auf.

»Des Hofastronomen?« Darius merkte auf. Hofastronom hieß Würde und Bürde zugleich.

»Wir haben an Euch gedacht.«

»Wir?«

»Von Krauchnitz und ich. Wir befanden, dass es sowohl für Eure Reputation als auch für die der Viadrina von Nutzen sein würde, wenn Ihr Euch um dieses Amt bewerbt.«

»Ich soll die Universität verlassen?« Professoren und Doktoren der Medizin, der Juristerei und der Philosophie hatte die Viadrina zur Genüge, da ließe sich ein Wegfall verschmerzen, doch es gab nur einen einzigen Professor der Astronomie: ihn. »Aber was ist mit meinem Eid? Als ein zu den Magistri regentes Gehöriger bin ich verpflichtet, hier zu lehren. Wenn ich Euch verließe, verlöre ich Amt und Würde.«

»Ihr irrt«, antwortete Ginsleben und legte wohlwollend die Hand auf Darius' Schulter. Er öffnete die Tür, wies nach draußen und sagte: »Begleitet mich.«

Schweigend gingen sie den mit großen Steinfliesen belegten Gang entlang, die mächtige Treppe empor und traten in die Bibliothek ein. In diesem von schweren Folianten überbordenden Ort, im Dachgeschoss des Haupthauses, führte Ginsleben Darius zur Galerie der hohen Professoren.

Darius kannte die Galerie mehr als gut. Seit seinem Studienbeginn vor dreizehn Jahren hatte er sie jedes Mal besucht, wenn er die Bibliothek betrat. Ehrfürchtig hatte er dann vor den in Öl gemalten Porträts der Gelehrten gestanden und Namen, Fakultäten und Lehramtszeiten gelesen: Heinrich Paxmann, Philosophie, 1564–1580; Urban Pierius, Philosophie und Theologie, 1572–1577; David Origanus, Griechisch und Mathematik, 1593 bis dato; Godbert Ginsleben, Philosophie und Mathematik, 1595 bis dato; Konradin von Krauchnitz, Theologie 1600 bis dato; Maximus Tylander, Theologie, 1598 bis dato …

Insgeheim hatte er gehofft, eines Tages ebenfalls sein Konterfei dort verewigt zu sehen, in schwarzem Talar, mit Doktorhut und Mühlsteinkragen. Die Satzung der Viadrina sah vor, dass die Doktoren ab einer zehnjährigen Professur einen Platz in der Galerie erhielten. Darius hatte erst die Hälfte davon erreicht, und er wusste, er würde die zweite Hälfte brauchen, um sich diesen Platz auch wirklich zu verdienen; noch zu viele Bücher verlangten danach, erneut gelesen, verstanden, interpretiert und kommentiert zu werden, und darüber hinaus galt es, neue Formeln aufzustellen, zu überprüfen und zu diskutieren.

Respektvoll schritten sie ein Porträt nach dem anderen ab.

Ginsleben hielt sich betont aufrecht. Förmlich, fast schon feierlich, klang seine Stimme, wenn er über ausgesuchte Professoren erzählte: »Ioannes Cnoblochus. Viermal Dekan der Medizinischen Fakultät und dreimal Rektor der Universität. Er starb an dem, was er besiegen wollte: der Pest.«

Darius nickte anerkennend und runzelte die Brauen. Was sollte diese ganze Prozedur? Nachhilfeunterricht in universitärer Geschichte?

Ginsleben strich sich durch den weißgrauen Bart. Auch bei von Krauchnitz' Porträt blieb er stehen. »Unser werter Rektor. Gerade mal eine Professur. Dafür zahlreiche honorige Ämter, die ihn oft verreisen lassen«, sagte er und knüpfte mit bissigem Unterton an: »Die Fahrten, zu denen er lieber seine Tochter mitnimmt als die Frau Gemahlin, verbindet er stets mit ausgiebigem Kulturgenuss – Theater, Oper, Konzerte ... Ihr wisst, was ich meine.«

Ja, Herrgott, das wusste er. Zumindest ahnte er, dass sein geschätzter Dekan dies auch gerne für sich in Anspruch nähme, aber was sollte das Ganze? Die Zeit schritt voran, die Studenten warteten auf ihn, und Ginsleben hatschte mit ihm die Altvorderen ab.

Zwei Tafeln weiter deutete Ginsleben auf ein Porträt, das aus der Reihe fiel, da es nicht als Ölbild gemalt, sondern als Holzstich gefertigt worden war. »Hier ist er: Seine Spektabilität und Magnifizenz Jacobus Bergemann. Mit sechzehn Jahren kam er an unsere Universität und erhielt bereits nach zwei Jahren eine Auszeichnung der Philosophischen Fakultät. Ein Jahr später, 1546, wurde er Magister – mit neunzehn Jahren, der jüngste unserer Geschichte. Zehn Jahre später wurde er Professor für griechische Sprache und Mathematik, 1559 Doktor der Medizin und drei Jahre danach Leibarzt des Kurfürsten

Joachim des Zweiten von Brandenburg. Er war mehrfach Dekan der Medizinischen Fakultät und auch Rektor der Universität.«

Ginsleben sah Darius an. »Versteht Ihr?«

Darius schluckte. »Ihr vergleicht mich doch nicht etwa mit Bergemann?«

»Warum nicht?«

»Ich bin nur Spezialist auf einem einzigen Gebiet. Und auch dort stehe ich noch am Anfang. Mit Verlaub, ich glaube, der Gedanke, mich an den Hof zu schicken, ist etwas verfrüht. Gebt mir noch fünf Jahre.«

»Gemach, werter Doktor. Eure Zeit ist gekommen! Glaubt mir, eine Karriere bei Hofe ist der akademischen äußerst zuträglich. Das eine lässt sich vorzüglich mit dem anderen verquicken!«

Darius senkte den Kopf und sah nachdenklich auf den Boden.

»Ihr werdet dann nicht mehr oft an der Viadrina weilen«, führte Ginsleben weiter aus, »Eure Arbeit wird an der Sternwarte und im Studierzimmer am Hofe stattfinden.«

Darius hätte die Worte des Dekans am liebsten weggewünscht. Ich soll meine geliebte Viadrina verlassen?, dachte er, mein hiesiges Dozentenleben aufgeben? Keine Diskurse mehr mit Studenten und Magistern, mit Kollegen in der Bibliothek und in den Studierstuben? Ginslebens Worte wurden dumpf und gerieten in den Hintergrund, als spräche er durch Watte zu ihm. Aber das war doch sein Leben! Wofür die jahrelangen Rhetorikschulungen, wenn er sie nicht im Diskurs mit den anderen gebrauchen konnte? Etwa um dem Kurfürsten zu schmeicheln? Was war am Hofe schon geboten außer Hochmut und Dünkel? Hier, an der Universität, da konnte er seinen Studien nachgehen und sein Wissen jeden Tag aufs Neue versprühen. Doch dort …?

»Doktor Degenhardt? Hört Ihr?«

Darius sah auf.

»Ihr schaut so nachdenklich«, sagte Ginsleben, »so, als seid Ihr nicht recht glücklich mit dieser Gunst.«

Wie sollte er dem Dekan seine Bedenken gestehen? Ihm, der stets für ihn da gewesen war und ihn immer gefördert hatte.

»Es ehrt mich ungemein, dass Eure Exzellenzen mich für dieses Amt auserwählten, und ich will Euch nicht enttäuschen, doch ...«, Darius sah mit Mühe in die wartenden Augen des Dekans, »... doch was wird aus meinem Lehrstuhl? Ich bin der einzige Astronom hier. Wer soll mich ersetzen? Wir haben vierzehn neue Magister bekommen, vierzehn! So viel wie in den letzten vier Jahren nicht. Allesamt wollen sie Doktor der Astronomie werden.«

Ginsleben lächelte. Es war dieses väterliche Lächeln, das ihn so liebenswürdig machte. »Es freut mich, Euch in Sorge um Euren Nachwuchs zu wissen, lieber Darius. Doch seid beruhigt, wir werden einen Ersatz für Euch finden. Wichtig sind Euer persönliches Voranschreiten und die Reputation der Universität. Und vergesst nicht, Ihr steht weiterhin bei der Viadrina in der Pflicht. Ihr habt also nichts zu verlieren, nur zu gewinnen.«

»Dürfte ich diese Entscheidung über Nacht bedenken?«

»Es gibt nichts zu bedenken. Die Sache ist beschlossen. Von Krauchnitz erwartet Euch bereits in seinem Zimmer.«

Ginsleben reichte Darius die Hand, deutete in die Richtung des Ganges, der vom Haupthaus zum Zimmer des Rektors führte, und sagte: »Wenn Ihr Euch selbst nicht vertraut, dann wenigstens mir. Ich habe Euch alles gegeben, was es zu geben gab. Tut es für mich.« Er wandte sich ab und ging.

Schweigend sah Darius dem Dekan nach.

Als Ginsleben schon längst verschwunden war, stierte Darius noch immer in den Korridor.

Augenblicke vergingen. Plötzlich kam Groll in ihm auf. Vertrauen? Natürlich vertraute er seinem Dekan. Doch wie viel Wert hatte das Vertrauen eines Befohlenen? Da ging man nun seit dreizehn Jahren hier aus und ein, durchlief sämtliche Prüfungen, machte den Magister, dann den Doktor, stand mit allen gut, wurde zu Rate gezogen, tat niemandem etwas Böses, und dann? Dann wurde über einen bestimmt wie über einen Lateinschüler! Wie kann er mir das antun?, fragte er sich eingedenk ihres persönlichen Verhältnisses – Darius war von Anfang an Ginslebens besonderer Schützling gewesen. Der Dekan hatte immer ein bedächtiges Auge auf den talentierten jungen Mann gehabt. »Macht Euch keine Sorgen um Euren Sohn«, hatte er Darius' Vater damals beteuert, »ich werde ihn unter meine Fittiche nehmen und ihn alles lehren, was ich weiß.« Das hatte er stets getan. Bis er eingestehen musste, dass er dem begabten und wissbegierigen Studenten nichts mehr beibringen konnte. Darius war Ginslebens Fittichen nicht nur entwachsen, er hatte seinen Lehrmeister überflügelt. Dennoch hatte Ginsleben nie den Kontakt zu ihm verloren. Wenn sie sich eine Zeitlang an der Viadrina nicht über den Weg liefen, suchte ihn der Mentor in seinem Turmzimmer auf oder an seinem Lieblingsplatz an der Oder. Ginsleben wollte stets wissen, wie es um ihn stand und was seine Forschungen über das neue Weltbild machten.

Darius löste sich aus seiner Starre und ging den Korridor entlang. Ihm schien, sein Kopf glühte mehr und mehr mit jedem weiteren Schritt, den er sich von Krauchnitz' Zimmer näherte. Er hielt inne und presste die heiße Stirn ans Mauerwerk. Plötzlich erkannte er: Ginsleben wusste, dass sein

Schützling Ausflüchte und Gründe hervorbringen würde, um an der Viadrina zu bleiben. Ein paar Mal schon hatten sie das Thema Versetzung an eine, wie Ginsleben meinte, astronomisch fortschrittlichere Universität diskutiert, doch Darius hatte kein Einsehen gehabt. Womöglich hatte Ginsleben mit der Empfehlung an den Hof mehr für ihn getan als je zuvor? Er vertraute seinem Dekan. Er hatte ihm immer vertraut; so wie sonst nur seiner Mutter und seinem Vater.

Als Darius die Hälfte des Ganges zurückgelegt hatte, blieb er an der Balustrade stehen, die einen zum Innenhof offenen Teil säumte. Er stützte sich mit den Händen auf den steinernen Handlauf, atmete tief durch und sah hinauf in den milchweißen Himmel. Hofastronom, dachte er, das war schon immer etwas Besonderes. Zur Pflicht und Reputation eines jedweden Königs- und Kaiserhofes gehörte es, einen solchen im Dienst zu haben. Selbst Fürsten und hohe Adelige beschäftigten Hofastronomen. Sie fungierten als Berater und Lehrer, meistens auch als Astrologen. »Hofastronomen berechnen nicht nur die Planetenbahnen. Sie erstellen Weltkarten und fertigen Erd- und Himmelsgloben«, hatte Ginsleben ihn gelehrt. Darius dachte an Tycho Brahe. Er war von Rudolph II. als Hofastronom nach Prag berufen worden – die Astronomie und auch die Alchemie standen in der besonderen Gunst des Kaisers. Er lud Protestanten und Katholiken zu sich in die Moldaustadt, um mit ihnen über die Weltbilder zu diskutieren. Zudem brachte er Brahe mit renommierten Künstlern und Mechanikern zusammen, die sein Weltmodell zeichneten oder nach seinen Skizzen Planetarien anfertigten. Ich wäre ein Narr, kam ihm die Erkenntnis, wenn ich diese Gelegenheit nicht beim Schopfe packte.

Dreimal wiederholte er diesen Gedanken, jedes Mal

inniger, und beim dritten Mal so inbrünstig, dass er keinen Zweifel mehr zuließ. Er würde an den Hof gehen.

Bei von Krauchnitz' Tür angelangt, strich er sich über die Kleidung, zupfte sich den Kragen zurecht, rückte sein Barett gerade und klopfte maßvoll an.

»Herein!«, hörte er unverkennbar von Krauchnitz' Stimme.

Darius trat ein und verhielt sich ganz nach Protokoll: Er machte einen halben Diener, begrüßte den Rektor mit Titel und äußerte den Grund seines Kommens. Von Krauchnitz nickte und bot ihm Platz an. Sie setzten sich nebeneinander auf zwei Stühle am Fenster.

»Ihr seid der Astronom, der künftig unsere Viadrina bei Seiner Königlichen Majestät, dem Kurfürsten, vertreten soll«, sagte von Krauchnitz, »ich nehme an, Ihr seid Euch dieser Ehre bewusst.«

»So es mir vergönnt ist, in den höfischen Diensten zu stehen und den kurfürstlichen Ansprüchen zu genügen, werde ich das nach bestem Wissen und Gewissen tun.«

»Ich wusste, dass wir auf Euch zählen können«, antwortete der Rektor zufrieden und fragte: »Wart Ihr schon einmal am Hof des Kurfürsten?«

»Leider nein«, antwortete Darius und rieb sich das Kinn, »es ist das erste Mal.«

Der Rektor holte zwei Zinnbecher und einen Krug Wein aus dem Schrank. Er schenkte beiden ein und sagte: »Ursprünglich wollten die Berater des Kurfürsten einen Doktor der Alma Mater Jenensis.«

»Die Jenaer Universität genießt einen vorzüglichen Ruf.«

»Sie verfügt über ein paar hervorragende Köpfe und lässt uns seit Jahren hinterherhinken. Doch unsere Universität steht in guter Beziehung zum Kurfürsten. Wenn es uns gelingt, soll heißen, wenn es *Euch* gelingt, ihn zufriedenzustellen, werden wir alle davon profitieren – Ihr wisst, dass unsere Mittel für die Forschung erschöpft sind. Kurfürstliche Protektion und Unterstützung in barer Münze sind unsere einzige Rettung.« Der Rektor nahm einen Schluck Wein und spülte ihn ein paar Mal zwischen den Backentaschen hin und her, bevor er ihn herunterschluckte.

»Seine Exzellenz, der kurfürstliche Secretarius Reichard Beyer, schreibt vom Bau einer höfischen Sternwarte. Im Herbst sollen dort ein Teleskop und ein tychonischer Mauerquadrant installiert werden. Beide doppelt so groß wie die unsrigen. Ihr bekommt freie Hand bei Studium und Forschung. Besseres kann Euch nicht widerfahren.«

Darius zog die Brauen hoch. Von Krauchnitz hatte recht. Das waren hervorragende Aussichten. Abermals flackerte das Bild von Brahe in ihm auf. Und auch für die *Veritas* sah er hoffnungsträchtige Chancen.

»Ihr wisst um den Zustand des Kurfürsten?«, unterbrach von Krauchnitz seine Gedanken. Darius schüttelte den Kopf. Bevor er etwas erwidern konnte, sagte der Rektor: »Ach, ich vergaß. Ihr seid nicht von Adel.«

Diese Feststellung klang wie der Vorwurf eines peinlichen Umstandes, der Darius die Nase rümpfen ließ. Er antwortete trocken: »Die Planeten kümmert der Stand nicht.«

»Um die Gesundheit Seiner Durchlaucht steht es nicht zum Besten. Er hat vor zwei Jahren einen Schlaganfall erlitten und sich bis jetzt nicht ganz davon erholt. Es ist gut möglich, dass dies manche Widrigkeiten nach sich zieht. Lasst Euch davon nicht beirren.«

»Wie darf ich das verstehen?«

»Es heißt, er sei etwas sonderbar geworden. Gebaren und Äußerungen seien bisweilen recht seltsam, und seine Entscheidungen fänden nicht immer das Wohlwollen der höfischen Gesellschaft.«

»Was bedeutet das für den neuen Hofastronomen? Bin ich seinen Launen unterworfen? Sucht er einen höfischen Kasper, der ihm das Horoskop erstellt? Ich bin nicht Kepler.«

Von Krauchnitz sah ihn scharf an. »Eure Arroganz wird Euch noch mal das Genick brechen. Aber Contenance zu wahren, ist Eure Stärke nie gewesen.«

Darius fuhr sich mit der Zungenspitze über die Lippen. Ihm war nicht danach, sich mit dem Rektor anzulegen, doch ihn um Verzeihung zu bitten, noch weniger.

»Nun«, sprach von Krauchnitz in gesetztem Ton, »der Cöllner Adel wird sich in dieser Hinsicht nicht viel vom Grazer unterscheiden. Glaube und Aberglaube reichen sich auch dort die Hand. Aber ich denke, daran werdet Ihr wohl keinen Schaden nehmen.«

»Wann wird mich der Kurfürst empfangen?«

»Wir haben Eure Aufwartung für morgen Nachmittag annonciert«, antwortete von Krauchnitz und goss sich noch einmal Wein nach, »der Reisewagen wird Euch bei Sonnenaufgang abholen.«

Was? Morgen schon? Da blieben ihm ja nur noch dieser Tag und die Nacht, um sich gründlich vorzubereiten. Warum hatte man ihn nicht früher eingeweiht?

Der Rektor übergab ihm die Mappe mit allen wichtigen Dokumenten – Empfehlungsschreiben, Zeugnis, Antrittsgesuch –, reichte ihm die Hand und verabschiedete ihn mit: »Auf dass Ihr die Viadrina nach bestem Wissen und Gewissen vertretet. Und nun geht, Eure Studenten erwarten Euch.«

Darius bedankte sich protokollarisch und verließ das Studierzimmer.

Auf dem Gang hielt er kurz inne und schloss die Augen. Sternwarte, Teleskop, freie Hand bei Studium und

Forschung … Er würde nach Cölln gehen. An den Hof! Doktor Darius Degenhardt, Hofastronom des Kurfürsten von Brandenburg. Wenn das nichts verhieße.

Erst schritt, dann eilte er den Gang entlang, die Treppe hinab, über den Innenhof, und strebte zum Vorlesungssaal. Am liebsten hätte er die Studenten entlassen und wäre gleich zu seinem Vater gegangen, um ihm alles zu erzählen. Doch die Pflicht rief.

2

»ANNA!«

Beide Hände taten nicht, was sie wollte. Hölzern und ungelenk drückten die Finger auf die Saiten, griffen statt des ›g‹ ein ›gis‹, statt des ›cis‹ ein ›d‹. Auch der Bogen gab sich widerspenstig, weder Auf- noch Abstrich wollten ihr gelingen. Sie konnte sich nicht konzentrieren. Wie eine blutige Anfängerin kam sie sich vor, und das, obwohl sie schon seit zwölf Jahren Geige spielte.

Anna hatte sich für diesen Morgen in den Kopf gesetzt, die erste Hälfte der Toccata des *L'Orfeo* perfekt zu spielen, doch die Tempowechsel, Intervallsprünge und die synkopierten Phrasen machten alles zunichte. Sie scheiterte, was sie nicht verstehen mochte, an technischen Anforderungen, die ihr nicht unbekannt waren; Monteverdi war nicht der Einzige, der kompositorische Raffinessen in seine Stücke verflocht.

»Anna!«

Als Vater sie vergangenen Monat zur Aufführung der italienischen Oper im Palazzo Ducale in Venedig mitgenommen hatte, waren beide voller Begeisterung gewesen. Mit der Masse hatten sie stehend applaudiert, »bravi! bravi!« und »da capo!« gerufen, und Anna hatte sich nichts sehnlicher gewünscht, als einzelne Stücke nachzuspielen.

Jetzt, da es ihrem Vater durch seine hervorragenden Kontakte gelungen war, Abschriften der Mensuralnotation für die erste und zweite Violine aus der Adriastadt herbeigebracht zu bekommen, verschaffte ihr das Objekt der Begierde mehr Kummer als Freude.

»Anna!«, hörte sie ihre Mutter bereits zum dritten Mal

vom Haus in den Garten rufen, doch sie gab keine Antwort. Sie saß im Pavillon, spielte zum sicher fünfzigsten Mal die gleiche Tonfolge und wollte sich nicht stören lassen.

Verflixt noch mal, dachte sie, es kann nicht angehen, dass ich ihn nicht aus meinem Kopf herausbekomme, wenigstens für die Dauer meiner Übungsstunde. Nach jedem zweiten Takt schossen ihr Bilder von Sternen und Planeten in den Kopf.

Wieso fällt mir die Metrik im vierten Satz so schwer?, fragte sie sich. Wieso konnte Monteverdi nicht einen normalen Tripeltakt wählen? Sie hatte den Eindruck, er verteilte die Brevis und Longa gerade so, wie es ihm lustig erschien.

Gut, wenn Ihr wollt, ich kann auch anders. Wenn der Herr Kompositeur glaubt, mich beschämen zu können, hat er sich gründlich in mir getäuscht. Und wenn der Herr Astronom glaubt, es gelänge mir nicht, ihn mir aus dem Schädel zu spielen, dann hat er sich ebenfalls getäuscht. Eine Anna von Krauchnitz findet immer einen Weg!

Jetzt spielte sie nach ihrer Fasson. Immer schneller führte sie den Bogen über die Saiten. Die Noten, die sie ohnehin nur noch verschwommen wahrnahm, interessierten sie überhaupt nicht mehr; Anna ließ ihre eigene, rasende Version des Stückes entstehen: Sie spielte alle Notenwerte doppelt so schnell, als es der Urnotation entsprach, aus Semibrevis wurden Minima, aus Minima Semiminima. Sie steigerte sich zu Chroma, um sich schließlich in ungezügelten, vor falschen Tönen nur so strotzenden Semichroma zu verlieren.

Sie schoss mit dem Bogen über die Saiten, warf den Kopf samt Violine hin und her. Der aufgesteckte Zopf löste sich, das lockige Haar flatterte ums Gesicht und klebte an den Lippen, doch sie spuckte es nicht aus – von ein paar Strähnen ließ sie sich nicht aus der Rage bringen –, sondern spielte unbehelligt weiter. Komponist und Astronom hatten nicht das letzte Wort!

Als plötzlich eine Hand ihre Schulter berührte, schrak sie auf und ließ den Bogen fallen. Rasch wandte sie sich um. »Mein Gott! Ihr habt mich zu Tode erschreckt!«

Die Mutter, einen Schritt zurückgewichen, antwortete: »Hast du unseren Termin vergessen?«

»Was für einen Termin? Es gibt keinen Termin!«, erwiderte sie barsch, immer noch in Gedanken bei Monteverdis Impertinenzen.

»Sehr wohl gibt es einen Termin!«, entgegnete die Mutter und ihre Augen verengten sich. Diesen Blick kannte Anna, sie wusste, sie hatte sich einmal mehr bei ihr im Ton vergriffen. Doch bevor sie sich durchringen konnte, sich zu entschuldigen, setzte die Mutter hinzu: »Wir müssen um neun Uhr beim Schneider sein. Die Anprobe des neuen Kleides zum Geburtstagsfest deines Vaters …«

»Ach, das?« Anna winkte ab. Obwohl sie sich schuldig fühlte, gelang es ihr nicht, einzulenken und die Schärfe ihres Tons zu dämpfen. »Das ist obsolet. Ich habe den Termin abgesagt.«

»Bist du toll? Du kannst dich nicht ständig deinem Vater widersetzen!«

Tat sie gar nicht. Aber es gab ein paar Dinge in ihrem Leben, die wollte sie akzeptiert wissen, und da Vater dies noch immer nicht verstanden hatte, musste sie es ihm eben deutlich machen.

»Meine Gewänder sind vollkommen ausreichend. Ich habe keine Lust, meine Erscheinung noch mehr zu Markte zu tragen. Wir sind hier nicht bei Hofe, auch wenn mich Vater dort zu gerne sähe.«

Mit diesen Worten, die sie nicht zum ersten Mal sprach,

setzte sie die übliche Prozedur in Gang, eine weitere der müßigen Erörterungen über Sinn und Zweck adliger Gepflogenheiten. »Ihr wisst doch, ich bin nicht für höfischen Protz geschaffen«, hatte sie immer wieder Mutters Argumenten entgegnet. Und wenn die Mutter nicht ablassen wollte, hatte Anna ausgeholt: »Ich hasse es, mich für diese Feste herauszuputzen. Und ich hasse das eitle Pack mit seinem Getratsche und seinen Heucheleien!« Im Grunde hasste sie auch die manierierte Sprache, die immer und überall herausgekehrt wurde; nicht wie das gemeine Volk durfte man, dem Adel angehörig, reden, sondern es mussten immer gestelzte Formulierungen sein, um sich von ihm abzuheben. Da sie diese Eigenart jedoch schon mit der Muttermilch aufgenommen hatte, war dies für sie kein echter Grund zu rebellieren.

Anna beendete ihre Worte mit: »Am meisten hasse ich die Heiratskandidaten, die mir Vater ständig auftischt!« Sie fasste diese in einer Klasse zusammen: »Fettbackige Honoratioren, die doppelt so alt sind wie ich und aus dem Munde riechen wie ranziger Romadur.« Allein die Vorstellung, mit einem dieser Widerlinge intim zu werden, ekelte sie.

»Wenn man wenigstens mit ihnen ein interessantes Gespräch führen könnte, über Malerei, Musik oder Botanik«, sagte sie zu ihrer Mutter, »aber davon verstehen sie nichts. An Astronomie gar nicht zu denken!«

»Kind, nicht schon wieder die Astronomie.«

»Wieso nicht? Ich weiß so viel darüber! Dariu…«

»Sag es nicht, mein Kind«, fiel ihr die Mutter ins Wort, »wir hatten dieses Thema bereits vor zehn Tagen ausführlich diskutiert. Behaupte nicht, du hättest es vergessen.«

Natürlich hatte sie das nicht. Es war ein Sonntag, an dem es ununterbrochen geregnet hatte. Mitten in ihren Ausführungen über die beiden Weltsysteme, über die sie, wie sie nebenbei bemerkt hatte, von Darius belehrt worden war, hatte die Mutter sie unterbrochen: »Der junge Degenhardt ist ein Bürgerlicher.«

»Das ist doch jetzt nicht von Belang. Ich rede über die Weltsysteme!«

»Und weshalb?«

»Wieso weshalb?«

»Man beantwortet Fragen nicht mit Gegenfragen! Aber ich kann dir die Antwort wohl geben. Du bringst die Astronomie ins Spiel, rein des jungen Degenhardts wegen.«

Was behauptete Mutter da? Und wieso immer dieser ablehnende Ton? Das ärgerte sie. »Erstens ist das eine Unterstellung und zweitens geht Ihr damit fehl! Es geht um ernste Dinge, um Wissenschaft!«

»Warum erwähnst du den Degenhardt dann ständig? Mich wundert ohnedies, dass dein Vater dir den Umgang mit ihm so duldsam gestattet, wo er doch ein Bürgerlicher ist.«

Darius war nicht von Adel, das stimmte, aber Anna wollte nicht dulden, dass Mutter ihn so verunglimpfte. »Darius ist ein angesehener Doktor der Viadrina! Er hat seine Disputation mit höchster Auszeichnung absolviert!«

»An der Viadrina gibt es Doktoren zuhauf. Alle sind sie angesehen und haben Auszeichnungen.«

»Er ist aber der einzige Doktor der Astronomie!«

»Bis jetzt hat es sich eben nicht gefügt, dass weitere hinzugekommen sind.«

Gott, wie starrköpfig Mutter sein konnte. »Er schreibt an einer wissenschaftlichen Arbeit!«, war ihr eingefallen, das musste die Mutter doch wohl honorieren. Aber auch darauf wusste sie eine entkräftende Antwort: »Tun das nicht alle?«

»Nein! Dazu braucht es mehr, als Doktor zu sein. Dazu gehören Willenskraft und das Feuer der Passion! All das hat Darius, und er setzt es ein für eine ganz besondere Schrift. Es geht um …, ach, was soll ich da lange erzählen, es interessiert Euch ja doch nicht!«

Dieses vor zehn Tagen geführte Gespräch hatte mit Trotz Annas und Gleichgültigkeit der Mutter geendet.

Das jetzige endete nicht viel besser. Es folgte die Bitte: »Geh zum Schneider, deinem Vater zuliebe. Er hat doch nur dich.«

Ja, sie war die einzige Tochter, sogar das einzige Kind im Hause von Krauchnitz, und das war ihr oft mehr Bürde als Wohltat.

»Vereinbart einen neuen Termin«, lenkte Anna ein, »ich werde dieses Mal an Ort und Stelle sein. Ich verspreche es.«

»Dein Wort in Gottes Ohr, mein Kind.«

Mutter drückte Annas Hand und ging zurück ins Haus. Anna blieb sitzen, legte die Violine auf den Tisch und sah in den Garten. Ihr Vater hatte ihn nach italienischem Vorbild anlegen lassen; er hatte die Pläne von Gabriele Abetti bekommen, dem Rektor der Florentinischen Universität.

Den Garten umschloss eine mannshohe Mauer, umrankt von Holunderbüschen, vor der zwei steinerne Engel standen. Die vier quadratischen Rasenflächen begrenzte kniehoher, eckig zugeschnittener Buchsbaum, der die geharkten Wege säumte. Das Zentrum des Gartens bildete eine kreisrunde Fläche mit einem Pavillon in der Mitte, der Platz bot für ein musikalisches Quintett und ein Dutzend Zuhörer.

Jetzt saß Anna allein inmitten des Platzes, und recht wohl fühlte sie sich nicht. Ihr Vater hatte den Garten nicht für die Familie anlegen lassen, wie anfangs behauptet – er selbst kam allein nie hierher –, sondern hier sollte die Vermählungsfeier seiner Tochter mit einer adäquaten Partie stattfinden, ein großes Fest mit Musik und Feuerwerk, und natürlich – das war Vater immer das Wichtigste – mit dem Anknüpfen nützlicher Kontakte für sich und die Viadrina.

Anna löste ihren Zopf ganz, warf den Kopf in den Nacken und fuhr sich durch die wurzelbraunen Locken. »Lass sie wachsen«, hatte ihr Vater immer an sie appelliert. Doch das tat sie nicht. Sie wollte seiner Meinung, mit längerem Haar verlockender für die Männer zu sein, nicht entsprechen. Sie wollte von den Männern *geachtet* werden, und Achtung verschaffte man sich über Klugheit und Können, nicht über das trügerische Äußere, das hatte sie schon von klein auf bei ihrer Mutter beobachtet – diese war, so hatte es geheißen, die Schönste im Kreise der Auserwählten gewesen, doch hatte sie es nie vermocht, gegen Vaters Wort zu reden.

Sie strich sich durchs Haar, ließ die Finger ins Genick gleiten und massierte ihren Hals. Der warme, weiche Griff der eigenen Hände ließ sie an ihre Kindheit zurückdenken. Sie dachte daran, wie schön es gewesen war, als Mutter ihr noch den Kopf gestreichelt hatte, liebevoll und mit einfühlsamen Worten. Das hatte sie seitdem nicht mehr erfahren, von der Mutter nicht, der sie ohnehin schon längst entwachsen war, und von einem Mann? Das schon gar nicht! Keiner hatte sich bis dato näher als auf Handkusslänge an sie herangewagt; entweder weil sie es nicht zuließ oder ihr Vater nicht. Nach den von ihr abgelehnten Adeligen wurden immer wieder andere Blaublütige vorstellig, doch keiner von diesen hatte ihre Beachtung, geschweige denn ihr Interesse wirklich geweckt. An jedem hatte sie etwas auszusetzen gehabt und immer betont: »So einen Mann kann ich nicht lieben.«

»Ehen unseres Standes«, erwiderte darauf die Mutter,

»werden nicht aus Liebe geschlossen, sondern aus Vernunft.«

»Deswegen sind sie auch so unglücklich«, entgegnete Anna. »Ehen, die nicht von Herzen geschlossen werden, sind zum Scheitern verurteilt, denn sein Herz verleugnen, heißt sich selbst verleugnen. Doch wer sich selbst verleugnet, welchen Wert hat der noch im Leben? Ich jedenfalls werde mich nicht selbst verleugnen. Niemals!«

Anna nahm die Violine und ging ins Haus, die Treppe nach oben, auf ihr Zimmer. Sie holte einen fingerdicken Stoß loser, handgeschriebener Blätter aus ihrer Sitztruhe, klopfte ihn auf dem Deckel zurecht und legte ihn sorgsam in eine schwarze Samtmappe, die sie mit drei bunten Kordeln umschloss. Um zehn Uhr wollte sie bei Meister Degenhardt in der Druckerei sein. Schon seit fünf Jahren überbrachte sie ihm im Namen der Viadrina Druckaufträge. Meistens Abhandlungen der Professoren, manchmal auch Disputationen der angehenden Magister. Ab und an, und hier war Achtsamkeit geboten, gab Ginsleben kostbarste Skripte zum verschwiegenen Druck in ihre Obhut. Auch jetzt hielt sie eines davon in Händen. »Ich drucke alles«, hatte Meister Degenhardt ihr einmal gesagt und ergänzt: »Für den Inhalt sind die Verfasser zuständig, ich sorge für ein einwandfreies Gesicht.« Meister Degenhardt betonte immer wieder die Wichtigkeit eines tadellosen Druckes und einer zügigen Abwicklung. »Nur eine zufriedene Kundschaft bringt Brot und Butter auf den Tisch«, lautete seine Maxime. Das Einzige, was er von seinen Kunden verlangte, waren lesbar geschriebene Vorlagen.

Anna gab ihrer Mutter Bescheid und verließ das Haus. Sie ging zu Fuß, obwohl sie den Reisewagen der Universität hätte beanspruchen können, als Tochter des Rektors hatte sie ein Anrecht darauf. Doch statt sich übers steinige

Pflaster der Gassen schaukeln zu lassen, strich sie lieber die Auen der Oder entlang. Sie liebte diesen feuchtwarmen Duft der Wasserlandschaft, das Rascheln des Schilfs, von Böen gewiegt, das Schnattern der Wildenten, den Zug der Wolken und das endlose Fließen des Wassers. Sie hüpfte, das Kleid gerafft, über moosgrüne Steine und war fröhlich.

»Vater, ich habe Euch etwas zu erzählen!«, rief Darius, kaum dass er von der Vorlesung hergeeilt und die Druckerei, wie so oft, über den Hintereingang betreten hatte. Er konnte es nicht erwarten, ihm endlich von der morgigen Audienz zu berichten.

Wie er in die Werkstatt hineinging, schritten im gleichen Augenblick drei Männer durch die Vordertür: Zwei junge Hochgewachsene in der Uniform der Stadtwache und ein Älterer von zwergenhaftem Wuchs, mit kantigem Kopf und spitzer Nase, in dunkelroter Schaube und Barret, ein Amtmann.

»Ruprecht vom Falkenhorst«, nannte er in schroffem Ton seinen Namen, stellte sich als ein Funktionär der Inquisition vor, fragte den Vater, ob er Urban Degenhardt sei, der Druckermeister, und klärte ihn, als er bejahte, über Grund und Anlass der Visite auf: »Er wird der Vervielfältigung ketzerischer Schriften bezichtigt. Wir sind gehalten, der Anzeige nachzugehen, und befugt, Seine Werkstatt zu inspizieren!«

»Wer hat Anzeige erstattet?«, fragte Darius forsch und trat nach vorne.

Der Funktionär sah scharf an ihm hoch. »Es ist nicht an Ihm, Fragen zu stellen!«, erwiderte er und ergänzte: »Denunzianten unterliegen der Geheimhaltung! Weiß Er das nicht?«

Natürlich wusste er das. Doch er wusste nicht um die Zuverlässigkeit beziehungsweise den Geltungsdrang des Amtmannes. Möglicherweise hätte der aus dem Nähkästchen … Tat er nicht. Im Gegenteil, ein Giftzwerg stand da vor ihm. Diesem hieß es mit gleichen Mitteln zu begegnen: »Wie kommt Ihr dazu, mich zu erzen? Seht Ihr hier einen Lehrbuben vor Euch?«, fragte ihn Darius in ebenso harschem Ton, »ich bin ordentlicher Professor der Alma Mater Viadrina. Ich verlange eine standesgemäße Anrede!«

Der Funktionär sah ihn musternd an und schwieg. Eine Entschuldigung ging ihm nicht über die Lippen, doch er hielt sich daran. Er hieß die beiden, sich so lange nicht rühren, bis der Prüfung der Anklage nachgekommen worden sei und alles nach Indizien durchsucht. Zuwiderhandlungen und Eingriffe in die Amtshandlung würden mit Strafe belegt.

Während der kleine Amtmann marionettenhaft die Werkstatt abschritt, postierten sich die Wachen vor Darius und dem Vater.

Vom Falkenhorst wühlte in Holzkisten, filzte Schränke und Truhen, durchstöberte Unterlagen und blätterte in Rechnungs- und Auftragsbüchern. Im Lager zog er ein Druckwerk nach dem anderen aus den Regalen, las Titel und überflog wahllos herausgegriffene Passagen, spürte nach ketzerischen Inhalten, Sätzen, einzelnen verräterischen Worten.

Mit jedem weiteren Werk, das der Amtmann in die Hände nahm, nach jedem höheren Regalfach, dessen er sich, auf Zehenspitzen, tastend bemächtigte, wurde es Darius mulmiger. Vater wird die Schrift bestmöglich verborgen halten, sprach er sich selbst Hoffnung zu. Wenn der gestauchte Unsympath fündig würde, gäbe es große Schwierigkeiten. Selbst wenn sich dem Schnüffler der Verfasser nicht erschließen sollte – Darius hatte seinen Namen bewusst nicht auf der Schrift erwähnt –, und auch wenn es nur die erste Hälfte der *Veritas* war, für eine Festnahme des Vaters reichte es allemal.

Jeden Handschlag des Amtmannes beobachtete Darius genau, angewidert von seinem wichtigen Gehabe und dem lauten und überdeutlichen Vorlesen der lateinischen Titel, während er die deutschen bei fortschreitender Inspektion gar nicht mehr ansagte.

Mit seinen kleinen fleischigen Händen fegte vom Falkenhorst säuberlich gestapelte Pamphlete, Bücher und Lektüren auf den Boden und stand mit seinen vom Straßendreck beschmierten Schuhen während des weiteren Absuchens darauf. Sowohl der Vater als auch Darius wollten einschreiten, doch die Wachen erhoben die Hände.

Erst als nichts mehr im Regal stand, kein Blatt und kein Bogen mehr auf dem anderen lag, stellte vom Falkenhorst die Suche ein. Gottlob war er nicht fündig geworden. Darius atmete auf.

Etwas wie verhaltene Flüche murmelnd, wandte sich der zwergenhafte Amtmann von den Regalen im Lager und der Werkstatt ab. Darauf hoffend, dass der rotschaubige Topfgucker samt seinen Schergen in den nächsten Sekunden die Werkstatt fruchtlos verließe, hielt Darius seinen Blick starr geradeaus gerichtet und bemerkte, wie der Vater den Kopf anhob. Ein fast unmerkliches Anheben war es, verbunden mit einem dankenden Blick auf ein schwer zugängliches Eck unter der Balkendecke, das vom Falkenhorst übersehen hatte. Diesen Blick aber hatte er bemerkt. Er folgte der Richtung und sah eine Bretterkonsole, hinter der sich gut und gerne etwas verbergen mochte. Geradezu erhaben ging er darauf zu, streckte sich und musste feststellen, dass er zu klein gewachsen war, um die Kiste herunterzubekommen. Darius spürte, wie sich kalter Schweiß auf seiner Stirn bildete. Er hoffte, der Vater mochte alles Erdenkliche dort aufbewahrt halten, nur das eine nicht. Und er hoffte, vom Falkenhorst würde, der Blöße seines Zwergwuchses überdrüssig, vom mühsamen Strecken nach der Kiste ablassen.

Auf die Zehen gestellt und sich unter Stöhnen reckend, erreichte der Stöberzwerg die Unterkante der Konsole nicht einmal mit den Fingerspitzen. In den Gesichtern der Wachen sah Darius Häme, und auch er hätte sich zu gerne lustig gemacht über den missglückten Versuch des Ächzenden. Der jedoch gab nicht auf. Er fand eine armlange Eisenstange hinter der Druckerpresse. Mit dieser hieb er mit einem Streich die gesamte Konsolenkonstruktion von der Decke. Die Bretter zerbarsten, die versteckte Kiste fiel beim Aufprall auf den Steinboden auseinander und gab drei schmale Exemplare eines Werkes preis, sauber gedruckt und ordentlich gebunden.

Der Amtmann warf unter einem schmierenkomödiantischen »Hoho!« die Eisenstange ins Eck, rieb sich die Hände am Hosenboden ab und griff eines der Werke. Laut und deutlich las er vor: *»Ultima Veritas Unica – argumentationes et rationes, pars prima«*[*]. Er schlug ein paar Seiten um und rezitierte laut Kapitelüberschriften wie: *»Cur antiqui arbitrati sunt terram in medio mundi quiescere tamquam centrum.«*[**] Und: *»Solutio dictarum rationum ac earum insufficientia.«*[***]

Dann schritt er auf den Vater zu, hielt ihm die Schrift vors Gesicht und fragte: »Hat *Er* das gedruckt?«

Der Vater nickte.

»Ein tumber Lügner ist Er nicht. Kann Er mir sagen, was da geschrieben steht?«

---

[*] ›Die letzte, einzigartige Wahrheit – Beweise und Berechnungen, 1. Teil‹

[**] ›Warum die Alten glaubten, die Erde ruhe in der Mitte der Welt, gleichsam als Mittelpunkt.‹

[***] ›Entkräftung der angeführten Gründe und ihre Unzulänglichkeit.‹

Der Vater schüttelte den Kopf und antwortete: »Nein, werter Herr.«

»Er druckt also Schriften, die Er gar nicht lesen kann?«

»Mein Vater«, mischte sich Darius ein, »ist des Lateinischen nicht mächtig, das ist allgemein bekannt! Und für das Drucken an sich ist das auch nicht nötig.«

»Ihr seid also der Sohn? Dacht ich's mir. Als Gelehrter brauche ich Euch wohl nicht nach der Übersetzung zu fragen?«, sagte er und zeigte mit dem Finger auf den Buchtitel.

»Die Titelei spricht von einer ›letzten und einzigen Wahrheit‹. Wo ist dort Ketzerei zu erkennen?«

»Habt Ihr nicht zugehört, was ich gerade eben vorlas? Die Zeilen sprechen für sich. Zudem möchte ich wissen«, er wandte sich zum Vater, »weshalb Er das Werk dort oben versteckt?«

»Mit Verlaub, mein Herr«, antwortete der Vater, »das habe ich nicht. In meiner Werkstatt nutze ich jeden Winkel und jeden Platz, das habt Ihr doch selbst gesehen, ich ...«

»Es ist gut!«, unterbrach er ihn, »wir sind nicht zum Disputieren hierher gekommen. Die Schrift ist ketzerischen Inhalts. Ein Verfasser ist nicht genannt. Er hat das Werk gedruckt. Ob im Wissen oder unwissentlich, wird noch zu prüfen sein. Fest steht, die Anzeige war rechtens.« Er winkte die Männer herbei. »Wachen, abführen!«

»Halt!«, schrie Darius, »warum wollt Ihr ihn mitnehmen?«

»Er muss verhört werden!«, antwortete vom Falkenhorst und hielt die Bediensteten an, fortzufahren.

»Es genügt doch, wenn er zum Verhör vorstellig wird!«

»Er wird arretiert! Wachen!«

»Ihr werdet meinen Vater nicht abführen!«

Vom Falkenhorst lachte höhnisch auf. »Wollt Ihr uns an einer Amtshandlung hindern? Euer Vater kommt vor die Inquisition! Er druckt Ketzerschriften!«

»Das ist eine impertinente Behauptung!«, erwiderte Darius und ballte die Fäuste. Ihn durchfuhr der Geistesblitz, dem Winzmann die Seiten zu entreißen und dann zu türmen. Gott, wie töricht! Alles, nur das nicht.

»Wir disputieren nicht mehr, verdammt! Wachen!«

Die beiden Schergen packten den Vater rechts und links an den Armen.

Darius ging dazwischen. »Mein Vater ist Drucker und kein Ketzer! Er druckt, was ihm aufgetragen! Überführt den Schöpfer, verschont den Boten!«

»Nein! Der eine braucht den anderen. Anders kann sich die gottverdammte Ketzerei nicht verbreiten. Jeder Drucker, der sich dafür hergibt, macht sich schuldig! Und jetzt gebt den Weg frei!«

Vom Falkenhorst packte Darius am Wams, um ihn beiseitezuschieben, doch Darius schlug ihm den Arm weg und stieß ihn gegen die Wand. Die Schergen ließen den Vater los und preschten auf Darius zu. Dem Ersten trat er zwischen die Beine, der sackte unter Stöhnen zusammen, der andere war fixer, der hieb Darius mit der Faust nach dem Gesicht und traf ihn direkt auf die Augenbraue.

Noch bevor Darius parieren konnte, schlug ein lautes, ein kreischendes »Auf-hö-ren!« mit der Wucht einer Guillotine dazwischen. Alle standen abrupt still. Darius wandte sich um. Anna stand in der Tür, rotwangig, eine schwarze Mappe schützend vor der bebenden Brust.

»Werte Herren! Ich bitte Euch!«, rief sie fordernd, ging zwischen die Männer und nahm die Mappe hinter den Rücken. Vom rotköpfigen Amtmann verlangte sie: »Herr vom Falkenhorst, gebietet Einhalt!«

Vom Falkenhorst folgte überraschenderweise ohne Gegenrede und mahnte die Wachen zur Ruhe. Darius missfiel, wie er Anna ansah, sich plötzlich galant gab und ihr den Umstand erklärte.

»Wenn dem so ist, so hat es seine Richtigkeit«, beschwichtigte Anna, »Herr vom Falkenhorst, Ihr seid ein pflichtgetreuer Mann und wir schätzen Euren Dienst.«

Darius wollte etwas einwerfen, doch Anna sah ihn streng an und verzog die Brauen. »Wir sind sicher«, fügte sie an, »die Angelegenheit wird sich zügig auflösen und Meister Degenhardt sich bald wieder hier einfinden.«

Die Männer nahmen den Vater erneut an den Armen, führten ihn aus der Werkstatt zum Wagen und hoben ihn auf die Pritsche. Keine Silbe entwich seinem Mund, selbst auf Darius' Aufforderung, er möge etwas zu seiner Verteidigung äußern, blieb er stumm. Der Amtmann wandte sich zu Darius und meinte: »Ein Widerstand gegen einen Ruprecht vom Falkenhorst wird nicht ohne Nachspiel bleiben!«

Anna sprach er seine Empfehlung aus und wohlgemeinte Grüße an den hochgeschätzten Herrn Vater, setzte sich, die drei Exemplare im sicheren Griff, auf den Wagenbock und gab Order, zu fahren.

»Verzagt nicht! Ich werde Euch helfen!«, rief Darius dem Vater nach, der sich, stumm auf der Pritsche sitzend und über die Schlaglöcher der Straße schaukelnd, von ihm entfernte.

Als der Wagen samt vom Falkenhorst, Wachen und Meister Degenhardt verschwunden war, sah Anna in Darius' Gesicht, das kreidebleich geworden war, die Stirn schweißnass. Es schien ihr, als falle er gleich in Ohnmacht.

»Setzt Euch nieder, ich bringe Euch zu trinken!«, sagte

sie, legte die schwarze Mappe, die sie die ganze Zeit über achtsam in ihren Händen gehalten hatte, beiseite, eilte in die Werkstatt, holte einen Becher Wasser und bereitete ein nasses Tuch.

Sie tupfte ihm das Blut von der Braue und legte ihm das Tuch auf die Stirn. Dankend ließ er es geschehen.

»Verzeiht mir«, sagte er, »die letzten Tage waren sehr anstrengend. Ich bin hundemüde, habe nichts gegessen, und jetzt auch noch das.«

»Natürlich war es Eure Schrift, nicht wahr?«

Darius nickte. Anna zauderte einen Moment ob des passenden oder unpassenden Moments dieser Frage – doch nicht zuletzt hatte er sie eingeweiht, vor Monaten schon.

Nach einer Weile des Schweigens, das für Anna schwer zu ertragen war, schritten sie zurück in die Werkstatt. Anna drängte es, seine Hand zu halten, doch das schickte sich nicht, sie waren kein Liebespaar.

In der Druckerei sah es verheerend aus. Über den ganzen Boden lagen verstreut Druckwerke, durcheinandergebrachtes Papier, zerfledderte Manuskripte, Papyrusrollen, eingerissen, umgeknickt und mit lehmigen Schuhabdrücken unbrauchbar gemacht.

»Er hat alles zerstört«, sagte Darius, »seht Euch das an. So einen Giftzwerg kennt Ihr. Und Ihr ›schätzt‹ dessen Dienst?«

»Natürlich nicht! Ihr wisst genau, warum ich das gesagt habe. Vom Falkenhorst ist Ratsmitglied. Ich kenne ihn durch meinen Vater. Er leidet nicht nur an seiner Größe, sondern vor allem daran, nicht wie ich von höherem Stand zu sein. Vom Falkenhorst versucht alles, um nach oben zu gelangen.«

Dass er schon immer ein Auge auf Anna hatte und denjenigen zugehörig war, die zu Vaters Auserwählten für sie zählten, behielt sie für sich.

Darius hob Blätter, Pappe, Einbandleder auf, setzte sich auf den blanken Boden, stierte ins Leere und verzog die Mundwinkel. »Sie haben ihn tatsächlich mitgenommen«, sprach er, den Blick weiterhin ins Leere gerichtet, »ich hätte sie ihm nicht zum Druck geben sollen. Das war dumm! Dumm und eitel!«

Anna setzte sich neben ihn. Sie legte die Hände in den Schoß und suchte nach passenden Worten; recht fündig wurde sie nicht. »Was passiert ist, ist passiert«, sagte sie schließlich, »Ihr könnt es nicht ungeschehen machen.«

»Ich bin schuld an seiner Verhaftung. Warum habe ich nicht mit dem Drucken gewartet? Jetzt ist es zu spät.«

»Sie werden Euren Vater nach dem Auftraggeber fragen. Was wird er Ihnen sagen?«

»Die Wahrheit. Mein Vater ist ein tugendhafter Mann.«

Anna sah auf. »Die Wahrheit? Dann wird er Euch …«

»Er weiß nicht, dass die Schrift von mir stammt. Ich sagte ihm, sie sei von einem befreundeten Astronomen.«

»So pflegt Ihr seine Tugend nicht.«

»Wohl! Sie ist mir die höchste.«

»Ihr belügt Euren Vater und behauptet, die Wahrheit sei Euch die höchste Tugend? Wie ist es dann mit Eurer niedersten bestellt?«

»Tut mir nicht unrecht, Anna. Ihr verkennt die Zusammenhänge. Es gibt Zeiten im Leben, da ist es besser, eine kleine Wahrheit zurückzuhalten, zugunsten einer großen.«

Darius sah ihr in die Augen. Konnte er in ihrem Gesicht den berechtigten Zweifel lesen, dass die Inquisitoren dem Vater nicht glauben würden? Vielleicht glaubte der Vater dem Sohn ja schon nicht, als er ihm den Druck angetragen hatte?

»Vater kümmerten nie wissenschaftliche Dispute. Im Laufe seiner Jahre hat er wohl unzählige ketzerische Schriften gedruckt, ohne es zu wissen, zumindest, ohne sich dafür zu interessieren.«

»Und nun?«, fragte Anna.

»Ich werde erst übermorgen etwas für ihn tun können. Morgen werde ich den ganzen Tag fort sein.«

»Dann stimmt es also ...«, Anna erhob sich. »Ihr sprecht um das Amt des Hofastronomen vor.«

»Ihr wisst davon? Ich dachte, die Angelegenheit sei vertraulich.«

Ja, das war sie. Zumindest, wenn es nach ihrem Vater ginge. Der hatte gar nichts offenbart. Freude und Traurigkeit zugleich spürte sie, jetzt, da sich Ginslebens Andeutung als wahr herausstellte. Freude für Darius, der am Hofe wohl endlich die Protektion erwarten durfte, die kämpferische Forscher vor der Inquisition schützte. Traurigkeit, weil sie sich dann wohl aus den Augen verlören.

»Euer Vater hat Euch eingeweiht«, hakte er nach, »ich dachte, er erzählt Euch nichts über die Viadrina?«

»Ich weiß es«, sie zögerte kurz, »von Professor Ginsleben.«

»Von Ginsleben?« Darius runzelte die Stirn. »Wie kommt mein Dekan dazu, der Tochter seines Rektors ein solches Internum zu verraten?«

»Bestimmt nicht aus Schwatzsucht, seid versichert. Er hat es mir unter dem Siegel der Verschwiegenheit anvertraut.«

»Das sowohl er als auch Ihr gebrochen habt. So ist es mit Euren Tugenden auch nicht weit her.«

»Jetzt tut Ihr mir unrecht! Es verhält sich wie bei Euch, nur umgekehrt: Ihr habt eine kleine Wahrheit zurückgehalten, ich gab soeben eine preis. So haben wir beide gefehlt, doch dies aus der Verbundenheit zu einem Menschen.« Erkannte Darius die Tragweite ihrer Worte? Aus seinem Schweigen und dem Zubodenstarren konnte sie wohl erkennen, dass etwas in ihm vor sich ging, doch was? Da er nichts darauf erwiderte, fügte sie an: »Ihr habt mir Euer Geheimnis der *Veritas* anvertraut. Ein Grund mehr, Euch die Wahrheit zu sagen.«

In dieser Stille, die sowohl Bedrückendes als auch Hoffnungsvolles barg – bedrückend, weil Anna erlebte, wie die Sorge um seinen Vater ihn belastete; hoffnungsvoll, weil sie das unsichtbare Band zwischen ihnen deutlicher denn je spürte –, hätte sie sich so sehr gewünscht, er würde Hilfe von ihr verlangen, einen Freundschaftsdienst, den sie ihm leisten könnte, ohne dass es seinen Stolz verletzte.

Ihr Wunsch blieb unerfüllt.

»Zwei Tage sind nicht die Welt«, brach sie die für sie schwer erträgliche Stille, »bis dahin wird Eurem Vater nichts Schlechtes widerfahren.«

»Eure Hoffnung ist die meinige«, antwortete Darius mit einem unerwarteten, sanften Lächeln, das einen goldenen Schatten auf sein Gesicht legte. Anna sah Liebe darin, die große Liebe eines Sohnes für den Vater. Doch warum vertraute er sich ihr nicht an? War es der Standesunterschied zwischen ihnen? War sie zu jung? Konnte sie ihm überhaupt helfen? Zumindest konnte sie versuchen, Schlimmeres zu vermeiden: »Tut mir einen Gefallen«, bat sie ihn, »kommt nicht auf dumme Gedanken.«

Fragend sah er sie an.

»Euch mit vom Falkenhorst anzulegen. Nicht auszumalen, wenn Ihr Euch gegen die Inquisition stelltet!« Der Wunsch, ihn nicht zu verlieren, war mit einem Mal so stark geworden, dass sie unwillkürlich nach seiner Hand griff und sie für einen kurzen Moment festhielt. Er ließ es geschehen wie zuvor das Auflegen des Tuches.

Sie unterdrückte ein Seufzen. Warum denkt er immer nur an seine Sterne und Planeten?, fragte sie sich, warum interessiert er sich mehr für die einförmigen Bahnen der Gestirne, dort oben in einsamer und unerreichbarer Ferne, als für die unsteten Wege der Menschen in direkter Nähe? Es gibt doch noch anderes außer der Viadrina, den Oderauen und einem Studierzimmer im Turm.

»Wann werdet Ihr morgen fahren?«, wollte Anna wissen.

»Der Reisewagen holt mich bei Tagesanbruch ab«, sagte er und klaubte ein paar Bücher vom Boden auf.

»Dann wünsche ich Euch viel Glück und Erfolg für diesen wichtigen Tag«, erwiderte sie und spürte, wie ihr bei diesen Worten schwer ums Herz wurde.

Bevor er sich bedanken konnte, fügte sie an: »Gebt Ihr mir Bescheid, wie alles verlaufen ist, wenn Ihr wieder zurück seid?«

»Aber ja! Ich werde Euch alles erzählen!«

»Ich freue mich darauf«, sagte Anna und versuchte zu lächeln, doch ihr Mund gehorchte nicht. Sie verabschiedete sich und ging davon.

»Anna!«, rief Darius ihr nach einigen Schritten hinterher und ging auf sie zu. Sie drehte sich um und öffnete unwillkürlich die Arme, wie um ihn zu empfangen.

»Das habt Ihr liegen lassen«, sagte er und streckte ihr die schwarze Mappe entgegen.

»Oh, das habe ich ganz vergessen. Vielen Dank!«, sagte sie und spürte, wie ihr heiß wurde. Nicht auszudenken, wenn vom Falkenhorst nur wenig später aufgekreuzt wäre.

Die Sonne zeigte sich im milchigen Morgendunst noch als ein matter Halbkreis am Horizont. In den grünen Ästen der Birken saß eine Sperbereule und putzte sich das Gefieder. Es regte sich kein Lufthauch, und außer einem Steinmarder, der eine Feldmaus über die Äcker jagte, schlief das Leben vor der Stadt.

Es war kurz vor halb fünf. Darius stand vor dem Turm in stattlicher Montur: ein Hemd aus gebleichtem Leinen mit Spitzkragen, darüber ein dunkelrotes, samtenes Wams und eine rot-blau geschlitzte Schecke, ebenfalls aus Samt. Die Füße zierten schwarze Lederschuhe, die Beine dunkelblaue Kniestrümpfe und Kniebundhose. Dazu hatte er den breiten Ledergürtel mit der kunstvoll verzierten Silberschnalle angelegt und das dunkelblaue Barett aufgesetzt. Kleider machen Leute, wusste er. Doch das allein würde für die Audienz nicht reichen. Die halbe Nacht hatte er in den Werken der großen Meister gelesen, um für jede Frage bei Hofe gewappnet zu sein. Zudem hatte er vor lauter Gedanken an den Vater und an *pars prima*, den gefundenen ersten Teil seiner Schrift, ohnehin kein Auge zugebracht. So war es nur nahegelegen, die Nacht der Wissenschaft zu widmen.

Jetzt schritt er unruhig am Fuße des Turms auf und ab und wartete auf den Reisewagen.

Pünktlich zum Glockenschlag traf er ein. Darius begrüßte den Lenker, stellte die Reisetasche mit Büchern und Papieren ins Wageninnere, stieg ein, schloss die Türe und wollte gerade Order zum Anfahren geben, als eine Frauenstimme »Wartet!« rief.

Darius lehnte sich aus dem Fenster. Anna kam angelaufen, mit roten Wangen und außer Atem. Er stieg aus und schritt ihr entgegen. »Was macht Ihr hier?«

»Ich habe etwas für Euch.« Sie streckte ihm ein in roten

Samt gehülltes Päckchen entgegen, etwa von der Größe einer Kinderfaust, umbunden mit drei bunten Kordeln.

»Ein Geschenk? Aber, Anna …« Darius rieb sich die Hände. Sollte er es annehmen? Warum überhaupt ein Geschenk von ihr? Hatte sie Mitleid mit ihm, wegen des gestrigen Tages? Mitleid wollte er nicht. Dann würde er es abschlagen.

»Für die lange Fahrt. Es soll Euch Glück bringen. Bei der Audienz … und auch sonst.«

Glück. Ja, davon konnte man nie genug haben. Auch Mutter hatte stets einen Glücksbringer bei sich. Womöglich den falschen. Darius suchte Annas Blick, doch sie sah auf den Boden.

»Ihr beschämt mich«, sagte er, »ich weiß nicht, ob ich das annehmen kann.«

»Wenn Ihr es ablehntet, beschämtet Ihr mich. Was wöge schwerer?«

Bevor Darius etwas darauf erwidern konnte, wandte Anna sich mit einem: »Ich muss gehen!« ab und ging davon.

»Sobald ich zurück bin, melde ich mich bei Euch!«, rief er ihr hinterher.

Sie drehte sich um, nickte und sagte: »So war es abgemacht.«

Der Reisewagen hatte schon ein gutes Stück Weg hinter sich gebracht. Doch Darius hatte weder Annas Geschenk ausgepackt noch, wie vorgenommen, in Keplers *Mysterium Cosmographicum* gelesen. Stattdessen starrte er aus dem Fenster und ließ Buchen, Birken, Brombeerbüsche an sich vorbeiziehen. Obgleich ein Naturmensch, der sich seit seiner Kindheit in den Wäldern und Oderauen herumgetrieben, dort mit Freunden Fallen gebaut und Feuerstellen ausgehoben hatte, fand er jetzt keine Muße für die Landschaft dort draußen. Kaum, dass sie die Stadt hinter sich gelassen hatten, bewegte ihn ein ständig wiederkehrender Gedanke: Wer hatte den Vater angezeigt? Und weshalb? Vater sagte immer offen seine Meinung – aber nur, wenn er gefragt wurde, ansonsten hielt er sich bedeckt. Wer wollte ihm ans Leder? Hatte er sich Feinde gemacht? Hatte womöglich Quintling damit zu tun? Als sein Konkurrent würde er Vaters Aufträge übernehmen. Aber »Drucker hängen einander nicht hin«, hatte ihn der Vater einst gelehrt. Es gab da so etwas wie einen ungeschriebenen Ehrenkodex. Doch sollte es ja auch Menschen geben, die sich darüber hinwegsetzten.

Und die *Veritas*? *Pars prima* befand sich nun in den Händen der Inquisition. Fünfzig Seiten nur, doch immerhin so viel, dass diese genügend Einblick in Sinn und Zweck der Schrift gaben. Neben ersten stichhaltigen Argumenten für die Heliozentrik hatte er dort Skizzen und neue Formeln niedergeschrieben, mit den Hinweisen auf weitere, ausführlichere Beweise für die elliptischen Planetenbahnen im zweiten Teil.

Natürlich besaß er *pars prima* noch im Original, gut im Turm versteckt. Und *pars secunda* war bei Ginsleben sicher aufgehoben.

Er musste sich zwingen, nicht ständig mit seinen Gedanken abzuschweifen. Die Audienz näherte sich, das war erstrangig. Kaum hatte er sich dies wieder verinnerlicht, meldete sich erneuter Zweifel: Was, wenn er den kurfürstlichen Ansprüchen nicht genügte? Wenn er die großen Erwartungen, die von Krauchnitz in ihn setzte, nicht erfüllte? Vielleicht hätte er doch noch so lange warten sollen, bis sein Bild in der Galerie hing? Was hatte er schon vorzuweisen außer Ginslebens Beurteilung. Weder kam er von einer Eliteuniversität, noch konnte er dem Kurfürsten die komplett gedruckte *Veritas* überreichen, wo doch heute jeder mittelmäßige Astronom seine sparsamen Erkenntnisse veröffentlichen ließ. Sein Vater vervielfachte sie zuhauf, und immer, wenn Darius eine davon herauszog und darin blätterte, entlarvte er eklektische und schlecht umgeschriebene Plagiate. Bis jetzt hatte er noch keine Schrift gelesen, die auch nur ansatzweise an die Werke der vier großen Meister heranreichte. Die *Veritas*, war er sich sicher, würde es. Und vielleicht noch mehr.

Und was wäre, drückte ihn der nächste Gedanke, wenn der Kurfürst wider von Krauchnitz' Beteuerungen ihn nur vorführen ließ wie einen russischen Tanzbären, sich ihn rein zum Erstellen höfischer Horoskope wünschte? Wenn er dort gar nicht in die tiefsten Tiefen kosmologischer Forschung eindringen konnte, den astronomischen Fortschritt nicht vorantreiben? Niemals würde er das mit sich geschehen lassen.

Als sie an einer Tränke auf einer Lichtung Rast machten und der Wagenlenker die Pferde versorgte, ging er ein paar Schritte abseits und öffnete im Schatten hochgewachsener Buchen Annas Geschenk. Es war so liebevoll verpackt. Die bunten Kordeln, ineinander verwoben, waren elegant verknotet und zu einer vornehmen Schleife gebunden.

Der rote Samt barg ein kleines Döschen aus Ebenholz. In ihm lag, an einem schmalen, armlangen Lederriemen befestigt, eine silberne Münze. Ihre Prägung zeigte zwei übereinanderliegende Wellen. Darius erkannte das Symbol sofort – er kannte alle Symbole des Zodiakus* –, es stand für das Tierkreiszeichen des Wassermannes. Als Sternbild war es ein zwar großflächiges, aber eher unscheinbares südlich des Pegasus gelegenes Gebilde. Er dachte daran, wie seine Mutter ihn in die Sternzeichen eingeweiht hatte. »Im Tier-

* Tierkreis

kreiszeichen hat Aquarius die elfte Position inne. Er gehört zu den Zeichen, die die Ekliptik schneiden«, hatte sie ihn gelehrt.

Von Darius nach Herkunft und Bedeutung des Namens gefragt, hatte sie ihm geantwortet: »Wenn die Sonne den Wassermann durchschritt, markierte dies den Beginn der Regenzeit.«

»Mitten im Januar? Da ist doch tiefster Winter!«

»Bei uns ja, aber nicht dort, wo der Zodiakus herkommt.« Sie hatte die *Typus Orbis Terrarum*, eine Weltkarte des flämischen Kartografen Abraham Ortelius, ausgebreitet und ihm Babylonien gezeigt, wo laut Überlieferung der Tierkreis und seine Symbole herstammten. »Babylonia liegt viel südlicher als wir, noch hinter Natolia und Soria. Einen Winter wie bei uns gibt es dort nicht.«

Die Karte wieder eingerollt, hatte sie ihm noch etwas über Aquarius' mythologische Hintergründe erzählt, über Deukalion, der die Sintflut überlebte und zum Stammvater der Menschen wurde. Dies sei selbstverständlich der griechischen Mythologie entnommen, hatte sie ihm erklärt auf den Einwand, dass der Herrgott im Himmel doch der Stammvater der Menschen sei.

Jetzt, über fünfzehn Jahre danach, fuhr er in einem Reisewagen zu einem Ort, der sein Leben verändern mochte, und hielt ein Amulett des Sternzeichens in der Hand, dem man Veränderung und Wechsel nachsagte; das Geschenk einer Frau, die er, seit er sie kannte, mehr als schätzte, doch zu der er immer Distanz wahrte. »Halt dich zurück, sie ist von höherem Adel«, waren die Worte seines Vaters, die er so oft gehört hatte, dass sie sich ihm wie ein Mahnmal eingeprägt und bis jetzt kaum ihre Wirkung verloren hatten. Doch nun, als er das Amulett in Händen hielt, war ihm sonderbar ums Herz. Es schien, als ob mit diesem Geschenk die steten

Mahnungen nicht mehr mit aller Härte auf ihn einwirkten, sondern sich aufzuweichen begannen. Seiner Neigung als Forscher entsprechend, drängte es ihn, darüber zu sinnieren. Doch er zwang sich, es zu unterlassen – er wusste, dass er dabei Gefahr lief, sich in einer nicht enden wollenden Gedankenspirale zu verlieren, wie es ihm schon bei der ersten Hälfte der Reise widerfahren war. Nein, dachte er, die Zeit drängt. In wenigen Stunden muss ich mich im Namen der Viadrina dem Kurfürsten und seinem höfischen Stab präsentieren. Er konnte es sich nicht leisten, gedanklich auch nur einen Hauch abzuschweifen. Wenn er nicht alles gäbe, fielen die Würfel wohl gegen ihn, und das Amt mochte einem Astronomen der Jenaer Universität zugesprochen werden. Die große, vielleicht die größte Gelegenheit in seinem Leben hätte er dann verspielt. Das wollte er auf keinen Fall.

Er hängte sich Annas Münze um den Hals und schob sie unter den Kragen. Jetzt hing eine Kostbarkeit unter seinem Hemd. Wieder sah er eine lange Weile aus dem Fenster, bis er sich einen Ruck gab und Keplers *Mysterium Cosmographicum* hervorzog.

Obwohl er mehrmals die gleichen Passagen las, die Hand ständig am Schmuckstück unterm Kragen, gelang es ihm nicht, sich einen einzigen Satz zu merken.

3

Gross wie ein Taubenei protzte der Rosenquarz auf Corvin van Crons Fingerring an seiner schmalen Hand, mit der er die Tür zuzog, diesen ausladenden Flügel mit Edelholzintarsien und goldenen Zierleisten. Corvin drückte die Klinke so behutsam ins Schloss, als ob die Schließmechanik nicht aus Eisen bestünde, sondern aus filigranstem Porzellan. Er beabsichtigte damit, seinem Hinaustreten aus den Privatgemächern des Kurfürsten und dem gleichzeitigen Eintreten in den Audienzsaal etwas van Cron'sches zu verleihen, hoffend, dass sich alle Augen auf ihn, den künftigen Hofastronomen des brandenburgischen Kurfürsten, hefteten.

Corvin war bester Dinge. Die kleine Privataudienz bei Johann Sigismund war vortrefflich für ihn verlaufen, wenngleich der kluge Mann sich nicht – wie viele unwissende Deutsche – von seinem Gebaren täuschen ließ; und das, obwohl Corvin sich alle Mühe gegeben hatte, adelig zu erscheinen. Der Kurfürst hatte ihn nach seiner Abstammung befragt, wohl im Wissen, dass der Namenszusatz *van* nicht das Geblüt, sondern lediglich den Herkunftsort bezeichnete, und Corvin hatte wahrheitsgemäß geantwortet: »Ich entstamme einer ehrbaren Kaufmannsfamilie aus Cron, einer Grafschaft der reichen Seefahrtsstadt Rotterdam.«

»Wir geben Euch den wohlgemeinten Rat«, hatte daraufhin der Kurfürst erwidert, »Eure Anrede anzupassen und auf das Siezen zu verzichten. Zum einen sind wir hier nicht am Franzosenhof, zum anderen geziemt es sich für Euren Stand nicht.«

Das kam überraschend. War der Kurfürst nicht ein Freund extravaganter Förmlichkeit?

»Ich bitte vielmals um Vergebung, ich habe Eure Kurfürstliche Durchlaucht doch gar nicht gesiezt.«

»Uns nicht, zu Eurem Glück, was nur das Mindeste an Kenntnis der Etikette zeigt. Hättet Ihr es getan, wäre Euch die Tür gewiss. Ihr habt, wie ich hören konnte, meine Sekretäre gesiezt. Das genügt.«

Allons donc*! Mit so einer Maßregelung hatte er nicht gerechnet. Corvin entschuldigte sich in aller Form. Es läge wohl daran, suchte er eine Erklärung, dass unter den ehrwürdigen Professoren der Sorbonne das Siezen geübt werde und er, erst vor Kurzem aus Paris gekommen, noch so in dieser Übung verhaftet sei.

Natürlich hatten die Sorbonner Professoren das Siezen vom Königshof übernommen; es entsprach den Gepflogenheiten des hohen Adels. Viele der Pariser Doktoren entstammten dem niederen Adel und siezten sich, um sich den Höhergestellten anzugleichen. Die nicht adligen Professoren wiederum taten das Gleiche, um sich denen aus dem niedrigen Adel zu nähern. So setzte sich das Siezen unter allen Professoren durch. Corvin hatte dies schon am ersten Tag seines dortigen Antritts herausgefunden und sofort umgesetzt. Sein brennender Wunsch, einmal dem Adel anzugehören, ließ ihn verbissen dessen Gepflogenheiten studieren und bei allen sich ihm bietenden Gelegenheiten praktizieren. Hier, in der kurfürstlichen Residenz zu Cölln an der Spree, in diesem imposanten Schloss, hatte er eine neue Bühne gefunden. Hier, so hatte er sich vorgenommen, würde er zur Höchstform auflaufen und den ganzen Hofstaat für sich gewinnen, von der Küchenmagd über den Hofmarschall bis hin zu den höchsten Sekretären. Ihm einerlei, welche Anrede er verwendete.

Ja, hier war er schon heimisch geworden, obwohl er

---

* ›Das kann doch nicht wahr sein!‹

erst vor ein paar Stunden eingetroffen war – vorsätzlich zu früh, um genügend Gelegenheit zu haben, das Terrain zu erkunden.

Mit einem Lächeln, das er schon als Jugendlicher verbissen vor dem Spiegel einstudiert hatte und zu seinem Markenzeichen gemacht, wie seine durchweg schwarze Garderobe, beschritt er den Weg von der Tür durch den langen, prunkvollen Audienzsaal, in Richtung Hofsekretär samt Honoratioren am anderen Ende des Saals. Es war ein zähnezeigendes Lächeln; Gott hatte ihn bevorzugt, was das Innenleben seines Mundes anbelangte. Seine Zähne waren, im Gegensatz zum Gros der Leute, nahezu vollständig und standen nur wenig schief. Der einzige Makel, der ihn stets aufs Neue ärgerte, wenn er das großmütige Zähneblecken im Spiegel überprüfte, war, dass der zweite Schneidezahn im linken oberen Quadranten durch ein dunkles Weiß aus dem sonst perlmuttfarbenen, mit einem Bernsteinstich durchwirkten Gebiss hervorstach. Es war ein künstlicher Stiftzahn aus dem Elfenbein eines grönländischen Narwals. Ein sündhaft teurer Ersatz für den echten, ausgeschlagen vor Jahren von einem hitzigen Jungspund, dessen Frau er zu pikant ins üppige Dekolleté geschaut hatte. Der junge Mann war nicht auf seine Beschwichtigungen hereingefallen und hatte Satisfaktion verlangt – ein Zweikampf mit bloßen Fäusten im Hinterhof einer Schenke an der Huushavenkade, der großen Rotterdamer Hafenstraße. Maarten Bram Hellingson, der teuerste Zahnarzt der ganzen Stadt, hatte ihm das gute Stück gegen mächtig viel Geld implantiert.

Als Corvin des Morgens am Hofe eingetroffen war, hatte sich der persönliche Sekretär Reichard Beyer seiner angenommen, ungeachtet dringlicher Dienste und trotz Corvins verfrühter Ankunft. Beyer hatte ihm, seinen Wünschen entsprechend, die Alchemistenwerkstatt und die Münze gezeigt. In der Erasmuskapelle schließlich hatte Beyer sich empfohlen und ihn allein gelassen. Van Cron hatte dort zu Gott gebetet und der Heiligen Lucia gedacht – Mögest du weiterhin meine Wege erhellen, Amen. Danach hatte er den Rückweg zum Audienzsaal angetreten, vorbei an den Kasematten, über den ausladenden Altan mit Blick auf den Halsgraben.

Da sein Magen knurrte, erlaubte er sich einen Abstecher in die Hofküche und unterhielt sich mit Fabian Melchior, dem zweiten Küchenmeister. Melchior, gerade mit dem Ausbeinen eines Elchs beschäftigt, beklagte sich über die zahlreichen sich einschleichenden Schmarotzer aus dem Mob. »Als feine Leut' getarnt, fressen die sich voll an der langen Tafel. Deswegen hat der Kurfürst den alten Hausvogt entlassen und einen neuen auf Probe genommen. Der muss jetzt die Torwächter im Auge haben. Wenn die einen durchwitschen lassen, setzt's was mit dem Rohrstock.«

»Und die Rattenplage? Ist das Schloss auch davon betroffen?«

»Alle Schlösser leiden darunter. Jeden Tag schlagen unsere Küchenbuben ein Dutzend dieser elenden Ratzenviecher tot«, hatte ihm Melchior verraten und ihn nebenbei mit einem Stück gebratener Wolfskeule und einem handwarmen Becher Rotwein beköstigt. Corvin hatte ihm, als er die Küche verließ, noch einen Kreuzer in die Hand gegeben.

»Ihr seid ein guter Mensch. Ich werde wiederkommen.«

Mit Gleichmut im Gesicht durchmaß Corvin federnden Schritts die ganze Länge des Audienzsaals, belächelte ein paar umherhuschende Diener mit souveränem Nicken und stand jetzt neben Reichard Beyer, der ihn mit der anwesenden Hofgesellschaft bekannt machte: »Ludwig Rasch, Geheimer Kammersekretär. Johann Grabow, Kammerschreiber. Und

Adam Jarwitzky, Erster Geiger der Kurfürstlichen Hofkapelle.«

Corvin nickte und bekundete seine Ehrerbietung. Die Dienerschaft reichte Wasser, Wein und das aufgeschäumte Karamellgebäck, das Corvin als kleines Geschenk mitgebracht hatte. Eine Spezialität aus Paris, genauer, ein Geheimrezept des Fein- und Zuckerbäckers Gustave Elouan Lavoile, der sein Haus in der Rue Quatrefours betrieb. Corvin hatte ihn regelmäßig am Mittwoch nach der Vorlesung besucht – Gustave wusste allerhand Neuigkeiten über den Pariser Adel.

Wohl eine gute Stunde standen sie beisammen in diesem großen Saal. Nippten vom Wein. Aßen vom Backwerk. Nippten. Aßen. Nippten. Redeten und redeten. Der gute Beyer, nicht dumm, hatte sich zeitig verabschiedet, mit der Begründung, die Ankunft des Aspiranten aus Frankfurt an der Oder stünde an, was immer das heißen mochte. Corvin fragte sich mehrmals, warum nicht Platz genommen wurde, dort drüben am ovalen Tisch. Das lange Stehen bereitete ihm Unbehagen – seit Kindheit an hatte er unter Senkfüßen zu leiden, was die ledernen Schuheinlagen nur wenig linderten. Und was hatte der akzentsprechende Geiger hier zu schaffen? Gut, Musik hatte ihren Reiz, er selbst spielte seit seinem fünften Lebensjahr Spinett, doch hier ging es um wesentlich Wichtigeres: Wann käme endlich der Kurfürst und stellte ihn als frisch ernannten Hofastronom den hohen Herren vor?

»Pardon, Monsieur le secrétaire«, fragte Corvin Rasch, nicht länger gewillt, dieses zermürbende Warten zu ertragen, »ich hoffe, Sie erachten es nicht als anmaßend, wenn ich um Aufklärung über das weitere Procedere meiner Ernennung zum Hofastronom bitte? Sie sehen mich in der freudlosen Situation eines Mutmaßenden, dem die Ungewissheit schlecht zu Gesichte steht.«

»Eure Ernennung?«, wiederholte Kammersekretär Rasch irritiert. »In der Tat, werter Herr van Cron, jetzt habe ich zu mutmaßen.«

Corvin spürte ein Aufflammen von Unsicherheit. Ein Gefühl, das ihm ganz und gar widerstrebte. Er hatte nicht nur Unmengen dieses französischen Zuckergebäcks in sich hineingestopft, sodass er, in Sorge um den unbeschadeten Halt seiner Elfenbeinreplik, ständig mit der Zunge an den Karamellbatzen zwischen den Zähnen pulte, sondern auch mehrere Gläser Wein hinuntergekippt. Er musste sich zusammenreißen, um der Wirkung des Alkohols zu trotzen und die Etikette zu wahren. Er schwieg und sah Rasch fordernd an. Doch der antwortete nicht.

»Ich fürchte, werter Doktor van Cron«, warf Grabow, der Kammerschreiber, in die gespannte Stille ein, »da liegt ein Missverständnis vor. Wir sind hier versammelt, um die Wahl zwischen Euch und Meister Degenhardt zu treffen.«

Corvin zog die Brauen zusammen. Wahl? Was faselten die beiden da? Vor zwei Stunden war er beim Kurfürsten gewesen und hatte, höchstpersönlich, seine Referenzmappe vorgelegt. Danach hatte er mit ihm böhmischen Pfefferschnaps getrunken, mit astronomischen Fachbegriffen brilliert und ihm einen astrologischen Abriss für die Zukunft erstellt. Er hatte quasi seine Ernennung fix gemacht. Was sollte dann jetzt dieser Blödsinn von wegen einer Wahl? Eine Wahl zwischen ihm und wem?

»Meister Deggendorf?«, erhob er die Stimme, »wer um alles in der Welt soll das sein?«

»Degenhardt«, korrigierte ihn Grabow, »Darius Degenhardt heißt der Mann. Hat Euch Meister Beyer nicht in Kenntnis gesetzt?«

Nein, hatte er nicht. Corvin hatte ihn auch gar nicht

gefragt. Er schüttelte den Kopf. »Tut mir leid. Sie sehen mich in misslicher Unkenntnis.«

»Meister Degenhardt«, antwortete Grabow, »ist wie Ihr ein Doktor der Astronomie. Er zählt fünfundzwanzig Jahre und hat seine Disputation summa cum laude an der Alma Mater Viadrina abgeschl…«

»Vous plaisantez!«*, fiel ihm Corvin ins Wort. »Ich habe meinen Abschluss an der Rijksuniversiteit Leiden gemacht, der renommiertesten Universität des Königreichs der Vereinigten Niederlande. Die größten Astronomen haben dort verkehrt. Ich verfüge über beste Referenzen. Ich verstehe nicht, weshalb dieser Deckenstadt hier zur Sprache kommt.«

»Degenhardt!«, korrigierte ihn Grabow erneut, diesmal mit einem schulmeisterlichen Unterton, »er heißt Degenhardt!«

»Sagte ich doch!«

»Wir wollen Eure Reputation nicht in Frage stellen oder gar herabwürdigen, werter Herr van Cron«, besänftigte ihn Rasch, »ein Konkurrenzaspirant war des Kurfürsten Wunsch. Seine Gunst gebührt sowohl Euch als auch ihm.«

Corvin hatte Mühe, Contenance zu bewahren. Der Wein beeinträchtigte seinen sonst so messerscharfen Verstand. Er spürte so etwas wie aufkeimenden Zorn, der ihm die Hitze in den Kopf trieb. Da besaß tatsächlich ein dahergelaufener Doktor einer astronomisch bedeutungslosen Universität, noch dazu fünf Jahre jünger als er, die Stirn, mit ihm konkurrieren zu wollen? War er hier in ein Possenspiel geraten? Er hatte gute Lust, ausfallend zu werden, doch er riss sich zusammen. Einen unverzeihlichen Fehler hatte er bereits begangen: Er hatte sich mit Alkohol und Zuckermasse vollgestopft. Wo er doch wusste, dass zu viel Wein

* ›Sie scherzen!‹

und Feingebäck seinen Geist lähmten. Er musste schnellstmöglich wieder zu klarem Verstand kommen und sich des Teufelszeugs entledigen. Ganz und gar.

Corvin empfahl sich, um den Abort aufzusuchen. Dort entkleidete er sich, trat ein paar Kakerlaken zu Brei und lockerte sein Mieder, das er wohl doch etwas zu eng geschnürt hatte. Es war ein Meisterstück von André François Duperté, dem besten Gewandschneider von Paris, eigens für ihn angefertigt. Es wurde, im Gegensatz zu normalen Miedern, nicht auf dem Rücken geschnürt, sondern vorne, sodass er es ohne fremde Hilfe, und damit ohne unnötige Mitwisser, binden konnte.

Nachdem er sich Luft verschafft hatte, schlug er nicht nur Wasser ab, sondern steckte sich den Finger in den Hals – er kannte diesen verdammten Degenhardt nicht, ein Grund mehr, der anstehenden Begegnung äußerste Aufmerksamkeit zu schenken.

»Bitte hier entlang, werter Doktor Degenhardt.« Der hagere Mann mit der Stirnglatze, der Darius empfangen und sich als Anton Freytag, Geheimer Kammerdiener des Kurfürsten, vorgestellt hatte, brachte Darius zu den Privatgemächern. »Ich führe Euch über den Südflügel. Ihr umgeht dadurch den Audienzsaal und bekommt somit die Gelegenheit, den Kurfürsten erst einmal ganz allein zu sprechen. Hernach werdet Ihr die Honoratioren im Audienzsaal begrüßen können.«

Darius folgte Freytag, der ihn im Privatgemach warten hieß. »Seine Kurfürstliche Gnaden wird Euch sogleich empfangen«, sagte Freytag und verließ das Zimmer.

Darius stand still und bestaunte das Interieur. Als Erstes sprangen ihm die Radschlossbüchsen mit den ziselierten Läufen ins Auge. Ein halbes Dutzend hing über der angelehnten Tür zum Nebenzimmer. Er selbst konnte sich nicht für die Jagd begeistern, doch er hatte sich von der weidmännischen Lust des Kurfürsten erzählen lassen. Neben den Jagdgewehren prangten ausgestopfte Bussarde, Füchse und Biber auf aus der Wand hervorstehenden Ästen und Wurzelstümpfen. Auf einem brusthohen Findling saß ein ausgestopfter Steinadler mit gespreizten Schwingen, die mit über einem Klafter* Spannweite in das Zimmer ragten. Drei mannshohe, goldumrahmte Gemälde hingen an den Wänden. Das größte zeigte Kurfürst Johann Sigismund, die beiden anderen seinen Vater Kurfürst Joachim Friedrich und seine Mutter Katharina von Brandenburg-Küstrin. Ein Gemälde der Gattin fehlte.

Der Kurfürst ließ auf sich warten. Darius war inzwischen schon zwei Dutzend Male das große Zimmer auf und ab geschritten, hatte die kunstvollen Verzierungen des Marmorbodens genau betrachtet und war mit tastenden Fingern über den Edelholztisch und die feinen Schnitzereien der Stühle gestrichen.

Nach dem vierten Dutzend Mal Auf- und Abhatschen hielt er inne. Wie lange sollte er noch ausharren? Wo verlief die Grenze zwischen regierungstreuer Ergebenheit und fußfälliger Unterwürfigkeit bis hin zur Selbstverleugnung? Sollte er sich setzen? Natürlich nicht, es war einem Bürgerlichen nicht gestattet, ohne Erlaubnis auf königlichen Stühlen Platz zu nehmen. Auch bei Astronomen wurde da keine Ausnahme gemacht. Sollte er das Zimmer verlassen? Um Himmels willen, nie und nimmer; wenn der Kurfürst käme und ihn nicht vorfände? Eine unsägliche Verfehlung!

Darius sah auf das übergroße Fürstenbild. Eine imposante Erscheinung, in feinen Hermelin gekleidet, tat sich da vor ihm auf, ein Mann von starker Leibesfülle mit dichtem,

---

* in Preußen 1, 88 Meter

kurzem Haar, akkurat rasiertem Bart und durchdringendem Blick. Werde ich vor diesem mächtigen Herrscher bestehen können?

Noch in diesen Gedanken vertieft, hörte er auf einmal ein Geräusch aus dem Nebenzimmer. Er horchte genauer. Da schnarchte wer. Er trat zur Tür, die nur einen fingerbreiten Spalt geöffnet war. Sollte er? Er war kein naseweiser Junge mehr. Und doch tat er es – mit spitzen Fingern öffnete er den Türspalt so weit, dass er den Kopf hindurchstecken konnte. In der ausladenden Bettenburg, einem wuchtigen Gestell mit wappenbesticktem Baldachin, lag, in kurfürstlicher Montur, ein mächtiger Fleischklops, den Kopf in den seidenen Kissen. Der schnarchte und schnappte wie ein Walross. Auf dem Boden lagen, zwischen zwei ebenfalls schlafenden Englischen Hunden, eine leere Karaffe und zwei Gläser. Darius starrte auf das sich ihm darbietende Bild. Das sollte die Audienz sein? Dies Seine Kurfürstliche Majestät?

Irritiert zog er den Kopf aus der Schlafzimmertür, als am anderen Ende die Tür zum Audienzsaal aufging und Freytag forsch hereintrat. »Gute Güte«, sprach er, »Seine Kurfürstliche Gnaden hat der Schlaf wieder übermannt. Geduldet Euch einen Augenblick.«

Freytag durchschritt das Privatgemach, eilte in die angegliederte kurfürstliche Schlafkammer ans Bett und rüttelte den schnarchenden Kurfürsten. »Königliche Hoheit! Wacht auf! Der Astronom aus Frankfurt! Er ist eingetroffen!«, sagte er und winkte Darius herbei. Erst nach mehrmaligem Rütteln und »Königliche Hoheit! Bitte! Ich ersuche Euch!«, regte sich der Kurfürst und richtete sich schließlich auf. Im feisten Gesicht trug er die Abdrücke der Kissenfalten, die Augen waren verquollen und sein Haar stand ihm wie eine windschiefe Turmspitze auf dem Schädel.

Er schüttelte den breiten Kopf wie ein Bernhardiner sein nasses Fell, blinzelte mehrmals und sah erst Freytag an, dann Darius. Er nickte mit schläfrigem Blick, trotz mühsam aufgehaltener Augen. Darius trat einen Schritt heran, verbeugte sich, begrüßte den Kurfürsten in aller Form und stellte sich mit Namen und Titel vor.

Der Kurfürst erwiderte keinen Ton. Auch Freytag sagte nichts. Sekunden vergingen. Darius spürte, wie sich kleine Schweißtropfen unter dem Barett bildeten.

Plötzlich stieg dem Kurfürsten die Röte ins Gesicht. Er kniff die Augen zu. Darius und Freytag standen still. Mit einem dumpfen, lang anhaltenden Laut entwich schlechte Luft aus dem kolossalen Kurfürstenleib. Drei, vier Lidschläge später stieg die Geruchswolke in Darius' Nase. Es stank zum Himmel. Darius hätte Ginsleben und von Krauchnitz verfluchen mögen – was für eine Respektlosigkeit, die man hier einem Doktor der Astronomie entgegenbrachte. Er sah zu Freytag und erwartete eine Entschuldigung, zumindest eine Andeutung, doch Freytag nickte wohlwollend und sagte: »Seine Majestät lässt Euch wissen: Ihr seid geschätzt. Bitte tretet in den Audienzsaal und wartet dort. Herr Beyer wird sich Eurer annehmen, bis Seine Kurfürstliche Gnaden erscheinen.«

Darius nickte, zu keiner Antwort fähig. Er verbeugte sich und trat aus dem Schlafzimmer.

Im Vorzimmer hielt er den Türgriff zum Audienzsaal schon in der Hand, als er zögernd verharrte. Ein Furz des Kurfürsten als Zeichen und Zeugnis der Akzeptanz eines Anwärters in hohen Diensten? Darius schüttelte den Kopf, die Hand immer noch an der Klinke. Er mochte vielleicht ein – noch – unbedeutender Astronom sein, dem sich hier eine große, vielleicht die größte Chance auftat, doch das, was er gerade erleben durfte, ließ ihn zweifeln. Was sollte er nach dieser dubiosen Wertschätzung von der erhofften Protektion erwarten?

Er drückte die Klinke herunter und öffnete doch nicht. Was und wie hatte Ginsleben ihn eindringlich gebeten? »Tut es für mich«, hatte er gesagt. War es nicht so, dass jede Handlung, die man augenscheinlich für einen anderen tat, man letztlich für sich selbst tat? Das betraf das Tun genauso wie das Lassen. Lassen war ja auch ein Tun, nur in eine andere Richtung. Ginsleben hatte das sehr wohl bedacht, gut genug kannte er seinen Schützling, und er baute darauf, dass sich dieser sein Ansuchen zu Herzen nähme. Möglicherweise brächte Ginsleben so etwas wie Verständnis auf, wenn sein junger Doktor das Amt ablehnte, aber tief im Herzen wäre er bitter enttäuscht. Das wollte Darius nicht. Ein einziges Mal in seinem Leben hatte er einen Menschen enttäuscht. Enttäuscht? Nein, das war weit mehr als eine bloße Enttäuschung, was er da hervorgerufen hatte. Das waren Schmerz und Elend, tiefste Seelenpein und größte Schuld. Niemals wieder durfte das geschehen! Er hatte sich der Bewerbung zu stellen, Punktum.

Durch diese Gedanken gestärkt, öffnete er die große Flügeltür und trat in den Audienzsaal.

Der Anblick des imposanten Saals ließ ihn das zuvor Erlebte mit einem Mal vergessen. Hatte ihn schon die Größe und Eleganz der Privatgemächer erstaunt, sah er sich hier von weit gewaltigeren Dimensionen in schiere Bewunderung getrieben. So viel Pracht und Reichtum hatte er bislang nur auf Stichen und Architekturplänen zu Gesicht bekommen – neben dem Studium der Freien Künste hatte er sich auch für die Artes mechanicae, die praktischen Künste wie Malerei und Baukunst interessiert. Er wusste um die gestalterischen Mittel, die geometrischen Schnitte und Proportionen, und war in der Lage, über Farben, Formen und Materialien zu referieren. Hier jedoch zeigte sich ihm alle Theorie in nie gesehener Wahrhaftigkeit.

Der Saal mochte sich wohl gut und gerne über eine Länge von fünfzehn Klaftern und eine Breite von sechs Klaftern erstrecken. Mit ehrfürchtigen Schritten ging Darius über schwarzgraue und weiß melierte, wie ein Schachbrett angeordnete Marmorfliesen und überquerte das in den Boden eingepasste Wappen der Mark Brandenburg, den roten Adler mit ausgebreiteten, goldbewehrten Schwingen. Er bestaunte die fein gewebten Wandteppiche mit Jagd- und Krönungsszenen zwischen den hohen, von reich verzierten Pilastern gerahmten Fenstern und richtete seine Blicke dann achtungsvoll zur Decke aus goldgeränderten Kassetten mit Inthronisationsszenarien der kursächsischen Herzöge, brandenburgischen Fürsten und preußischen Könige.

»Meister Degenhardt! Kommt heran!«

Darius blickte nach vorne in den Saal und sah, wie der stirnglatzige Freytag, der mit vier anderen Männern an einem langen, ovalen Tisch saß, sich erhob und ihm freudig winkend entgegenschritt.

Am Tisch nahm er Darius' Referenzmappe in Empfang und machte ihn mit seinen Berufsgenossen Beyer, Rasch und Grabow bekannt. Zuletzt stellte er ihm einen Mann namens Corvin van Cron vor. Dieser war Darius schon zu Beginn der Vorstellungsrunde aufgefallen, da er nicht wie die anderen kurzes Haar oder Kopfbedeckung trug. Wie der Franzosenkönig, war Darius' erster Gedanke, und tatsächlich ähnelte er mit dem ovalen Gesicht, dem langen, schwarzen Haar und dem gekünstelten Bart Ludwig XIII. Rabenschwarz war seine ganze Garderobe, ja, alles an ihm – bis auf einen auffallend großen Rosenquarzring und die silbernen Schnallen an den Schuhen, die Darius äußerst weibisch fand. Selbst seine dunklen Augen besaßen einen Stich ins Rußige. Zudem fiel Darius bei der Namensnennung auf, dass er als Einziger in der Runde offenbar dem Adel entstammte.

»Werte Herren«, fing Sekretär Beyer an, »in wenigen Augenblicken wird Seine Kurfürstliche Gnaden erscheinen. Vorweg ein paar Worte zum Procedere an die beiden Aspiranten.« Darius sah auf, van Cron wie er ein Aspirant?

»Nachdem die Referenzen der Anwärter verlesen und durch eine Disputation die Kompetenzen unter Beweis gestellt wurden, werden wir uns beraten und uns für den besseren Astronomen entscheiden.«

Also doch ein Konkurrent von der Jenaer Universität? Wieso hatten ihm von Krauchnitz und Ginsleben nichts davon erzählt?

Ein Diener neben der Flügeltür der Privatgemächer stieß mit einem brusthohen, verzierten Stock dreimal auf den Boden und kündigte den Kurfürsten an: »Seine Königliche Majestät von Gottes Gnaden Johann Sigismund, Markgraf zu Brandenburg, des Heiligen Römischen Reiches Erzkämmerer und Kurfürst, in Preußen, zu Jülich, Kleve, Berge, Stettin, Pommern, den Kaßuben, Wenden, auch in Schlesien, zu Croßen und Jägerndorf Herzog, Burggraf zu Nürnberg, Fürst zu Rügen, Graf zu der Mark und Ravensberg, Herr zu Ravenstein!«

Die Tür wurde geöffnet und der Kurfürst trat ein, in roten Samt und grüne Seide gekleidet, mit emporgehobenem Haupt, von Kopf bis Fuß über die Maßen geschniegelt. Entgegen Darius' Erwartungen schritt er über den glänzenden Marmor mit Anmut und Grazie, die zum einen seiner Leibesfülle, zum anderen seinem vorigen Zustand vollkommen widersprachen. Weder Gesicht noch Augen noch Haartracht zeigten irgendwelche Spuren von Übermüdung oder gar zügellosem Alkoholgenuss. Wie um alles in der Welt war ihm dieses Kunststück gelungen?

Der Kurfürst schritt, begleitet von den beiden Englischen Hunden und einem in braunschweigscher Tracht gekleideten Zwerg, der ihm gerade mal bis zum Hosenbund reichte, auf die Tafelrunde zu, bis er plötzlich auf der Höhe des Wappens stehen blieb und in die Hände klatschte. Vier Bedienstete schoben im Laufschritt einen wuchtigen Thron für den Kurfürsten über den glänzenden Marmor und brachten einen kleinen vergoldeten Schemel für den Zwerg heran. Die Hunde saßen bei Fuß.

Nach einer gemeinsamen Verbeugung wurden weitere Stühle herangetragen. Alle setzten sich auf Geheiß des Kurfürsten, bis auf Sekretär Beyer, der nach erneuten einführenden Worten die Mappen der Aspiranten vorlas: »Darius Degenhardt, Doktor der Astronomie, geboren am 8. September 1593 in Frankfurt an der Oder. Einziger Sohn der Eheleute Urban Degenhardt, Druckermeister ...«

Darius hörte nicht hin. Er kannte das Geschriebene. Ginsleben hatte es ihm erst gestern vorgetragen, und so auszeichnend fand er seine Leistungen nicht, um es noch einmal in Gänze zu vernehmen. Außer der Summa-cum-laude-Disputation hatte er nichts Überragendes vorzuweisen. Weit mehr interessierten ihn die Referenzen seines geleckten Konkurrenten dort gegenüber, nur drei Stühle von ihm entfernt.

Beyer klappte Darius' Mappe zu, öffnete van Crons und las vor. Darius richtete sich auf.

»Corvin Chrysostomus van Cron, Doktor der Theologie und der Astronomie, geboren am 17. November 1588 in Cron-Rotterdam, im Königreich der Vereinigten Niederlande. Nach einer Tochter zweiter und letzter Sohn der Eheleute Rouven Elart van Cron, Kaufmann für Seefahrtsbedarf, geboren am 2. Februar 1560 in Cron-Rotterdam, gestorben am 19. März 1600 in Amsterdam, und Beeke van Cron, geborene Jynkeboog, Kaufmannsgehilfin, geboren am 18. März 1562 in Utrecht, gestorben am 17. November 1588 in Cron-Rotterdam …«

Darius hatte das identische Datum sofort herausgehört; es war nichts Ungewöhnliches, dass eine Mutter bei einer Geburt ihr Leben opferte, van Cron sie also niemals zu Gesicht bekommen hatte. Wie viel und unsäglich schlimmer war es, von seiner Mutter erzogen worden zu sein, sie über alle Maßen geliebt und sie dann verloren zu haben? Noch dazu in Umständen, die man selbst verschuldet hatte?

»… Disputation zum Doktor der Theologie mit Vergabe der Licentia docendi an der Rijksuniversiteit Groningen, 7. Mai 1605. Disputation zum Doktor der Astronomie mit Vergabe der Licentia docendi an der Rijksuniversiteit Leiden, 23. September 1607.

Gastdozenturen an den Universitäten zu Wien, Mainz und Paris. Verfasser der rühmlichen Schrift: *Exercitatio cosmologica*.

Doktor van Cron ist nicht nur auf dem Gebiet der Theologie eine Kapazität, sondern weiß auch die alten, ehrbaren aristotelischen Lehren gegen die streitbaren, neuzeitlichen Theorien fundiert zu schützen.

Wir empfehlen Doktor van Cron nach bestem Wissen und Gewissen als Aspiranten für das Amt des Hofastronomen am Kurfürstlichen Hofe zu Brandenburg-Preußen.

Gez. Dr. rer. nat., Dr. phil. Hergen van der Groopjes
Dekan der Theologisch-Philosophischen Fakultät,
Rijksuniversiteit Leiden.
Dr. rer. nat. Mats Weyhgracht
Dekan der Mathematisch-Physikalischen Fakultät,
Rijksuniversiteit Groningen.«

Darius ertappte sich, wie er auf den Nagel seines kleinen Fingers biss. Er sah sich aus den Augenwinkeln um, hoffte, nicht dabei gesehen worden zu sein, kaschierte es mit einem augenfälligen Prüfen der Glätte seines rasierten Kinns und nahm die Hand herunter. Wie sollte er sich gegen den zweifachen Doktor behaupten? Van Cron besaß eindeutig die besseren Referenzen. Es war offensichtlich, dass sie ihn ihm vorziehen würden. Sich hier der geforderten Disputation zu stellen, schien ihm jetzt Farce und Zeitvergeudung.

»Versteht Ihr Euch auf die Astrologie, Meister Degenhardt?«, fragte ihn der Kurfürst. »Doktor van Cron ward bereits die Gunst zuteil, mir eine kleine Kostprobe seines Wissens zu bieten. Wie steht es mit Euch?«

Darius erkannte in dieser Eröffnungsformel den Beginn der Disputation. Alles, was jetzt gesprochen wurde, galt als Maßstab der späteren Entscheidung zwischen dem Holländer und ihm. Wenig hielt er von der Astrologie – sie war keine exakt berechenbare Wissenschaft – und gar nichts von jenen ihrer Adepten, deren Aussagen auf Mutmaßungen und Spekulationen fußten, die Prophezeiungen frei erfanden und sich erdreisteten, ihre Gläubiger gegen gutes Geld damit hinters Licht zu führen. Der Astrologie war mit Vorsicht und Scharfsinn zu begegnen, das wusste jeder Kundige.

»Eure Kurfürstliche Gnaden«, antwortete er, »die Astrologie ist seit jeher Bestandteil der Astronomie. Jeder Magister, einerlei ob von holländischen oder deutschen Universitäten, verfügt über ein umfangreiches Grundwissen dieser alten Wissenschaft. So auch ich. Aber ich möchte Euch zu bedenken geben: Das Schicksal lässt sich nicht berechnen! Zudem möchte ich Eure Kurfürstliche Gnaden eindringlich warnen vor Scharlatanen, die …«

»Doktor Degenhardts Darstellung ist irreführend!«, fiel

van Cron ihm ins Wort, »es geht nicht um die ›Berechnung des Schicksals‹, sondern um die fachmännische Berechnung der Gestirnskonstellationen und die begnadete Fähigkeit, daraus die richtigen Zeichen zu deuten. Die Zusammenhänge zwischen den göttlichen, kosmologischen Gesetzen und der irdischen vita humana sind seit Aristoteles belegt! Jeder Astronom weiß …«

»Werter Doktor van Cron!«, unterbrach ihn Darius, »Ihr werdet nicht abstreiten können, dass gerade eben das, was Ihr als ›begnadete Fähigkeit‹ anführt, das Kardinalproblem der Astrologie ist. Der Prophetie mangelt es weiß Gott nicht an falschen Orakeln und nie eingetroffenen Vorhersagen. Ein wahrer Astronom beobachtet den Himmel und berechnet die Gestirne. Er beruft sich auf die ernsthaften Wissenschaften der Mathematik und der Physik. Deuteleien sind seine Sache gewiss nicht.«

»Wollen Sie, oh, excusez-moi, wollt Ihr etwa behaupten, der große Johannes Kepler sei kein wahrer Astronom? Ein jeder weiß, dass auch er Astrologie betreibt. Wallenstein hat er schon vor zehn Jahren in Prag das Horoskop erstellt! Oder wisst Ihr das etwa nicht?«

Natürlich wusste er es. Er wusste alles von seinem großen Vorbild. Kepler hatte sich aus Geldnöten an die Astrologie verraten. In seinem *Tertius interveniens*, einer Schrift von 1610, hatte er sie als »närrisches Töchterlein der hochvernünftigen Astronomie« bezeichnet, und Professor Origanus hatte ihm von einem Brief Keplers an ihn erzählt, in dem er sie gar als »Dirne« titulierte.

Noch bevor Darius auf van Crons Provokation antworten konnte, warf der Kurfürst ein: »Kepler weilt seit sechs Jahren in Linz und verrichtet dort seinen Dienst. Er ist uns nicht von Belang.« Er sah Darius an und sagte: »Meister Degenhardt, wir wünschen von Euch eine klare Antwort. Seid Ihr in der

Lage, aus kosmischen Zeichen astrologische Deutungen zu vollziehen, ja oder nein?«

»Da Eure Kurfürstliche Exzellenz eine klare Antwort wünschen, antworte ich mit einem Ja. Ich möchte aber hinzusetzen, dass …«

»Eure Vorbehalte hinsichtlich streitbarer Astrologie haben wir vernommen«, fiel ihm der Kurfürst ungeduldig ins Wort, »wir schätzen diese und erwarten derowegen eine umso höhere Gewissenhaftigkeit mit ihrem Umgang. Doch jetzt lasst uns damit abschließen.«

Der Kurfürst schien mit einem Mal gelangweilt. Auch der pausbackige Zwerg, der kein Wort sagte, rutschte unruhig auf seinem Goldschemel umher. Gebäck und Wein wurden auf ein Zeichen des Kurfürsten abgetragen, Beyer und Freytag winkte er heran und flüsterte mit ihnen. Sie nickten und traten zurück an den Tisch. Sekretär Beyer öffnete eine Mappe und erhob das Wort: »Vor zwölf Tagen, am 5. Juli 1618, ist um drei Uhr früh ein neuer Komet vom kurfürstlichen Hofgarten aus beobachtet worden …«

Komet? Darius sah auf.

»… er stand nordöstlich des Sternbildes Draco und richtete seinen Schweif auf die obere Spitze. Nachdem er drei Tage lang verschwunden war, tauchte er im Rücken von Cepheus wieder auf und verschwand erneut.«

»Wissen die Herren Astronomen davon?«, fragte der Kurfürst.

Darius schoss die Hitze in den Kopf. Er vermied es, den Kurfürsten anzusehen. Nein, er wusste nichts davon. Seit einem Monat hatte er nicht eine einzige Himmelsbeobachtung mehr getan. Stattdessen hatte er Nacht für Nacht Berechnungen der Planetenbahnen angestellt und vor allem: seine *Veritas* zur Vollendung geführt. Jetzt saß er beim Kurfürsten und musste sich nach vollkommen nebensächlichen Kometen befragen lassen.

»Eure Kurfürstliche Gnaden«, antwortete van Cron, »›davon wissen‹? Ich bitte Euch. Ich habe ihn beobachtet! Und meine Ergebnisse stimmen *exakt* mit denen des Monsieurs le secrétaire überein!«

Van Cron sprach mit einer Überheblichkeit in der Stimme, die Darius anwiderte; allein wie er das Wort ›exakt‹ herausstellte.

Kometen, sprach Darius innerlich. Vor Jahren war er geradezu versessen auf sie gewesen, und jetzt, nachdem er sie so lange schon losgelassen hatte, jetzt kam plötzlich und unverhofft ein Kurfürst mit einem daher und er sollte sich mit diesem befassen?

»Meister Degenhardt! Hört Ihr nicht?«, unterbrach Sekretär Beyer Darius' Sinnieren, »wir fragten nach Euren Ergebnissen.«

Darius sah auf und musste sich räuspern. »Verzeiht, ich war in Gedanken. Natürlich ist mir der Komet nicht entgangen, Eure Exzellenzen«, log er, »ich habe ihn genauestens beobachtet und alle Daten notiert. Hätte ich gewusst, dass es sich hier nur um den Kometen handelt, hätte ich sie natürlich mitgebracht. Ich will versuchen, sie aus dem Kopf … Bitte gebt mir einen Augenblick Zeit.« Mehrere Sekunden lang schloss Darius die Augen, dann sprach er, die Lider immer noch geschlossen: »Die Positionen des Kometen, der sich in den letzten zwölf Tagen meiner Beobachtung retrograd von 225 Grad Waage bis 195 Grad Jungfrau bewegte, liegt auf einer *elliptischen* Bahn, die die Ekliptik etwa bei 255 Grad Skorpion und den Äquator fast rechtwinklig schneidet.«

»Einer elliptischen Bahn?«, warf van Cron ein, »heißt das, Ihr stimmt diesbezüglich nicht mit dem Größten der Großen überein?«

»Kepler? Er ist mir höchst geschätzt, doch ich teile seine Theorie geradliniger Kometenbahnen nicht. Hier ist mir Brahe ein guter Weggefährte, er hat schon dem Kometen von 1577 eine Ellipse zugewiesen.«

»Zugewiesen, ja. Aber der gute Tycho konnte diese nicht beweisen.«

»Wart Ihr so gut zu ihm gestellt, dass es Euch gestattet ist, ihn beim Vornamen zu nennen?«

»Ich stehe ihm sicher näher als Ihr.«

»Es ist unwahrscheinlich, dass Ihr ihn persönlich kanntet. Ihr wart ein Kind, als er starb.«

»Was wisst Ihr schon! Ich habe Tycho Brahe bereits als Zehnjähriger die Hand geschüttelt! Drei Jahre später war ich in Prag bei seinem Begräbnis zugegen. Mir kommt es vor, als sei es gestern gewesen: Der 4. November 1601. Hunderte standen vor den hohen Türmen der Teynkirche, um die Trauerrede seines engsten Freundes Johannes Jessenius von Jessen zu hören, die ...«

»Ich bitte um Verzeihung!«, unterbrach ihn Beyer, »angesichts der strapazierten Nerven Seiner Kurfürstlichen Gnaden möchte ich die werten Herren Astronomen bitten, diese Diskussion auf später zu verschieben. Dringlicher scheint mir, Euch Auskunft zu geben über die Hintergründe unseres Ansinnens.«

Die Hintergründe mögen nicht unwichtig sein, dachte Darius, aber was ist mit der Disputation? Wir haben noch gar nicht richtig begonnen.

»Wir erwarten von den Herren Astronomen keine Kenntnis über die Involvierungen Brandenburgs in die Politik innerhalb und außerhalb des Deutschen Reiches. Lasst Euch dennoch gesagt sein: Die Besitztümer Seiner Kurfürstlichen Majestät sind von gewaltigen Ausmaßen. Sie liegen quer über den Norden Mitteleuropas verstreut, von den Niederlanden bis zum Königreich Polen. Dass dies nicht ohne politische Folgen bleiben kann, liegt auf der Hand. Allein die rheinischen Besitzungen ziehen die Kurmark unweigerlich in die Auseinandersetzungen zwischen den großen Westmächten hinein. Und mit dem Erbe des Herzogtums Preußen sind wir ebenso unabwendbar verwickelt in die Konfrontationen Polens mit Schweden und Russland. Im Nachbarreich Böhmen rebellieren die evangelischen Stände gegen Kaiser Matthias – was am 23. Mai dieses Jahres auf der Prager Burg stattgefunden hat, zieht gewaltige Kreise.«

Sekretär Beyer machte eine kleine Pause, tupfte sich die Lippen und fuhr fort: »Auch bei uns in der Mark ist seit dem Übertritt Seiner Kurfürstlichen Majestät zum Calvinismus ein konfessioneller Riss durch das Land gegangen. Obwohl Seine Kurfürstliche Gnaden allen Landeskindern gestattete, den Übertritt nicht nachzuvollziehen und ihnen – entgegen der Formel *cuius regio eius religio** – Religionsfreiheit gewährte, kommt es zu Unruhen und Tumulten.«

Beyer nahm einen Schluck Wasser, Kammersekretär Rasch setzte fort: »Angesichts dieser Tatsachen dürfte es zu verstehen sein, weshalb Seine Kurfürstliche Majestät exakte Daten über den Verbleib und den Verlauf des Kometen wünscht.«

Darius senkte enttäuscht den Blick; war der Kurfürst, genauso wie seine Honoratioren, also auch nicht gefeit vor dem Aberglauben um die Kometen. Doch gerade sie waren, wie die Astrologie, streitbar. Sie tauchten auf und verschwanden wieder. Theorien über ihre Entstehungen wurden gesponnen, verworfen, neu gesponnen und wieder verworfen.

»Die Astronomen«, fuhr jetzt Kammerdiener Freytag

* ›wessen Land, dessen Religion‹

fort, »die bislang bei uns vorstellig wurden, waren nicht in der Lage, die Bahnen von Kometen zu berechnen.«

»Manche der Bewerber behaupteten sogar, die Berechnung sei unmöglich«, ergänzte Rasch.

»De grâce*«, warf van Cron ein, »was für ›Astronomen‹ wurden denn hier vorstellig?«

Darius sah seine Chance, die Disputation weiterzuführen. Doch bevor er erneut ansetzen konnte, ergriff der Kurfürst das Wort: »Wir haben erkannt, dass die Berechnung von Kometenbahnen einen Astronomen zwar vor eine große Aufgabe stellt, aber wir glauben nicht an deren Unlösbarkeit. Wir sind es leid, das Zeugnis wissenschaftlichen Versagens wieder und wieder ertragen zu müssen. Deswegen ist diese Audienz die letzte ihrer Art. Wir begehren, den besten Astronomen bei uns in Amt und Würden zu stellen. Dieser muss die Fähigkeit besitzen, die Bahn zu berechnen und alle erforderlichen Beweise zu erbringen, andernfalls ist er es nicht wert, in unseren Diensten zu stehen!«

Nach diesen Worten war es so still im Raum, dass Darius nur das Hecheln der Hunde vernahm.

»Damit ist alles gesagt«, ergänzte Kammersekretär Rasch und fügte an: »Wollen sich die beiden Herren Astronomen der Aufgabe stellen?«

Van Crons »Ja, ja, aber natürlich!« polterte mit einer derartigen, geradezu abstoßenden Inbrunst hervor, dass es Darius nicht gewundert hätte, wenn er aufgestanden wäre und die Het Wilhelmus** angestimmt hätte. Diesem Enthusiasmus musste er etwas entgegensetzen. Van Cron schien – im Gegensatz zu ihm – keine Probleme mit der Aufgabe zu haben. Nur wenige Sekunden blieben Darius für die Antwort. Er erhob sich, setzte die rechte Hand aufs Herz und

* ›Um Gottes Willen‹
** Holländische Nationalhymne

sagte: »Bei meiner Ehre als Astronom der Alma Mater Viadrina. Ich werde mich dieser Herausforderung stellen und nicht eher ruhen, als bis ich das zuwege gebracht habe, was anderen Forschern bislang undurchführbar schien!«

Die Herren zeigten sich erleichtert. »Gut!«, sagte darauf Rasch, »ich wusste, ich würde mich in Euch nicht täuschen. Dann lasst uns zum Ende …«

»Verzeihung!«, warf Darius ein, »da wäre noch eine Sache. Nicht weiter tragisch, doch von protokollarischer Wichtigkeit: Ich bitte Eure Kurfürstliche Gnaden um drei Tage.«

»Drei Tage? Wofür?«, fragte Rasch.

»Nun, Ihr habt selbst die Schwierigkeit des Unterfangens herausgestellt. Die politischen Verquickungen, verbunden mit den astronomisch-technischen Hindernissen. Die Kometologie ist zweifelsfrei ein Spezialgebiet der Himmelsforschung, die höchste Anforderungen an den Astronomen stellt, geht sie über astrologische Mutmaßungen und erdachte Prophezeiung hinaus. Was, wenn wir doch – wider aller Erwartung – an den Berechnungen scheitern? Oder falsche Aussagen hinsichtlich der schicksalsschweren Auswirkungen des Kometen machen? Wie stünde es um unsere Reputation? Und, noch gewichtiger, um die unserer Universitäten, die wir ehrenhaft zu vertreten haben?«

Die Berater nebst Kurfürst sahen überrascht auf. In Van Crons Gesicht spiegelte sich Verärgerung.

»Werte Herren«, fuhr Darius mit reichlich Pathos fort, »es ist meine Pflicht als vereidigter Professor meiner Universität, Rektor und Dekan von der Aufgabenstellung in Kenntnis zu setzen. Eigenmächtigkeit, in Form einer sich über alle Autorität hinwegsetzenden Zusage meinerseits walten zu lassen, geziemt sich nicht nur nicht für einen braven Mann, es verstößt gegen unsere Satzung!«

Der kurfürstliche Stab nickte. Van Cron schüttelte verächtlich den Kopf.

»Ihr sollt sie bekommen«, sagte der Kurfürst, »drei Tage, keine Stunde länger. Wir haben nicht ewig Zeit.«

»Mit Verlaub«, warf van Cron dazwischen, »ich benötige keine drei Tage. Meinethalben kann ich sofort beginnen. Ihr seht, die Angelegenheit ist für mich entscheidend einfacher als für den jungen Viadriner.«

»Wir haben Euch verstanden«, entgegnete ihm der Kurfürst, »wir hindern Euch nicht daran, schon heute mit der Beobachtung zu beginnen. Tut es und Ihr habt Doktor Degenhardt drei Tage voraus. Womöglich ist Euch ja das Amt beschieden, weiß man es?«

Nachdem der Kurfürst in die Runde gesehen hatte, gab er Beyer ein Zeichen. Der hieß alle Anwesenden sich erheben und schloss die Zusammenkunft mit: »Werte Herren und Doctores der Astronomie. Seine Kurfürstliche Gnaden wird sich ab morgen für genau dreißig Tage nach Preußen auf die Jagd begeben. Am 17. August, dem sechzehnten Geburtstag seiner Tochter Katharina*, wird er wieder zurückkehren. Bis dahin, auf den Tag genau, werdet Ihr Zeit bekommen, Euch der Aufgabe zu widmen. An diesem Abend wird zu Ehren der Rückkunft seiner Kurfürstlichen Gnaden und des Geburtstages der Tochter ein Fest am Hofe gegeben, in dessen Rahmen Ihr mit der Präsentation Eurer Resultate aufwarten sollt. Derjenige von Euch, der die genauesten Daten und die eindrucksvollste Darbietung der Bahnberechnung erbringt, wird das Amt des Hofastronomen erhalten.« Beyer sah die beiden Astronomen an und wollte wissen: »Noch Fragen?«

Van Cron verzog keine Miene. Darius schüttelte den Kopf.

---

* hist. exaktes Geburtsdatum: 28.5.1602

»Dann ist damit die Audienz beendet. Werte Herren, ich wünsche Euch gutes Gelingen. Wir werden uns, so Gott will, in genau dreißig Tagen hier in diesem Saale wiedersehen.«

Der Kurfürst erhob sich vom Thron – die Runde sich verbeugend mit ihm – und zog sich nach einer formellen Abschiedsgeste in seine Privatgemächer zurück, gefolgt von Zwerg und Dienerschaft nebst Hunden.

Die Honoratioren geleiteten van Cron und Darius hinaus in den Hof, wo ihre Reisewagen auf sie warteten.

Darius verabschiedete sich förmlich von Beyer, Rasch und Freytag, der erinnerte ihn noch einmal an die Depesche in drei Tagen wegen Zusage oder nicht. Ein Wort an van Cron zu richten, konnte Darius sich nicht durchringen. Stumm an ihm vorbeiblickend, strebte er zu seinem Wagen. Als er den Fuß auf die Schwelle setzte, hörte er ein »Meister Degenhardt!« aus van Crons Mund. Er drehte sich um und sah van Cron ihn anlächeln. Ein Lächeln, erst mit geschlossenem Mund, dann alle Zähne zeigend. »Courage und Langmut!«, wünschte ihm van Cron, »das werdet Ihr brauchen. Kometen sind die eigensinnigsten und widrigsten Gesellen im ganzen Kosmos. Und schon manchen Astronomen haben sie ins Unglück gestürzt!«

»Die ›eigensinnigsten‹? Dann werde ich gut mit ihnen stehen, sie sind wie ich«, antwortete Darius und sah van Cron in die Augen, dabei war ihm, als seien sie noch rußiger geworden.

»Dann hoffe ich für Euch«, erwiderte van Cron süffisant, »dass Euer werter Rektor Euch die Annahme des Ultimatums abschlägt. Eigensinn, wenn er ausufert, hat schon manchem das Genick gebrochen. Warum sollte er Euch dieser Gefahr aussetzen?«

4

Tatsächlich Kometen. Immer wieder schüttelte Darius ungläubig den Kopf. Er saß in der Kutsche und befand sich auf der Rückfahrt vom Hofe nach Hause. Bis an die Tore Frankfurts dachte er nach über des Kurfürsten obskures Objekt der Begierde und seine eigene Position dazu: Zu Beginn seines Studiums waren ihm die Schweifsterne der Nabel seiner astronomischen Neugier gewesen. Alles hatte Ginsleben ihm über die fliegenden Feuersterne beizubringen. Ihretwegen war er dem Dekan noch nach den Vorlesungen bis in den Universitätsgarten gefolgt und hatte ihn tage-, mitunter nächtelang mit Fragen gelöchert. So lange, bis Ginslebens Wissen erschöpft gewesen war.

Was Darius an den Kometen so sehr beeindruckt hatte, waren nicht die aristotelischen Thesen über ihr Werden und Sein im sublunaren Himmelsbereich gewesen, die hatte Tycho Brahe ohnehin schon 1588 in seiner Publikation *De mundi aetheri recentioribus phaenomenis** widerlegt. Es waren auch nicht die inflationär erscheinenden Kometenschriften ungezählter seriöser und unseriöser Astronomen, von seinem Vater zu Hunderten gedruckt und von Darius geradezu verschlungen. Ihn hatte es gefesselt, dass diese Vagabunden des Himmels, wie Ginsleben sie nannte, sich durch ihr eigenartiges Gebaren wider jegliche kosmische Ordnung so rigoros den gängigen astronomischen Ermittlungsverfahren entzogen. Das machte sie geheimnisvoller als alles andere im Universum. Doch gerade dieses Geheimnisvolle zog Aberglauben an. Kometen galten als von Gott gesandte Warnzeichen. Sie waren Unheilsbringer, Verur-

* ›In der ätherischen Welt neulich beobachtete Phänomene.‹

sacher von Unwettern, Hitze und nachfolgender Dürre. Selbst Kriege sollten sie heraufbeschwören. Es mangelte nicht an historischen Belegen und dubiosen Beweiskonstrukten, um den furchteinflößenden Status der Haarsterne aufrechtzuerhalten.

Seinerzeit war Darius hin und her gerissen gewesen zwischen dem infizierenden Aberglauben und seinem wissenschaftlichen Tatendrang, den kosmischen Kreuzrittern beizukommen. Doch schon bald eiferte er mehr und mehr seinen großen Vorbildern nach: Kopernikus, Galilei, Brahe, letztlich seinem gehassliebten Kepler. Für diese waren die Kometen eher unbedeutend gewesen. Das sollte auch für ihn gelten. Indem er mehr und mehr das aristotelische Dogma und das ptolemäische Weltbild abstreifte und den Lehren seiner Idole zusprach, umso mehr entfernte er sich auch von den scheinbaren Unglücksbringern. Bis sie ihn überhaupt nicht mehr interessierten. Für ihn bekamen ganz andere Dinge Wichtigkeit – seit seiner Disputation zum Doktor der Astronomie hatte er sich zwei große Aufgaben auf die Fahnen geschrieben: Die immer noch ausstehende Erklärung zu liefern, warum sich die Erde und die fünf Planeten nicht auf exakten Kreisbahnen bewegten, sondern wie Kepler aufgezeigt hatte, auf Ellipsen, und unumstößliche Beweise für das kopernikanische Weltbild zu finden. Als am 5. März 1616 die Congregatio pro doctrina fidei, das Heilige Offizium der römischen Inquisition, Kopernikus' entscheidendes Werk *De Revolutionibus Orbium Coelestium*[*] offiziell indiziert hatte, war das für Darius ein Schlag ins Gesicht neuzeitlicher Astronomie gewesen. Einen Grund mehr sah er darin, Kopernikus' geniales Denkwerk aus dem Dreck zu holen, in den es die Obskuranten der Kurie getreten hatten. Das heliozentrische Weltbild durfte nicht mehr länger

[*] ›Von den Drehungen der Himmelskreise‹

als mathematisches Modell verhöhnt, ja aufs Schändlichste bekämpft werden. Alle sollten es als die letzte und einzige Wahrheit akzeptieren! Darius war sich gewiss, die astronomische Revolution stand bevor, selbst wenn die Kirche und ihre scheinheiligen Handlanger sie immer wieder im Keime zu ersticken suchten. Das wissenschaftliche Weltbild würde sich erneuern durch und mithilfe der Mathematik und der Physik. Was zu berechnen und wissenschaftlich zu erklären war, konnte nicht mehr dem Missbrauch der beiden gottlosen Geißeln, Scharlatanerie und klerikale Willkür, Tür und Tor öffnen. An dieser Errungenschaft wollte er teilhaben und nicht eher ruhen, bis er die großen Fragen gelöst, zumindest einen gewichtigen Teil zu ihrer Lösung beigetragen hatte. Kometen spielten da keine Rolle.

Jetzt sollte er sich unverhofft erneut mit den Kometen beschäftigen, mehr noch, er musste das Bahnproblem lösen, was in der Tat bislang noch niemandem gelungen war. Ob es ihm glücken sollte? Oder womöglich diesem van Cron? Wo kam der überhaupt her? Warum hatte der Rektor ihm nichts von dem Holländer erzählt?

Die Reputation der Viadrina lag von Krauchnitz als höchstes Seelengut am Herzen, und ihm, Darius, war die huldvolle Verpflichtung zuteilgeworden, sie nicht nur zu beschirmen, sondern sie durch Fähigkeit und Hingabe beim Kurfürsten fest zu verankern. Darius war sich zudem gewiss, dass im Gleichzug der universitären Hilfe umgehend die Freisetzung seines Vaters erfolgte. Schließlich mussten die Ergebnisse seiner neu angesetzten Kometenforschung, die Resultate der Bahnberechnung und die politischen Hintergründe in adäquater Form publiziert werden. Zudem wünschte er sich alle neu erworbenen Erkenntnisse und alle Begleiterscheinungen dieser von ihm mehr und mehr als Mission des Schicksals gedeuteten

Aufgabe gedruckt – wer anders als sein Vater hätte dies zu bewerkstelligen?

Sein Optimismus steigerte sich zur Euphorie mit jedem Klafter, den er sich der Viadrina näherte. In wenigen Minuten würde er dem Wagen entsteigen und von Krauchnitz und Ginsleben berichten.

»Setzt Euch, Meister Degenhardt«, kam es eher fordernd denn einladend aus von Krauchnitz' Mund. Er wies ihm Platz auf der wenig komfortablen Sitztruhe an und nicht, wie von Darius erwartet, im breiten Lehnstuhl neben Ginsleben. Von Krauchnitz redete ihn zudem mit dem allgemeinen »Meister« an, anstatt mit seinem Universitätstitel. Das dünkte Darius sonderbar. Und ihm fiel ebenfalls auf, dass es der Rektor unterließ, wie meist üblich, Wein und Wasser zu servieren oder dies zumindest Ginsleben anzutragen. Darius' Euphorie, mit der er vor wenigen Minuten von Krauchnitz' Amtszimmer betreten hatte, sank mit jedem weiteren Augenblick. Eine feindselige Stimmung mutete ihn an – es war noch kein Wort gesprochen worden, doch er fühlte, dass von Krauchnitz ungute Gedanken hegte. Ginsleben dagegen schien peinlich berührt. Er schwieg, und sein Blick lag gesenkt im Leeren.

»Meister Degenhardt«, begann von Krauchnitz, »Ihr wisst, ich bin kein Freund …?«, er sah Darius fragend an und erwartete die Ergänzung, die dieser prompt, wenn auch widerwillig gab:

»… unnützer Worte.«

»Richtig! So sag ich es geradewegs heraus: Eure hiesige Professur ist gefährdet. Wenn nicht sogar schon beendet.«

Was? Von Krauchnitz erlaubte sich einen teuflischen Scherz.

»Werter Rektor«, warf Ginsleben ein, »hättet Ihr nicht ein wenig diplomatischer … Ich meine …«

»Diplomatie? Hier wird nicht verhandelt, werter Dekan, sondern ein unrühmlicher Missstand aufgeworfen, der bereinigt werden will!«

Darius erhob sich. »Ich bitte um Aufklärung!«

»Setzt Euch wieder!«, forderte ihn von Krauchnitz auf und fragte ihn: »Wie erklärt Ihr Euch die schändliche Verhaftung Eures Vaters?«

Darius schluckte. Also doch, sie wussten davon. Die Mutmaßung, die ihn vorhin nur als Hauch eines Gedankens gestreift hatte, war hiermit bestätigt. Überlegungen um eine treffende Antwort schossen ihm pfeilschnell durch den Kopf. Danach zu fragen, wer die Information an die Viadrina getragen habe, schien ihm sinnlos, von Krauchnitz würde sie abwiegeln, ebenfalls würde er seine Antwort, keine Erklärung dafür zu haben, nicht akzeptieren. Die reine und ganze Wahrheit zu bekennen, war schlichtweg unmöglich. Was blieb ihm da noch? Die Taktik der Gegenfrage: »Was gibt es da zu erklären? Ihr wisst, was man meinem Vater anlastet! Und Ihr wisst ebenfalls, dass dieser Vorwurf keine Haft rechtfertigt!«

»Erstes ist richtig«, entgegnete von Krauchnitz, »bei Zweitem geht Ihr fehl. Überdies, darüber zu urteilen, steht Euch nicht an! Fest steht, dass Eure Mutter seinerzeit schon der Ketzerei überführt wurde; und wie sich die Dinge zeigen, ist auch Euer Vater mit dem Virus der Irrgläubigen infiziert. Es drängt sich uns die Frage auf, wie weit er sich in Eurer Familie wohl noch ausbreitet?«

»Wollt Ihr etwa behaupten …?«

»Ich behaupte gar nichts! Behauptungen sind Schall und Rauch. Fakten sind von Belang. Als Wissenschaftler müsst Ihr mit mir darin wohl einig sein.«

»Werter Doktor Degenhardt«, warf Ginsleben ein und versuchte, mit ruhigem Ton die Stimmung zu entspannen, »die Verhaftung Eures Vaters wird sich sehr schnell verbreiten. Bei dem Delinquenten handelt es sich nicht um irgendwen, sondern um den Vater eines angesehenen, jungen Professors unserer Viadrina, versteht Ihr?«

»Ich weiß Eure Güte zu schätzen«, antwortete Darius, »doch Ihr braucht mir die Zusammenhänge nicht zu erklären. Ich möchte Euch nur darauf aufmerksam machen, dass Frau Katharina Kepler, die Mutter des großen Astronomen, bereits seit drei Jahren unter Anklage der Inquisition steht. Man hat ihr noch nichts nachgewiesen. Und Kepler forscht wie eh und je!«

»Das mag stimmen, doch Ihr seid nicht Kepler!«, erwiderte von Krauchnitz, »schon die Stirn zu haben, hier einen Vergleich mit dem begnadeten Wissenschaftler ins Feld zu führen, ist vermessen!«

»Mit Verlaub, Eure Magnifizenz, Anmaßung war nicht meine Absicht, allein Bezug zu schaffen war mein Bestreben«, entgegnete Darius bewusst förmlich. Vielleicht half es, von Krauchnitz' antrabende Verve latent zu zügeln und ihn die Wertschätzung seines Astronomen nicht vergessen zu lassen; er war kein dahergelaufener Student, der sich alles bieten lassen musste, zudem hatte – zumindest nicht offiziell – nicht er gefehlt, sondern sein Vater.

Die Unterredung endete mit der Quintessenz, dass der unbefleckte Ruf der Viadrina im Allgemeinen und seines Rektors im Besonderen auf dem Spiel stünde und dieser nicht weiter gefährdet werden dürfe. Eine schnellstmögliche Aufklärung des peinlichen Vorfalls müsse von Darius angestrebt werden.

Von Krauchnitz' Aussage über die Aufhebung Darius' Professur wurde im Zuge der Diskussion, in der sich

Ginsleben mehr und mehr für seinen Schützling stark machte, zwar nichtig, doch blieb der erste Teil der Äußerung, die Gefährdung, bestehen. Einzig die erfolgreiche Lösung des Ultimatums, die ja die erwartete kurfürstliche Förderung versprach, verbunden mit der Rehabilitation des Vaters, würde Darius' Reputation und Stellung sichern, betonten sowohl von Krauchnitz als auch Ginsleben.

Mit dem eindringlichen Appell, sich die missliche Tragweite der heraufbeschworenen Fatalität stets vor Augen zu halten, und der Forderung, ihn über alle Neuerungen in punkto Komet und Vater umgehend in Kenntnis zu setzen, entließ ihn von Krauchnitz aus dem Zimmer, das Darius zwar erhobenen Hauptes, doch mit angeschlagenem Gemüt verließ.

Sein nächster Weg würde der zum Vater sein. Und er hatte auch sein Versprechen, Anna von der Audienz zu berichten, nicht vergessen. Doch bevor er beides tun wollte, zog er sich für eine Weile in die Oderauen zurück. Dort starrte er ins Wasser, warf Kieselsteine hinein, beobachtete ihr Untergehen und versuchte, Antworten zu finden auf das, was ihm da in den letzten beiden Tagen, vor allem aber vor zwei Stunden widerfahren war.

Nach mehrmaligem fruchtlosen Bemühen, rationale Erklärungen zu konstruieren, um mit freiem Kopf und klarem Geist dem Vater gegenüberzutreten, stand er auf und machte sich auf den Weg zum Gefängnis.

Vater saß, wie auch die Insassen der anderen Zellen, auf dem bloßen, mit Stroh bestreuten Boden – Tisch, Stuhl oder eine Pritsche gab es nicht. Zitternd fiel der Schein einer Wandfackel auf einen gehämmerten Blechteller mit Bohnen. Im Eck stand ein Holzeimer mit Wasser, dahinter ein Loch in der Wand für die Notdurft. Das schmale Gitterfenster lag an der Ostseite, sodass direktes Tageslicht schon lange nicht mehr hineinschien.

Von allen trostlosen Orten, die Darius je zu Gesicht bekommen hatte, war dieser hier der trostloseste. Finster und feucht. Es stank stechend und sauer nach Kot und Urin, und ab und an wehte ihm der ranzige Geruch von Erbrochenem in die Nase. Vater hustete pausenlos.

Um das Nachtlager, einer Bettstatt aus geschichtetem Heu und einer löchrigen Pferdedecke, strichen unablässig dunkle Ratten, die Darius mit gezielten Würfen seines Schuhs immer wieder aufs Neue zu verjagen suchte, was ihm aber nur leidlich gelang. Zu rasch verschwanden die Biester in den Mauerlöchern, und ebenso schnell kamen sie wieder hervor, um an die Bohnen zu gelangen. Für die Nager waren sie eine Delikatesse, besser als gammliges, vom Schimmel durchwachsenes Brot, klammes Stroh oder die fingerlangen Pilze, die aus den moosigen Steinfugen sprossen.

»Vater, Ihr müsst hier raus aus diesem Loch! Besser heute als morgen!«

»Die Sache wird ihren Weg gehen«, antwortete er, »und das wird dauern.« Er hustete und spuckte aus. »Sag, was ist mit meiner Druckerei?«

»Die Druckerei?« Hatte Vater keine anderen Sorgen? Er saß im Kerker. Ein Gefangener der Inquisition! Er war lungenkrank und konnte hier elend zugrunde gehen. »Ich habe einen Zettel mit ›Vorübergehend geschlossen‹ an die Tür geheftet.«

»Bist du von Sinnen? Der muss sofort weg! Quintling wird sich alle meine Aufträge holen. Das darf auf keinen Fall geschehen!«

»Aber Vater, die paar Tage …«

Vater erhob sich schwerfällig, schlug Darius' Angebot,

ihn zu stützen, aus und sagte: »Ich habe es ja seinerzeit auch nicht anders gemacht, als sie ihn am Schlafittchen hatten. Aber es war rechtens, so lange, wie er einsaß!«

»Quintling saß doch nicht lange. Ein, zwei Wochen vielleicht. Und das für zehn Pamphlete.«

»Es waren vier Monate! Und den Druck von siebzehn Ketzerschriften konnten sie ihm nachweisen. Wie viel werden es wohl bei mir sein? Ob sie mir glauben, wenn ich es nicht zu sagen weiß? Was meinst du?«

Vier Monate? So lange? Das durfte nicht sein! Vater würde dabei sterben.

»Junge? Was meinst du?«

»Der Inhalt von allem Gedruckten war Euch doch stets einerlei.«

»Eben! Hätte ich bei allen Aufträgen Ketzerei vermutet, wäre ich an meinem Handwerk verhungert.«

»Meint Ihr, der Inquisitor gibt sich mit diesem Argument zufrieden?«

»Was soll ich ihm sonst antworten? Das ist die Wahrheit!«

»Ja, Eure. Doch nicht die seine. Das ist doch das Kardinalproblem! Die Inquisition hat ihre eigene Wahrheit. Und bei jedem, der nicht mit dieser übereinstimmt, suchen sie nach Mitteln und Wegen, sie danach auszurichten. Wo das hinführt, wisst Ihr nur allzu gut!«

»Mal den Teufel nicht an die Wand, mein Sohn. Seit Mutters Tod zürnst du der Kirche. Mich wird es nicht so hart treffen. Ich verfasse keine ketzerischen Schriften, und wenn sie in Latein gehalten sind, weiß ich nicht einmal, ob und wann es sich um eine solche handelt. Könnte ich es, wäre ich Hochschulprofessor und kein Drucker.«

»Was werdet Ihr dem Inquisitor sagen, wenn er Euch zu dieser *Veritas* befragt?«

»Ich habe in den letzten zwanzig Jahren Hunderte astrologischer und astronomischer Schriften gedruckt. Viele davon versehen mit Namen, echten oder falschen, wer weiß es? Viele davon anonym. Diese *Veritas* ist eine der anonymen. Deshalb, mein Sohn, weiß ich bis heute nicht, wer sie geschrieben hat, und ich will es auch nicht wissen.«

Darius sah den Vater an und bemühte sich, seinen Zweifel nicht durchscheinen zu lassen. Was Vater ihm antwortete, war die Wahrheit. Aber war es die ganze und die reine? Es brannte in ihm, vom Vater zu erfahren, ob er dem Inquisitor den Überbringer des Druckauftrages nennen würde, doch er schwieg. Diese Frage war weder für den Vater gut noch für ihn. Er unterließ es, sie zu stellen, mit dem gleichen Bewusstsein, mit dem er ihm die prekäre Unterredung mit von Krauchnitz und Ginsleben verheimlichte – die Probleme aufzutürmen, war hier nicht Ort und Zeit.

»Quintling wird mir mein Geschäft ruinieren!«, fing Vater wieder an. »Er ist außer mir der einzige Drucker in unserer Stadt. Er wird sich meine Kunden krallen und ich kann meine Schulden nicht mehr bezahlen.«

»Quintling, Quintling … Vater, ich bin auch noch da! Verdiene ich kein Geld?«

»Sie haben einen Inquisitor von auswärts bestellt«, sagte Vater unvermittelt und musste wieder husten, »bis der eintreffen wird, soll es Tage dauern.«

Das konnte Darius bei Vaters Zustand nicht zulassen. »Ihr müsst hier raus. Besser heute als morgen!«, wiederholte er sich.

»Wie stellst du dir das vor? Mit den Fingern schnippen und sie kriechen vor dir zu Kreuze? Du hast keine Macht. Keine Beziehungen.«

»Ich bin ein angesehener Doktor der Viadrina!« Bei diesem Satz schoss ihm das Wort ›noch‹ in den Kopf.

»Das ist gut, mein Sohn«, entgegnete Vater, »aber zu wenig.« Vater sah gegen die Wand. Sie schwiegen eine Weile, dann sagte er: »Du siehst, es kehrt alles wieder.«

»Was meint Ihr damit?«

»Deiner Mutter Geschichte ...«

»Vater, bitte! Sagt so etwas nicht! Euch wird das niemals widerfahren, hört Ihr, niemals! Das ließe ich nicht zu!«

»Was willst du tun? Du hast keine Geltung gegenüber der Obrigkeit.«

»Ich werde die morgige Frühlesung absagen und zum Gildemeister gehen, ihn um rechtlichen Beistand bitten.«

»Den Gang kannst du dir sparen. Twelftkamp tut nichts für mich. Mit ihm habe ich mich schon lange überworfen.«

»Dann gehe ich zu Advokat Dornbirn. Er soll ein Bürgschaftsschreiben aufsetzen!«

»Auch Dornbirn wird mir nicht helfen. Ich habe mich geweigert, ihm das Honorar zu zahlen, als er den letzten Streit um meinen Druckerlohn nicht für mich ausfocht.«

»Dann eben zu Hakkelschmitt! Als Bürgermeister hat er Gewicht.«

»Hakkelschmitt? Bist du des Wahnsinns?« Vater hustete stark. »Hakkelschmitt ist eine Ausgeburt der Korruption. Niemals würde ich diesen aus dem Maul stinkenden Großkotz um einen Gefallen bitten!«

»Donner und drei! Müsst Ihr denn mit allen über Kreuz sein?« Darius stellte sich neben Vater. Sie standen beide mit dem Rücken gegen das grobe Eisengitter.

»Dann setze ich eben selbst etwas auf!«, sagte Darius, »eine Verteidigungsschrift, stichhaltig und brillant formuliert. Nicht umsonst bin ich Doktor!«

»Du bist Astronom und kein Rechtsgelehrter. Ob dein Schreiben etwas bewirken wird, bleibt zu bezweifeln.«

»Das kann keiner sagen, bevor ich es nicht versucht habe!«

»Dass dies hier gut ausgehen wird«, setzte Vater hinzu, »bin ich unbesorgt. Wichtiger ist mir, dass du mein Geschäft weiterführst!«

»Ich? Aber Vater, ich habe jahrelang weder ein Setzschiff noch einen Winkelhaken in der Hand gehabt.«

»Ich habe dich in Jugendzeiten alles gelehrt. Du bist vielleicht aus der Übung, aber drucken kannst du.«

Ja, er konnte es, aber das war lange her.

»Quintling darf kein einziger unserer Aufträge in die Finger geraten, hörst du? Kein einziger!«

Wie sollte er das anstellen? Der Komet würde seine ganze Zeit fordern.

»Wir brauchen jeden Kreuzer!«, setzte Vater sorgenvoll hinzu, »in einer Woche ist der nächste Wechsel fällig. Cornier duldet keinen Aufschub mehr.«

»Cornier ist ein hugenottischer Halsabschneider. Am besten wäre es gewesen, Ihr hättet Euch niemals bei ihm eingemietet.«

»Zum Glück ist dir dein Amt an der Universität sicher. Bis sie mich entlassen, kannst du die Druckerei führen. Die Vorlesungen sind in der Früh, danach kannst du die Presse bedienen.«

Trotz der Misere brachte es Vater fertig, seine angeschlagene Stimmung zu heben, allein mit jeder Folgerung, die er knüpfte. »Du bist meine einzige Hoffnung! Du musst die Druckerei führen!«

Darius nickte und schwieg.

»Ein Nicken genügt nicht! Versprich mir, bei deiner Mutter, dass du die Druckerei nach bestem Wissen und

Gewissen führst, so lange, bis ich wieder auf freiem Fuß bin! Versprich es!«

Darius tat, wie ihm geheißen – was ihm die Sterne, waren Vater die Lettern. Er versprach es, obwohl er gar nicht wusste, ob er das Versprechen einzulösen überhaupt imstande war. Doch Vater diesen Dienst zu erweisen, war das Mindeste – er war schuld an seiner Verhaftung. Alles andere war zweitrangig.

Sie umarmten sich zum Abschied, und es geschah zum ersten Mal seit seiner Kindheit, dass Vater ihn auf die Wange küsste; ein Kuss, der in Darius mehr Traurigkeit als Freude wachrief.

Mit bleiernen Schritten verließ Darius das Gefängnis. Nichts hatte er Vater offenbart. Nichts von der Audienz, nichts vom Kometen, nichts von der gefährdeten Professur. Stattdessen hatte er ihm die Führung der Druckerei versprochen, nach bestem Wissen und Gewissen. Wie sollte er das schaffen? Woher die Zeit nehmen? Beobachtungen durchführen, Berechnungen anstellen, Tabellen anlegen, in Büchern nachlesen und alles protokollieren nahm Stunden um Stunden in Anspruch, wie sollte er das alles verrichten, wenn er die Zeit mit Druckerschwärze, Buchdeckeln und Papier zubringen musste? Er atmete schwer, obwohl er seine Schritte langsam setzte. Die warme Sommerluft lag ihm wie ein nasser Pelz auf den Schultern.

Die Turmuhr schlug drei. In einer Viertelstunde würde er Meister Twelftkamps Haus erreicht haben. Darius mochte nicht glauben, dass sich Vater mit der Gilde überworfen hatte. Schon als Lehrling war Vater dort regelmäßig zugegen gewesen, ein mustergültiger Jünger Gutenbergs, und hatte es kaum erwarten können, von ihr offiziell ein Schwarzkünstler genannt zu werden. Neben der Druckerpresse prangte sein Gautschbrief in goldenem Rahmen und darunter der zweiteilige Spruch zur derben Freisprechungszeremonie, den Vater ihm schon als Kind beigebracht hatte:

»*Wolan es muß das groben Schwein/Mit sonderm Fleiß behobelt seyn/Knecht/Hilff mir lustig machen.*«

Nachdem der angehende Geselle in einen Bottich voller Wasser getaucht wurde, folgte der zweite Spruch:

»*Nun ist er heraus der böse Zahn/Gib die Pommad' her mein Compan/den Bart ihn anzustreichen: Auf dass dem schönen Jungfern-Knecht Ein jeder mög' ansehen recht/Die Hund' ihn auch beseichen.*«

Meister Twelftkamp war nicht anzutreffen. Seine Frau teilte Darius mit, er sei nach Augsburg gefahren, neue Druckerpressen begutachten. Er würde erst wieder in einer Woche zurück sein. Bis dahin hätte Darius sich mit seiner Angelegenheit zu gedulden.

Auch Advokatus Dornbirn war außer Haus.

Nur Hakkelschmitt, der Bürgermeister, war zugegen. Der fettleibige Mann mit dem Schütterhaar und dem rotbuschigen Backenbart übertraf an üblem Mundgeruch alles, was Darius bis dato erleiden durfte – wie kann ein einzelner Mensch nur so aus dem Maul stinken, fragte er sich. Hakkelschmitts Mundgeruch übertraf an olfaktorischer Grausamkeit ja noch des Kurfürsten Furz, und der hatte ihm ja schon die Augen tränen gemacht.

So wie Hakkelschmitts morbide Ausdünstung alles von ihm abschirmte, so tat es sein feindseliges Gebaren. Er herrschte Darius an, wie er sich anmaßen könne, die Autorität der Inquisition anzuzweifeln. Die Freisetzung eines Überführten ersuchen zu wollen, ohne dass überhaupt erste Verhöre durchgeführt worden seien, wo gehe denn das an? Was glaube er, wer er sei, ihn mit diesem unbotmäßigen Ansinnen zu behelligen? Bei erwiesener Unschuld des Vaters, und die werde sich, so Gott wolle, alsbald herausstellen, habe man keinen Anlass zur Sorge. Alles werde seinen rechtmäßigen Gang gehen, das könne niemand verhindern. Und nun solle er sich höflichst bequemen hinfortzueilen, dringlichere Aufgaben bedürften des Schultheiß'.

Die Krätze soll Euch fressen, dachte Darius und verabschiedete sich mit: »Meister Hakkelschmitt, ich habe Euch vernommen. Seid gewiss, im Leben kommt alles zurück!«, und ging fort mit gezügelter Wut, die er erst an der Oder ausließ: Einen Haselnussstecken in der rechten und linken Hand, schlug er abwechselnd so gewaltvoll ins Wasser, dass es klafterhoch aufspritzte, und fluchte dabei wie ein mährischer Henkersknecht. Wieder und wieder schlug er, so hart und fest, bis ihm beide Arme schmerzten und er die Stecken mit aller noch aufzubietenden Kraft weit in die Oder warf.

Er setzte sich ans Ufer und kam zur Ruhe. Eine Weile saß er da. Steingleich. Ohne Gedanken. Ohne Worte. Die Atmung flach. Nur das Herz schlug kräftig. Dann wieder aufmerksame Blicke, gefolgt von Überlegungen: Soll ich zu Anna gehen? Ich habe ihr versprochen, mich zu melden, wenn ich zurück bin. Was man versprochen hat, muss man halten. Er würde sein Versprechen nicht brechen, ganz gewiss nicht, doch jetzt fand er keine Muße für einen Bericht, geschweige eine bildhafte Schilderung des Erlebten. Morgen würde er sich zu ihr begeben. Bis morgen hatte es noch Zeit, er hatte ja nicht gesagt, er würde sie umgehend aufsuchen. Morgen musste genügen, nach den Vorlesungen und nach dem Besuch bei Advokat Dornbirn. Und Gildemeister Twelftkamp, der käme gleich nächste Woche dran. Sie würden ihm die Hilfe nicht ausschlagen. Sicher, Vater war manchmal etwas ungeschliffen und nicht gerade das, was man diplomatisch nannte, doch er war rechtschaffen und bei allen Kunden beliebt. Seinen Gegnern passte nicht, dass er seine Meinung sagte, so mochte es wohl auch bei Twelftkamp und Dornbirn gewesen sein. Doch das ließe sich wohl mit gesetzten Worten bereinigen. Ein Hoffnungsstrahl blitzte auf. Ende nächster Woche würde Vater aus der Haft entlassen sein, munter wie eh und je drucken, und er konnte sich dann voll und ganz dem Kometen widmen.

Darius stand auf. Er klopfte sich die trockene Erde vom Hosenboden und machte sich auf den Weg nach Hause. Für einen kurzen Moment dachte er daran, zur Druckerei zu gehen und dort die Unordnung, die bei der Durchsuchung entstanden war, zu beseitigen. Doch er winkte ab. Heute nicht mehr. Diesen Abend wollte er für sich. Für sich allein und den Kometen. Morgen würde er nicht dazu kommen, Beobachtungen anzustellen, vom Tagwerk in der Druckerei derart in Beschlag genommen. Danach würde er so müde sein und sich nur noch nach der ruhigen Bettstatt sehnen. Zudem würde er morgen seine Entscheidung für oder gegen das Ultimatum dem Kurfürsten schicken müssen. Sollte er sich dagegen entscheiden, wäre es auch das Aus an der Viadrina. Doch was war wichtiger, Vaters Druckerei oder von Krauchnitz' Reputation? Eine Karriere bei Hofe oder Vaters Leben? Einmal schon hatte er sich falsch entschieden. Diese Entscheidung hatte den Tod der Mutter heraufbeschworen. Ein zweites Mal durfte das nicht geschehen. Morgen würde er die Entscheidung treffen. Die heutige Nacht gehörte ihm. Ihm und den Sternen.

5

ALS DARIUS VON DER ODER DEN HEIMWEG ANTRAT, war bereits die Dämmerung hereingebrochen. Das mittägliche Himmelsblau spannte sich jetzt als dunkle Kuppel über die Erde. Erste Sternbilder standen am Firmament: Lyra, Vega und Ursa Major konnte er erkennen, auch Cassiopeia und Cygnus waren bereits sichtbar.

Darius dachte an seine Eltern. Seine Mutter hatte den Streit um ihre Überzeugungen mit dem Leben bezahlt und er hatte den Moment ihrer Rettung – im wahrsten Sinne des Wortes – im Kampf verloren. Jetzt war mit Vater eine ähnliche Situation eingetreten. Das Vergehen, dessen man ihn bezichtigte, wog nicht so schwer wie damals Mutters, dafür waren es Vaters kranke Lungen, die ihm das Stundenglas und womöglich die Sense ins Gefängnis trugen. Falls Advokat Dornbirn sich nicht für Vater einsetzte, musste er die Verteidigung selbst übernehmen. Natürlich war er der Juristerei nicht kundig, da hatte Vater recht, doch ein wortgewaltiges Schriftstück aufzusetzen, dazu sah er sich wohl imstande.

Am Wohnturm angelangt, mahnte er sich, an seinem am Ufer gefassten Vorsatz festzuhalten und alle Gedanken an Vater beiseitezuschieben; war ihm dies beim Heimweg schon nicht geglückt, so musste es jetzt gelingen. Er würde astronomisch nichts zuwege bringen, wenn er ständig nur grübelte. Heute Abend wollte er weder Vaters Anwalt sein, noch von Gedanken an Anna eingenommen – was ihm seit dem Vorfall mit Vater mehr als sonst geschah. Es galt nur eines: der Komet.

Er schaffte die Armillarsphäre, ein Geschenk von

Ginsleben, seinerzeit aus Prag mitgebracht, ein paar Bögen Papier, Feder, Tinte und die *Uranometria*, den viel gerühmten Sternenatlas des Augsburger Astronomen Johann Bayer, auf den Balkon und schritt diesen im Minutentakt meterweise ab, die Augen auf den nördlichen Sternenhimmel gerichtet.

Das Sternenbild glich den Bayer'schen Zeichnungen unverändert: Hercules stand tief im Süden, Draco, Ursa Major und Ursa Minor standen zentral, und nördlich thronten Cassiopeia, Camelopardalis und Perseus.

»… er stand nordöstlich von Draco und richtete seinen Schweif auf die obere Spitze. Nachdem er drei Tage verschwunden war, tauchte er im Rücken von Cepheus wieder auf und verschwand erneut.« Darius hatte die Worte, die der kurfürstliche Secretarius bei der Audienz gesprochen hatte, genau im Kopf. Mehrmals flüsterte er sie vor sich her, während er auf dem Balkon stand und Draco, Cepheus und Cassiopeia genau besah. Die Positionsdaten, die er bei der Audienz als Finte gegen van Cron angegeben hatte, waren allesamt aus dem Stegreif erfunden gewesen. Allein die Souveränität, mit der er sie ausgesprochen hatte, war so überzeugend gewesen, dass keiner der Anwesenden sie anzweifelte. Im Gegenteil, es hatte sie allesamt beeindruckt, bestimmt auch den Holländer, wohl redlich bemüht, sein Erstaunen hinter maskenhaftem Antlitz zu verbergen.

In den vom kurfürstlichen Secretarius aufgeführten Konstellationen drängte sich kein überzähliger Stern. Und schon gar keiner mit einem Schweif. Auch in den benachbarten wie Ursa Minor oder Hercules konnte Darius den Vagabunden nicht ausmachen.

Darius schritt den Balkon in die andere Richtung ab, aber auch bei den Sternbildern Camelopardalis, Perseus und Auriga wurde er nicht fündig.

Stunden vergingen. Es war inzwischen drei Uhr morgens. Mit allen Mitteln kämpfte er gegen die Müdigkeit. Ungezählte Male rieb er sich die Ermattung aus den Augen und hielt sich wach mit dem Kauen von getrockneten Backpflaumen. Viertelstündlich ging er nach drinnen, wo er sekundenlang den Kopf in den Waschzuber tunkte und Liegestütz, Knie- und Rumpfbeugen machte. Das stupide Abschreiten des Balkons versüßte er sich durch Sprechübungen aus dem Rhetorikunterricht: »Bürstenborsten mit schwarzen Borsten bürsten besser als Bürstenborsten mit weißen Borsten bürsten«, oder aber wiederholte er Kinderreime wie »Unter einer Fichtenwurzel hört' ich einen Wichtel furzen.«

Als ihm das zu langweilig wurde, versuchte er, den Reim rückwärts zu sprechen, wobei er sich erst auf die Reihenfolge der Wörter beschränkte: »Furzen Wichtel einen ich hört' Fichtenwurzel einer unter«, um sich dann mit dem Aufsagen der rückwärtigen Buchstabenfolge zu steigern: »Nezruf lethciW nenie hci 'tröh ...«

Um halb vier in der Früh fand er sich mit dem unfruchtbaren Verlauf der Beobachtungen ab. Er schaffte sein Instrumentarium wieder zurück ins Studierzimmer und wollte sich in die Schlafkammer begeben. Am Türstock jedoch hielt er inne, drehte sich um und setzte sich an den Schreibtisch. Mit aufrechtem Kreuz, eng an die Tischkante gerückt, legte er einen Bogen Papier vor sich, streifte ein paar Mal mit dem Handballen darüber, griff zur Feder, tunkte sie ins Tintenfass, klopfte die überschüssige Tinte am Fassrand ab und setzte an. Wenn ihm schon mit dem Kometen kein Glück beschert schien, so wollte er jetzt eine Verteidigungsschrift für den Vater verfassen, die alles übertreffen würde.

Nichts geschah. Vergeblich wartete er auf einen

inspirierenden Moment. Erneut tunkte er die Feder ein, klopfte die Tinte ab und setzte wieder an. Kein Wort. Nichts kam aus ihm heraus. Er war leer. Leer und hundemüde. Sein Kopf fühlte sich taub an, er spürte ein Spannen in den Kieferknochen. Der Nacken sattelhart, ließ kaum mehr ein Kopfdrehen oder Nicken zu. Er massierte sich den Hals, spürte dabei, wie ihm die Finger schmerzten. »Gicht habt Ihr nicht«, hatte ihm der Medicus erst kürzlich versichert, doch immer, wenn er über längere Zeit übermüdet war, spürte er dieses Ziehen und Kribbeln in den Fingern und das Blei in den Gliedern.

Er atmete tief. Siebenmal. Dann begann er:

Frankfurt a/d/O., 19. Julei 1618 AD

~~*An die hochwohlgeborenen Inquisitoren*~~
~~*An die Exzellenzen der Inquisition*~~
~~*Bittschrift zur Entlassung des Urban Degenhardt, ehrenwerter Druckermeister zu Frankfurt an der Oder*~~

Darius zerknüllte mit zunehmendem Verdruss das neunte und letzte Blatt Papier. Dass er bereits bei Grußformel und Betreff scheiterte, zermürbte ihn. Vater hatte recht, er hatte keine Erfahrung in diesen Dingen. Nur ein einziges Mal in seinem Leben – und nicht einmal direkt, sondern nur vom Hörensagen – hatte er mit der *Congregatio Romanae Et Universalis Inquisitionis* zu tun gehabt, der von Papst Paul III. gegründeten Kongregation der römischen und allgemeinen Inquisition, wie sie sich nannte. Das war fünfzehn Jahre her. Es war der Prozess gegen seine Mutter. Damals hatte er kein Gehör gehabt für Titel, Anreden oder Förmlichkeiten der bigotten Erfüllungsgehilfen. Einzig der Ausgang des Prozesses hatte ihn gekümmert.

Mutter wurde schuldig gesprochen und war am nächsten Tag darauf, noch vor der Hinrichtung, im Kerker gestorben.

Er, damals zehn Jahre alt, hätte sie retten können. Mutter hatte ihm Berechnungen über Sternläufe anvertraut, die ihre astrologischen Thesen gestützt, wenn nicht sogar bewiesen hätten. Doch anstatt sie am Prozesstag zur entscheidenden Stunde zu überbringen, war er nicht erschienen. Er hatte sich unterwegs gegen eine Horde dreckiger Lügner zur Wehr zu setzen, besser gesagt: Er hatte Mutter vor der Niedertracht dieser hundsgemeinen Kerle zu verteidigen! »Deine Mutter ist eine Hexe und gehört verbrannt!«, hatten sie ihm hinterhergerufen. Diese durch und durch infame Behauptung! So bitterböse, so abgrundtief gemein, dass jeder seine Mutter über alles liebende Sohn das Gleiche getan hätte: Mit bloßen Fäusten hatte Darius auf die Lügner, allesamt älter und größer als er, eingedroschen. Wie ein verrückter Kobold, ein geisteskranker Zwerg hatte er sie gepackt, umgestoßen, in den Dreck geworfen und auf sie eingeprügelt. Er hatte ihnen die Nasen ein-, die Lippen blutig und die Zähne aus den Lügenmäulern geschlagen. Ein Ende hatte er erst finden können, als er selbst nackt und halbtot am Boden lag, die Kleider samt Berechnungen in tausend Fetzen zerrissen, Kopf und Körper übersät mit blauen Flecken und Beulen, mit Kratz-, Schürf- und Bisswunden, aus Nase, Mund und Ohren blutend.

Er hatte Jahre gebraucht, sich die alleinige Schuld an Mutters Tod auszureden, und selbst bis zum heutigen Tag war es ihm nicht gänzlich gelungen.

Darius stützte die Ellbogen auf den Tisch. Er rieb sich die Augen. Die Wangen. Die Stirn. Vergeblich war sein Versuch, sich die Müdigkeit zu vertreiben. Nichts half mehr. Einen klaren Gedanken konnte er ohnehin nicht mehr fassen. Er würde zu Dornbirn gehen. Das war die beste Lösung. Warum mit juristischen Angelegenheiten dilettieren, wenn es hochbewanderte Fachleute gab? Der Advokat würde das für ihn erledigen, während er sich um den Kometen kümmerte und sein Versprechen an den Vater einlöste.

Mit bleiernen Schritten ging er nach unten und legte sich ungewaschen zu Bett – den Kopf hatte er schon zur Genüge in den Zuber getaucht.

Mit zusammengepressten Zähnen stapfte Darius von Dornbirns Haus auf die Straße, nachdem er diesen einen skrupellosen Halsabschneider und geldgierigen Nimmersatt geheißen hatte.

Gleich nach der letzten Vorlesung hatte er den Advocatus aufgesucht. Doch was Hakkelschmitt an Impertinenz aufbot, übertraf der Jurist an Anmaßung. Für Vaters Verteidigung hatte er von Darius eine unerschwingliche Summe verlangt. Zudem hätte Darius ihn bei der Professorenschaft und bei all seinen Bekannten in der Stadt hochlöblich erwähnen sollen, eine öffentliche Entschuldigung des Vaters ihm gegenüber heranbringen und zu guter Letzt zukünftige Druckaufträge auf Lebenszeit kostenfrei erledigen.

Nein, da hatte sich der anmaßende Jurist den Falschen ausgesucht. Ihn würde er niemals verpflichten. Niemals!

Jetzt war es absolut sicher: Er würde die Apologie selbst verfassen!

Er machte sich auf den Weg zur Druckerei, um dort Ordnung zu schaffen und seine Arbeit zu beginnen. Mathis, den Sohn des Kürschners, beauftragte er für ein Stück Pfefferspeck, einen zusammengerollten, mit Bindfaden umbundenen Zettel umgehend der Tochter des Universitätsrektors – und nur ihr – zu überbringen. Speck und Botschaft eingesackt, rannte der strohblonde Bub mit schnellen Schritten davon.

In der Werkstatt war Darius gerade dabei, auf einer über zwei Kisten gelegten Bohle stehend, die Ablage, die vom Falkenhorst heruntergeschlagen hatte, mit Hammer, Nägeln und ein paar Brettern wieder anzubringen, als ihm von unten ein »Aha, der Doktor als Zimmermann!« entgegenkam. Anna stand da, mit Schleifen im Haar, die Nachricht in der Hand und ein Lächeln im Gesicht. In der anderen Hand trug sie einen mit einem Tuch bedeckten Korb.

»Ihr seht«, sagte sie zu Darius, »ich tue manchmal anders als mir anempfohlen. Und es ist weder Ungeduld noch Neugier auf das, was Ihr zu erzählen habt, sondern meine Pflicht als Christenmensch, Euch beizustehen.«

Er habe sie nicht vergessen, hatte er ihr auf den Zettel geschrieben, doch die Arbeit in der Druckerei raube ihm Zeit und Möglichkeit, sie zu treffen. So wolle er sie bitten, sich noch ein paar Tage zu gedulden, bis er ihr alles erzählen könne.

Darius stieg von der Bohle hinab, Staub im Gesicht und auf dem Arbeitswams seines Vaters. Hatte er vor Stunden beim Zusammenklauben der am Boden liegenden Bücher und Schriften noch auf vom Falkenhorst geflucht und sich ins Handwerkliche geflüchtet, so war seine Stimmung mit jedem angenagelten Brett gestiegen. Und jetzt, da Anna vor ihm stand, durchströmte ihn ein warmes Glücksgefühl. Einen Moment dachte er gar daran, sie zu umarmen; ein Gedanke, den er rasch wieder verwarf.

»Solltet Ihr Hunger haben, so war meine Vermutung recht, als ich den Korb füllte«, sagte sie, hob das Tuch an und präsentierte Brot, gebratene Hähnchenschlegel und rote Trauben.

Zum Essen setzten sie sich an den großen Tisch in der

Werkstatt. Obwohl Anna hier noch nie gegessen hatte, gab sie sich ungeniert und langte beherzt zu.

Während sie aßen, erzählte Darius ihr von der Audienz. Als er seinen unverhofften Kontrahenten erwähnte, seine sonderbare Art und sein Gebaren, ergänzte sie überraschend: »Schwarzes, langes Haar und ein künstlicher Schneidezahn im Gebiss? Von oben bis unten gekleidet in kostbares, schwarzes Tuch?«

»Ihr kennt diesen Mann?«

»Corvin van Cron.«

Darius ließ den Hähnchenschlegel fallen.

»Ich habe van Cron nur ein einziges Mal gesehen«, erzählte Anna, »vor zehn Jahren. Mein Vater hatte mich mitgenommen zur Mainzer Hochschule, wo van Cron lehrte.«

»Was wollte Euer Vater dort?«

»Es ging um den Austausch wertvoller Schriften.«

»Astronomischer?«

»So viel ich damals verstanden habe, handelte es sich um Streitfragen in der Theologie. Mehr weiß ich nicht; ich war zu jung. Zum anderen hat mein Vater nichts erzählt. Das tut er ja bis heute nicht.«

»Und van Cron? Was war mit ihm?«

»Was soll mit ihm gewesen sein? Er war höflicher einem Kind gegenüber, als man es sonst von Erwachsenen erwartet. Er hat mir sogar ein Kompliment gemacht.«

Darius verzog die Mundwinkel. Ihm wurde gewahr, Anna bis dato noch nie eines gemacht zu haben. Allenfalls hatte er sie gelobt wie einen seiner Schüler, wenn sie seinen Ausführungen mit klugen Fragen begegnete.

»Ihr seid die Tochter eines Universitätsrektors, dazu noch von höherem Stand«, entgegnete er, »da möcht' sich manch einer auch zu einem Kind gesittet geben.«

»Ihr scheint ihm nicht wohlgesonnen.«

»Ich hatte immer schon ein Aber gegen Hochmut. Zudem ist van Cron kein Mann, dem man trauen kann.«

»Über solche Dinge befinde ich nicht, ohne mir mein eigenes Bild gemacht zu haben.«

»Wozu es hoffentlich nicht kommen wird. Glaubt mir, der Holländer ist keine Bereicherung für Euch, sondern das Gegenteil.«

Anna ignorierte Darius' Worte, was ihn veranlasste, van Cron nicht weiter zu verunglimpfen. Er wollte die Gefahr nicht nähren, mit jedem weiteren Wort gegen den Holländer ins Hintertreffen zu geraten und womöglich Annas Interesse an seinem Widersacher zu wecken.

Nach dem Essen gingen sie daran, die Druckerei wieder herzurichten. Die Werkstatt in einen passablen Zustand gebracht, machten sie sich ans Lager. Hier würde es nicht so leicht vonstatten gehen. Ein mit losen Blättern übersäter Boden lag vor ihnen. Sie mussten sämtliche Werke durch Schriftproben einander zuordnen, was einer mühsamen Sammlerarbeit glich.

Während Darius hin und wieder fluchte, weil er Seiten nicht zuordnen konnte, erledigte Anna die Arbeit ruhig und gelassen.

Ein Drittel mochten sie geordnet, sortiert und in die entsprechenden Regalfächer verstaut haben, als eine männliche Stimme aus der Werkstatt rief: »Ist jemand da?«

»Einen Moment! Ich komme!«, antwortete Darius und eilte nach vorn.

»Mein Name ist Tiberius Willich«, stellte sich ein älterer Mann vor, gekleidet in ockerbraunes Tuch und Barett. Er sei ein Enkel des Professors Jodocus Willich, der 1535 hier in dieser Stadt das *convivium musicum*, die erste bürgerliche Musiziergemeinschaft Deutschlands, gegründet habe, erzählte er. Der Name war Darius bekannt – ein Bild dieses Professors, der eigentlich Wilcke hieß, hing in der Galerie der Viadrina –, er sagte jedoch nichts darüber; angesichts der Situation hielt er es für besser zu schweigen.

»Wir sind gebildete Herren und Damen«, so der Enkel, »die sich mit weltlicher Musik beschäftigen und dabei musikalische Fragen diskutieren. Es gilt, eine neue Versammlungsordnung zu drucken. Seid *Ihr* der Druckermeister?«

»Sein Sohn«, antwortete Darius kurz, »wie viele Exemplare benötigt Ihr?«

»Dacht ich's mir. Meister Degenhardt müsste doch viel älter sein. Warum ist er denn nicht hier?«

»Exemplare! Wie viele?«, fragte Darius ihn schroff. Er hatte keine Zeit für unnötiges Geplänkel. Zudem sorgte er sich um seine Reputation.

»Äh, was? Ach so, ja, fünf Dutzend. Auf edlem Papier. Was habt Ihr an Qualitäten da?«

»Wir bekommen erst morgen wieder Ware vom Papiermacher Potsek«, log Darius, der ad hoc keine bessere Antwort wusste und sich so vor Willich postierte, dass diesem der Blick ins Lager verwehrt blieb, »Potsek«, ergänzte er – das wusste Darius von Vater –, »schöpft das beste Bütten von ganz Brandenburg.«

Nachdem sie die Formalitäten geklärt hatten, ging Darius wieder zurück zu Anna. »Auch das noch«, sagte er, »ein neuer Auftrag. Ich habe noch nicht einmal mit den ausstehenden begonnen.« Er schlug das Auftragsbuch auf und sah nach: Er hatte zwölf mal achtundzwanzig Gildeschriften für die Gewandschneider und sieben mal vierundsechzig für die Stellmacher zu drucken, je fünfunddreißig Exemplare zweier Disputationen von Kollegen aus der Philosophischen

Fakultät und drei großformatige Aushänge der Marienkirche für die Zeiten der Gottesdienste. Das alles hatte in den nächsten acht Tagen zu geschehen. Er stöhnte.

»Wie stellt Vater sich das vor?«, sagte er laut in den Raum hinein, »ich habe keine Ahnung mehr von diesem Geschäft. Das ganze Druckereizeug ist mir unnötig wie ein Kropf! Ich muss den Kometen finden! Vor allem die Bahn berechnen! Das braucht Zeit, und die habe ich nicht!«

»Ihr habt einen ganzen Monat!«, beruhigte ihn Anna.

»Das hört sich viel an, aber wenn Euch Daten fehlen, Ihr um Formeln bemüht seid und obendrein sich der Komet nicht zeigt … was dann?«

»Van Cron wird es nicht viel besser ergehen.«

Was brachte sie schon wieder den Holländer ins Spiel? Sollte sie sich nicht viel mehr um ihn sorgen?

»Er hat keinen Vater, der im Kerker sitzt. Und er muss sich nicht mit einem Handwerk herumschlagen, das er nicht beherrscht.« Darius nahm ein paar lose Bögen aus dem Blätterwust vom Erdboden auf, starrte darauf und warf sie wieder zu Boden. »Ich hasse ihn, den stummeligen vom Falkenhorst! Allein die ganzen Schriften hier zu sortieren, braucht es Tage!«

»Ich sortiere sie Euch! Ihr druckt! Fangt an!«, sagte Anna unvermittelt.

Das hatte Darius nicht erwartet. »Müsst Ihr nicht nach Hause?«

Dass sie zur Vesperpause kam, ihm ihre Zeit zum Helfen schenkte und jetzt immer noch blieb, machte ihn verlegen. Stumm stand er da und sah sie an.

»Was schaut Ihr so? Ist etwas mit mir?«, fragte Anna.

»Nein, nichts, gar nichts.« Vielleicht wäre jetzt ein guter Zeitpunkt gewesen für ein Kompliment, dachte er, doch, sonst in den Worten so geschult, wollte ihm nichts einfallen, was ihm gefiele. Süßholz zu raspeln, worauf sich wohl der Holländer gut verstehen mochte, dazu wollte er sich nicht herablassen.

»Macht Euch um mich keine Sorgen«, sagte Anna, »ich weiß schon, was ich tue.«

Willichs Versammlungsordnung war nicht der kleinste der Aufträge, aber der leichteste. Es waren nur vier Bögen einseitig einspaltig zu drucken, alles in Schwarz, nicht einmal die Initialen farblich hervorzuheben oder die Einleitung in Rotzeichnungen zu halten.

Doch bevor Darius sich den Setzkasten holen und mit dem Drucken beginnen konnte, musste er sich erst um die Druckerschwärze kümmern, dieser zähflüssigen Emulsion aus Leinölfirnis und Ruß. Sein Vater hatte ihm die Herstellung wohl ungezählte Male gezeigt, bis er es selbst gekonnt hatte, doch das war gut zehn Jahre her. Die Zutaten standen allesamt im Schrank: Terpentin, Harzpech, schwarzes Pech, Schwefelkies, Zinnober, Harz, Galläpfel und Vitriol.

In einem gut verschlossenen Topf aus Steingut fand Darius noch zwei Liter der schwarzen Zähtinte. Die würden für einige Bögen reichen. Darius atmete auf – die Herstellung der Druckfarbe blieb ihm zum Glück erst einmal erspart. Das hatte er ohnehin nie gemocht; zum einen wurde ihm stets schlecht von den Ausdünstungen der Zutaten, zum anderen hasste er es, schwarze Fingernägel zu haben, das sah aus, als ob er im Dreck gegraben hätte.

Er holte den Brotschriftenkasten mit den Bleilettern, den Winkelhaken und das Setzschiff von der Werkbank, um mit dem Setzen des Titels zu beginnen. Hier bekam er schon die ersten Probleme: Die Titelei bestand aus drei verschiedenen Schriftgrößen, zudem war der Haupttitel in fetten Lettern angegeben. Dass man sich der Ligaturen, der Abkürzungszeichen und des Blindmaterials bedienen musste, um einen gleichmäßigen Abstand sowohl zwischen den Buchstaben als auch den Zeilen zu erreichen, wusste er wohl. Sein Vater besaß zahllose Lettern in allen Varianten. Darius probierte alle möglichen Kombinationen aus, doch er wollte es nicht fertigbringen, ein harmonisches Schriftbild zu schaffen. Es misslang ihm nicht nur, exakt gleiche Abstände zu setzen – eine Zeile war immer länger oder kürzer als die andere –, der ganze Satz sah aus wie von Kinderhand gefertigt. Das ging nicht an! Vaters Druckwerke waren immer alle exakt gesetzt. Er würde ein Abweichen seiner Qualität nicht dulden, schlimmer noch, er würde sich über die schlechten Resultate grämen. Das wiederum war unerträglich für Darius. Erneut blitzte in ihm der Gedanke auf, sich einen Druckergesellen zu suchen, doch nur Quintling hatte einen, und den abzuwerben, war unmöglich. Zudem fühlte er sich seinem Versprechen verpflichtet.

Es war schon spät am Nachmittag, als Darius die wohl hundertste Variante der möglichen Setzkombinationen durchgespielt und erst eine Viertelseite fertiggestellt hatte. Er riss sich zusammen, um nicht zu fluchen, wo Anna doch so diszipliniert das lose Blattwerk ordnete.

»Fragen Eure Eltern sich nicht, wo Ihr so lange bleibt?«, wollte Darius erneut von Anna wissen und nützte diese Frage als Gelegenheit, der verdrießenden Arbeit wenigstens für eine kurze Dauer zu entkommen. »Ihr fehlt schon Stunden.«

»Mein Vater ist für zwei Tage auswärts. Meine Mutter glaubt, ich sei beim Schneider, bis es dämmert; das dauert noch drei Stunden.«

»Kommt Ihr denn zurecht mit dem Blätterverhau?«

»Zwei Drittel sind sortiert. Die Arbeit geht mir gut von der Hand. Und Ihr?«

»Ein Trauerspiel. Ich habe gerade mal eine halbe Seite gesetzt; es sind aber vier ganze. Vom Drucken ist gar nicht zu reden, wenn mir schon das Setzen nicht gelingt.«

»Wisst Ihr denn noch, wie man druckt?«

»Das wird sich zeigen, sollte ich die erste Seite endlich fertig haben.«

Als der Abend nahte, verabschiedete sich Anna von Darius, der inzwischen endlich die erste Seite gesetzt hatte.

»Ich muss gehen«, sagte Anna, »es dämmert.«

Darius legte das Setzschiff beiseite. »Ich geleite Euch hinaus.«

»Werdet Ihr heute noch drucken?«

»Vater druckt immer nur bei Tageslicht. Er sagt, Kerzenschein reiche nicht für eine gute Qualitätsprüfung.«

»Dann werdet Ihr nach dem Kometen Ausschau halten?«

»So Gott will, zeigt er sich heute. Jede Nacht zählt.«

»Ich werde morgen wiederkommen und meine Arbeit fortführen«, sagte sie in bestimmtem Ton und setzte, Darius' Erstaunen darüber wohl bemerkend, nach: »So es Euch recht ist.« Dabei hielt sie ihren Kopf betont aufrecht und reichte ihm die Hand. Er nahm sie in die seine und legte die zweite darauf.

»Ich weiß nicht, wie ich Euch danken soll«, sagte er.

Sie lächelte und erwiderte nichts darauf.

Er brachte sie aus der Werkstatt und sah ihr nach, wie sie die Straße entlangging. Wie schön sie war. Wie anmutig ihr Gang. Nach nur wenigen Metern drehte sie sich plötzlich um und fragte: »Hat Euch mein Geschenk gefallen?«

Ein Hitzeschwall schoss ihm in die Stirn. Gott, wie peinlich! Er hatte die ganze Zeit über kein einziges Wort darüber verloren, so vertieft war er in die Setzerarbeit.

»Es ist das schönste Geschenk seit meiner Kindheit! Seht her!« Er zog das Amulett aus dem Kragen hervor und zeigte es Anna.

»Das ist mehr, als ich erwartet habe«, sagte sie und legte ihre Hand aufs Herz.

Er sah ihr bis zur Weggabelung hinterher und spürte die Wärme ihrer Hand, die vor wenigen Minuten noch in den seinen gelegen hatte. Er seufzte und dachte an Vaters Warnung.

Zurück in der Werkstatt, zündete er alle Kerzen an, die er ausfindig machen konnte, und machte sich wider Vaters Regel ans Drucken: Von Neugier getrieben, färbte er mit dem Druckballen die gesetzten Lettern, legte das Setzschiff in die Presse, spannte das Papier ein und drehte den Pressbengel. Der Tiegel senkte sich und drückte das Papier fest auf den Satz.

Als er sein Werk erwartungsvoll aus der Presse nahm, war nicht Freude der Lohn, sondern Enttäuschung. Der Bogen hatte die Farbe gar nicht richtig angenommen; die Buchstaben standen wie blass und unsauber auf dem Papier. Darius stöhnte. Was für ein Dreck! Tag und Nacht steh ich hier, die Finger schwarz, versuche mühevoll, meine Schuld zu tilgen, und dann das. Der Komet zog seine Bahn, van Cron würde sie berechnen und er quälte sich mit Blei und Druckerschwärze ab. Doch so schnell wollte er nicht aufgeben. Er versuchte es ein zweites Mal. Das Ergebnis war keinen Deut besser. Auch der dritte, vierte und fünfte Versuch scheiterten kläglich, obwohl er das beste Papier genommen hatte. Darius fluchte in einem fort und ließ erst davon ab, als ihm die Stimme heiser wurde. Er hatte gute Lust, alles hinzuwerfen und sich mit einer Flasche Rotwein an die Oder zu legen.

Gegen zwei Uhr nachts verließ er die Druckerei. Sein

Weg führte ihn zwar nicht an die Oder, doch er trank auf dem Balkon seines Turmes eine Flasche Wein, taumelte zu Bett und verschlief am nächsten Morgen die Vorlesung. Er schickte einen Boten nach der Viadrina, um Ginsleben auszurichten, er habe Durchfall und empfehle sich für heute und morgen. Dann holte er die missglückten Druckwerke und machte sich auf den Weg zum Gefängnis. Er wollte nach Vater sehen und ihn um Rat bitten.

Vater ging es den Umständen entsprechend besser als erwartet. Der Husten hatte sich trotz der Feuchtigkeit nicht verschlechtert; es schien Darius sogar, Vater huste weniger.

Als Darius ihm die misslungenen Drucke vorzeigte, erkannte er den Fehler sogleich: »Junge, du hast das Papier nicht befeuchtet«, bemerkte er und hatte recht damit. Wie hatte Darius das vergessen können? Er schlug sich auf die Stirn. Es war ihm peinlich, diesen läppischen Anfängerfehler begangen zu haben. Jetzt, wo Vater es sagte, erinnerte er sich, was er ihn einst gelehrt hatte: »Durch das Befeuchten öffnen sich die Poren. Diese nehmen die Farbe auf, schließen sich nach dem Trocknen wieder und umschließen damit auch die Druckfarbe nachhaltig.«

Vater ging mit ihm sämtliche Druckschritte durch und klärte alle Fragen. Er verabschiedete ihn mit großen Erwartungen und bat ihn, baldigst mit den nächsten Ergebnissen wiederzukommen.

Die Apologie kam nicht zur Sprache.

Vom Gefängnis zurück, versuchte Darius sich sogleich erneut an Willichs Auftrag. Es gelang. Zwar war das Ergebnis nicht mit Vaters Werken zu vergleichen, doch jetzt stand die Schrift satt und schwer auf dem Papier. An einigen Stellen waren Ligaturen eingesumpft und Lettern zusammengewachsen; das lag wohl daran, dass er die

Druckfarbe nicht gleichmäßig genug aufgetragen hatte. Mit etwas Übung, hoffte er, würde er auch diesen Makel tilgen.

Am Nachmittag kam Anna in die Druckerei. Obwohl sich Darius über ihr Wiederkommen freute, konnte er diese Freude nur mäßig zeigen. Schon mehrere Stunden stand er an der Druckerpresse, wo er wieder und wieder die gleichen Verrichtungen machte: Er legte ein Papier hinein, drehte die Spindel, druckte, entnahm das Blatt und prüfte, ob es ansehnlich gelungen war. Er ärgerte sich, wenn er Fehler entdeckte und das Papier zum Ausschussstapel legen musste, der sich höher als der Erfolgsstapel aufschichtete.

Wie lähmte ihn diese Monotonie. Wie schlug ihm das Gefangensein in dieser Pflicht aufs Gemüt. Die aufgekeimte Lust, jedes gelungene Blatt mit Freude dem wachsenden Stapel zu addieren, war ihm längst abhandengekommen. Es konnte doch nicht angehen, dass er die nächsten acht Tage hier mit schwarzkünstlerischem Dilettantismus zubrachte. Die Zeit lief ihm nicht nur davon, er brachte auch nach diesem zehrenden und abstumpfenden Tagwerk nicht mehr die Muße auf, sich an die Verteidigungsschrift zu setzen. Doch war das nicht das Wichtigste? Musste er nicht alles daransetzen, den Vater aus dem Gefängnis zu holen? Die Apologie jedoch schrieb sich nicht einfach so nieder. Dafür brauchte er Zeit! Zeit! Darauf lief alles hinaus! Zeit für die Apologie! Zeit für die Druckerei und damit für Vaters Existenz! Zeit für die Universität und seine Schüler! Letztlich Zeit für den Kometen! Zeit, Zeit, Zeit!

»Ich schaffe es nicht!« Diese Äußerung schien ihm just, da er sie getan hatte, doch zu knapp und er setzte hinterher: »Ihr seht mich hier stehen, im Arbeitswams meines Vaters, schnaubend und schwitzend, während ich meiner Profession und dem Ultimatum nachgehen sollte. Doch es ist mir unmöglich, alles zu vereinen. Ich weiß nicht, wo mir der Kopf steht! Am liebsten würde ich alles stehen und liegen lassen, mir ein Boot nehmen und die Oder flussabwärts fahren!«

Anna erhob sich. »Gebt nicht auf!«, sagte sie und nahm seine Hände, »selbst, wenn alles über Euch hereinzubrechen droht, ich helfe Euch!«

6

Wie geht das an?, fragte sich Anna. Vorgestern noch hatte sie mit Darius über den holländischen Astronomen gesprochen und darüber, sich ihr eigenes Bild über ihn zu machen. Hier und heute trat er nun unvermittelt in Erscheinung. Er saß mit Vater am Tisch im Pavillon, über aufgeschlagenen Büchern, aus denen sie abwechselnd einander vorlasen und sich Notizen machten.

»Bleib! Sie wollen unter keinen Umständen gestört werden. Es ist etwas Wissenschaftliches!«, entgegnete ihr die Mutter, als Anna hinaustreten wollte, um sie zu begrüßen. Geht es um die Kometengeschichte?, hätte Anna am liebsten gefragt, doch wusste sie, dass der Vater die Mutter wohl ebenso wenig einweihte wie sie; überdies hätte sie mit dieser Frage eine Kenntnis offenbart, der sie offiziell gar nicht habhaft sein durfte.

So ging sie ins Musizierzimmer, nahm die Geige und versuchte sich erneut an der Toccata des *L'Orfeo*.

Sie hatte eine gute Weile geübt und war schon wieder in gereizter Stimmung ob der vielen falschen Töne, die sie spielte, als unverhofft van Cron ins Zimmer trat.

»Entschuldigt mein Eindringen, gnädiges Fräulein«, sagte er, »Euer Vater bat mich, nach Euch zu sehen.«

Statt ›Ich entschuldige nicht!‹, war ihr: »Seid Ihr die neue Zofe?«, so keck herausgefahren, dass sie noch am Ende des Satzes ihres vorlauten Mundwerks wegen schluckte und eine Erklärung zur Entschärfung nachschob: »Ich meine, wenn Vater einen fremden Mann schickt, um ›nach mir zu sehen‹, gibt es nur drei Erklärungen: Erstens, Ihr seid ein Arzt und ich wäre krank, was ich nicht bin; zweitens, Ihr seid Musiklehrer und ich Eure Schülerin, was sich auch nicht anschickt, der Fall zu sein. So bleibt nur die dritte Möglichkeit, die ich bereits anführte.«

Van Cron fuhr sich mit dem Zeigefinger über den Bart, lachte spitzbübisch und legte seine Zähne bloß. »Es gäbe noch eine vierte«, entgegnete er, »denn fremd bin ich Euch nicht. Doch lasst uns bei der zweiten verweilen. Ihr gestattet?«

Er erinnerte sich also ebenso an sie, wie er ihr die Erinnerung an ihn unterstellte. Doch wie brachte er das mit einer vierten Möglichkeit zusammen und was meinte er damit? Bevor Anna ihn fragen konnte, nahm van Cron sich die Noten, legte sie aufs Spinett und spielte.

Kaum zu glauben, dachte Anna, wie mühelos er die Partitur vom Blatt spielt und wie leicht seine Finger auf den Tasten liegen, selbst der Ringfinger mit diesem mächtigen Rosenquarz.

»Wer hat Euch gelehrt, so brillant zu musizieren?«, fragte sie ihn, »ich mühe mich schon seit Monaten mit der Toccata des *L'Orfeo* ab.«

»Nun, die Metrik dieser Favola in Musica ist etwas eigensinnig, wie die meisten von Monteverdis Kompositionen. Doch wenn man sich einmal in seine typischen Phrasierungen eingefühlt hat, bereitet es regelrecht Freude, ihn zu spielen. Es macht dann keinen Unterschied mehr, ob wie Ihr auf der Geige oder wie ich auf dem Spinett. Wenngleich ich nicht verhehlen möchte, dass die Übertragung der Violinpartitur auf das Spinett etwas Geschickes bedarf.«

Es war eine Weile vergangen, als Annas Mutter ins Zimmer trat. »Herr van Cron«, unterbrach sie sein Spiel, »wollt Ihr bitte die Güte haben, Euch wieder zu meinem Mann nach draußen in den Garten zu begeben? Der Besuch ist gegangen, er hat jetzt wieder Zeit für Euch. Ihr möget die Musikstunde später fortsetzen. Das ist auch gewiss im Sinne unserer Tochter. Nicht wahr, Anna?«

»Wie bitte? Äh, ja, … natürlich«, antwortete sie eher zögerlich, obwohl ihr ein ›nicht unbedingt‹ auf den Lippen lag.

Van Cron gab Anna noch ein paar Ratschläge zur besseren Spielweise, bedankte sich für ihre Gegenwart, empfahl sich und war schon in der Tür, als Anna ihn zurückhielt: »Bitte wartet noch einen Moment! Ihr gebt Euch fein und zeigt Talent auf dem Spinett, jedoch hat es den Anschein, Ihr nehmt die Etikette nicht ernst.«

»Au contraire! Ich wüsste nicht, ma chère Mademoiselle, wo ich gefehlt hätte. Sollte ich wahrhaftig, so bitte ich um Vergebung und Maßregelung.«

»Ihr habt sogar in zwei Dingen gefehlt!« Anna genoss es, van Crons verdutztes Gesicht zu sehen. »Das Erste war, dass Ihr versäumt habt, Euch mir vorzustellen, was ja nun mittelbar durch meine Mutter geschehen ist. Das Zweite …, das überlasse ich Euch selbst herauszufinden.«

Van Cron nickte, machte eine höfische Verneigung und antwortete: »Ich freue mich auf die Fortsetzung unserer Stunde, Mademoiselle Anna.«

Ein Gewöhnlicher ist er nicht, dachte sie, vom Scheitel bis zur Sohle ein Edelmann. Darius' Kritik an ihm schien ihr nicht gerechtfertigt. Van Cron war um Längen besser als alle anderen, die Vater bisher ins Haus gebracht hatte.

Sorgfältig wischte sie mit einem seidenen Lappen über die Geige, packte sie in den Kasten und begab sich nach oben zur Mutter, die gerade Flechtspitzen für eine Tischdecke klöppelte. Anna setzte sich neben sie auf den breiten Fenstersims.

»Wisst Ihr etwas über unseren neuen Gast?«, fragte sie die Mutter und fuhr dabei verspielt mit den Händen über das dunkle, glatte Holz, um ihrer Neugierde den Anschein von beiläufigem Interesse zu geben.

»Herr van Cron bat deinen Vater um Erlaubnis, die Bibliothek der Viadrina und das astronomische Labor nutzen zu dürfen. Es scheint etwas Wichtiges zu sein.«

Noch ehe eine Unterhaltung zwischen der Mutter und ihr stattfinden konnte, tönte ein »Kriemhild!« vom Garten; Vater rief die Haushälterin. »Herr van Cron wird zum Mittagsmahl bleiben. Leg bitte ein zusätzliches Gedeck auf«, trug er ihr an.

Sie aßen im Speisezimmer, südwestlich zum Garten hin. Anna liebte es, wie das Sonnenlicht auf das gewachste Holz der Möbel fiel und ihnen einen ganz besonderen Glanz verlieh.

Während Kriemhild gedünstetes Rübenkraut und gebratene Hirschlenden auftischte, holte der Vater die italienischen Gläser aus dem Kammerschrank. Entgegen seinen Gepflogenheiten gab er seiner Familie doch ein paar wenige Einblicke in den Grund für van Crons Besuch: »Doktor van Cron ist im Auftrag des Kurfürsten hier. Er soll für ihn einen Kometen ausfindig machen. Für diese ehrenvolle Aufgabe wollen wir ihm unsere Unterstützung nicht verwehren!«

Anna blickte erst van Cron an, dann ihren Vater. Wie konnte er nur? Van Cron war doch Darius' Kontrahent.

»Um das Amt des Hofastronomen übertragen zu bekommen«, erklärte van Cron, der Annas fragenden Blick wohl bemerkt hatte, »wurde mir zur Bedingung gemacht, den Kometen nicht nur ›ausfindig zu machen‹ – Ihr verzeiht mir, werter Rektor, wenn ich Euch präzisiere –, sondern seine Flugbahn zu berechnen. Für einen Astronomen meines Niveaus ist das weiterhin keine große Affäre, doch ich brauche ein paar Instrumente und Tabellen dazu, die an Eurer Universität allesamt vorhanden sind.«

Wollte der Vater einen Konkurrenzkampf schüren?

Als das Mittagessen beendet war, Anna sich bereits von van Cron verabschiedet hatte und nach draußen gehen wollte, hielt der Vater sie zurück: »Anna, ich möchte dich bitten, Herrn van Cron morgen die Bibliothek und das astronomische Laboratorium zu zeigen.«

Er wandte sich zu van Cron: »Sie kennt die Viadrina wie keine Zweite. Sie ist mehr oder weniger dort aufgewachsen.«

»Morgen«, log Anna, »bin ich zur Anprobe beim Schneider … Das neue Kleid für Euren Geburtstag.«

»Die Anprobe dauert nicht den ganzen Tag. Trefft Euch um drei Uhr nachmittags, da sind alle Studenten außer Haus.«

»Aber …«

»Kein Aber! Du kennst die Grundsätze unseres Hauses. Sie sind denen der Viadrina gleich: ›Loyalität den profunden Lehren gegenüber und den Gelehrten, die sie treu und gewissenhaft vertreten.‹ Doktor van Cron ist ein solcher. Und ich verlange, dass dies respektiert und honoriert wird!«

»Wenn Euer wertes Fräulein Tochter anderweitig beschäftigt ist«, lenkte van Cron ein, »so möchte ich unter keinen Umständen ihre Pläne durchkreuzen. Das stimmte mich untröstlich.« Er zupfte sich die schwarzen Ärmel zurecht und fügte großmütig an: »Ich war schon an vielen Universitäten und werde mich auch an der Eurigen zurechtfinden.«

Der Vater machte eine verneinende Kopfbewegung und schaute dann zu Anna mit stechendem Blick. Diesen kannte sie wohl. Es war das Äußerste. Wenn sie jetzt die Stirn hatte, in Gegenwart eines Gastes Vaters Autorität zu untergraben, würde ihr Bibliotheksverbot oder gar Hausarrest blühen.

»Dann morgen um drei Uhr vor der Universität«, sagte sie mit kühler Stimme und schickte sich an, aufzustehen.

»Weibsvolk ist schwierig«, sagte ihr Vater.

»Männer nicht minder«, erwiderte sie im Hinausgehen, was ihr ein spontanes Lachen van Crons einbrachte.

»Parbleu! Eure Tochter ist Gold wert«, sagte er, »schlagfertig wie ein Mann und dabei ausgesucht schön.«

Zudem mit Klugheit beschlagen, dachte Anna bei sich, die Ihr, lieber Holländer, nicht unterschätzen solltet.

Nach dem Mittagsmahl begaben sich van Cron und der Vater wieder in den Pavillon zu den Büchern und Anna zur Mutter, die weiter an den Flechtspitzen arbeitete.

»Was haltet Ihr denn nun von dem holländischen Astronomen?«, wollte Anna von ihr wissen.

»Herr van Cron weiß sich zu benehmen, ist höflich und zuvorkommend«, antwortete sie, »man spürt, dass er wie wir aus adeligem Hause stammt. Obendrein ein Gelehrter mit zwei akademischen Graden – Astronomie und vor allem: Theologie; das gefällt deinem Vater ganz besonders. Ja, dein Vater ist äußerst angetan von ihm. Er sagte, er sähe mit ihm eine gemeinsame berufliche und private Zukunft.«

»Warum sagt Ihr es nicht deutlich? Vater trachtet, ihn mit mir zu vermählen, ist es nicht so?«

Die Mutter nickte. »Es hat den Anschein, Herr van Cron ist ebenso angetan von dir wie Vater von ihm. Und nachdem du sämtliche Ehekandidaten ausgeschlagen hast, wird Vater diesen als besten und letzten bestimmen.«

»Das habe ich befürchtet. Nur gibt es da ein kleines Problem: Vaters Wunsch wird wohl nicht in Erfüllung gehen.«

»Anna! Du kannst dich nicht länger Vaters Willen widersetzen. Du hast damals geschworen, niemals wieder gegen Gottes Gebote zu handeln!«

»Wann soll das gewesen sein?«

»Als ich dich beim Diebstahl in Nachbars Blumenbeet erwischt hatte.«

»Mutter! Da war ich neun Jahre alt! Und es ging einzig um das siebte Gebot. Dafür musste ich fünfzig Rosenkränze beten.«

»Keines der zehn Gebote ist mehr oder weniger wert. Hast du dich zu einem verpflichtet, gilt das für alle. Also auch für das vierte: ›Ehre deinen Vater und deine Mutter, damit du lange lebst …‹«

»›… in dem Land, das der Herr, dein Gott, dir gibt‹. Ihr braucht mir den Wortlaut nicht zu rezitieren. Ich kenne die Gebote vor- und rückwärts auswendig. Sagen wir es gerade heraus: Ihr wollt mich zwingen, einen Mann zu heiraten, den ich nicht liebe!«

Die Mutter hatte jeglichen Willen gegen den Vater aufgegeben. Das gefiel Anna gar nicht. Nicht einmal einen klitzekleinen Rest Loyalität ihrer eigenen und einzigen Tochter gegenüber hatte sie aufrechterhalten.

»Ist das wirklich in Eurem Sinn?«, setzte Anna nach, »ich meine, wirklich und wahrhaftig? Wenn Ihr mir antwortet, so haltet Euch an das achte Gebot*.«

Die Mutter hielt inne, sah Anna in die Augen und antwortete: »Ich habe dir schon tausendmal die Regeln des Adels erklärt und schon zweitausendmal die Regeln des Lebens. Eine Ehe aus Liebe ist eine schwärmerische Wunschvorstellung. Es gibt sie nicht im wirklichen Leben. Es heißt: ›Die Frau sei dem Manne untertan.‹ Daran haben wir uns zu halten. Das ist Gottes Gesetz.«

* ›Du sollst kein falsches Zeugnis geben wider deinem Nächsten.‹

»Gottes oder das der Kirchenväter?«

»Anna! Jetzt ist Schluss! Wie kannst du es wagen? Wenn das Vater hörte ... Die Kirchenväter sind die Diener Gottes. Und wir sind die Diener des Mannes. So ist es bestimmt, für alle Ewigkeit, und daran soll und wird sich nichts ändern!«

Anna presste die Lippen aufeinander. Was die Mutter da behauptete, war doch Unsinn! Ginsleben hatte ihr – natürlich heimlich – französische und italienische Schriften zugespielt, von tapferen Frauen wie Marie Le Jars de Gournay* oder von Moderata Fonte**, die sich gegen die Herrschaft der Männer auflehnten. Doch diese Schriften wurden geheim gehalten; sie dachte an die Worte ihres Hauslehrers, die Menschen seien noch zu sehr im Alten verhaftet. Anna ballte die Fäuste und erwiderte keinen Ton. So ließ sie die Worte der Mutter einfach verpuffen.

Nach einem Moment des Schweigens sagte die Mutter: »Du hast also doch ein Auge auf den jungen Degenhardt.«

Wieso brachte sie jetzt Darius ins Spiel? Um den ging es doch gar nicht.

»Nein?«, gab die Mutter die Antwort selbst, »dann bin ich beruhigt. Vater will dich noch in diesem Herbst verloben. Er ist nicht mehr gewillt, länger zu warten.«

Anna stand mit verschränkten Armen vor dem Fenster und spannte sie so fest an, dass die Adern hervortraten. Du schreist jetzt nicht, sagte sie sich innerlich, du behältst die Fassung! Auch wischte sie sich nicht die Tränen weg, die sich gegen ihren Willen aus den Augenwinkeln stahlen.

Die Mutter wartete wohl auf eine Erwiderung. Da Anna eisern schwieg, stellte sie sich neben sie, legte den Arm um

---

* französische Philosophin und Frauenrechtlerin (1565–1645)

** Pseudonym von Modesta Pozzo (1555–1592)

ihre Schulter und sagte: »Bis zum Herbst vergehen noch einige Tage. Zeit genug für Euch, einander kennenzulernen. Glaub mir, es wird sich alles zum Besten fügen.«

»Hat sich bei Euch alles zum Besten gefügt?«, fragte Anna trotzig und nicht imstande, ihr Schweigen zu halten.

»Ich bin eine glückliche Frau und habe einen guten Ehemann bekommen!«

»Wenn so das Glück in der Ehe aussieht, dann möchte ich nach dem Pech gar nicht fragen.«

»Kind, in welcher Welt bist du zu Hause? Sieh dich doch um! Geh hin zu den Bürgerlichen und schau, wie sie trinken, rumhuren und ihre Eheweiber züchtigen. So etwas gibt es bei unsereins nicht! Das ist Glück in der Ehe! Und was den jungen Degenhardt angeht …«

»Darius ist nicht das Thema!«

»Er hat sich ausschließlich den Sternen verschrieben.« Mutter hob die Stimme: »Er zeigt keinerlei Interesse an Frauen. Oder hat er in fünf langen Jahren einmal den kleinsten Versuch einer Annäherung gemacht?«

»Wie sollte er? Die Stände stehen zwischen uns. Darius weiß das.«

»Damit ist endgültig alles geklärt! Jetzt ist ein Mann in dein Leben getreten, der nur Gutes verheißt. Ein Gelehrter aus bestem Haus. *Er* ist deine Zukunft!«

Anna schwieg.

»Kind, glaube mir! Wenigstens dieses eine Mal. Ich bitte dich!«

Anna blieb stumm. Sie verspürte weder Kraft noch Lust, wieder und wieder der Mutter etwas zu entgegnen. Mutters Worte waren die des Vaters, und wenn sie ihm nicht nach dem Munde redete, so waren die Inhalte Vaters Gedanken, Vaters Meinung und Vaters Bestimmungen. Dagegen war kein Ankommen.

Ihr Blick verschwamm erneut. Steif stand sie am Fensterbrett und sah hinaus in den Garten. Die Mutter ging aus der Kammer. Erst als sie die Tür hinter sich geschlossen hatte, wischte Anna sich die Augen. Minutenlang starrte sie hinaus, sah auf Vater und van Cron. Sie studierte die beiden Männer, beobachtete, wie sie lasen, diskutierten, wie sie einander kritisch zuhörten, sich befragten und ergänzten. Zwei Wissenschaftler in Eintracht. Ganz anders als Darius. Der saß immer nur allein am Fluss oder in seinem Turm. Schrieb Nacht für Nacht an seiner *Veritas*. Er lebte für die Sterne.

Wirklich nur für sie?

Je länger Anna die beiden Männer dort unten beobachtete, umso mehr spürte sie, wie der anfängliche Zorn verflog, obwohl sie ihn erst gar nicht hatte ziehen lassen wollen. Wie ein trotziges Kind hatte sie vorhin noch auftreten mögen, schreien und kreischen. Doch dieses Privileg war ihr, dem Stadium des kleinen Mädchens längst entwachsen, verlustig geworden. Sie musste Mutter recht geben, Vater hatte wirklich über die Maßen Geduld mit ihr geübt. Alle Frauen aus dem Kreis der Verwandten und Bekannten waren schon verheiratet. Die einzigen Übriggebliebenen, außer ihr, waren die Hässlichen und die Dicken, die zudem nicht über Geld oder Land verfügten, sodass sie niemand haben wollte.

Anna sah, wie Vater und van Cron sich von den Stühlen erhoben. Sie schienen eine weitere Pause zu machen.

»Anna!«, rief der Vater. »Es ist Zeit fürs Musizieren! Begib dich ins Musikzimmer. Herr van Cron wird folgen.«

Darius begrüßte Vater mit einer festen Umarmung, fester noch als sonst. Dessen Verfassung hatte sich seit dem letzten Besuch unverhofft verschlechtert, obwohl es doch den Anschein gehabt hatte, ihm ginge es den Umständen entsprechend gut. Möglicherweise war Darius beim letzten Mal zu sehr auf die schlechten Drucke fixiert gewesen, dass er Vaters wirkliches Leid gar nicht recht wahrgenommen hatte.

Vater sah aus, als säße er schon Monate in diesem stinkenden Loch. Sein Husten hatte sich verschlimmert.

»Doktor Patrizius wird morgen nach dir sehen«, sagte Darius und versuchte, das Flattern seiner Stimme zu verbergen. Er nahm die Mappe, in der er die Druckproben für Vaters geschätzte Prüfung aufbewahrt hatte, und zeigte ihm gespannt die neuen Resultate.

»Es fehlt nicht mehr viel und du druckst wieder so gut wie früher«, lobte ihn Vater mit Glanz in den Augen. Darius nickte und war um ein Lächeln bemüht. So wie ihn das Lob freute, so schämte er sich, weil er, entgegen seines Vorsatzes, keine Apologie in der Mappe trug. Er hatte die ganze gestrige Nacht mit Drucken zugebracht! Er hatte so lange gedruckt, bis er das letzte leere Blatt in Händen hielt und alle Kerzen bis auf den Stumpf abgebrannt waren. Gegen Morgengrauen hatte er sich abgekämpft auf den Weg nach Hause gemacht, war mit halb offenen Augen dreimal den Balkon abgehatscht, ohne den Kometen zu entdecken, und hatte sich für zwei Stunden zu Bett gelegt, um dann unrasiert und mit Magenknurren zur Viadrina zu eilen.

Dem Vater freilich sagte er nichts davon. Das Gegenteil erzählte er ihm: Er komme bestens zurecht, meinte er, und könne Viadrina und Druckerei mühelos verquicken.

»Die Apologie ist fast fertig«, log er und versprach ihm zum Abschied: »Morgen bringe ich sie mit. Sie wird alles in den Schatten stellen. Ihr werdet begeistert sein!« Dabei versuchte er mühsam, so viel Kraft wie möglich in seine Stimme zu legen.

Hölzernen Schrittes war er aus dem Kerker getreten und

die morastige Straße hinuntergestapft. Die Geschichte mit Vater setzte ihm doch mehr zu, als er sich eingestehen wollte. Um seinen Unmut zu entkräften, nahm er sich vor, sich umgehend nach Hause an den Studiertisch zu begeben und die Verteidigungsschrift aufzusetzen. Danach würde er die Kometenbeobachtung angehen, fündig werden und sogleich die Berechnungen anstellen. Nach ein paar Stunden Schlaf könnte er seine Vorlesungen halten und in der Druckerei weitermachen. Es wäre doch gelacht, wenn er nicht in Bälde grandiose Erfolge auf der ganzen Linie einheimste.

Nur wenige Meter vor seinem Turm und tausendundeinen Gedanken später beschlich ihn das Gefühl, dass sein Plan nichts Großes barg, eher das Gegenteil. Grenzte sein Anspruch, alles meistern zu können, nicht an maßlose Überschätzung? Zeugte es nicht geradezu von kindlicher Einfalt, sich gänzlich dem Kometen widmen zu wollen und gleichzeitig mit größtem Fleiß der Druckerei? Beide Aufgaben verlangten seinen *ganzen* Einsatz. Das waren keine Angelegenheiten, die man nebenbei erledigte, wollte man tatsächlich damit erfolgreich sein.

Er spürte, wie seine Kräfte schon dem Ende zugingen – es war wohl abzusehen, dass er in Bälde einen Zusammenbruch erleide. Überdies würde die Apologie seine ganze schöpferische Energie einfordern. Wo blieb da noch Raum für den zehrenden Wettlauf mit der Zeit, verbunden mit der wahnwitzigen Suche nach einem vermeintlichen kosmischen Unglücksbringer? Was zählte der Aberglauben des Kurfürsten gegen die Freiheit des Vaters und gegen sein Werk, das die letzte und endgültige Wahrheit offenbarte?

Nach dieser ernüchternden Bestandsaufnahme sah er keine andere Möglichkeit, als das Amt freizugeben. Er musste das Feld dem dünkelhaften Holländer überlassen.

Wollte er das? Wollte er van Cron den saftigen Knochen

in den Rachen werfen? Nein, im Grunde nicht! Doch was half es? Nach dem unleugbaren Stand der Dinge musste er sich wohl oder übel gegen den Hof entscheiden.

Und damit gegen den Kometen. Gegen den Wettstreit. Gegen die Protektion. Und wohl gegen die Viadrina.

Das war hart. Doch er hatte keine andere Wahl.

Wirklich nicht? Gab es keine andere Lösung? Keinen anderen Weg? Nein, verdammt. Er hatte sich entschieden! Und diese Entscheidung musste er jetzt, so stark und frisch in seinem Inneren verhaftet, augenblicklich von Krauchnitz antragen. Von Krauchnitz würde seinen Entschluss mit der Kündigung der Professur beantworten. Vielleicht würde er gar toben und ihn beschimpfen. Darius würde es hinnehmen und erhobenen Hauptes die Viadrina verlassen.

Die Hand kurz vor der Turmtüre, drehte er um und machte sich auf den Weg zu von Krauchnitz' Haus.

»Mein Mann ist noch außer Haus, Herr Degenhardt. Wollt Ihr Euch für einen Moment gedulden und auf ihn warten? Oder soll ich ihm etwas bestellen?«, fragte Frau von Krauchnitz Darius, als dieser an der Eingangstüre stand. Natürlich hätte er die Absage, die er seinem Rektor erteilen wollte, von ihr ausrichten lassen können – er war ohnehin nicht erpicht auf dessen Reaktion, die er sich beim Herweg ausmalte. Was ihn bleiben ließ, war das Geigenspiel, das nur Annas sein konnte. Nicht nur ihrer schönen Musik zu lauschen, wäre jetzt der geeignete Moment, sondern ihr zudem ein Kompliment darüber zu machen.

»Ich habe noch etwas Zeit und würde gerne warten, wenn es genehm ist.«

»Natürlich, bitte setzt Euch«, antwortete Frau von Krauchnitz und bot ihm einen Stuhl an.

Darius saß still, lauschte der Violine und fragte sich,

wer das Spinett spielen mochte, das Annas Geigenspiel so harmonisch begleitete. Hatte sie eine Musiziergefährtin?

Die Frage klärte sich, als Annas Mutter an ihm vorbeischritt und wie durch eine Ungeschicklichkeit die Tür des Musikzimmers öffnete. Durch den armlangen Spalt sah er sowohl Anna als auch die fragliche Begleitung. Die Musiziergefährtin war ein Mann. Das war nichts Ungewöhnliches, es mochte ihr Musiklehrer sein, doch schon der zweite Blick ließ Darius stocken: Der Spinettspieler, seitlich zu ihr sitzend, trug langes, dunkles Haar und war von Kopf bis Fuß in schwarzes Tuch gekleidet. Seine Schuhe zierten silberne Schnallen und seinen Ringfinger schmückte ein taubeneigroßer Rosenquarz. Er drückte in die Tasten und sah nicht einmal in die Noten dabei, sondern gaffte mit Schmachtaugen Anna an, als ob sie aus Zuckerglasur bestünde. Wäre er ein Hund, dachte Darius, würde ihm der Sabber aus den Lefzen triefen. Was hatte dieser Eindringling hier zu schaffen? Wie kam er dazu, so intim mit Anna zu musizieren? Die Musik, vorhin noch als wohlklingend empfunden, drang mit einem Mal dumpf und schräg an Darius' Ohr. Das Spinett schien ihm so verstimmt, dass kein einziger gerader Ton daraus widerhallte. Zudem lagen van Crons Hände derart ungelenk auf dem Manual, als gehörten sie dem Sensenmann persönlich, und der protzige Edelstein stach Darius wie ein fauliger Apfel ins Auge. Annas Spiel dagegen schwebte wie verzaubert in der Luft, einzig gestört von dieser hässlichen Begleitmusik, die es wie ein böser Schatten zu Boden drückte.

Sollte er Satisfaktion verlangen von diesem unsäglichen Menschen? Oder ihn gleich an seinem gelockten Schmalzhaar vom Schemel ziehen und ihm ein paar Backpfeifen verpassen für seine Dreistigkeit?

Darius hustete laut in die musikalische Eintracht, bis

Anna aufsah und ihn erblickte. Mitten im Strich hielt sie inne. Van Cron folgte erst vier Takte später, was Darius sogleich bemerkte und ihm innerlich als schändliches Zeugnis seines Anbiederns bei Anna verübelte.

Darius sah, wie die Röte in Annas Kopf schoss. Sie stand da, sagte nichts und sah ihn an. Van Cron, auf dem Schemel sitzend, wandte den Kopf zu ihm und sprach mit Holz in der Stimme: »Seht an! Der junge Astronom.«

Darius, den Blick streng an van Cron vorbeigerichtet, so als sei er gar nicht zugegen, ignorierte sein Gerede, stattdessen sprach er zu Anna: »Ich habe Eurem werten Herrn Vater eine Mitteilung zu machen.«

Bevor Anna etwas erwidern konnte, nahm van Cron das Heft in die Hand: »Deswegen platzt Ihr hier herein und stört unser einträchtiges Spiel?« Er zog seine Schecke zurecht und fügte an: »Sich zu pardonieren steht Euch wohl schlecht an? Fräulein von Krauchnitz ist jetzt noch ganz konsterniert!«

Darius würdigte van Cron weiterhin keines Blickes. »Es handelt sich um den Kometenauftrag. Ich wollte ihm meine Entscheidung unterbreiten.«

»Mais oui«, sagte van Cron, als ob es ihm wie Schuppen von den Augen fiel, »die drei Tage Bedenkzeit! Aber sagt selbst, seht Ihr hier einen Rektor?«

Den Blick jetzt auf van Cron gerichtet, antwortete Darius: »Was macht Euch glauben, ich spräche zu Euch, Holländer. Seine Tochter ist anwesend. Ihr gelten meine Worte.«

Van Cron ließ sich nicht beirren. Mit noch mehr Unverfrorenheit in der Stimme sprach er zu Darius: »Ihr seid ein kluger Mann, die Absage so lange bedacht zu haben.«

Darius atmete tief und zwang sich zur Ruhe. Dieser Satz war eindeutig zu viel. Glaubte der holländische Popanz wahrhaftig, ihn mit so einer schmierenkomödiantischen

Rhetorik ins Bockshorn jagen zu können? Wie anmaßend konnte man sein? Wie unsäglich vermessen? Diese äußerst plump als Kompliment getarnte Unterstellung des Rückzuges bestätigte es erneut und stärker als je zuvor: Der Holländer war kein gewöhnlicher Mitstreiter um ein Amt. Van Cron hatte sich in sein Leben geschlichen, um darin herumzufuhrwerken. Jetzt war er zur Steigerung des Übels dabei, es auch im Leben anderer zu tun. Niemals konnte er das billigen! Niemals würde er diesem Obskurling widerstandslos das Feld abtreten! Niemals! Dieser Franzosenkönigimitator glaubte sich so sicher, so einzigartig, so überlegen. Darius konnte nicht umhin, er musste ihn in die Schranken weisen. Mit einem aufgesetzten Lächeln log er: »Fräulein Anna, würdet Ihr die Güte haben, Eurem Vater zu bestellen, die Depesche mit meiner Zusage ging bereits gestern nach dem Hofe!«

»Ach?«, sagte van Cron und fuhr sich über den Oberlippenbart. »So muss ich mich bei Euch entschuldigen; ich habe mich in Euch getäuscht. Ihr seid doch nicht klug. Sei es drum. Wer der bessere Astronom ist, wird sich in Bälde zeigen!«

»Glück zu!«, entgegnete ihm Darius, »auf dass Ihr bei der Bahnberechnung auch so ein geschicktes Händchen habt wie beim Musizieren.«

Mit diesen Worten verabschiedete er sich, wünschte mit Mühe Anna einen schönen Tag und verließ das Haus, noch ehe von Krauchnitz zurückgekehrt war.

7

»Hier hast du noch einen Heller mehr!« Darius drückte dem jungen Depeschenboten zu seinem Sold eine weitere Münze in die Hand. »Auf dass du dem Ross die Sporen gibst, als rittest du um dein Leben!«

Der Bote steckte die Pergamentrolle mit Darius' Zusage für den Kurfürsten, die er mit ausladenden Schwüngen geschrieben hatte, in die Umhängetasche, tätschelte sie als Zeichen der sicheren Verwahrung, schwang sich aufs Pferd und ritt mit einem lauten »Heya!« davon.

Darius' Weg vom Haus des Rektors bis zum Botendienst hatten Selbstgespräche begleitet, in denen er unsortiert Fluchen mit Fragen abwechselte – es drehte sich allein um seinen Widersacher und von Krauchnitz. Wie standen sie zueinander? Was waren die Hintergründe des Besuches? Was hatte dieser Mensch mit Anna zu schaffen?

Sein Weg vom Depeschendienst führte ihn geradewegs zur Druckerei. Es war ein grauer Tag, der sich sowohl in der Farbe des Himmels als auch in seiner Gemütsverfassung widerspiegelte. Doch jetzt war nicht die Zeit, darüber zu sinnieren; er hatte sich für den Kometen entschieden und dieser Entscheidung galt es Rechnung zu tragen.

Bis zum späten Nachmittag hatte Darius in der Werkstatt zugebracht. Er hatte Druckerschwärze zubereitet, Lettern und Setzkästen gesäubert, Papier nach Format, Dichte und Qualität geschnitten und geordnet, und vor allem: vier komplette Druckaufträge abgewickelt. Geschuftet hatte er wie noch nie in seinem Leben – um die Planeten zu beobachten, brauchte man nicht einmal die Ärmel hochzukrempeln; warum hatte Vater ausgerechnet diesen Beruf ergriffen?

Gegen sechs Uhr abends legte er die Druckerschürze ab, schweißtriefend, die Finger schwärzer als je zuvor. Er hätte sich noch den ganzen Abend plagen können, drei neue Aufträge waren hereingekommen und sechs anstehende warteten noch auf ihre Verrichtung. Doch er konnte nicht mehr. Und er wollte nicht mehr. Sein Magen knurrte. Er wollte endlich nach Hause. Etwas essen. Den Kometen erspähen. Berechnungen anstellen. Und, ja, verdammt, er musste unbedingt diese vertrackte Apologie verfassen. Er hatte sie dem Vater für morgen versprochen. Die ganze Zeit schon, wenn er ungezählte Blätter aus der Presse nahm, ohne Unterlass die gleiche, geisttötende Handbewegung wiederholte, hatte er verteidigende Sätze formuliert, manchmal laut, die meisten im Kopf. Allesamt blutleer und tröge kamen die ihm vor, untauglich für einen Gewinn. Er brauchte mehr und Stärkeres für diese gottverdammten Inquisitoren – Luther hatte schon recht gehabt, wenn er den Papst und seine ihm hörige Brut verdammte. Die eigentlichen Ketzer waren die Kurie und ihre Marionetten. Darum musste seine Apologie wortgewaltig sein, und so bedeutend, dass jeder dieser scheinheiligen Kirchendiener sich in Ehrfurcht vor ihr verneigte.

Erst beim Vollbad in Vaters Waschzuber ließ er ab vom Formulieren, das Säubern seiner geschwärzten Finger nahm ihn derart in Beschlag. Mit Bimsstein und Petroleum scheuerte er sich die Hände wund, fluchend über das Druckerhandwerk.

Nach einer guten Stunde, die er im inzwischen kalt gewordenen Badewasser zugebracht hatte, stieg er aus dem Zuber und in die Kleider. Angezogen und gekämmt, hatte er mit dem Gedanken gespielt, zu Hedwig ins Wirtshaus zu gehen und dort seinen Hunger bei einem Bier und einem saftigen Kaninchenbraten zu stillen. Doch er war wieder davon abgekommen, er wollte nicht mit ihren neugierigen Fragen behelligt werden. Hedwig war die größte Klatschbase der Stadt, das machte auch ihre gute Küche nicht wett. Ohnehin, vermutete er, hatte sich Vaters Geschichte schon im Ort herumgesprochen, in der Viadrina jedenfalls wusste man bereits davon. Doch niemand – außer Ginsleben – fragte danach.

Zu Hause verschlang er fünf fingerdicke Scheiben Brot mit Griebenschmalz und trank einen halben Liter verdünnten Wein dazu. Dann setzte er sich an den Schreibtisch: Vor ihm lag handgeschöpftes Bütten. Zwölf Bögen, groß und rohweiß, hatte er vom besten Papier aus der Druckerei mitgebracht, mit der festen Absicht, alle in feinster Schrift von oben bis unten beschrieben morgen dem Gefängnisvorsteher vorzulegen.

Hatte er bei den ersten Anläufen vor drei Tagen noch die Entwürfe auf grobem Papyrus verfasst und diese nach unbefriedigenden Formulierungen allesamt zerrissen, so wollte ihm jetzt überhaupt nichts einfallen.

Lag es an der Ehrfurcht, die er dem teuren Papier entgegenbrachte? Er raufte sich die Haare. Herrgott noch mal, das konnte doch nie und nimmer angehen, dass er keinen einzigen Satz, keine Eröffnungsformel, keine Anrede, rein gar nichts zuwege brachte. Wie konnte er nur so leer sein. Als ob sein Geist sich aufgelöst hätte. Hatte der Komet Macht über ihn? Hatten die Altvorderen – Isidor von Sevilla, Honorius von Autun, Jakob Cnespel und wie sie alle hießen – doch recht? Unsinn! Er war übermüdet, sonst nichts. Er brauchte Ruhe. Doch diese zu erlangen war unmöglich.

Darius starrte aufs gläserne Tintenfass. Er starrte mit solcher Schärfe auf das kleine Glas, als ob sich dort die treffenden Worte verbargen und er sie Kraft seines Blickes zu befreien vermochte. Minutenlang stierte er darauf. Das Fässchen zog ihn geradezu in seinen Bann. Plötzlich sah er im Schwarz der Tinte sich etwas spiegeln. Erst konnte er es nicht genau erkennen, doch als er sich näherte, zeigte sich die Spiegelung ganz deutlich: Ein Totenschädel. Tatsächlich, ein Totenschädel blickte ihn an! Erschrocken wich er zurück und sah weg. Beim nächsten scheuen Blick jedoch war nichts mehr zu sehen. Er drehte das Fässchen, nahm es hoch und begutachtete es von allen Seiten. Da war nichts. Er atmete tief und stellte es wieder zurück. Dann suchte er den Tisch ab, ob dort irgendetwas sein mochte, was die Spiegelung verursacht haben konnte. Nichts. Er lehnte sich zurück und rieb sich die Augen. Was er brauchte, war Schlaf – sehr wohl trug er Augenringe, Ginsleben hatte es zwar abgestritten, doch sein Dekan sah eh nicht mehr gut und der Blick in den Spiegel bestätigte es unverhohlen. Und auch Magister Magnus hatte recht gehabt, als er ihm mit Hohn in der Stimme eine »ungesunde Gesichtsblässe« zuschrieb. Bleich wie der Tod – das wollte die Spiegelung ihm sagen.

Darius ging einen Stock tiefer, ins Schlafzimmer. Vor dem Bett blieb er stehen. Schlafen? Wie konnte er jetzt an Schlafen denken? Schlafen, während sein Vater im Kerker immer kränker wurde? Während der Komet dort oben seine Bahn zog? Und van Cron womöglich heimtückische Pläne ausheckte? Nein, wenn er sich jetzt ins Bett legte, hieße das, wertvollste Zeit vergeuden. Schlimmer noch, es hieße sich beugen. Niemals!

Er tauchte den Kopf in den Waschzuber, so oft und so lang, bis auch der letzte Gedanke an Schlaf weggewaschen war. Erst dann ging er zurück ins Arbeitszimmer. Bevor er jedoch die ersten begnadeten Sätze formulieren wollte, trug er in der Hoffnung auf einen günstigen Wetterumschwung

Armillarsphäre, Sternenatlas und Tabellenblatt nach draußen auf den Balkon.

Er setzte sich und schrieb.

Es funktionierte.

»An Seine römisch-katholische Eminenz, den Inquisitor des Kurfürstentums Brandenburg …«

Nach einer viertelseitigen Einleitung aus dem Stegreif, die er mit gestochen scharfer Schrift zu Papier brachte, eröffnete er die eigentliche Apologie mit einer Wertschätzung des hochlöblichen Druckerhandwerks im Allgemeinen und leitete über auf seinen Vater im Speziellen, wo er mit dessen Lehre begann, in der er sich bereits hervorgetan, um hernach die Gesellenzeit und letztlich die Meisterprüfung zu rühmen, die er als Jahrgangsbester in ganz Brandenburg abgelegt hatte. Dutzendweise listete er Referenzen auf, die Vaters Ansehen als der beste Drucker im ganzen Land auswiesen.

Jetzt brauchte er die Thesen. Er hatte sich vorgenommen, mindestens ein Drittel von Luthers Wittenbergscher Thesenzahl zu schaffen.

Während er sich die erste These überlegte, sah er nach draußen. Der Blick über die Felder würde seine Gedanken beflügeln. Das Wetter hatte sich wider Hoffen verschlechtert. Böen trieben graue Wolken übers Land. Er liebte die Wolken, ob weiß, grau oder schwarz. Sie zeigten die Kräfte der Natur und waren in Vielfalt und Gestalt immer ein Schauspiel, das zu beobachten sich stets lohnte.

Er holte eine neue Flasche Rotwein von unten aus der Küchenstube, ging nach draußen auf den Balkon, setzte sich dort in den Lehnstuhl und nahm einen kräftigen Schluck.

Der Wind nahm zu. Es sah nach Gewitter aus. Er trank und schaute.

Eine Wetterleuchte. Es würde nicht mehr lange dauern,

dann folgten Blitz, Donner und Regen. Wieder nahm er einen Schluck, brachte schnell sein Instrumentarium nach drinnen, um sich unverzüglich wieder in den Balkonstuhl zu setzen und das Schauspiel zu bestaunen: Innerhalb weniger Minuten zog das Gewitter auf. Böen preschten durch die Eschen und Buchen. Dohlen und Saatkrähen flohen die Felder, suchten Schutz im nahe gelegenen Wald. Der erste Blitz zerschmetterte die frei stehende Ulme auf dem Hirschberg, der höchsten Erhebung der Gegend. Ein ganzes Jahrhundert war sie dort unversehrt gestanden, heute Nacht hatten himmlische Gewalten ihr den Todesstoß versetzt.

Das Feuer, das der Blitz im Baum entfachte, wurde schon nach wenigen Minuten vom einsetzenden Regen gelöscht. Darius, die Schecke bis zum obersten Knopf geschlossen, beobachtete fasziniert das ungestüme Leben der windgepeitschten Tropfen – die Sonne war ein mächtiger Herrscher, doch wenn Regen und Sturm regierten, war sie ihrer Macht enthoben. Brachte der Komet das Unwetter? Sein Vorsatz, als fortschrittlicher Wissenschaftler nicht solche Gedanken zu hegen, geriet ab und an ins Wanken. So auch jetzt. Dem Wein gab er keine Schuld, er hatte einen kindskopfgroßen Brotkanten gegessen, die paar Schluck wurden seinem Verstand nicht gefährlich. Wenn ihn wissenschaftliche Skepsis überfiel, fragte er sich, ob nicht auch dem Fortschrittsgedanken Mängel anhafteten. War wirklich alles auf dieser Welt zu erklären? Was würde sein, wenn es keine Geheimnisse mehr gäbe, alle Fragen beantwortet wären und die Welt bis ins Kleinste enträtselt?

Ein zweiter Blitz schlug unweit in die Oder ein. Er zuckte zusammen vom Knall, laut wie ein Kanonenschuss. Der Wind nahm zu. Regenfahnen, von Böen gepeitscht, brandeten gegen den Turm, schlugen Darius die Tropfen wie geschleuderte Spreu ins Gesicht. Er hätte in die Stube flüchten können, doch er wollte nicht. Er wollte die Natur spüren mit Haut und Haar und damit sich selbst, denn er war ein Teil von ihr – auch das hatte ihn Mutter gelehrt.

Darius weilte immer noch auf dem Balkon, als das Unwetter längst vorüber war. Tropfnass saß er in seinem Stuhl, in seinen Schuhen stand das Wasser. Stumm sah er ins nächtliche Schwarz. Sein Geist war klar. Düstere Gedanken um seinen Vater, van Cron und den Kometen, noch in den Gewitterminuten ins Gemüt gekrochen, waren verschwunden. Es würde sich alles fügen. Er hatte noch siebenundzwanzig Tage! Bis dahin würde er die Bahn berechnet haben, der Vater längst aus dem Arrest entlassen sein und Anna … – er war versucht, sich das Kinn zu reiben, doch er ließ die Hände auf den nassen Schenkeln ruhen – … was hatte der verdammte Holländer nur mit ihr zu schaffen?

Er begab sich nach drinnen, wechselte die Kleider, postierte zwei Dutzend frische Kerzen im Halbkreis um die Schreibfläche und setzte sich wieder an die Arbeit.

Gegen drei Uhr in der Früh hatte er im Lichtermeer der halb heruntergebrannten Kerzen zehn Bögen beschrieben und dreißig Thesen aufgelistet. Fünf fehlten ihm noch, dann hätte er das Drittel der Anzahl von Luthers Thesen sogar noch übertroffen. Weitere zehn nahm er sich vor. Er wollte sein eigenes Ziel überbieten. Wieder stand er auf, streckte sich, machte ein paar Kniebeugen, zitierte die letzten drei Thesen laut und überlegte sich die nächste.

Fünfunddreißig Thesen waren aufgestellt. Würde er gar vierzig schaffen? Immer schwieriger wurde es, sich neue zu ersinnen. Was sollte er noch schreiben? Er dachte an Luther. Fünfundneunzig Thesen! Er setzte sich, nahm die Feder und schrieb, während er laut mitlas.

Er schrieb immer schneller, in aufkeimender Angst, den Gedanken zu verlieren. Die Schrift litt – die Mechanik seiner

Hände hinkte der Raserei seines treibenden Geistes hinterher.

Bei These dreiundvierzig erlitt er einen Einbruch. Sieben Thesen wollte er noch zuwege bringen, dann hätte er fünfzig! Zwei leere Bögen lagen noch vor ihm. Die hätte er zu gerne gefüllt. Fünfzig Thesen! Alle ein einziges Plädoyer für den Vater. Da war für keinen Inquisitor mehr ein Vorbeikommen.

Achtundvierzig Thesen hatte er verfasst. Die letzten beiden wollten ihm nicht einfallen. Er atmete tief, wieder und wieder, und las alle Thesen, um sich nicht zu wiederholen. Er drehte und wendete die Blätter, war sich bei These siebzehn nicht mehr sicher, ob er deren Inhalt nicht schon bei These drei angeführt hatte. Auch klangen Thesen zwölf, siebenundzwanzig und zweiundvierzig ziemlich ähnlich. Er setzte schon die Feder an und wollte etwas durchstreichen. Bloß nicht! Das hieße das komplette Werk zu zerstören und neu zu schreiben. Das ging auf keinen Fall. Er hatte weder Papier noch Zeit. Geschweige denn, dass er seine körperlichen und geistigen Kräfte, die sich auf ein Minimum verringert hatten, weiterhin mobilisieren konnte.

Mit kreisenden Bewegungen massierte er sich Kopfhaut, Stirn und Augen. Vielleicht half Versenkung? So wie es die Trappistenmönche taten, nicht nur, um mit den göttlichen Mächten in Einklang zu kommen, sondern ebenfalls, um neue Kraft zu schöpfen. Wenige Minuten nur, totale innere Stille, nicht den Hauch eines Gedankens, nur göttliche Leere. Er stützte die Ellbogen auf den Tisch, legte sein Gesicht in die Hände und schloss die Augen.

Der Meditationsversuch scheiterte. Statt sich um ein Nichts vor dem geistigen Auge zu bemühen und Raum zu schaffen für die letzten zwei Thesen, intervenierten Gedanken um ihn und die Mutter: Sie war bis zu ihrem Tode die einzige Frau in seinem Leben gewesen – »wenn ich groß bin, werde ich dich heiraten«, hatte er ihr als fünfjährige Stupsnase versprochen. Sie hatte ihn daraufhin auf den Schoß genommen und ihm die Unmöglichkeit dieses Ansinnens erklärt, was er lange nicht verstehen wollte. Den Heiratswunsch hatte er als Zehnjähriger aufgegeben, die Unmöglichkeit mittlerweile begriffen, dennoch hatte sie ihm mehr als alles andere bedeutet. Mutter war ihm eine ganz besondere Lehrerin gewesen. Bewandert in Astrologie, hatte sie ihn in die okkulten Lehren des Agrippa von Nettesheim* eingeführt, denn bereits mit fünf Jahren zeigte sich seine herausragende kosmologische Begabung; er kannte nicht nur die Reihenfolge der Tierkreiszeichen vor- und rückwärts, er wusste um alle ihre Daten, ihre griechischen Symbole, die Gradzahlen, die Zeiten und Aspekte. Mit acht Jahren hatte er sämtliche Daten von Mond- und Sonnenfinsternissen im Kopf und erkannte selbstständig Zusammenhänge im Universum. Mit zehn hatte er Mutters astronomischen Wissensstand übertroffen und war sogar in der Lage, einfache Bahnberechnungen nachzuvollziehen. Für Mutter und Sohn stand damals fest, Darius würde einmal ein großer Astronom werden.

Darius' Gedanken zerfielen mit der Müdigkeit. Allen Widerständen zum Trotz senkte sich Schlaf über ihn wie ein dicker, schwerer Tüll.

Doch dieser währte nicht lange. Ein glühender Schmerz an der Stirn riss Darius gewaltvoll und plötzlich zurück ins Leben. Sein Haar hatte Feuer gefangen – er war nach vorne gesackt und in das Licht einer der Kerzen gekommen. Mit Schlägen auf die Stirn löschte er die Flamme, doch mit seinen fahrigen Bewegungen stieß er mehrere Kerzen um.

---

* Universalgelehrter, 1486 – 1535

Deren Wachs ergoss sich über die beschriebenen Bütten und ließ eine große Flamme auflodern. »Nein«, schrie er, »nicht die Apologie!«

Mit panischen Hieben schlug er auf die brennenden Bögen ein, sein gebauschter Ärmel geriet dabei ins heiße Kerzenfett und fing ebenfalls Feuer, zudem die aufgeschlagenen Bücher, deren knochentrockenes Papier sofort lichterloh brannte. Der Tisch war ein einziger Feuerherd. Darius riss sich das Hemd vom Leib und drosch damit wie im Wahn auf die Flammen ein.

Es gelang ihm, das Feuer zu löschen. Zwei wertvolle astrologische Werke – Helisäus Röslins *Tractatus Meteorastrologiphysicus* und Johann Krabbes *Cometa* – waren dabei zur Hälfte durchgekokelt, doch viel schlimmer: Die Apologie war zur Gänze vernichtet. Seine genialen Verteidigungsthesen! Allesamt unwiederbringlich zerfallen zu bleigrauem Staub und rabenschwarzer Asche.

Er ließ sich auf seinen Stuhl fallen. Grub das Gesicht in die Hände. Und heulte. Laut und ungehemmt.

Die Tränen kosteten ihn seine letzte Kraft. Jetzt, da alles verloren war, konnte er dem Schlaf nicht mehr trotzen. Er sank hinab in tiefstes Dunkel, während draußen der Morgen graute.

Zusammengesunken im Stuhl an seinem angekokelten Schreibtisch, der Kopf nach vorne gefallen und zur Seite gekippt, das Kinn auf dem Aquariusmedaillon über der nackten Brust, die bestrumpften Beine, schuhlos, ausgestreckt, und die Arme leblos nach unten hängend. So saß er da. Schlief und atmete schwer. Speichel lief ihm aus dem Mundwinkel.

Es war bereits neun Uhr in der Früh. Kein einziges Schlagen der Turmglocken hatte er vernommen. Wie tot hatte er geschlafen. Ein Schlaf des Verzweifelten, mit bleischweren Gliedern, im Stuhl rankengleich festgewachsen.

Das vollgespeichelte Kinn machte ihn wach. Er hatte geträumt, ein räudiger Köter, dessen Gesicht dem seinen glich, lecke ihn ab. Wie eine Gliederpuppe aus morschem Holz erhob er sich, wankte zum Spiegel und prüfte, ob er Schaden genommen hatte. Bis auf einen abgefackelten Haarwisch war er, gottlob!, unversehrt.

Er ging zum Waschzuber und senkte seinen Kopf hinein. Erst nur kurz und schnell, dann immer länger. Er hielt die Luft so lange an, bis er es nicht mehr aushielt, um mit Wucht den gewässerten Schädel wieder herauszureißen, sich schüttelnd, dass die Tropfen wie Funken durch die Stube flogen. Mit einem Tuch rieb er sich die Haare trocken, schritt nach unten, zog sich frische Kleider an, stapfte wieder nach oben ins Studierzimmer, stellte sich vor den Schreibtisch und besah sich das Unheil. Alles umsonst, dachte er, meine genialen Thesen, die ganze Arbeit. Jedes einzelne Wort hatte er durchdacht, bis ins Letzte. Jetzt war alles fort. Fort, fort, fort! Ein zweites Mal, war er sich gewiss, würde er diesen hohen Rang seiner Argumente nicht mehr erreichen können. Jeder erneute Versuch wäre nur ein kümmerliches Plagiat, ein blasser Widerhall, ein zutiefst beschämendes Zugeständnis an die Einmaligkeit von Genie.

Sein tiefes Atmen steigerte sich zu wütendem Schnauben, das mit jedem weiteren Blick auf das verkokelte Schlachtfeld zunahm. Wie ein wilder Stier schnaubte er und ballte die Fäuste. Er schrie und schleuderte mit wütenden Armen alles, was auf dem Schreibtisch stand, hinfort. Kerzen, Bücher, Federkiele schossen übers Holz und fielen auf die Bodendielen, Aschesprenkel nieselten durch die Luft, Tinte spritzte wie ausgeworfene schwarze Netze ins Zimmer. Er fegte den Stuhl beiseite, rannte die Treppen hinunter, aus dem Turm und über die Felder. Mit rohen Schritten stolperte er über die Rübenäcker und brüllte die Krähen an mit heiserer Stimme. Die flogen davon mit »Krahkrah!« und schwarzen Flügelschlägen.

Er rannte und rannte. Immer geradeaus. Schneller und schneller. Immer schneller schlug auch sein Herz. Er spürte das Schlagen bis in die Kieferknochen. Sein Atem wurde sauer. Seine Lungen brannten.

Die Beine zunehmend bleiern, wurden seine Schritte immer kleiner. Langsamer. Schwerfälliger. Immer unkontrollierter und unkoordinierter setzte er die Füße. Schließlich stolperte er und stürzte geradewegs in die Pflugfurchen. Ausgestreckt lag er da. Das Gesicht in der Erde, bebte er wie im Schüttelfrost. Er weinte so lange, bis seine Augen keine Tränen mehr hergaben.

Ein paar Stunden mochte er auf dem Acker zugebracht haben. Der Erschöpfung und dem Weinen folgte nach einer Weile stille Trauer. Einsam saß er dort auf dem Feld. Rings um ihn nur trockene, braune Erde.

Die Stille und die Verlassenheit hatten ihm geholfen. Wie so oft. Stille und Einsamkeit waren die steten Begleiter der Astronomen. Sein Kopf war wieder klar. Seine Gedanken waren geordnet wie die Bahnen der Planeten. Er würde die Apologie nicht noch einmal in gleicher Güte aufsetzen können, aber er brauchte sie auch gar nicht mehr. Warum sollte er, geschult und in Rhetorik bestbenotet, den umständlichen Weg des Geschriebenen gehen? Die wahre Kraft einer Verteidigung kam aus dem gesprochenen Wort, das wusste jeder, der Disputationen, Lehr- oder Streitgesprächen beigewohnt, und noch besser, sie erfolgreich geführt hatte.

Beherzt stand er vom Acker auf, unterließ das Ausklopfen der Kleider und schritt kraftvoll und zielstrebig nach Hause.

Dort gewaschen und umgezogen, griff er Barett und Geldkatze, ließ sich beim Barbier die Haare auf jenes Maß kürzen, das der Länge des abgesengten Stirnhaars entsprach, und machte sich auf den Weg zum Gefängnis.

Ich werde so lange auf den Gefängnisvorsteher einreden und nicht eher ruhen, bis er Vater freilässt, lautete sein Vorsatz. Ich werde Kaution bezahlen und alles unterschreiben, was nötig ist, um keinen mit dieser Angelegenheit Behafteten, weder Vater, den Vorsteher noch mich, in Ungnade zu bringen oder ihm sonst welchen Nachteil zu verschaffen.

Mit schnellen, gegen Ende des Weges gar gehetzten Schritten strebte er dem Kerker zu, trat immer noch fester auf und fand immer noch treffendere Worte der Verteidigung – der Wärter, war sich Darius sicher, würde gar nicht mehr umhinkönnen, den Vater freizulassen.

Der erste Schwall seiner rhetorischen Energie verpuffte durch den impertinenten Umstand, dass das Gefängnis geschlossen war, der Wärter gar nicht zugegen, sondern *im Wirthaus, um ein Malzeit einzunehmen*, wie in kritzeliger Schrift auf einem Zettel stand, der an einem rostigen Nagel an die Tür geheftet war. Darius schnaubte. Sollte er jetzt das halbe Dutzend Wirtshäuser absuchen, den Zettel wie einen Steckbrief in der erhobenen Hand, nach dem Schuldigen der Rechtschreibfehler fahnden und sich dadurch zum Gespött der Leute machen?

Er wartete. Mit erzwungener Gelassenheit schritt er vor der Mauer auf und ab, legte sich abermals die Worte zurecht und hatte Mühe, ruhig zu bleiben. Den Gedanken, sich mit dem Vater über Rufen durch Mauern und Türen zu verständigen, hatte er schon von Anfang an verworfen, erstens wollte er der Angelegenheit nicht unnötig Aufmerksamkeit verschaffen, und zweitens hätte dies etwas Erniedrigendes gehabt.

Eine gute Stunde war vergangen, als der Wärter endlich eintraf, ein schwammiger Mann mit dunkelblondem Kraushaar, in mausgrauem Wams und Strumpfhose, nach Schweiß und Schnaps stinkend. Er zog das rechte Bein nach, was seinem linkischen Hatschen eine skurrile Unwucht verlieh.

Darius verspürte nicht wenig Lust, sich wie ein ungehobelter Klotz aufzuführen und sich beim Wärter zu beschweren, einen angesehenen Doktor der Alma Mater Viadrina, der nach seinem ehrwürdigen Vater zu sehen habe, so lange warten zu lassen. Aus strategischen Gründen entschied er sich jedoch für das Gegenteil, mit Aufruhr würde er nur Widerstand erzeugen.

»Euer Vater ist nicht mehr hier. Die Zellen sind leer«, setzte ihn der Wärter in Kenntnis und pulte mit einem Hufnagel Fleischreste zwischen den Zahnstümpfen heraus.

»Ich will sofort zu ihm!«

»Seid Ihr schwerhörig? Ich sagte: Er ist weg!«

»Das kann nicht sein!«

»Geht! Geht! Der ungläubige Herr! Und seht selbst!« Der Wärter wies mit einer ausladenden Handbewegung zum Kerker. Darius marschierte daraufhin durch die Amtsstube den Gang entlang zu den Gefängniszellen. Der Wärter hinterdrein.

»Tatsächlich! Er ist fort!«

»Ach? Wahrhaftig?«

»Wo ist er? Was hat man mit ihm gemacht?«

»Deportiert. Nach Cottbus.«

»Cottbus? Wisst Ihr das sicher?«

»Sehe ich vielleicht wie ein Nichtswisser aus?«

Nein, wie ein tumber Schwachkopf, lag Darius auf der Zunge. Er konnte es nicht glauben. Cottbus hatte zwar einen guten Namen, was die Tuchmacher und Leineweber anging, doch was hatte dort die Gerichtsbarkeit der Inquisition verloren?

»Was soll er denn in Cottbus? Da gibt es nichts außer Meerrettich und Gurken.«

»Dort sitzt der Inquisitor. Und der kommt nicht hierher wegen einem einzigen Ketzer. Da müssen schon ein halbes Dutzend einsitzen.«

»Mein Vater ist kein Ketzer!«

»Das sagen sie alle … am Anfang … doch dann …!«

8

Die Viadrina war geschlossen, der letzte Student gegangen. Anna wartete vor dem Eingangstor auf der großen Steintreppe und überlegte, wie sie van Cron schnellstmöglich durch die Bibliothek und das astronomische Labor schleusen konnte. Sie hatte nicht vor, den halben Nachmittag mit ihm dort zu verbringen; es stand etwas weit Dringlicheres an: Anna musste Darius aufsuchen. Sie musste mit ihm reden. Unbedingt.

Dass van Cron mit zügigen Schritten und gleichgültiger Miene an den Büchern der einzelnen Fächer des Triviums entlangschritt und zu den Werken des Quadriviums, zur Arithmetik, Geometrie und vor allem zur Astronomie drängte, war Anna nur recht.

Bei einigen Werken der Theologie hielt van Cron inne, strich, die Titel halblaut rezitierend, mit dem Zeigefinger über die ledernen Buchrücken und griff auch dort nur ein einziges heraus, den dreizehnten Band des fünfzehnbändigen Werks *De Trinitate** des Heiligen Augustinus von Hippo, betitelt mit *Der Unterschied von Weisheit und Wissenschaft*.

Er überflog nickend eine Passage und meinte: »Der gute Augustinus. Seine Gedanken waren mir in manch schwacher Stunde des Zweifels gut Freund und Wegbegleiter«, dann stellte er das Buch wieder zurück ins Regal. »Nun denn«, sagte er, »lasst uns zu den astronomischen Werken gehen. Die Dringlichkeit gebietet es.«

Anna nickte. So verändert kam der Holländer ihr heute vor. Gestern noch brillierte er mit Witz und Eleganz und

---

* ›Von der Dreieinigkeit‹

es schien ihr, als konnte er die Augen nicht von ihr lassen, hier jedoch gab er sich wortkarg, ja, geradezu feierlich, und schenkte allein den Büchern Beachtung.

Als sie schließlich vor den wenigen ausgesuchten Werken der großen astronomischen Meister standen, fragte Anna ihn: »Mich wundert, dass Ihr nicht an der Leipziger Universität forscht. Die Bibliothek dort ist doppelt so groß wie die unsrige und das astronomische Laboratorium ist weit besser ausgerüstet. Was hat Euch zu uns verschlagen?«

»Ihr seid die einzige Frau in meinem nicht ganz kleinen Kreis von Bekanntschaften, die es vermag, einen Vergleich zwischen Universitätsbibliotheken zu ziehen, Respekt. Es ist wahr, Eure Universität kann sich nicht mit der Leipziger messen. Doch es hat andere Gründe, die mich zu Euch haben kommen lassen … und bei Euch halten«, antwortete er und sah sie bei »halten« eindringlich an.

Van Cron entnahm, nachdem sie eine Stunde, die Anna unendlich lang erschien, in der Bibliothek verweilt hatten, lediglich zwei Werke: Die *Ephemeriden* des Johannes Molitoris und eine Kopie von Keplers *Astronomia Nova*, von denen jeweils neun gebundene Exemplare vorhanden waren.

»Was astronomische Literatur anbelangt«, monierte van Cron, »ist die Viadrina sehr mangelhaft sortiert. Das Werk, das ich suche, ist nicht vorhanden. Dürfte ich das Bestandsverzeichnis einsehen?«

Der Bibliotheksbereich des Quadriviums umfasste eintausenddreihundert Werke, die ein- und mehrfach vorhanden, alphabetisch geordnet in einem buchdicken Katalog aufgeführt waren.

Mit dem beringten Finger fuhr van Cron die aufgelisteten Werke entlang. »Tatsächlich, wirklich und wahrhaftig!« Er schüttelte ungläubig den Kopf. Noch zweimal wiederholte er: »Tatsächlich, wirklich und wahrhaftig«, um resümierend festzustellen: »Es ist nicht im Fundus!« Das sprach er in einem dermaßen anklagenden Ton und begleitet von einem überspannten Kopfschütteln, dass es Anna ärgerte und sie diesen Vorwurf nicht stehen lassen wollte.

»Welches dringliche Werk macht sich unsere Viadrina denn schuldig, es ›tatsächlich, wirklich und wahrhaftig nicht im Fundus‹ zu haben? Ich kann Euch sicher weiterhelfen.«

»Ihr?« Van Cron sah sie mit dem Ausdruck höchster Ungläubigkeit an. »Meint Ihr wirklich, Ihr könnt mir helfen?«

»Ihr wisst, was dem Hochmut folgt?«, fragte Anna noch einen Deut beißender und setzte hinzu: »Ist es so befremdlich für die Tochter des Universitätsrektors, sich für die Werke der großen Gelehrten zu interessieren? Denkt Ihr wohl auch, es schickt sich nicht für ein Frauenzimmer, selbst, wenn von hohem Stand, den Wissenschaften zugetan zu sein?«

Noch ehe Anna sich versah, war sie in eben jene aufgebrachte Laune geraten, die stets die fruchtlosen Streitgespräche mit dem Vater um den Stand der Frauen in der Gesellschaft heraufbeschworen. Warum gab es keinen einzigen von Vaters Freunden und Bekannten, der etwas fortschrittlicher dachte?

Statt sich hinreißen zu lassen, mit ihm in einen Disput zu treten, gab sie mit reichlich Kälte in der Stimme die Dringlichkeit zum Ausdruck, die Bibliothek jetzt verlassen zu müssen. Die Zeit sei hinfortgeeilt, der Schneider erwarte sie – was gelogen war –, Herr van Cron möge bitte die Güte haben, sich für die beiden bereits gewählten Werke oder, ihretwegen, für gar keines zu entscheiden. Wenn er Erstes gedenke, so möge er seine Unterschrift hier setzen. Sie legte ihm das Verleihverzeichnis vor, welches er mit ausladenden Zügen unterschrieb, nachdem ihm Darius' Name ins Auge gestochen war und er dies mit einem »Ach, sieh an, mein Spielkamerad!« kommentierte. Eine Äußerung, die Anna sauer aufstieß.

Anna entschuldigte sich bei van Cron, dass für das astronomische Laboratorium keine Zeit mehr übrig bliebe und sie ihn nun hinauszugeleiten habe, um die Viadrina zu schließen. Van Cron nahm es gelassen, er sagte, er sähe sich glücklich, dies ein andermal unter ihrer Führung nachholen zu dürfen. Wenn jedoch so dringliche Angelegenheiten wie Anprobe anstünden, sähe er das zweifelsfrei nach. Er selbst wisse um die Notwendigkeit bestsitzender Staffage. Für ihren Einsatz werde er sich alsbald und an geeigneter Stelle erkenntlich zeigen.

Mit einer viertel Verbeugung verabschiedete er sich am Außentor und ging, ihr voran, die große, steinerne Treppe hinunter. Unten angekommen, wandte er sich um und sagte gönnerhaft: »*De Cometis Libelli Tres** ist es, was Ihr nicht im Fundus habt. Und noch etwas: Nennt mich ab sofort Corvin!«

Anna nickte. Ein Bedanken für die Aufklärung versagte sie sich, sie musste nicht jedweder Arroganz die Hand reichen. Zudem war sie sich sicher, van Cron – Corvin – hatte sich ihrer kleinen Schelte im Musikzimmer erinnert, als er ihr die Antwort auf die Frage nach seinem Lehrer schuldig blieb. Diesen Fauxpas wollte er sich wohl kein zweites Mal erlauben.

Sie wartete, bis er gegangen war und aus dem Blickfeld, verriegelte das Eingangstor und machte sich auf den Weg zu Darius.

---

* »Drei Bücher über Kometen«

Weder in der Druckerei noch bei ihm zu Hause hatte sie ihn vorgefunden. Da sie seinen speziellen Platz an der Oder kannte, ungefähr eine Viertelmeile flussaufwärts, war dorthin ihr nächster Weg gewesen.

Mit jedem Schritt, den sie näher an ›seinen‹ Ort herankam, wurde sie unruhiger. Du erzählst ihm alles, sagte sie sich die letzten Klafter Weg eindringlich, bis er in ihrem Gesichtsfeld erschien, geschützt von dichtem Schilfrohr, sitzend auf dem waagerechten und schenkeldicken Weidenstamm, der über die Oder ragte, ins Wasser starrend, die bloßen Beine in der Strömung. Verändert sah er aus, er trug das Haar kürzer. Es stand ihm gut, doch jetzt war wohl nicht die Zeit für Komplimente.

Als er sie wahrnahm, lächelte er eher gequält und blieb stumm. Er lächelt, dachte sie, wenn auch nur wenig, doch es ist immerhin ein Lächeln.

»Erlaubt Ihr?«, fragte sie ihn, und ohne die Antwort abzuwarten, setzte sie sich in gebührlichem Abstand neben ihn. Darius tunkte einen Fuß noch tiefer ins Nass, holte Schwung und schleuderte mit dem Spann Wasser in die Luft, in der es wie ein zerfaserter Tropfenteppich auseinanderstob.

»Ein guter Platz, um zu verweilen«, sagte sie und richtete ihren Blick aufs Wasser.

Er entgegnete nichts darauf.

»Kommt Ihr voran?«, wollte sie wissen und sah ihn diesmal an.

Er schüttelte den Kopf. »Die Zeit ist gegen mich. Alle Umstände trotzen mir!«

Darius erzählte ihr von der verbrannten Apologie und dem deportierten Vater. »Als ob das nicht schon zu meinem Ärger genügte«, sagte er, »sitzt dieser Holländer im Hause meines Rektors und spielt ein Duett mit dessen Tochter. Was hat er bei Euch zu schaffen? Er ist mein Widersacher! Wenn er die Bahn des Kometen besser berechnet und präsentiert, bekommt er das Amt zugesprochen. Wie kann Euer Vater ihn als Gast willkommen heißen?«

»Die Gedanken meines Vaters ergründen zu wollen, ist sinnlos.«

»Was wisst Ihr von dem Holländer? Hat er etwas über den Kometen gesagt?«

»Nein, doch er sieht sich schon als der neue Hofastronom. Heute Mittag waren wir an der Viadrina. Auf Geheiß meines Vaters musste ich ihm die Bibliothek zeigen.«

Anna sah, wie sich Darius' Adamsapfel bewegte. Er nahm einen Fuß aus dem Wasser, zog ihn ganz nah an sich heran und umschloss ein Bein mit seinen Armen. Er blickte ins Leere. Für einen kurzen Moment erwog Anna, ein Stück näher zu ihm zu rücken, doch es war wohl besser, sitzen zu bleiben.

»Welche Werke hat er eingesehen?«

»Ein gutes Dutzend hat er aufgeschlagen und nach einem vergeblich gesucht, es heißt ›*De cometis libellis tres*‹.«

»Ach, tatsächlich?«

»Ihr kennt es?«

»Aber natürlich. Es ist ein noch unvollendetes und inoffizielles Skript von ... Ratet, von wem wohl.«

»Kopernikus?«

Darius schüttelte den Kopf. »Der erste Buchstabe stimmt.«

»Na, dann ... Tycho Brahe!«, sagte sie und lachte.

Darius verzog die Lippen. Dieser Scherz hatte ihn wohl nicht so richtig erheitert.

»Kepler beschreibt darin zwei Kometen, die dieses Jahr erschienen sind. Laut seiner These sollte sich heuer noch ein dritter einfinden, deswegen der Titel. Wie es scheint, hat der große Meister wieder einmal recht. Es ist der Komet, auf den ich warte. Als Ginsleben davon erzählte, hatte ich der Sache keine große Beachtung geschenkt, doch jetzt bekommt die Angelegenheit ein anderes Gesicht. Dass van Cron auch von diesem Skript weiß …«

»Glaubt Ihr«, fragte ihn Anna, »van Cron hat den Kometen schon entdeckt?«

»Wenn er nicht die Sehkraft einer Eule besitzt oder die höchsten Berge besteigt, um dem Himmel näher zu sein, hat er nicht mehr gefunden als ich, nämlich nichts.«

»Was ist mit einem Fernrohr?«

»Die großen Kometen waren allesamt mit dem bloßen Auge auszumachen. Obzwar … Galilei hat mit einem Fernrohr Entdeckungen gemacht wie noch vor ihm kein Astronom.«

»Die Viadrina verfügt doch über eines.«

»Das Fernrohr der Viadrina ist so schlecht, dass niemand es benutzt. Ein erbärmlicher Lipperhey-Nachbau, dessen Linsen so stumpf sind, dass man glaubt, überall die Milchstraße zu sehen. Nein, mit diesem Fernrohr ist mir nicht geholfen.«

»Aber grundsätzlich wäre ein gutes hilfreich?«

»Natürlich. Aber wenn keines da ist … Zudem kann ein Fernrohr den Kometen auch nicht herzaubern. Je nachdem, wie weiträumig seine Bahn verläuft, kann es noch weitere Tage, schlimmstenfalls ein, zwei Wochen dauern, bis er sich zeigt.«

»Und je länger er auf sich warten lässt, umso knapper wird die Zeit, in der Ihr Daten sammeln könnt, um die Bahn zu berechnen.«

»Genau so ist es.«

»Wenn er die nächsten Tage erschiene, so bestünde doch gute Hoffnung für Euch auf das Amt.«

»Van Cron ist auch noch da. Nicht nur, dass er mir das Amt streitig macht, er hat auch noch die Stirn, in mein Territorium einzudringen. Ich traue ihm nicht. Und Euch möchte ich ebenfalls um Vorsicht bitten!«

»Habt um mich keine Sorge. Ich bin kein kleines Kind mehr.« Anna sprang vom Stamm aufs Ufer, suchte sich platte Flusskiesel und warf sie so niedrig übers Wasser, dass sie mit flachen Sprüngen über die Oder hüpften.

»Ein Kleinjungenspiel. Gehört sich das für eine Dame Euren Standes?«, fragte er mit Ironie in der Stimme.

Ich tue nicht nur Dinge, die sich für unsereins geziemen, hätte sie ihm gerne geantwortet, doch sie unterließ es. Sie musste nicht auf alles eine Antwort geben.

Nach mehreren Würfen setzte sie sich ins Gras und sah zu Darius. »Wisst Ihr etwas Neues über Euren Vater?«

Er setzte sich zu ihr. »Sie haben ihn nach Cottbus deportiert, zum Verhör. Ich werde diese Tage hinfahren und versuchen, ihn auszulösen.«

»Von Cottbus erzählt man sich nichts Gutes. Sie haben dort einen neuen Inquisitor eingesetzt; einen strengen Mann, der Jagd auf Freidenker macht und Geheimbünde aufspüren soll.«

»Freidenker und Geheimbünde sind die Wegbereiter der neuen Zeit! Ihre Gedanken müssen verbreitet werden und sie selbst muss man vor der Inquisition schützen! Begnadete Köpfe waren bereits in ihren Klauen.«

»Aretino, Calvin, Giordano Bruno.«

»Woher wisst Ihr von den indizierten Philosophen?«

»Ich habe mehr gelesen, als Ihr denkt. Vergesst nicht, ich bin die Tochter eines Universitätsrektors. Schon mit sechs Jahren hatte ich meinen Vater regelmäßig in die Viadrina begleitet. Mit zehn las ich dort ständig in der Bibliothek.«

»Ich wüsste keine einzige Schrift, die für Kinder gedacht wäre.«

»Ich habe auch keinen der Gelehrten verstanden. Weshalb ich nur die Zeichnungen in den medizinischen Werken ansah und die ersten Jahre einzig in der Bibel las.«

»Und Euer Vater war stolz auf Euch.«

»Ja und nein. ›Das ist eigentlich kein Ort für dich‹, hatte er mir immer wieder gesagt, ›statt zu lesen, solltest du zu Hause sticken und musizieren.‹ Was ich ohnehin schon tat. Ginsleben hatte er dann als meinen Hauslehrer eingestellt, was er heute immer noch ist. Aber die Lesestunden an der Viadrina ließ und lasse ich mir nicht nehmen. Letztlich freut er sich doch darüber. Nach zwei Totgeburten sind er und meine Mutter glücklich, die einzige Tochter nicht nur lebend zu wissen, sondern aufgeweckt und klug. Deswegen hat er mir das Lesen nie verboten.«

»Mehr durfte es aber auch nicht sein. Ihr hattet mir doch einmal etwas von Euren Studienabsichten erzählt, die Euer Vater missbilligte. Wie war das noch einmal gewesen?« Darius ärgerte es, dass er sich nicht mehr daran erinnerte, ebenso, dass sie so wenig voneinander wussten, obwohl sie sich schon seit fünf Jahren kannten.

»Nach der Domschule wollte ich an der Viadrina das Trivium studieren. Als ich meinen Vater darum bat, mich einzuschreiben, hat er mich hart zurechtgewiesen. Seine Worte kann ich heute noch hören: ›An keiner Universität unserer Erde gibt es auch nur einen einzigen weiblichen Studenten! Was um alles in der Welt und in Gottes Namen macht dich so vermessen, Gesetze und Regeln zu missachten? Wie kannst du dich erdreisten, herrschende Ordnungen untergraben und gewachsene Systeme aufwerfen zu wollen?‹ In einem erzürnten Vortrag machte er alle meine Argumente zunichte. Er wollte niemals wieder auch nur ein Wort darüber verloren wissen.« Anna wischte sich mit dem Handrücken über die Augenlider. Es ärgerte sie, dass dieses Verbot, obwohl es so lange schon zurücklag, sie immer noch aufwühlte.

Darius nahm ihre Hand und drückte sie; ein kurzer Moment der Verbundenheit. Sie zog sie zurück, wie aus Reflex, hielt sie an ihre Brust und legte die andere darüber. Ihr Atem ging schwer.

»Ich muss gehen«, sagte sie und erhob sich, »doch lasst mich Euch noch eines sagen: Ich weiß, dass Ihr der Welt gegenüber offen seid und mit Eurer Wissenschaft neue Wege beschreiten wollt. Wenn es an der Viadrina nur einen Wissenschaftler gibt, der für die neuen Lehren lebt, so seid Ihr das. Mit meinem Geschenk wollte ich Euch meine ganz persönliche Anerkennung aussprechen. Wer sonst hier außer Euch und Ginsleben weiß die neuen Lehren zu schätzen?«

Als Anna diese Worte gesprochen hatte, spürte sie, wie ihre Lippen zitterten. Sie musste an sich halten, Darius' vorige, zarte Geste nicht zu spiegeln, nicht nach seiner Hand zu greifen, um dieses Bündnis des Augenblicks erneut zu spüren. Aber sie witterte eine subtile Form von Gefahr; bislang war alles in geordneten Bahnen verlaufen, doch seit Darius' kurfürstlicher Audienz zeigten sich Veränderungen an, deren Konsequenzen sie nicht überschauen konnte. Darius hatte sich in einen Wettstreit um einen Kometen begeben mit einem Widersacher, den ihr Vater schon im Herbst als ihren künftigen Ehegatten sah. Sein Vater, Meister Degenhardt, war, wie einst seine Frau, in die Fänge der Inquisition geraten. Darius war damit nicht nur die Bürde anheimgefallen, ihn in der Druckerei vertreten zu müssen, sondern in die Pflicht und Schuldigkeit genommen worden, ihn aus dem Gefängnis zu holen. Durch alles drängte sich drohend der unaufhaltsame Strom der Zeit. Und Anna steckte unversehens inmitten dieser Entwicklungen.

Am nächsten Morgen, bei Sonnenaufgang, klopfte es an der Tür des Wohnturms. »Meister Degenhardt«, schrie eine Männerstimme herauf, »wir haben etwas abzuliefern! Wollt Ihr Euch bitte hinunterbegeben, es in Empfang zu nehmen!«

Darius stakste, noch schlaftrunken, die Treppe hinab. Er hatte die Nacht mit der Suche nach dem Kometen verbracht und musste sich jetzt auf den Weg zur Druckerei machen. Ein neuer Auftrag erwartete ihn: Hundert Exemplare eines zwölfseitigen Pamphlets der Lutheraner gegen den Papst, der Werksatz einfarbig, die Initialen in den Schmuckfarben rot und blau. »Eine Kiste? Was ist da drin? Und von wem?«, wollte er vom Boten wissen, als er die gut mannshohe und -breite Kiste vor sich stehen sah.

»Steht wohl alles hier drin«, antwortete der Bote, überreichte ihm einen versiegelten Brief, verabschiedete sich und fuhr mit dem Wagen wieder davon. Darius öffnete das Siegel und las:

Werter Freund Darius,

leider kein Geschenk, sondern nur eine Leihgabe für Euch, bis der Komet gefunden ist und berechnet. Ich hoffe, es ist von besserer Qualität als das viadrinische und wird Euch wertvolle Dienste leisten.

Bis auf bald,
AvK

Darius verstand. Er freute sich sehr.

Obwohl er zur Druckerei gemusst hätte, wuchtete er die Kiste in den Turm und öffnete sie. Sie barg kein gewöhnliches Fernrohr, es war ein Meisterstück. Auf dem metallenen Tubus stand eingraviert: *Christoph Scheiner, Ingolstadt, 1616*. Dieser Name war in der Fachwelt bekannt. Scheiner war Astronom und Optiker. Er hatte vor fünf Jahren auf der Grundlage von Keplers *Dioptrice* das erste astronomische Fernrohr gebaut und damit, wie Galilei, die viel diskutierten Sonnenflecken entdeckt. Darius hatte Scheiners Werk *Disquisitiones Mathematicae* gelesen, das dieser ein Jahr später veröffentlichte. In ihm beschrieb er die Weltbilder Ptolemäus', Kopernikus' und Brahes. Man erzählte sich, dass die Societas Jesu, in der Scheiner amtierte, ihn mahnte, er solle an der soliden Lehre der Altvorderen festhalten und nicht die Meinung der Modernen lehren. Claudio Aquaviva, der fünfte General der Societas, dem Scheiner unterstand, hatte die Veröffentlichung nur unter theologischen Korrekturen zugelassen.

Darius hatte bei Ginsleben und von Krauchnitz immer für ein Fernrohr aus Scheinerschen Händen geworben. Es waren die besten und unterschieden sich von den Lipperheyschen durch eine andere Anordnung der Linsen. Doch stets war er abgewiesen worden: »Unerschwinglich mit den bescheidenen Mitteln der Viadrina«, hieß es. Jetzt sollte er tatsächlich ein solches in Händen halten, zugespielt von Anna, die ihm immer geheimnisvoller und zugleich bezaubernder wurde.

Er brachte die Kiste nach oben, verschloss den Turm und machte sich auf den Weg zur Druckerei. Unterwegs überlegte er, wie sie an das wertvolle Instrument gekommen sein mochte. Wichtiger aber war ihm, wie er Anna seinen Dank für diese Tat ausdrücken konnte.

Bereits am frühen Abend, eher als geplant, hatte Darius die Druckerschürze abgelegt und sich nach Hause begeben. Er konnte es nicht erwarten, endlich durchs Okular dieses vorzüglichen Fernrohrs zu schauen.

Längst bevor die ersten Sterne – Sagitta, Vulpecula, Cygnus – aufleuchteten, hatte er das Fernrohr auf dem Balkon installiert. Er war voller Hoffnung. Er wusste, dass es heute passieren würde. Mit diesem Fernrohr, beschafft von der außergewöhnlichsten Frau, die je in sein Leben getreten war, würde er den Kometen heute entdecken.

Bis kurz vor Mitternacht hatte er den gesamten Sternenhimmel abgesucht. Streng nach Tabelle hatte er gearbeitet und jedes der nördlichen Sternbilder abgehakt, um sicher zu sein, keines ausgelassen zu haben. Das hatte er ganze drei Mal getan. Doch nichts. Der Komet blieb wider alles Hoffen verborgen.

Darius ging nach drinnen und holte sich eine Flasche Wein aus der Kiste. Wenn er trotz aller guten Erwartungen enttäuscht werden sollte, so würde er dafür trinken. Nicht nur ein paar Hiebe. Die ganze Flasche! Er hatte schon lange nicht mehr so richtig getrunken wie zu Beginn seiner Studienzeit. Da hatte er mit den Kommilitonen fast jeden Abend bei Hedwig in der Kaschemme gesessen, Wein und Bier getrunken, philosophiert und manchmal bis Tagesanbruch gewürfelt. Hedwig hatte zuweilen versucht, ihn zu einem Beischlaf in der Schinkenkammer zu überreden, wenn ihr Mann sturzbesoffen oben in der Stube lag. Jedes Mal hatte er das Angebot aus guten Gründen ausgeschlagen. An wenigen, ausgesuchten Tagen, wenn ihm das Glück im Spiel hold gewesen war, hatte er den Gewinn zwischen den schlanken Schenkeln einer Hübschlerin durchgebracht und war danach weinselig und Sauflieder grölend durch die Gassen gewankt, bis die Wachen ihn aufgegriffen hatten und in den Karzer gesperrt. Nach dem dritten Karzerbesuch hatte er die Lust am liederlichen Lebenswandel verloren und sich auf sein berufliches Fortkommen konzentriert. Das war zum Großteil Vater zu verdanken – er hatte ihm die Augen geöffnet, was für ein armseliges Bild er abgäbe und wie er nicht nur der Reputation der Viadrina schade, sondern auch seiner eigenen. Wenn er ein Astronom von Rang und Namen werden wolle, hatte Vater ihm ins Gewissen geredet, solle er einmal ernsthaft über den Unsinn des Wirtshaustreibens nachdenken. Was er tat. Seit seiner Disputatio hatte er nicht mehr getrunken. Ein Glas Bier oder einen Wein zum Mahl, ja, das wohl, und gestern, die paar Schlucke, doch niemals mehr über den Durst.

Heute Nacht aber war die Zeit gekommen, der Vernunft zu trotzen. Nur diese eine Nacht wollte er über die Stränge schlagen. Diese eine Nacht, in der er so fest mit dem Kometen gerechnet hatte, ihn geradezu herbeigesehnt, um wiederum bitter enttäuscht zu werden. Es gab Momente im Leben, für die die Kraft der Besonnenheit nicht ausreichte, in denen keine nüchternen Antworten Trost verschafften. Da war es besser, die Gedanken zu lähmen, besser noch zu ersticken, bevor sie wie aufgeschreckte Hühner das Gemüt in Aufruhr brachten. Solche Momente der bitteren Enttäuschung waren geradezu gemacht für das Trinken. So ein Moment war nun gekommen – die ersten vier Tage des Ultimatums waren verstrichen, ohne Ergebnis! Natürlich, er hatte noch sechsundzwanzig Tage. Doch was half es? Morgen wären es noch fünfundzwanzig, übermorgen noch vierundzwanzig, und so ging es weiter. Wie lange sollte er diesen Optimismus hätscheln? Bis zum letzten Tag? Nein, Hoffnung in Ehren, doch eine gesunde Skepsis hatte noch nie geschadet, im Gegenteil, in der Wissenschaft war sie mehr als vonnöten.

Er würde sich jetzt auf den Balkon setzen, in seinen Stuhl, die Flasche Wein in Händen, die Sterne sich selbst überlassen, den Kometen verfluchen und erst zu Bett gehen, wenn die Flasche bis auf den letzten Tropfen geleert, der Schädel im Gleichzug voll war. Mit diesem Vorsatz zog er den Korken aus dem Flaschenhals und prostete in den klaren Nachthimmel: »Auf dich, du widriger Gesell! Und wenn du nicht der Widrigste und Eigensinnigste unter ihnen bist, dann zeige dich!«

Die Turmuhr schlug zwölf. Darius hatte erst ein Viertel der Flasche geleert – der Wein trank sich unverhofft zäh – und verspürte Lust, mit dem Fernrohr die Stadt auszukundschaften. Es war Vollmond, die Stadt vom Widerschein erleuchtet. Er wollte die Torwächter beobachten, nächtliches Gesindel aufspüren, Diebe und Stadtstreicher ausfindig machen. In zwei Häusern flackerte Kerzenschein in der obersten Kammer bei offenem Fenster, möglicherweise ließ sich dort ein Schauspiel seltener Güte erblicken, eine Schöne, die sich entkleidete oder womöglich ein Kampf auf Leben und Tod zwischen Dieb und Hausherrn?

Nichts dergleichen bot sich. Frankfurt an der Oder war eben nicht Frankfurt am Main. Alles schlief, alles lag bloß und brav. Ein paar Katzen streunten, ein paar Ratten wuselten. Die Gassen waren leer. Der Nachtwächter, ein verwaister Einzelgänger, zog seine Runden. Doch halt. Zwei Personen im Umhang, die Gesichter verdeckt durch ihre Kapuzen, eilten mit zügigen Schritten übers glänzende Pflaster. Die eine war unstrittig eine Frau, das konnte er an Gang, Größe und Silhouette erkennen. Sie strebten zügig die Schmiedgasse entlang. Darius folgte ihnen mit dem Fernrohr. Was hatten sie so spät noch auf den Straßen verloren?

Das Paar querte die Schmiedgasse und ging geradewegs auf das vierte Haus in der Färbergasse zu. Dort klopfte der Mann an die Tür. Die Frau stand hinter ihm. Die Tür öffnete sich – und just in dem Moment, als die beiden eingelassen wurden, erhob sich ein Windstoß und lupfte die Kapuze der Frau ein kleines Stück, doch gerade so weit, dass Darius ihr Gesicht erkennen konnte. Das Fernrohr zeigte alles so klar und nah, als ob sie direkt vor ihm stünde. Er stockte. Es war Anna. Sie verschwand gleich hinter dem schwarzen Mann. Doch wer war er und was hatten sie zu dieser späten Stunde dort zu schaffen? Darius nahm einen Schluck. Seit sich dieser Komet in sein Leben gedrängt hatte, war es nicht mehr wie früher. Es schien, als ob der Schweifstern wahrhaftig Veränderung bewirkte. Wenn er sich denn nur endlich zeigen würde!

Er tat es wider Erwarten. Um zwei Uhr in der Nacht, vom kühlen Wind aus dem Schlaf gerissen, der ihn auf dem Balkon übermannt hatte, sah Darius mit nachtmüden Augen verschwommen eine Erscheinung im Sternbild Cassiopeia. Mehrmals rieb er sich ungläubig die Lider, sprang nach drinnen zum Zuber, klatschte sich Wasser ins Gesicht und wusch sich die Augenwinkel aus, um dann vom Blick durchs Okular bestätigt zu werden. Der Komet! Er war da! Klar erkennbar Kern und Schweif! Darius ballte die Fäuste und stieß einen kurzen Freudenschrei aus.

Er nahm das Astrolabium, um seine Position zu bestimmen. Er hielt es vor sich, legte den Anschlag ins Lot, schloss ein Auge, peilte und las die Gradzahlen ab. Auf einem Bogen Papier notierte er: *Der Komet fliegt in einem Abstand von nur sieben Bogenminuten am rechten Ellenbogen Cassiopeias, Länge 291° 8', Breite 54° 26' entlang.* Der Anfang!, dachte er und hoffte darauf, mit seinen Beobachtungen in der kommenden Nacht fortfahren zu dürfen. Er brauchte Daten, um Rückschlüsse auf die Bewegung des Kometen ziehen zu können. Je nachdem, wie weit der Komet entfernt war und wie schnell er flog, desto mehr Daten würde er erhalten und umso genauer würde sein Ergebnis ausfallen.

Bis zum Aufbruch um vier zur Druckerei – er hatte um fünf einen Handel abzuwickeln –, notierte er noch drei weitere Daten, die jeweils nur um fünf Bogenminuten in Richtung Perseus zunahmen. Damit war die Richtung des Kometen schon bestimmt, die Grundgestalt seiner Bahn aber noch längst nicht. Dazu waren die Abstände zu gering. Bewegte der Komet sich auf einer Geraden oder entgegen Keplers Meinung doch auf einer Ellipse?

Den Handel in der Druckerei hatte Darius schnell abgeschlossen, die anstehenden Arbeiten auf morgen verschoben und die Vorlesungen an der Viadrina mehr recht als schlecht hinter sich gebracht. Ihn drängte es, sich endlich auf den Weg zu von Krauchnitz' Haus zu machen und von seinem Erfolg zu erzählen.

In der Tasche seines Wams' trug er eine vom Strom des Wassers mattgeschliffene, grüne Waldglasscherbe. Sie hatte – und das war das Besondere – die Form eines Herzens. Er wollte sie Anna zum Geschenk machen, als Dank für das Fernrohr. Diese Herzscherbe besaß er, seit er zehn Jahre alt war. Er hatte sie damals, bewaffnet mit einem Wurzelstock, beim Durchwaten der seichten und doch schnellfließenden Nebenarme der Oder gefunden, beim Stochern im Kiesgrund, in der Hoffnung auf Goldstücke – es war die Kunde von Goldfunden in den Oderauen umgegangen, die sich als Gerücht herausgestellt hatte. Schon damals hatte er die Scherbe als Geschenk für seine Mutter gedacht, doch diese sollte das kleine, grüne Herz nicht mehr erhalten. Es dauerte Jahre, bis Darius ohne dieses Herz in der Hand und damit ohne Trauer und Tränen um sie in den Schlaf finden konnte.

Anna saß in der Sonne und übte auf der Geige, als er eintraf. Die Mutter führte ihn zu ihr, da der Hausherr, nach dem Darius, der Etikette folgend, zuerst verlangt hatte, nicht zugegen war. Zum Glück war auch der Holländer nicht anwesend. Hätte Darius van Cron erneut hier angetroffen, wäre die Konfrontation unvermeidlich gewesen.

»Gebt mir noch fünf Minuten, dann habe ich mein Pensum gespielt«, bat sie ihn. Er setzte sich, ihr gebannt lauschend, auf die Bank an der Mauer.

Mit dem Ende der Übungsstunde traf von Krauchnitz ein und nahm Darius sofort in Beschlag. Sie gingen nur unweit von Anna im Garten umher, während sie ihre Violine versorgte und die Noten auf dem Tisch ordnete.

Nach mehreren belanglosen Sätzen fragte von Krauchnitz: »Und? Habt Ihr die Kometenbahn schon berechnet?«

Darius zögerte einen Moment. Nicht nur, dass sich der Rektor keinen Deut um sein oder seines Vaters Befinden scherte und sofort zur Sache kam, er schien überhaupt nicht über die Schwierigkeiten der Aufgabe im Bilde zu sein. Diese Frage und die plumpe Art, in der er sie formulierte, stellten eine arge Entwertung der Schwere des Unterfangens dar. Von Krauchnitz wollte das Endergebnis präsentiert bekommen, wo Darius sich glücklich schätzte, überhaupt erste Daten gesammelt zu haben.

»Es ist mir eine außerordentliche Freude, werter Herr Rektor, Euch mitteilen zu dürfen, dass ich heute Nacht den Kometen entdeckt habe. Er flog auf der Höhe des Sternzeichens Zwillinge in Richtung Stier. Anfangs war ich mir nicht sicher, ob es sich wirklich um den Kometen handelte, doch durch den günstigen Umstand, dass mir Ihre To…«

»Uuuhhh!«, stöhnte Anna auf einmal, am Tisch stehend. Sie ließ die Notenblätter aus der Hand gleiten und sank zu Boden.

»Ein Schwächeanfall!«, rief Darius, sprang sofort zu ihr, hob sie auf und trug sie zur Bank, dort im Schatten.

»Schnell!«, forderte er von Krauchnitz auf, »holt ein Glas Wasser. Und einen Fächer!«

Von Krauchnitz eilte ins Haus. Drinnen verschwunden, schlug Anna die Augen auf. »Habt keine Sorge, Darius«, flüsterte sie, »mir geht es wohl. Ihr dürft um Himmels willen das Fernrohr nicht erwähnen! Es ist ein Heiligtum meines Vaters. Ich habe es ohne seine Erlaubnis vom Dachboden geholt. Wenn er es erfährt, gnade uns Gott!«

Darius' Kopf wurde heiß. Er kam sich vor wie ein ertappter Eierdieb, obwohl er gar nichts verbrochen hatte. Es war nicht nur die Peinlichkeit des ungewollten Beinaheverrats an Anna, die ihm die Röte ins Gesicht schlug. Der geheime Besitz des Fernrohrs, ihm gerade überraschend offenbart, trieb ihm die Hitze in den Schädel, und schlimmer noch, dass Anna ihn immer tiefer zu verstricken schien in ein geheimnisvolles Etwas, das er nicht zu deuten wusste. Natürlich, es war nur ein Gefühl, das er verspürte, dennoch gab es handfeste Indizien, die dieses Gefühl um Anna stärkten: Vaters Verhaftung, bei der sie interveniert hatte, ihr nächtlicher Hausbesuch in der Färbergasse, Annas Wissen um indizierte Philosophen und jetzt das verbotene Fernrohr. Erneut streifte ihn ein abergläubischer Gedanke an den Kometen. Hatte der widrige Geselle damit zu schaffen? Aberglaube hin oder her, doch welcher Sterbliche unter Gottes weitem Himmel konnte sich anmaßen, dies gänzlich auszuschließen?

»Wollt Ihr mich morgen begleiten? Die Gaukler sind vor der Stadt«, flüsterte er, »ich lade Euch ein.«

»Sehr gerne, doch morgen geht es nicht«, flüsterte sie zurück, »übermorgen komme ich mit.«

Von Krauchnitz platzte in ihre Verabredung. Er reichte Anna einen Becher Wasser und fächelte ihr Luft zu.

»Die Hitze!«, keuchte Anna, »ich hätte doch im Schatten üben sollen.«

»Ja, das hättest du! Dir wäre besser geraten, mehr auf mich zu hören!«, sagte ihr Vater, und zu Darius: »Ich möchte Euch bitten, jetzt zu gehen. Meine Tochter braucht Ruhe. Sofern Weiteres zu besprechen ist, dürft Ihr mich morgen nach den Vorlesungen in meinem Dienstzimmer aufsuchen.«

9

Auf dem Nachhauseweg ärgerte sich Darius über den unglücklichen Verlauf seines Besuchs. Zum Glück hatte Anna mit ihrer Inszenierung die Situation bravourös gemeistert. So viel schauspielerisches Talent hatte er ihr gar nicht zugetraut. Sie war etwas Besonderes. Das wurde ihm mehr und mehr bewusst.

In der Wamstasche trug er immer noch das flaschengrüne, wassergeschliffene Glasherz, das er in Annas Hände legen wollte. Übermorgen sollte sie das Kleinod bekommen, in einem passenden Augenblick, des Steines und vor allem seiner Geschichte würdig, die er dann Anna erzählen und damit auch einen Teil seines Innersten preisgeben würde. Traute er sich das zu? Er blieb sich die Antwort schuldig und wurde ärgerlich darüber. Wieso stellte er sich ständig Fragen, die ihn in Stummheit banden, statt Neues über ihn zu offenbaren? War das ein missliebiger Auswuchs des Gelehrtenberufes?

Cottbus lag zwölf Meilen südlich von Frankfurt.* Die Stadt an der mittleren Spree war 1600 vollkommen abgebrannt. Das Rathaus, die Kirchen und die Schule waren bis auf die Grundmauern verkokelt, das Hospital und das Schloss dem Erdboden gleich. Nur neun kleine Häuser blieben durch Gottes Gnaden unversehrt, was Anlass zu allerlei Gerede gab, gläubigem wie abergläubischem. Vater hatte Hunderte von Bittschriften zu drucken. Der damalige Kurfürst Joachim Friedrich von Brandenburg, der Vater Johann Sigismunds, ließ aus der Mark Dutzende Fuhrwagen Kiefern-

* Eine preußische Meile entspricht 7,5 Kilometer.

und Eichenholz sowie Mauersteine und Dachziegel für die Neuerrichtung der Bauten heranbringen. Großmütig befreite er zudem die Stadt für fünf Jahre von der Tax und gab das 1543 geliehene Kirchensilber wieder zurück. Im Zuge des Wiederaufbaus der Stadt erhielt der Münzturm im Jahr 1603 ein neues Dach mit Wetterfahne und Krebs. Gleich nebenan hatten sie den Kerker errichtet.

Nachdem Darius beim Apotheker Medizin geholt hatte und aus der Werkstatt frische Kleider sowie Arbeitsproben seiner fortgeschrittenen Druckerkunst, lieh er sich ein Pferd beim Staller an der Oderwacht aus. Ein Reisewagen nach Cottbus fuhr nicht – die fuhren nach Cölln, Leipzig, Dresden, Jena und Potsdam – und hätte ohnehin zu lange gebraucht. Er war kein geübter Reiter, doch würde er die zwölf Meilen in fünf bis sechs Stunden schaffen.

Gegen fünf Uhr abends stieg er, nassgeschwitzt, außer Atem und mit Schmerzen in Gesäß, Rücken und Oberschenkeln, vor dem Cottbuser Gefängnis vom Pferd. Er war fast die gesamte Strecke galoppiert, bis auf ein paar schwer passierbare Wege, die er trabend, manchmal im Schritt zurücklegen musste.

Einfach in den Kerker hineinzugehen, um einen Gefangenen zu besuchen, war nicht möglich. Er hatte am Eingang seinen Namen, den Namen des Delinquenten und den Grund des Besuches schriftlich anzugeben. Die Angaben wurden dem Inspektor des Gefängnisses vorgetragen. Der entschied, ob ein Besuch gewährt wurde und wie lange er dauern durfte.

Darius' Taschen wurden gefilzt, die Mitgaben notiert. Er bekam eine halbe Stunde Besuchszeit vor dem Gitter zugesprochen. Warum er nicht zu Vater in die Zelle durfte, darüber erhielt er keine Auskunft, und auf sein: »Wir sind eine ehrbare Familie! Mein Vater ist kein Verbrecher!« bekam er nur ein teilnahmsloses Schulterzucken zurück.

Wie er schon im Vorzimmer durch einen Blick nach innen erkennen konnte, lagen sich die Zellen in einem länglichen Bau ebenerdig gegenüber. Dazwischen verlief ein gut acht Fuß breiter Gang. Der Boden war, wie auch im Frankfurter Gefängnis, mit Stroh und Heu bedeckt. Durch kleine, rechteckige Fenster drangen nur wenig Luft und Licht herein, doch es reichte, um zu atmen und etwas zu erkennen.

Bis auf drei leere Zellen, saß in jeder ein Inhaftierter, mancher lamentierend, die meisten stumm.

Darius kämpfte gegen sein Übelsein an, als er durch den spärlich mit Fackellicht beleuchteten Gang schritt. Allein der dumpfe Gestank von Kot und die säuerliche Ausdünstung von Urin, die die Luft schwängerten, trieben ihm den kalten Schweiß auf die Stirn. Dazu waberte durch das dunkle Gewölbe ein Modergeruch, der ihn an die Katakomben der Liebfrauenkirche erinnerte, die er als Domschüler mit dem Prälat besichtigt hatte; dort war ihm auch schlecht geworden. Es war stickig und die Feuchte drang ihm schon nach wenigen Minuten in die Kleider.

In die hinterste Zelle hatten sie Vater gesperrt. Größer als die anderen, lag sie an der Stirnseite des Baus, verfügte über zwei statt nur ein Fenster, und ihr Gitter war nicht aus Eisen geschmiedet, sondern aus Eichenholz gezimmert.

Vater saß bei Kerzenlicht an einem Tisch, neben Papier, Tinte und Feder, die Arme aufgestützt, und massierte sich die Schläfen. Darius stellte sich vor das schwere Holzgitter und begrüßte ihn. Die Herzlichkeit, mit der Vater ihn willkommen hieß, ließ ihn schwer ums Herz werden.

Vater erhob sich so ungewohnt schwerfällig, dass Darius sein Erschrecken darüber verbergen musste. War er doch erst fünfundvierzig. In der Druckerei war er stets von morgens bis abends zugange, seine Vitalität glich einem Dreißigjährigen. Hier aber schien er um zwanzig Jahre gealtert. Mit schwächlichen Schritten kam er heran und stellte sich ans Gitter. Sein Gesicht war grau, die Augen stumpf und eingefallen.

»Junge«, sagte er, »du bist da.«

Darius zitterte und hoffte, Vater möge das nicht bemerken. Den sonst so agilen Mann hier verkümmern zu sehen, drückte ihm wie ein Eisenklotz aufs Herz. Er reichte ihm die Kleider und die Medikamente durchs Gitter. »Die beste Medizin von Apotheker Seidel«, sagte er, »Alrauntropfen aus der Muskauer Heide zur Stärkung deiner Kräfte und eine Ingwersalbe zum Einreiben der Bronchien. Die wirken Wunder.«

Vater nahm Kleidung, Tropfen und Salbe dankend in Empfang und legte sie sorgsam auf den Tisch.

»Wie geht es Euch, Vater? Ist alles in Ordnung?«

Vater hustete, und kaum hatte Darius diese Frage ausgesprochen, schämte er sich dafür. Was sollte hier in Ordnung sein?

Vater nickte und hustete wieder.

»Behandelt man Euch gut?«

»Ich habe die beste Zelle. Mit Tisch, Stuhl und einer Pritsche. Es gibt täglich einen Kanten Brot und einen Teller Suppe.«

»Und das da?«, Darius zeigte auf die Schreibutensilien, »unterschreibt ja kein Schuldeingeständnis!«

»Ich soll Verdächtige notieren.«

»Wisst Ihr denn welche?«

»Natürlich nicht. Ich verwies auf mein Auftragsbuch, sagte, das könnte weiterhelfen, doch das liegt bei Wolfen. So heißt der hiesige Inquisitor.«

»Was ist das für einer?«

»Weiß nicht. Das Verhör soll erst in sieben Tagen stattfinden.«

»In sieben Tagen? Warum erst so spät? Man muss Euch baldigst anhören! Ihr könnt nicht ewig hier einsitzen!«

»Man hat mir gesagt, Wolfen sei dringlich an höhere Stelle befohlen worden. Ich hätte mich zu gedulden.« Vater wurde von seinem Husten regelrecht geschüttelt. Den gelblichen Schleim, der ihm aus dem Mund rann, wischte er sich mit dem Hemdsärmel ab.

Gott wohne überall, behauptete der Philosoph Giordano Bruno, doch hier war wohl nirgends.

Darius zog die Arbeitsproben aus der Satteltasche. »Hier, Vater! Was hältst du davon? Sind sie in deinem Sinne gefertigt?« Ein paar Bögen der Lutheranischen Pamphlete rollte er auf und reichte sie durchs Gitter. Von all den Arbeiten, die er bis jetzt angefertigt hatte, schienen diese ihm am besten gelungen und tauglich, Vaters Handwerkerherz zu erfreuen.

Vater hielt sie in den Kerzenschein und Darius wartete mit der Neugier eines kleinen Jungen auf sein Urteil. Im fahlen Licht konnte er ein freudiges Zucken in Vaters Augenwinkeln erkennen.

»Das ist eine sehr gute Arbeit. Du hast zu deiner alten Druckergüte zurückgefunden und bist mir ein wahrer Vertreter. Wenn das Gitter nicht zwischen uns stünde, würde ich dich in die Arme schließen.«

Darius lächelte und schämte sich für seine feuchten Augen.

»Noch drei Minuten«, rief der Wärter nach hinten, »kommt zum Ende!«

»In sieben Tagen werde ich wieder hier sein und mit diesem Wolfen eine Unterredung führen. Wir werden die Sache aus der Welt schaffen, ich verspreche es dir!«

»Erst wieder in sieben Tagen?«

Darius schluckte. Natürlich wäre er lieber täglich bei Vater erschienen, doch das war unmöglich. »Vorher fügt es sich nicht. Ich habe zu viel um die Ohren. Bitte versteht mich.«

Vater nickte.

»Nehmt drei Mal zehn Tropfen am Tag. Die letzte Dosis vor der Nacht. Mit der Salbe reibt Euch Hals, Nacken, Brust und die Gelenke ein. Zuletzt: Die Geldkatze aus Eurer Werkstatt. Es ist genügend für einen Arzt oder einen Depeschenboten, falls in der einen Woche etwas vorfallen sollte.« Darius drückte ihm das mit Münzen gefüllte Ledersäckchen in die Hand. Vater erwiderte seinen Griff. Darius sah, wie seine Pupillen wässrig wurden, und er spürte das Zittern seiner Finger. »In Bälde werdet Ihr wieder in Eurer Werkstatt sein!«, versprach er ihm mit großer Mühe, seine Beklemmung zu überspielen. »Alles wird gut!«

Darius verließ das Gefängnis mit eiskalten Gliedern. Hinter einem Holunderstrauch an der Gefängnismauer verschwand er mit dem Gefühl, er müsse sich übergeben. Ihn schmerzte, dass sein Vater, den er in den wenigen Tagen mehr schätzen und lieben gelernt hatte als in den vorigen zwanzig Jahren, wie ein Stück Vieh dort eingesperrt war, und er, der Ohnmacht ergeben, eine geschlagene Woche bis zu seiner Hilfe verstreichen lassen musste.

Auf dem Rückweg zu Pferde – er trabte dahin und brauchte bis zum Morgengrauen – dachte er an den Inquisitor. Wolfen hieß der, nomen est omen … Sieben Tage würde er Zeit haben, sich auf die Zusammenkunft mit diesem Menschen vorzubereiten. Er musste sich kundig machen über die *Constitutio Criminalis Carolina*, der Halsgerichtsordnung Karls V. Die hatten sie zuletzt im Studium behandelt. Das war Jahre her. Darius schien es ohnehin suspekt, dass im großflächig reformierten Reich Johann Sigismunds ausgerechnet in Cottbus die Inquisition einen festen Sitz hatte. Er wusste nicht viel über die dortigen politischen Verhältnisse, nur, dass dort der Schultheiß und ein paar wenige, einflussreiche Ratsherren erzkatholisch geblieben waren.

Corvin, eben noch zurückgelehnt im breiten Stuhl, beugte sich vor, um die Distanz zu von Krauchnitz zu verringern. Er hatte den Rektor zu einer Zusammenkunft in dessen Dienstzimmer beordert. Jetzt saßen sie sich gegenüber bei einem guten Tropfen Wein, den Corvin mitgebracht hatte. Es gab Wichtiges zu besprechen.

»Ohne eingehende Prüfung dieser ›*Veritas*‹«, sagte Corvin, »sind wir Mutmaßungen unterworfen. Und jeder weiß, dass Mutmaßungen immer mit Makel behaftet sind. Deshalb wird es wenig fruchten, den Sturz Eures jungen Emporkömmlings dieser Art angehen zu wollen. Zu stark ist sein Rückhalt bei den Magistern wie bei den Studenten. Wir brauchen handfeste Beweise. Die Aussage Eurer Tochter, noch dazu aus dem Munde Eurer werten Frau Gemahlin, er arbeite an einer ›besonderen Schrift‹, genügt nicht. Schöpfer und ketzerischer Inhalt des Werkes müssen zweifelsfrei feststehen.«

»Die Wahrscheinlichkeit ist groß, dass die Schrift aus seiner Feder stammt. Abhandlungen über Kopernikus' Weltbild sind Degenhardts Spezialgebiet.«

»Wer wüsste besser als wir beide um die vertrackte Bemessung solcher Werke? Nicht umsonst sind wir Gutachter. Es besteht einhellige Übereinkunft in der Bewertung neuzeitlicher Auseinandersetzungen mit den Weltbildern; wenn Degenhardt diese verfluchte Heliozentrik als rein hypothetisches Denkwerk auslegt, als mathematisches Konstrukt und nicht als Realität, können wir ihm nicht ans Leder. Bislang blieb er dieser Darstellung treu, und das, wie ich erfuhr, auf Weisung des lieben Dekans Ginsleben.« Corvin sprach Ginslebens Namen mit einem abfälligen Unterton aus. Sein Wissen über den Dekan beschränkte sich auf die Einsichtnahme in die viadrinische Beurteilung und herangetragene Meinungen Dritter. Das Wenige war ihm fürs Erste genug, doch er hatte sich fest vorgenommen, den Dekan eingehender zu prüfen.

»Es ist lange her, dass Ginsleben Degenhardt etwas zu weisen hatte«, entgegnete von Krauchnitz, »der Sprössling hat seinen Lehrmeister längst überflügelt.«

»Es führt kein Weg daran vorbei, wir brauchen die Schrift.«

»Die Exemplare liegen bei Wolfen unter Verschluss. Mir war es nicht mehr möglich, Einsicht zu nehmen; vom Falkenhorst, übereifrig wie immer, hat die Exemplare gleich nach dem Vorfall stante pede und höchstpersönlich nach Cottbus gebracht.«

»Zudem soll Wolfen aushäusig sein. Er steckt wohl immer noch in Bamberg bei von Aschhausen*. Das bigotte Lockenköpflein hält unseren Inquisitor mit Wein und Hurenweibern.«

»Ihr solltet nicht zu abfällig über den Fürstbischof sprechen. Er ist ein treuer Diener der Inquisition.«

Corvin verzog die Lippen und sagte: »Plautus' berühmte Worte** sind für ihn geschrieben.«

»Unter von Aschhausen haben die Scheiterhaufen in Bamberg und Würzburg wieder zu lodern angefangen«, verteidigte ihn von Krauchnitz und nahm einen Schluck.

* Johann Gottfried von Aschhausen (1575–1622), Fürstbischof von Würzburg und Bamberg

** ›Lupus est homo homini‹ (›Ein Wolf ist der Mensch dem Menschen‹), Zitat von Titus Maccius Plautus (250–184 v.Chr.); bekannter in der Formulierung ›Homo homini lupus‹.

»Ich weiß«, erwiderte Corvin großmütig, »doch die Hexen sind nebensächlich. Von Aschhausen hat gute Verbindungen zum römischen Stuhl. Und er lanciert Wolfen. Nur darum ist er mir wichtig.«

Von Krauchnitz nahm einen weiteren Schluck. Corvin langte ebenfalls nach dem Zinnbecher, doch zog er die Hand wieder zurück. Er erhob seine Stimme: »Das hilft alles nichts, wenn Wolfen mit dem alten Degenhardt nicht zu Streich kommt! Wir können nicht die Verhöre führen. Er allein hat die Befugnis.«

»Wieso seid Ihr so aufgebracht?«, fragte von Krauchnitz und setzte nach: »Eines nach dem anderen.«

Corvin ärgerte es, wie unbekümmert der Rektor dort an seinem Schreibtisch saß, einen Schluck Wein nach dem anderen nahm und eitel seine Fingernägel betrachtete. Wie konnte er nicht die Dringlichkeit der Situation erfassen?

»Eben nicht!«, antwortete Corvin laut, »gleichzeitig und nebeneinander müssen wir die Fäden ziehen! In zwanzig Tagen ist das Ultimatum abgelaufen. Bis dahin muss des jungen Degenhardts Schuld bewiesen sein. Er muss raus aus dem Spiel. Nicht auszudenken, wenn der bürgerliche Streber den Kometen exakter als ich berechnet und am Ende das Amt erhält!«

»Dann bin ich endlich und elegant meines Dornes im Auge entledigt.«

»Was?«

»Degenhardt war mir immer schon ein unliebsamer Zeitgenosse. Zu eigen, zu fortschrittlich, oft renitent; aber immer derart, dass man ihm nicht beikam. Wenn er an den Hof geriete, wäre das gut für meinen Magen.«

Corvin schnaubte. »Euer kleines Seelenheil, mein lieber Rektor, interessiert die Congregatio, mit Verlaub, einen feuchten Dreck! Es geht hier um viel Höheres als um

Eure Sorgen! Der Plan ist, dass *ich* und kein anderer die Stelle des Hofastronomen beim Kurfürst einnehme. Erst dann kann ich im Sinn und Geiste unseres Glaubens intervenieren! Wir müssen uns mit der weltlichen Obrigkeit verbünden. Allein unsere klerikale Macht ist zu gering, um die Menschen zu einen. Was dieses anmaßende und irrgeleitete Augustinermönchlein im letzten Jahrhundert in Wittenberg losgetreten hat, übersteigt jedwedes Maß. Die unsäglichen Auswirkungen der konfessionellen Zerwürfnisse sind Euch doch bekannt. Wir müssen alle Kräfte und Mittel aufbringen, jede ketzerische Stimme zu tilgen!«

»Euch ist bei Sigismund die Stelle des Astronomen angedacht, nicht die des kurialen Beraters.«

»Ich bitte um Vergebung, werter Rektor, aber möglicherweise ist es Euch aus dem Bewusstsein entschwunden: Obskurantismus* heißt das Zauberwort! Die wahren und wirklich gefährlichen Ketzer der neuen Zeit sind nicht rothaarige Frauenzimmer, vom abergläubischen Volk der Zauberei bezichtigt, gefoltert von unseren dümmlichen Hilfsinquisitoren zur Befriedigung ihrer niederen Triebe, schließlich als Hexen dem Scheiterhaufen zugeführt. Das ist nur eine Form des panem et circenses** und nicht erheblich für unseren wahren Kampf! Unsere Gegner sind die Wissenschaftler! Die Gelehrten der Astronomie, der Physik und der Mathematik! Mit den Philosophen vereint, erstellen sie ständig neue Thesen. Sie entwerfen Theorien von Umbrüchen im Weltgefüge und bringen die über Jahrtausende gewachsenen Formationen ins Wanken. Dem müssen wir mit aller Macht entgegentreten!«

»Der Kurfürst steht der Wissenschaft aber sehr aufgeschlossen gegenüber.«

---

* Bestreben, die Menschen bewusst in Unwissenheit zu halten, ihr selbstständiges Denken zu verhindern und sie an Übernatürliches glauben zu lassen.

** ›Brot und Spiele‹

»Sigismunds Seele ist kränkelnd und seit seinem Schlaganfall ist er heilsamem Zuspruch noch mehr zugetan. Wie mir die Sekretäre anvertrauten, hat er seit jeher mit Glaubensfragen gehadert. Er vertraut der Wissenschaft, glaubt aber an die Religion – versteht Ihr? Glaube ist stärker als Vertrauen! In mir hat er einen Menschen, heimisch in beiden Reichen.«

»Wobei Euer Herz doch viel mehr für die Religion schlägt.«

»Das ist es ja. Die Astronomie habe ich einzig studiert, um dem Geist der Zeit nahe zu sein und schädliche Trübungen, die ihn befallen mögen, zu bekämpfen. Mit meinen Fähigkeiten gelingt es mir nicht nur, den Kurfürsten aus den Fängen des Calvinismus zu befreien und ihn wieder in die Arme unserer heiligen römischen Kirche zurückzuführen, sondern, im Willen Gottes, das ganze Reich Brandenburg! Ist dies vollbracht, sind uns die Segnungen Roms sicher!« Es hatte den Rektor nichts anzugehen, dass Corvin bei »uns« einzig sich selbst meinte, und die Segnungen nicht nur Geld verhießen, sondern – ihm am wichtigsten – einen echten, wenn auch italienischen Adelstitel.

Corvin erhob sich, sah aus dem Fenster und stemmte die Hände in die Hüften. »Das würde alles viel einfacher und reibungsloser vonstatten gehen«, meinte er, »wenn Ihr nicht den Fehler begangen hättet, Euren aberwitzigen Astronomen nach dem Hofe zu schicken.«

»Der Kurfürst ist zuerst an uns herangetreten. Wir haben uns nicht angebiedert.« Von Krauchnitz hatte den dritten Becher geleert – seine Aussprache litt bereits etwas –, während Corvin keinen Tropfen anrührte.

»Ihr hättet eine abschlägige Antwort erteilen können. Dennoch habt Ihr ihn geschickt.«

»Ginsleben hat das lanciert.«

»Und Ihr habt zugestimmt!«

»Dabei habe ich an das Wohl der Viadrina gedacht!«

Corvin drehte sich zu von Krauchnitz, stützte die Hände auf den Tisch und wiederholte dessen Worte mit Häme: »›An das Wohl der Viadrina gedacht‹, mir kommen die Tränen!« Er beugte sich zu ihm hinab und ergänzte: »Haltet Ihr mich für einen kompletten Idioten? Allein das Eurige war Euch wichtig. Gerade eben habt Ihr mir Euer Motiv doch offenbart: Hauptsache, das astronomische Irrlicht ist fort aus Eurem Dunstkreis und Ihr könnt auf die tägliche Dosis Baldrian verzichten. Aber ich kann Euch noch zwei weitere Eurer Beweggründe verraten: Ist der junge Quergeist erst weg, ist auch die leidige Gefahr einer heillosen Verliebtheit der aufmüpfigen Tochter gebannt. Und zu alldem gibt es stets ein pralles Säckel Münzen vom Hofe. Etwas Besseres hätte Euch doch gar nicht widerfahren können.«

Von Krauchnitz verzog kaum merklich die Miene. Corvin jedoch erkannte ein schlecht überspieltes Gefühl des Ertapptseins.

»Was, wenn sich herausstellt, dass die Schrift nicht Degenhardts Werk ist?«, fragte von Krauchnitz, »oder, wenn sie es denn sein sollte, wir ihr keinen ketzerischen Inhalt anlasten können?«

»Weshalb diese Spekulation? Solange Wolfen nicht die Untersuchung begonnen hat, geschweige fortgeführt und abgeschlossen, steht gar nichts fest.«

»Das ist keine Antwort. Wenn Degenhardt unschuldig ist, ist er uns immer noch im Weg.«

»Es ist für Wolfen ein Leichtes, die Untersuchung bis zum Verstreichen des Ultimatums hinauszuziehen. Solange haben wir unseren jungen Doktor in der Hand. Im Bangen um den Vater ist sein Verstand getrübt und die Kraft geschwächt. Das macht ihn anfällig für Fehler.«

Von Krauchnitz wog den Kopf und zeigte Skepsis.

Corvin setzte nach: »Sollte er wider Erwarten nicht der Verfasser der Schrift sein, so spricht doch vieles dafür, dass er *Amphora* angehört.«

»Habt Ihr den ominösen Zirkel noch immer nicht zerschlagen?«

»Wolfen setzt alles daran, ihn aufzuspüren. Die Congregatio sitzt uns im Nacken. Wir haben nur noch bis 15. August Zeit. Das sind zwei Tage vor Ultimatumsende. Wenn wir den Zirkel bis dahin aufdecken und Degenhardt zugehörig ist, haben sich die Probleme von allein gelöst.«

»Habt Ihr nicht etwas vergessen?«

»Nein. Ich vergesse nichts.«

»Eine Kleinigkeit? Schlüssel und Tor zum Kurfürsten?«

Corvin merkte auf. Immer dieses lehrerhafte Gehabe seines Mitstreiters. Wenn von Krauchnitz mal ein Körnchen auf dem Hühnerhof entdeckte, glaubte er, den Hahn geben zu müssen. Wie armselig. »Der Komet? Gott, werter Rektor. Natürlich gebührt ihm sein Rang in diesem Spiel. Doch glaubt nicht, er ist Dreh- und Angelpunkt.«

»Habt Ihr seine Bahn schon berechnet? Was, wenn er nicht mehr auftaucht?«

Corvin stöhnte. Krauchnitz ging ihm gehörig auf die Nerven, doch er riss sich zusammen, Fassung zu bewahren. Die Stimme im Zaum gehalten, antwortete er: »Mein werter Herr von Krauchnitz, bitte verzeiht mir, wenn ich Euch als meinem künftigen Schwiegervater möglicherweise etwas despektierlich begegne, doch bereiten mir seit jeher Eure ständigen Was-wenn-Ängste Groll. So hört zu, was ich Euch sage: Meine Berechnungen sind so gut wie abgeschlossen! Die Kurve ist fast perfekt.«

Von Krauchnitz nahm einen Schluck. »Wenn dem so ist«, resümierte der Rektor, »was sollte dann das ganze vorige

Geplänkel um Degenhardt? Ihr geht an den Hof, präsentiert die Bahn und bekommt das Amt!«

Corvin hatte natürlich gelogen, was die Berechnungen anging. Noch keinen einzigen Handstreich hatte er bislang getan. Es gab keine Beobachtungen und folglich keine Berechnungen. Warum auch? Hatte von Krauchnitz ihm nicht erzählt, Degenhardt habe den Kometen bereits entdeckt? War der fleißige Wühler nicht längst fieberhaft zugange, weiter Ausschau nach ihm zu halten und stand quasi unbewusst in Corvins Diensten? Das brauchte er dem Rektor nicht zu stecken. Jetzt musste er nur zusehen, dass sein Lügengebäude keine Risse bekam.

»Aus Euch spricht die blanke Unwissenheit«, entgegnete er von Krauchnitz' Vorwitzigkeit. »Meine Beobachtungen, die ich mithilfe Eures leidigen viadrinischen Teleskops anstellen muss, sind nach allen Regeln der Wissenschaft getan. Dennoch: Sie bergen die Gefahr der Ungenauigkeit. Bei solch diffizilen und komplexen Berechnungen entscheidet jeder Grad! Es besteht leider, doch durchaus die Möglichkeit, dass Degenhardt mit ein paar genaueren Messungen sich den Kurvendaten stärker nähert als ich.«

»Degenhardt muss durch das gleiche Fernrohr sehen wie Ihr.«

»Das ist zwar tröstlich, aber hilft mir nicht.«

»Was haltet Ihr von den Scheiner'schen Teleskopen?«

»Ich habe Scheiner letztes Jahr besucht. Seine Schrift ›*Disquisitiones Mathematicae*‹ bewegt sich auch schon gefährlich nahe an der Ketzerei.«

»Ich fragte nach seinen Fernrohren.«

»Sie sind die besten.«

»Ich verfüge über eines.«

»Tatsächlich?«

»Wohlgehüteter Privatbesitz! Trotzdem werde ich veranlassen, dass man es Euch zustellt. Schließlich wollen wir alle Chancen nutzen, Euch das Amt zu sichern.«

»Seid bedankt! Das ist sehr gütig von Euch. Es ist zudem angezeigt«, ergänzte Corvin, »zusätzlich einen Vergleich zwischen Degenhardts und meinen Berechnungen vorzunehmen – ganz im Diskreten natürlich –, um unseren Sieg auf einen unverrückbaren Sockel zu stellen. Das ist eine Aufgabe für Euch!«

»Ich soll mich heimlich seiner Berechnungen bemächtigen?«

»Erst horcht Ihr Eure Frau über Eure Tochter aus, denunziert Euren eigenen Doktor und bringt dessen Vater in den Kerker, und jetzt überkommen Euch Skrupel? Mich deucht, Wankelmut mag zuweilen Euren Scharfsinn benebeln. Außerdem ist das gar nicht nötig. Degenhardt wird Euch doch wohl selbstredend in seine Resultate einweihen, wenn Ihr danach verlangt. Ihr seid sein Rektor, er ist an Eure Weisungen gebunden.« Corvin setzte sich wieder. Es herrschte für ein paar Augenblicke Stille, in der man von draußen das Zwitschern eines Kernbeißers hören konnte.

»Manche Menschen werden melancholisch, wenn sie das Jubilieren der Vögel vernehmen«, sagte Corvin, »andere verspüren die Liebe Gottes darin. Apropos«, fügte er an, »wann gedenkt Ihr das Verlöbnis zwischen Eurer Tochter und mir zu annoncieren?«

»Nächste Woche. An meiner Geburtstagsfeier. Es werden alle namhaften Persönlichkeiten zugegen sein. Dann und dort soll es verkündet werden.«

»Ausgezeichnet! So wird mich Anna bereits als meine Verlobte zur Präsentation beim Kurfürsten begleiten.«

»Und dort könnt Ihr die baldige Hochzeit ebenfalls publik machen.«

Corvin rieb sich die Hände. Er fragte: »Ist zu Eurem Fest unser junger Astronom auch eingeladen?«

»Ich wüsste nicht, warum.«

»›*Dell'Arte della Guerra*‹*. Habt Ihr nicht Machiavelli gelesen? ›Lähme den Geist des Gegners, indem du ihn in Sicherheit wiegst. Verwirre seine Gedanken, indem du seine Erwartungen täuschst. Mit beidem wirst du seinen Kampfessinn schwächen.‹ Ladet ihn ein, und Ihr erweist mir dadurch ein wenig Plaisir.«

Von Krauchnitz brachte Corvin zur Tür, nachdem sie sich per Handschlag verabschiedet hatten. Im Gang stehend, sah Corvin sich nach beiden Seiten um, trat noch einmal an von Krauchnitz heran und sprach zu ihm mit gesenkter Stimme: »Demnächst müssen wir uns über Eure ›spezielle Bibliothek‹ hier an der Viadrina unterhalten – die Congregatio verlangt Aufklärung.«

* ›Über die Kunst des Krieges‹, Werk von Niccolò Machiavelli, 1520.

10

Anna sah Darius schon von Weitem, als sie vor der Stadtmauer auf ihn wartete. Er hatte sich wieder so schmuck gekleidet wie zur Fahrt nach dem Kurfürsten: Schwarze Strumpfhose und Schuhe, weißes Leinenhemd, dunkelrotes Wams und Barett und die geschlitzte Schecke mit dem breiten Ledergürtel. Sie freute sich, dass er sie eingeladen hatte, und spürte mit jedem Schritt, den er sich näherte, ihr Herz.

Ihre Eltern hielt sie im Glauben, sie sei den Nachmittag mit Kriemhild unterwegs, Besorgungen erledigen und nach einem Präsent zu Vaters Geburtstag schauen. Anna hatte die Haushälterin eingeweiht. Vor Jahren verwitwet und nicht wieder geehelicht, hatte Kriemhild den Dienst im Hause der Familie von Krauchnitz angetreten und bewohnte seitdem das Zimmer unter dem Dachboden. Sie werde alles allein erledigen, war mit Anna besprochen. »Um sechs Uhr wieder am Marktbrunnen«, hatten sie ausgemacht.

Niemals durfte der Vater erfahren, dass Anna zu den Gauklern ging. Die Gaukler oder Landfahrer, wie sie von manchen genannt wurden, gehörten zum niedersten Volk. Als Fahrende standen sie außerhalb der ständischen Hierarchie und hatten weder Rechte noch sonst kirchliches oder soziales Ansehen. »Sie sind den Ehrlosen zugehörig und man geht ihnen aus dem Weg«, hatte Vater ihr schon als Kind erklärt. Für ihn waren sie »allesamt faules und herrenloses Pack, das sein Geld mit unlauterer Arbeit« verdiente. Dass sie auch Künstler waren, die mit ihren Darbietungen Kindern wie Erwachsenen Freude bereiteten und sie mit Nichtalltäglichem in Erstaunen versetzten, das sah er so wenig wie die zum Teil fragilen Geschöpfe hinter ihren Kostümen und Gewändern. Nichts wusste er von deren Sehnsüchten und Träumen. Anders Anna. Sie hatte sich immer wieder mit einigen unterhalten, im Ansinnen, aus diesen Menschen zu lesen wie aus den Wälzern der Viadrina. Sie war bezaubert von den Kraftmenschen und Bauchrednern, ließ sich von den Possenreißern und Pantomimen zum Lachen bringen und, bei einer Spitztüte gebrannter Mandeln von den Jongleuren, den Stabdrehern und Akrobaten zum Staunen. Seit sie die Gaukler zum ersten Mal als junges Mädchen gesehen hatte, fand sie immer eine Gelegenheit, sich zu ihnen fortzustehlen.

Dass Darius ebenfalls von den Gauklern angezogen wurde, freute sie. Damit hatten sie zur Naturliebe erneut etwas Gemeinsames, zum Argwohn des Vaters. »Mehr Worte als nötig«, hatte ihr der Vater immer wieder aufs Neue geraten, »solltest du mit dem jungen Degenhardt – und mit Bürgerlichen allgemein – nicht wechseln. Der Adel muss unter sich weilen, so wie das gemeine Volk unter sich weilt. Dann bleiben die Ordnungen bestehen und alles ist gut.«

Die Gaukler waren mit einem Dutzend Wagen versammelt, die sie auf dem freien Areal vor der Stadt postiert hatten. Anna und Darius schlenderten an den Gefährten entlang und bestaunten die kunstvollen Farbgebungen: Senf- und maisgelbe Fensterläden, pfauen- und pflaumenblaue Bordwände, apfel- und seegrüne Zierleisten, hahnenkammrote Stoffverdecke. An einzelnen Wagen waren große Tafeln mit schwarzen, roten oder gar goldenen Schriftzügen angebracht, die die Gaukler und deren Künste benannten. Es gab Jongleure, Feuerfresser, Messerwerfer, Schlangenmenschen, aber auch Wanderprediger und Quacksalber. Der neugierige Blick hinter die Wagen offenbarte durchhängende Hanfseile mit tropfenden Wäschestücken wie Gugelhauben, Beinkleider und Mieder, dahinter waren Absperrungen errichtet für die Esel, Ziegen und Schweine, die sich auf ausgestreutem Stroh über Zuckerrüben hermachten. Um eine Feuerstelle herum saß eine Horde Kinder, sie brieten Schweinswürste und Brotkanten, aufgespießt an langen Holderstecken. Lieder sangen sie und lachten, wenn ein Verträumter sein Stück zu lange ins Feuer gehalten hatte und statt eines Gaumenschmauses einen verkohlten Klumpen aus den Flammen hievte.

Zwei Bühnen und mehrere kleine Podeste hatten die Gaukler errichtet, auf denen sie ihre Vorstellungen darboten. Während auf der kleineren Bühne ein dunkelhäutiger Kraftmensch mit geflochtenem Haarzopf, goldenen Kreolen in den fleischigen Ohrläppchen und bloßem Oberkörper kürbisgroße Eisenkugeln stemmte und ein speckiger Feuerfresser mit angesengtem Brusthaar beinlange Flammen in die Luft spuckte, führten auf der größeren Bühne neun bleich geschminkte Kleinwüchsige ein Mysterienspiel auf. Dabei schritt ein Seiltänzer, gekleidet in ein grünweiß gestreiftes Federkostüm, über die Köpfe der Zuschauer hinweg.

An einem mit grobem Leinen bespannten Stand kaufte Darius Anna eine Tüte heiße Feigen und holte sich einen Becher Ziegenmilch. Sie setzten sich etwas abseits auf einen Strohballen und genossen den Zauber, der von den Gauklern ausging. Waren sie doch allesamt etwas Besonderes, ob mit außerordentlichen Fähigkeiten gesegnet oder durch körperliche Eigentümlichkeiten zu einem Kuriosum geworden, wie der *Einäugige Gnomus* und die *Dreiarmige Frau*, die, eingepfercht in schmiedeeiserne Käfige, im Wagen der geheimnisvollen Mutanten für zwei Kreuzer beäugt werden durften.

Sie lauschten den Moritaten der Bänkelsänger, aßen und tranken, und Anna fühlte sich selig; weitaus seliger als im letzten Jahr, als sie mit Kriemhild hierher gekommen war. Unweigerlich musste sie an die schreckliche Begebenheit denken, die sich zugetragen hatte: Gemeinsam waren sie über den Platz geschlendert, als plötzlich gellende Schreie sie aufgerüttelt hatten. Am letzten Wagen hatte sich eine Menschentraube gebildet. Anna hatte Kriemhild am Ärmel gezogen, sie waren herbeigerannt und hatten gehört, was geschehen war: *Der Große Uriel*, ein Schwertschlucker, war während der Vorführung aus unerklärlichen Gründen gestolpert und kopfüber vom Podest gestürzt, direkt auf den Knauf des handlangen Hefts, das einzig aus dem Munde ragte, sodass es die Spitze des Schwerts, das vollständig in seinem Körper stak, zum Unterleib hinausgetrieben hatte. Er hatte geblutet wie ein abgestochenes Schwein und war nach einer Dekade spastischer Zuckungen tot gewesen. Kriemhild, kreidebleich, war sofort hinter einen Wagen geeilt, um sich zu übergeben; Anna blieb standhaft, jedoch hatte dieses tragische Erlebnis genügt, um beide mit schnellen Schritten vom Platz eilen zu lassen.

Die Turmuhr schlug fünf. »Eine Stunde haben wir noch«, sagte Anna, »das reicht für ein paar Steinwürfe in die Oder! Komm mit!« Sie raffte mit einer Hand ihr Kleid, mit der anderen fasste sie die seine, und sie rannten in Richtung der Oderauen, Stadtmauer und Gauklerwagen im Rücken.

Wie sie über die Felder liefen, überlegte sie, ob er das fehlende »t« bei ihrer Aufforderung gehört hatte und wie er sich jetzt wohl fühlte, von ihr an die Hand genommen? Sie fand es an der Zeit, dieses distanzierte »Ihr« ein für alle Mal aus der Welt zu schaffen. Sie waren doch Freunde. Abrupt blieb sie stehen, nur unweit des Flusses, umarmte ihn unvermittelt, um gleich darauf wieder loszurennen. Seiner Fassungslosigkeit begegnete sie mit: »Komm, Darius! Zum Fluss! Wer die meisten Steinhüpfer schafft!«

Die Hände voller flacher Kiesel, schenkten sie einander nichts; einmal ließ Darius einen Stein siebenmal übers Wasser hüpfen, während Annas schon nach drei Sprüngen untertauchte, ein andermal war es umgekehrt.

Nach einem Dutzend Versuchen zog Darius sie am Ärmel. »Lass uns auf den Stamm setzen«, sagte er, »ich habe etwas für dich.« Er nahm ihre Hand in die seine, bedankte sich in liebevollen Worten für alles, was sie bis jetzt für ihn getan hatte und legte ihr die herzförmige Glasscherbe hinein. Dazu erzählte er ihr eine rührende Geschichte über deren Hintergründe.

Anna, von seinen Worten bewegt, gab ihm einen Kuss auf die Wange. »Ihr seid, ich meine, du bist der erste Mann in meinem Leben, der mir so etwas anvertraut«, sagte sie, umarmte ihn fest und ihr wurde ganz warm dabei. Jetzt, und das war das erste Mal, erwiderte er ihre Umarmung ebenso innig.

»Hast du schon einmal eine Frau geküsst?«, wollte sie von ihm wissen und löste sich, um ihn anzusehen.

Er wurde rot. »Ja. Als Student.«

»Das ist Jahre her. Seitdem nicht mehr? Und weshalb nicht? Mich wundert ohnehin, dass ein Mann wie du noch nicht verheiratet ist.«

»Ich war wohl zu sehr mit mir und meiner Wissenschaft beschäftigt. Ich dachte, Familie hätte Zeit, bis ich mit dem Studium fertig wäre. Nach dem Magister sagte ich mir, Frau und Kinder müssten warten bis nach der Doktorwürde.«

»Jetzt bist du Doktor und dennoch ledig. Was ist es jetzt? Lass mich raten …« Sie machte eine Pause, rieb sich die Nase und sagte mit provokantem Unterton: »Die ›*Veritas*‹!

Oder nein, das Amt des Hofastronomen! Nein, dein Vater! Die Druckerei …«

»Glaube nicht, ich machte mir keine Gedanken. Erst die letzten Tage habe ich wieder darüber sinniert, auf dem Balkon meines Turmes, als ich nach der harten Arbeit in der Druckerei zum Himmel sah. Ich fragte mich: Sind es nicht hehre Ziele, die ich hege? Sind sie es nicht wert, mit aller Kraft verfolgt zu werden? Oder soll ich etwas ganz anderes tun? Meine ganze Kraft einer Familie widmen? Meine Schrift verbrennen? Soll ich das Amt des Hofastronomen aufgeben, den Kometen ziehen lassen? Den geozentrischen Aberglauben verkennen und mich nicht wie Luther stemmen gegen den römischen Antichrist und seine hörigen Lakaien? Soll ich all meine Visionen aufgeben für Zweisamkeit und das Aufziehen von Kindern? Ist das eine Alternative? Die Alternative eines Astronomen?«

Anna sah ihn an. Im ersten Moment war sie enttäuscht, diese Äußerung kam einer Zurückweisung gleich. Doch im Erkennen, dass seine Worte nicht unmittelbar an sie gerichtet waren, sondern nur seine Anschauung spiegelten, erwiderte sie: » Das klingt mir sehr nach Aristoteles; Bruno wusste schon, warum er ihn kritisierte. Es gibt nicht nur ›entweder oder‹, es gibt auch ein ›sowohl als auch‹. Und wenn du schon den großen Umstürzler erwähnst: Luther hatte mit Katharina von Bora sechs Kinder! Du irrst, wenn du meinst, ein Eheweib und eine Familie störten beim Vollbringen großer Werke. Wie steht es denn mit deinen großen astronomischen Vorbildern?«

»Kirsten Jörgensdatter führte mit Tycho Brahe keine glückliche Ehe. Sie war bürgerlich und er von Adel. Das hat nie zusammengepasst.«

»Und Kepler?«

»Der hat zweimal geheiratet. Vor sieben Jahren starb

seine erste Frau und einer seiner Söhne. Zwei Jahre danach heiratete er die Reuttinger.«

»Du kennst sie?«

»Ich habe beide 1615 in Braunschweig zum großen Astronomenkongress getroffen. Auch mit ihr hatte er damals schon zwei tote Kinder zu beklagen.«

»Aber bei Kopernikus und Galilei ging doch alles gut.«

»Anna! Kopernikus war als katholischer Domherr für das Bistum Ermland in Preußen tätig. Er hatte niemals eine Frau! Und Galilei, der lebte mit Maria Gamba, seiner Haushälterin, zusammen. Er hatte zwei Töchter und einen Sohn mit ihr. Als er 1611 nach Florenz übersiedelte, trennten sie sich.«

»Als uneheliche Kinder können sie nie standesgemäß heiraten.«

»Darum brachte er die Töchter in einem Kloster unter.«

»Und der Sohn?«

»Den hat er vor fünf Jahren zu sich nach Florenz geholt, nachdem die Gamba einen anderen geheiratet hatte. Galilei lebt und forscht jetzt allein in Florenz unter ständiger Observanz der Inquisition.«

Anna verzog den Mund.

»Wie es scheint«, fügte Darius an, »passen Astronomie und Familie wohl doch nicht zusammen.«

»Gute und schlechte Ehen haben nichts mit der Profession oder dem Stand zu tun. Es liegt an den Menschen selbst. Sie sind zu verhaftet in ihren Dogmen und selbst auferlegten Konventionen. Überdies stecken sie fest in ihrem eigenen Leben und tun sich schwer, es mit dem anderen zu teilen. Wenn sie dann im Alter in Einsamkeit ihr Leben fristen, sind sie verbittert und krank. Doch dann ist es zu spät.«

»Du bist ja auch noch nicht vermählt, obwohl es längst an der Zeit wäre.«

Anna erzählte von den zahlreichen Disputen mit Vater und Mutter, den vielen Kandidaten, die ihrer Gunst abhold waren, und von ihrem bis aufs Blut erkämpften Aufschub der Ehe bis zur Vollendung des zwanzigsten Lebensjahres.

»Das hast du doch heuer vollendet. Und?«

Anna schwieg. Es brannte in ihr, ihm von den Vermählungsplänen mit Corvin zu erzählen, doch sie brachte es nicht über die Lippen. Jetzt nicht, wie schon vorher nicht, als sie erfahren hatte, dass es beschlossen war. Am liebsten hätte sie jetzt Darius' Hand genommen und wäre mit ihm losgelaufen, einfach der Sonne entgegen. Doch so etwas gab es nur im Märchen. Die Wirklichkeit sah anders aus. Das wusste sie und demgemäß musste sie alsbald eine Lösung finden; lange würde sie es nicht mehr übers Herz bringen, Darius im Ungewissen zu lassen. Zudem sollte er es von ihr erfahren und nicht von einem Dritten.

»Mit wem möchtest du den Bund der Ehe schließen«, fragte er weiter, »gibt es einen Favoriten?«

»Gute Männer sind rar. Es darf nicht irgendeiner sein. Er muss mein Gegenstück bilden. Verstehst du mich?«

Er sah nach unten und schlug dann die Augen auf. »Es tut mir leid«, sagte er, »ich weiß nicht annähernd so viel über Frauen wie über die Sterne. Es gibt ja auch keine Literatur über sie.«

»Wohl. Man muss nur suchen. Mein Lieblingswerk ist bereits vor zehn Jahren in Italien erschienen. Ich habe es vor zwei Jahren in die Hände bekommen. Wenn Vater das wüsste, würde er es verbrennen und mich bestrafen. Es heißt ›*Das Verdienst der Frauen*‹ und wurde von einer Frau unter dem Pseudonym Moderata Fonte geschrieben. Heute weiß man ihren richtigen Namen: Modesta Pozzo.«

»Eine Abhandlung über Euer Geschlecht?«

»Sieben Frauen führen im Garten der jungen Witwe Leonora zwei Tage lang eine Debatte über das Wesen und die Gleichberechtigung von Frau und Mann.«

»Ein Diskurs nach Platons Vorbild.«

Das Vorbild interessiert doch jetzt nicht, dachte sie. Dass Darius immer seinen Wissenschaftsgeist mit einbringen musste. Konnte er nicht einmal einfach nur so etwas annehmen, ohne lehrerhaftes Gebaren?

»Sie bleiben unter sich, um sich ohne Scheu vor Männern zwanglos zu besprechen. Sie wollen die Frage erörtern, ob Frauen würdiger und vollkommener sind als Männer.«

»Oha? Sind sie es?«

»Sie kommen darin überein, dass Frauen aus vielfältigen Gründen Vorrang haben. Denn anders als Männer, haben Frauen eine bessere körperliche Natur und lassen sich zudem vom Verstand leiten und nicht wie die Männer von ihren Begierden. Frauen fliehen das Böse und widmen sich dem Guten.«

Darius sah erstaunt drein. »Wissenschaftler, der Ratio verpflichtet und dem Altruismus zugetan«, sagte er, »hätten bei dieser Zusammenkunft nicht zugegen sein dürfen.«

»Ich wusste, dass dir diese Worte missfallen. Doch Pozzo hat mit ihrem Werk nichts anderes beabsichtigt als das, was du mit deinem tust.« Anna verschwieg Pozzos ambitioniertes Plädoyer für einen Aufstand der Frauen, das sie, da es so neu, eigen und unzeitgemäß war, ungezählte Male studiert hatte und auswendig rezitieren konnte: *»Könnten wir uns die Männer denn nicht vom Hals schaffen und dieser Last ein für alle Mal ein Ende bereiten? Könnten wir nicht ohne sie leben? Und allein für unseren Lebensunterhalt aufkommen und uns um unsere Angelegenheiten kümmern, ganz ohne ihre Hilfe? Ich bitte Euch inständig, lasst uns* *erwachen und unsere Freiheit zurückerobern, mit all der Ehre und der Würde, die sie sich schon vor langer Zeit widerrechtlich angeeignet haben. Lasst uns nur ein einziges Mal tapfer sein, denn dann kann es uns egal sein, ob die Männer besser werden.«*

Schlimmer noch und gar nicht erwähnenswert schien ihr das Resümee der anderen Frauen, die sich nicht von Pozzo entflammen ließen, stattdessen eher resignierend feststellten: »*So wie das Leben in dieser Welt nun einmal ist, bleibt uns nichts anderes übrig, als zu heiraten. Denn angesichts der Bedrohungen, die von der Männerwelt nun einmal ausgehen, ist es weitaus besser, wenigstens unter dem ›Schutz‹ eines Gatten zu leben. Und gegen Ehemänner ist jede Auflehnung aussichtslos. Da wir ihnen untergeordnet sind, ist das Einzige, was wir tun können, sie zu umschmeicheln und sie im Übrigen geduldig und schweigsam zu ertragen.«*

»Apropos ›*Veritas*‹, in drei Tagen treffe ich mich mit Ginsleben zur Besprechung von *pars secunda*.«

»Siehst du, ich hatte recht!«

»Womit?«

»Als ich sagte, die Menschen sind zu verhaftet in ihrem eigenen Leben, anstatt das Leben des anderen zu teilen. Du bist schon wieder bei deiner Arbeit.«

»So tue ich doch recht. Ich erzähle dir davon und damit kannst du teilhaben. Ich könnte es ja auch für mich behalten.«

»Meinst du das im Ernst oder ist das eine rhetorische Finte?«

Darius antwortete nicht. Hatte er nicht verstanden, was sie meinte?

»Glaubst du, das Leben teilen«, setzte sie nach, »heißt, den anderen lediglich über seine Arbeit in Kenntnis zu setzen? Es geht doch nicht nur um Arbeit, es geht auch um Freud und Leid.«

»Meine Arbeit ist Freud und Leid.«

Er schien sie wirklich nicht zu verstehen. Der Mann, der ihr gegenübersaß, konnte doch nicht wirklich einzig und allein von Planeten eine Ahnung haben. Erneut flammte Enttäuschung in ihr auf, doch sie setzte nach: »Ihr Wissenschaftler habt doch eine starke Vorstellungskraft, ist es nicht so?«

»Natürlich. Das brauchen wir doch für unsere Gedankenmodelle.«

»Gut. Kannst du dir vorstellen, eine Frau zu lieben?«

Darius zog die Brauen hoch. Mit so einer Frage hatte er wohl nicht gerechnet. Er schwieg und legte den Finger an den Mund. Anna sah, wie es in ihm arbeitete, doch sie wurde ungeduldig: »Du brauchst keine Abhandlung darüber zu verfassen«, sagte sie, »sag nur ja oder nein.«

Darius ließ sich für ihren Geschmack viel zu viel Zeit. Wieso konnte er nicht gerade heraus und frei antworten? War das wirklich so schwer?

»Ja!«, sagte Darius.

Anna atmete auf. »Und?«, fragte sie.

»Was, und?«, fragte er zurück.

Sie schüttelte den Kopf. Sie würde einen Teufel tun, ihn wie einen kleinen Hund mit der Nase darauf zu stoßen.

Die Turmuhr schlug zweimal. Es war halb sechs. Sie brachen auf.

An der Stadtmauer, der Brunnen in Sichtweite, verabschiedeten sie sich und Darius sagte: »Anna, versprichst du mir, dass du dich vor van Cron in Acht nimmst? Ich werde das Gefühl nicht los, dass er Böses im Schilde führt. Es ist kein Zufall, dass er kurz nach der Audienz bei euch zu Hause war. Vielleicht steckt da mehr dahinter.«

Anna zögerte einen Moment. »Ich verspreche es dir.«

»Ich habe noch eine Bitte«, sagte er, »wirst du mir alles berichten, was ihn und den Kometen betrifft?«

Anna nickte. Sie fühlte sich schlecht dabei.

Wie versteinert saß Anna ihrem Vater im Pavillon gegenüber. Sie ahnte ohnehin schon, was er ihr mitzuteilen hatte. Nein, sie ahnte es nicht, sie wusste es. Und als er mit: »Deine Mutter hat dich ja bereits in Kenntnis gesetzt«, den Bogen zum anstehenden Verlöbnis mit Corvin spannte, war ihr dies Bestätigung genug.

Annas Vater redete in einem fort. So musste es in seinen Vorlesungen sein. Er hielt einen Monolog über die Ehe allgemein und ihre zukünftige im Speziellen. In getragenen Sätzen ließ er sich aus über den längst überfälligen Zeitpunkt und die vielen Jahre, die er seiner geliebten und einzigen Tochter geschenkt habe, damit sie mit sich ins Reine käme, um das heilige Sakrament der Ehe in voller Überzeugung und mit ganzem Herzen zu empfangen. Es sei geradezu ein Segen, betonte er ganze drei Mal, dass der edle und hochanständige Herr van Cron Gefallen an seiner inzwischen nicht mehr ganz so jungen Tochter finde. Vor »nicht mehr ganz so jungen« machte er eine Kunstpause und spielte wenig überzeugend den um schonende Wortwahl Suchenden. Der Vater meinte, mit diesem Gelehrten von holländischem Adel sei endlich, Gott sei Dank und Lob, ein Mann in ihr Leben getreten, der den von Krauchnitz würdig sei. Ein Mann, dem er, als ihr wohlsorgender Vater, getrost das Einverständnis zur Ehelichung angedeihen lassen könne. Ja, er wisse auch, dass van Cron von allen Anwärtern der letzten Jahre der Beste sei, nein, der Allerbeste. Und er traue seinem Gefühl, dass Anna mit ihm ihr Glück finden werde, denn dieser Mann besäße das nötige Herz und Hirn, um seiner Tochter ein guter Ehemann zu sein.

Der Vater hörte nicht auf zu reden. Er überschüttete sie geradezu mit Wortschwallen, und wären diese aus Wasser, so säße sie jetzt da, durchnässt bis aufs bloße Mark. Anna war sich sicher, der Vater tat dies einzig, um sie lahm und wehrlos zu reden; wusste er doch um ihren Feuereifer, mit dem sie zu disputieren vermochte, wenn es ein Thema betraf, das sie besonders berührte. Und welches sollte dies mehr sein als die eigene Ehe?

Während er wohl eine Stunde lang auf sie einredete, dazwischen auch rhetorische Fragen stellte und hin und wieder um Bestätigung bat, gingen ihr die Erkenntnisse Modesta Pozzos durch den Kopf. Pozzo hatte den Männern die Begierde als Triebfeder ihres Handelns nachgesagt. Hier jedoch wusste sie, der Vater hatte die Entscheidung für Corvin rein aus der väterlichen Liebe zu seinem einzigen Kind getroffen, selbst wenn sie das im Grunde ihres Herzens nicht billigte. Der Vater war streng und ein Geheimniskrämer, und seine Liebe zur Mutter entsprach nicht ihren Vorstellungen, doch niemals hatte Vater ihnen beiden unrecht getan oder sie schlecht behandelt. So mochte es auch nicht anders mit der Entscheidung für Corvin sein. Konnte sie ihren Vater jemals enttäuschen?

»Es freut mich, dass du allem zustimmst«, hatte der Vater abschließend gesagt und ihr die Hand getätschelt, »dann steht der Annoncierung auf der Feier nichts mehr im Wege.«

Am darauffolgenden Tag ging Anna zur Viadrina. Sie hatte sich die Worte des Vaters den ganzen gestrigen Morgen bei einem langen Spaziergang an der Oder – bei dem sie im Stillen gehofft hatte, Darius anzutreffen – durch den

Kopf gehen lassen und wollte noch einmal mit ihm darüber reden, geleitet vom Gefühl, wichtige Dinge im Strom ihrer Gedanken überhört zu haben.

Es war bereits drei Uhr nachmittags. Die Universität war verlassen, bis auf einige wenige Magister, die noch in der Bibliothek studierten. Auf dem Weg zu Vaters Dienstzimmer im oberen Stock hörte sie schwach aus einer Kammer im Nebengang zwei Männerstimmen. Sie waren zu leise, um verstanden zu werden. Anna schlich sich an die Tür, presste ihr Ohr daran und hielt den Atem flach. Deutlich vernahm sie jetzt Vaters und Corvins Stimme und verstand auch deren Worte.

Corvin sprach: »Ihr bringt mich ein zweites Mal in seelische Bedrängnis, werter Rektor, wenn Ihr von mir erneut erwartet, Euch nochmals zu decken. Die ›spezielle Bibliothek‹, die, wie ich jetzt feststellen durfte, tatsächlich kein Gerücht ist, müsste ›verbotene Bibliothek‹ heißen. Ist es nicht so?«

»Ich bin vereidigter Gutachter der römischen Inquisition! Die Werke, samt meiner Expertisen, die ich für die Konsultoren archiviert habe, dienen der fortwährenden Aktualisierung des *Index Librorum Prohibitorum*. Ich verstehe nicht, warum Ihr mir daraus einen Strick drehen wollt.«

»Auch ich bin vereidigt und seit dem Mainzer Beschluss Euch übergestellt, vergesst das nicht.«

»Ich bin befugt, über indizierte Werke zu verfügen!«

»Mir scheint, Euch scheren die Statuten der Congregatio nicht. Oder habt Ihr vergessen, dass sich die Verfügung beschränkt auf die Zeit, die Ihr für die Erstellung der Expertisen benötigt? Danach sind Werk und Gutachten den Konsultoren auszuhändigen.«

»Ein Archiv ist Bürde und Verantwortung.«

»Die Archivierung obliegt einzig und allein dem Kardinalsgremium der Inquisition! Das wisst Ihr so gut wie ich. Der unrechtmäßige Besitz der indizierten Werke könnte Euch bei der Congregatio den Kragen kosten!«

»Was, wenn das Zentralarchiv in Rom abbrennte? Alle Belegexemplare in Asche zerfielen? So könnte mein Archiv die Rettung sein.«

»Rom verfügt über ein Duplikatsarchiv. Das Gebot lautet: Gebt den sonst mannhaften Seelen in Zeiten des Zweifels keine Möglichkeit, ketzerische Schriften zu studieren. Was nicht vorhanden ist, dessen kann man nicht habhaft werden. Ihr wisst sehr gut, wovon ich rede.«

»Das war eine einmalige Missetat. Ein Fehlgriff. Ein einziger, kleiner Verstoß in meiner unbefleckten Karriere.«

»Doch ich habe vor dem Ausschuss eine Falschaussage getan. Ich habe mich *für Euch* der Lüge schuldig gemacht, damit Ihr in Amt und Würden bleibt.«

»Ich weiß, wie sehr ich in Eurer Schuld stehe. Diesen Euren Dienst der Selbstlosigkeit werde ich Euch nie vergessen.«

Anna horchte auf. Diese Worte waren die Bestätigung dessen, was Ginsleben ihr einst offenbart hatte: Sowohl er als auch ihr Vater und Corvin kannten sich von früher durch ihre Gutachtertätigkeit für die Indizierung ketzerischer Schriften. Ginsleben hatte den Dienst des Experten quittiert. Corvin und ihr Vater waren geblieben.

»Der Zuspruch zur Ehe mit Eurer Tochter ist da noch das geringste Zugeständnis.«

»Was wollt Ihr noch?«

»Soll diese Bibliothek unser Geheimnis bleiben, verlange ich uneingeschränkte Unterstützung von Euch. Das betrifft den jungen wie den alten Degenhardt, die Zuweisung einer eigenen Fakultät an der Viadrina, die Protektion beim Kurfürsten und selbstredend das Aufspüren und Zerschlagen des Zirkels!«

Darius hatte recht gehabt, Corvin war eine Gefahr. Sollte sie sogleich zu ihm eilen oder war Ginsleben wichtiger?

Anna hörte Schritte aus der Bibliothek. Sie ließ von der Tür ab, lief lautlos vom Gang nach draußen und machte sich auf den Weg, um die Neuigkeiten zu berichten.

11

Darius erhob sich wie ein Greis vom Esstisch im Turm, an dem er mehrmals eingenickt war und wieder erwacht vom plötzlichen Absacken des Kopfes. Es war erst kurz nach acht Uhr abends, er wollte später noch das Fernrohr zum Himmel richten, doch er hatte Schwierigkeiten, dem Schlaf zu trotzen. Den ganzen Tag, vom Morgengrauen an, hatte er damit zugebracht, einen Druckergesellen zu finden. Er war der Arbeit nicht mehr Herr geworden. Die Aufträge häuften sich nicht nur an Zahl und Volumen, er wurde teilweise mit so anspruchsvollen Arbeiten betraut, die zu bewerkstelligen er sich nicht mehr imstande sah. Zudem wollte und konnte er – trotz allem – den Kometen nicht aufgeben. So war er, nicht ohne Gewissensbisse, mit sich in Übereinkunft gekommen, sein Versprechen gegenüber dem Vater zu brechen und die Druckerei nicht mehr allein zu führen.

Nach Eisenhüttenstadt war er geritten. Dort hatte er alle einschlägigen Gassen gequert und Orte aufgesucht, bis er schließlich in einer Kaschemme auf einen Gesellen stieß, dessen Druckwerke, trotz verkrüppelter Hände und nur einem Auge, von adäquater Güte zeugten. Nach einer zähen Verhandlung wurden sie sich einig. Für guten Lohn, Kost und Logis würde er morgen bei Tagesanbruch mit der Arbeit beginnen. Darius hatte ihn am Abend zur Druckerei gebracht, nachdem sie bei Hedwig noch auf ein Bier eingekehrt waren.

Die Anstrengung des Tages in den Gliedern, doch den Silberstreif am Horizont im Gemüt – hatte er zumindest das Druckerproblem gelöst –, schritt er die Treppe ins Studierzimmer nach oben. Sein Blick fiel zuerst auf den Kalender.

Tempus fugit[*], dachte er. Der Komet war inzwischen nicht wieder aufgekreuzt. Hatte er sich sein Erscheinen gar eingebildet? Wie sonst mochte es angehen, dass er sich in den letzten Nächten nicht blicken ließ, obwohl kein Wölkchen am Himmel stand?

Sein zweiter Blick fiel auf die Nische in der Nordwand, wo in einer Holzkiste, fein säuberlich geordnet, dünne und dickere Kometenschriften steckten. Einer Eingebung folgend, zog er sie hervor, froh dabei, sie seinerzeit nicht ausgemustert zu haben, als die Haarsterne sein Interesse verloren hatten.

Die Durchsicht der alten Schriften stimmte ihn unzufrieden. Nichts Erkleckliches ward ihm da geboten. Nichts Handfestes, nichts wissenschaftlich Fundiertes, keine für die Berechnung tauglichen Fakten. Nur Aussagen weit hinter seinem Wissensstand. Astronomische Allgemeinplätze, Binsenweisheiten und bloße Behauptungen, gepaart mit tiefstem Aberglauben. So las er in einer Nachschrift des zweiten Bandes aus *Naturalis Historia* des Plinius d. Ä. aus dem Jahre 79: *Meistenteils ist der Komet ein schreckenerregendes und nicht leicht zu versöhnendes Gestirn* … Und bei Isidor von Sevilla hieß es: *Es sind Sterne, deren Licht von ihren Haaren ausgehen. Werden sie am Himmel gesehen, wird dadurch Pest, Hunger und Krieg angezeigt*. Honorius von Autun klärte in seiner Schrift *De Philosophia Mundi* aus dem 12. Jahrhundert darüber auf, dass *Kometen Feuer sind, die gemäß dem Willen Gottes angezündet werden*, und Jakob Cnespel scheute sich nicht, in seinem *Prognosticon Astrologicum* von 1584 zu schreiben: *Je mehr wir dem Ende der Welt entgegengehen, desto erschreckendere Konstellationen sind an den Himmlischen Körpern zu sehen. Und je mehr Sünde, Misse-*

[*] ›Die Zeit flieht‹

tat, Schande und Laster der unbußfertigen Welt überhandnehmen, umso mehr weisen Wunderzeichen wie Finsternisse, Chasmata, Missgeburten und Kometen auf den nahenden Jüngsten Tag.

Weit besser gefiel Darius die Schrift des Helisäus Röslin, die sich mit dem Kometen von 1596 befasste. Sie war ungleich fortschrittlicher als die seiner Vorgänger. In ihr gab der Autor sich, anders als die vorigen Verfasser, als Antiaristoteliker zu erkennen. Er verglich die Bahnen der Kometen mit denen der Planeten, wobei er nicht Kopernikus' System vertrat, sondern sich auf Brahes geoheliozentrisches Kombinationssystem stützte; von diesem wiederum nahm Darius Abstand.

So halfen ihm auch Röslins Ausführungen letztlich nicht weiter, genauso wenig wie die des David Fabricius, des Johannes Krabbe Mundensis oder die des Johann Carion, der immerhin vor neunundneunzig Jahren schon dort angekommen war, wo Darius erst noch hinstrebte: an den Brandenburgischen Kurhof in Cölln an der Spree.

Darius packte die Kiste unbefriedigt wieder zurück. Er gähnte und überlegte, ob er schon das Fernrohr installieren sollte, entschied sich dann für den Schreibtisch und ein paar Stichworte für die Unterredung mit Wolfen. Ein kleiner Leitfaden für ein geschliffenes Plädoyer wäre hilfreich, dachte er. Doch Kopf und Glieder zu schwer geworden, waren ihm Lust und Eifer abhanden gekommen.

Er ging nach unten ins Schlafzimmer, zog sich aus und ließ sich steinschwer und felsenstarr in die Bettstatt fallen, wo er schon nach wenigen Herzschlägen einschlief.

In den dunklen Pupillen des Jungen spiegeln sich die Flammen der Fackel, vom Henker in der Hand gehalten. Auf eine Mauer geklettert, steht er auf den groben Quadern mit aufgeschürften Knien, das grüne Glasherz in der zitternden Hand. Aufgewühlt reckt er den Hals, obwohl er sie hier oben überragt, die Brut der Schaulustigen, die sich ums Schafott drängt, um endlich das Geheiß des Kommissars zu vernehmen: »Henkersmann, walte er seines Amtes!«

Damit er von diesem unsäglich grausamen Schauspiel verschont bleibe, wusste der Vater in seiner Not sich nicht besser zu helfen, als ihn in den Schuppen zu sperren. Doch dem Jungen ist es gelungen, mit beharrlichen Tritten und Schlägen ein loses Brett wegzureißen, die Tür zu entriegeln und dann mit schnellen Schritten durch die verwinkelten Gassen den Weg zum Richtplatz zu finden, wo er seine Mutter sieht: Angekettet am hölzernen Stamm, das braune Sünderkleid pechbestrichen, steht sie bewegungslos auf einem mannshohen Bretterboden. Ein grober Jutesack, ihr vom Henker über den Kopf gestülpt, verbirgt, welche Regung in ihr herrscht – Furcht, Schrecken, Hass. Oder gar Demut?

Noch während der Urteilsverkündung vermengen sich die schiefergrauen Wolken zu riesigen Rußklumpen und erste Regentropfen verwischen die Tinte auf der entrollten Urteilsschrift. Wetterleuchten folgen grelle Blitze, und diesen tosende Donnerschläge, die die Worte des Anklägers übertönen und den Pöbel schaudern machen. Die Bigottesten flüchten, sich bekreuzigend, in die Häuser, denn schon in wenigen Augenblicken, so bangen sie, könnten sie die nächsten armen Sünder sein, die Gottes Feuerstrahlen heimsuchen.

Zwei, drei Herzschläge nur, nachdem das Geheiß gesprochen, der Henker die Fackel in die schon vom einsetzenden Regen feucht gewordenen Strohgarben hält und sich erst zaghaft, dann mit Gewalt die Flammen in die Holzscheite fressen, lässt der Himmel unter weiterem Blitzen und Donnern einen mächtigen Gewitterregen auf die Erde niederprasseln. Hoffnung und Gottesglaube verschmelzen zu einem warmen Leuchten im Herzen des Jungen, als er mit großen Augen verfolgt, wie die herunterstürzenden Wassermassen die um sich schlagenden Flammen auslöschen. Er bekreuzigt sich, fällt auf die Knie, murmelt pater noster, und sieht demütig, wie qui es in caelis sanctificetur der Regen alles nomen tuum zunichte macht, adveniat regnum tuum, was noch fiat voluntas tua vor Momenten besiegelt schien. Sein Gottvertrauen sicut in caelo, et in terra, hat Bestätigung, panem nostrum mehr noch, gar Belohnung erfahren. Denn quotidianum der Junge da nobis hodie hat etwas et dimitte getan, was nobis debita nostra sich nicht für einen sicut et nos dimittus guten Sohn geziemt: Er hat debitoribus nostris seinem et ne nos inducas Vater keinen Glauben in temtationem geschenkt, als dieser sed libera nos a malo ihm die drohende quia tuum est regnum Hinrichtung der Mutter et potestas offenbart hatte et gloria mit den in specula verschleiernden Worten: »Sie wird fortgehen für immer und ewig«. Amen. Der Junge weiß, dass die Vollstreckung von den bösen Menschen und nicht vom lieben Herrgott gewollt ist, weshalb dieser just zur Stunde den Wolkenbruch schickt, der mit solch gewaltiger Kraft auf die Erde niederstößt, dass die silbernen Wassertropfen wie Gewehrkugeln in die lehmige Erde schießen, Schlamm und Dreckbatzen aufspritzen bis in die verschreckten Mienen der Kinder, und noch höher, in die verzerrten Antlitze der Männer und Frauen, die schützend die Hände heben, Mützen und Hauben festhalten, kreischend sich ihren Weg erzwingen, manche beschuht, die meisten baren Fußes, zwischen den Hühnern und Hunden, die gackernd und kläffend in alle Richtungen auseinanderstieben. Der Junge bekreuzigt sich abermals. Er ist nicht von der Mauer gesprungen und weggerannt wie die anderen, um, sich duckend wie ein getretener Köter, nach einem schützenden Dach zu jagen oder sich hinter Bretterverschläge zu kauern, zitternd wie ein ängstliches Lamm. Er beobachtet jeden Handgriff des Henkers, verwehrt sich das Zwinkern, um ihn nicht auch nur einen Lidschlag lang aus den Augen zu verlieren, diesen hünenhaften Menschen, der als Einziger übrig bleibt, die Mutter, losgebunden, in den Schandwagen stößt und das nassglänzende Ross über den matschigen Weg durch die Regenböen peitscht.

Das Unwetter dauert an. Niemand mehr ist auf dem Richtplatz. Niemand mehr ist da, außer ihm, dem Jungen, der, bis aufs Mark durchnässt, dort auf der Mauer steht, wie gelähmt, unruhig der Atem, weit die Augen, und nach oben blickt, wo ein Komet plötzlich erscheint zwischen einem aufgerissenen Wolkenloch, um nach einem Stakkato heftiger Herzschläge wieder zu verschwinden hinterm steingrauen Himmel.

Noch einmal bekreuzigt sich der Junge, das grüne Herz in der Hand, klettert die Mauer hinunter und rennt durch die Pfützen und den Schlamm, das Pater noster vor sich hermurmelnd, über die morastigen Wege nach Hause, wo der Vater, statt ihm eine Tracht Prügel für das Ausreißen zu verabreichen, ihn weinend in die Arme nimmt.

Als der Junge nach Tagen endlich die Bettstatt verlassen darf – er hat sich beim Unwetter eine so schwere Lungenentzündung geholt, dass der Medicus und auch der Pastor ihn bald im Jenseits wähnen –, sind Vaters Worte längst wahr geworden: Der Allmächtige hat die Sonne vom Himmel brennen lassen, um Richtplatz, Strohgarben und Holz zu trocknen und den Fortgang der Mutter für immer und ewig zu beschließen, während der Junge im Fieberwahn, das Glasherz fest umschlossen, unzählige Male das Vaterunser murmelt, nur unterbrochen vom Spucken dunklen Blutes und dem Rufen nach der Mutter.

Darius wachte mit einem Hämmern im Schädel und mit schweißnassem Hemd auf. Bereits zum dritten Mal hatte er diesen Traum in den letzten fünf Tagen geträumt. Stets hatte er beim Aufwachen die Hand an seinem Hals, Annas Amulett darin, und war erleichtert, es zu spüren.

»Moment!«, hörte sie Ginslebens Stimme, »ich komme schon!«

Ginsleben öffnete die Tür und sah Anna erstaunt an.

»Habt Ihr einen Moment Zeit für mich, werter Professor? Es ist wichtig!«

Ginsleben bat sie herein, bot ihr Platz an und Anna erzählte ihm alles vom belauschten Gespräch zwischen Corvin und ihrem Vater. Ihr Hauslehrer erhob sich daraufhin und rieb sich die Wangen, als gelte es, wach zu werden.

»Ich werde Aries Bescheid geben«, sagte er, »er soll den Zirkel für morgen Nacht zusammenrufen.«

Anna deutete auf sich und sah ihn fragend an.

»Nein, Anna, Ihr nicht. Eure Aufnahme wird ausgesetzt. Es ist zu gefährlich.«

Anna hatte die erste Stufe des Aufnahmezeremoniells bereits hinter sich und auch schon ihr obligatorisches Pseudonym bekommen: Pisces, das Sternzeichen des Fisches – ihr richtiges war Löwe –, doch sie war noch kein vereidigtes Mitglied von *Amphora*. Das wäre sie bei der nächsten Zusammenkunft geworden – letzte Woche hatte Ginsleben sie zum sechsten Mal mitgenommen zum geheimen Versammlungsort in der Färbergasse. Sie hatte das zwölfte und letzte Zeichen zugewiesen bekommen, war die Jüngste und die einzige Aspirantin gewesen und hatte mit ihrem Eintritt den Zirkel vervollständigt. Sie war nicht die einzige Frau im Zirkel. Neben ihr gab es Gemini, Leo und Sagittarius als weibliche Gefährten. Der Rest des Zirkels rekrutierte sich aus Männern. An einem länglichen Holztisch hatten sie sich gegenübergesessen, sechs zur rechten, sechs zur linken Seite. Vor ihnen waren Krüge und jeweils ein Zinnbecher gestanden, gefüllt mit Wasser und Wein. Aries, ein stämmiger Mann um die fünfzig und steingrau, dem der Vorsitz gebührte, hatte die Namen der zwölf Anwesenden verlesen. Es waren allesamt die lateinischen Namen der Tierkreiszeichen. Tauf- und bürgerliche Namen gab es hier nicht.

Der Kellerraum, aus grobem Stein geschichtet, war von zahlreichen Wandfackeln hell erleuchtet gewesen. Es hatte nach Schwefel und nach mit Parfüm überdecktem Schweiß gerochen. Kein Tischschmuck, keine Gemälde, Stiche an den Wänden oder sonstige Dekorationen waren vorhanden gewesen, nichts, was auch nur im Geringsten an einen Versammlungsort verschworener Gleichgesinnter hinweisen mochte.

Nachdem alle Namen verlesen waren, legten sich die Mitglieder eine dunkelblaue Seidenschärpe um, bestickt nur mit *Amphora*, der griechischen Gleichsetzung für das Tierkreiszeichen Aquarius, und dessen grafischem Symbol, den zwei übereinandergestellten Wellen. Alle erhoben sich, nahmen den Zinnbecher mit beiden Händen, hielten ihn mit gestreckten Armen über den Tisch und sprachen im Chor: »*Sub sigillo confessionis usque ad finem*«*, und tranken den Becher in einem Zug aus. Nachdem sie sich wieder gesetzt hatten, erhob Aries das Wort: »Werte Gefährten des ehrenwerten Zirkels. Ich heiße Euch willkommen zu unserer Versammlung. Heute Nacht werden wir über einen Philosophen sprechen und eines seiner Werke, das uns jetzt in

* ›Unter dem Siegel der Verschwiegenheit bis zuletzt‹

deutscher Übersetzung vorliegt. Nach der Tradition des Zirkels wird der Aspirant uns den ausgesuchten Autor vorstellen und uns in dessen neues Werk einführen. Anschließend werden wir gemeinsam Auszüge lesen und darüber disputieren, ob wir einer Verbreitung des Werkes zustimmen. Ich erteile nun dem Aspiranten Pisces das Wort.«

Aries sah Anna an und bedeutete ihr zu beginnen. Sie nickte und rieb sich die feuchten Hände an ihrem Kleid. Ungezählte Male hatte sie den Vortrag geübt, heimlich auf dem vollgestellten Dachboden oder beim morgendlichen Spaziergang über die Felder. Sie hatte ihn als Teil der Aufnahmezeremonie zu halten. Jeder der Zirkelmitglieder war verpflichtet, über ein theologisches, philosophisches oder metaphysisches Werk zu referieren. Der Zirkel verstand sich als ein visionärer Denkerkreis, der die Zeichen der Zeit nicht nur deuten wollte, sondern sich auch für ihre Durchsetzung starkmachen.

»Bevor Pisces seinen Vortrag hält«, warf Ginsleben, im Zirkel Scorpio genannt, ein, »möchte ich bemerken, dass ein bedauerlicher Zwischenfall es nicht zulässt, dass heute jeder sein eigenes Exemplar erhält …«

»Das ist ärgerlich«, ertönte eine Frauenstimme; es mochte wohl Gemini gewesen sein.

»… die Druckerei wurde von der Inquisition durchsucht und Meister Degenhardt ins Gefängnis gebracht. Gottlob war zu der Zeit kein Auftrag von uns vergeben.«

»Glück im Unglück«, erwiderte Aries, »wir werden nach dem Vortrag, so noch Zeit vorhanden, darüber sprechen. Die Zeit drängt, wir müssen beginnen.«

Anna räusperte sich und begann: »Vortrag über den Freidenker, Mystiker und Philosophen Giordano Bruno.«

»Was?«, warf Gemini ein, »das wäre doch mein Thema

gewesen! Wie könnt Ihr mein Thema einem Aspiranten geben?«

»Redet nicht!«, antwortete Aries. »Wir hatten in der letzten Sitzung abgestimmt und anders entschieden. Eure Schuld, wenn Ihr nicht anwesend wart.«

Gemini schmollte. Aries bedeutete Anna erneut, zu beginnen.

»Giordano Bruno, eigentlich Filippo Bruno, wurde im Januar 1548 im italienischen Nola bei Neapel geboren. Er studierte in Neapel humanistische Wissenschaften und trat 1565 in den Dominikanerorden ein, wo er den Ordensnamen Giordano annahm. 1572 wurde er zum Priester geweiht, studierte Theologie und schloss 1575 das Studium ab. Bereits ein Jahr später wurde er zum ersten Mal der Ketzerei verdächtigt. Daraufhin musste er Neapel verlassen und ...«

»Moment«, fiel ihr Gemini ins Wort, »wisst Ihr auch, was man ihm als ketzerisch anlastete?«

»Er ließ Zweifel laut werden am Dogma der Trinität und der unbefleckten Empfängnis Marias.«

Gemini nickte großtuerisch, was Anna mit Argwohn wahrnahm. Gemini war ihr schon von Anfang an, seit Ginsleben sie in den Zirkel eingeführt hatte, feindselig vorgekommen.

»Nun denn«, fuhr Anna fort, »nachdem er Neapel verlassen musste, begann er, ein Nomadenleben zu führen: Erst wanderte er durch Italien, dann durch halb Europa. Er lebte und lehrte in England und Frankreich, bei uns in Deutschland und in der Schweiz, wo er sich den Calvinisten anschloss, doch schon bald wieder von ihnen ausgestoßen wurde.«

»Calvin stand den Lehren des Kopernikus, die Bruno als Grundlage seiner Thesen nahm, ablehnend gegenüber«, ergänzte Gemini.

»Vielen Dank für Euren Kommentar«, erwiderte Anna, schon etwas angesäuert, »das hätte ich jetzt erläutert. Darf ich fortfahren?« Sie nahm einen Schluck Wasser. »Inspiriert durch Meister Eckhart und Nikolaus von Kues, finden wir in Giordano Bruno den womöglich leidenschaftlichsten und eigensinnigsten Tadler der immer noch herrschenden Lehrmeinung einer geschlossenen, geozentrischen Welt. Zudem zieht er die weitestgehenden Schlussfolgerungen aus Kopernikus' Weltsicht: Unser Sonnensystem ist eines von unendlich vielen. Das Sphärenmodell ist obsolet. Der Kosmos ist grenzenlos und von ewiger Dauer.«

Aries ergänzte Annas Worte: »Hier, liebe Gefährten, wird uns begreiflich, wo und weshalb er in die Fänge der Inquisition gelangte: Wo Unendlichkeit in Raum und Zeit herrschen, wo soll da der Ort für ein Jenseits sein? Wo ein Schöpfungsbeginn und wo ein Jüngstes Gericht?«

»1592 reiste Bruno auf Einladung des Patriziers Mocenigo nach Venedig …«

»Moncenigo hoffte, von Bruno in die Magie eingewiesen zu werden. Was aber nicht passierte, darum denunzierte er ihn bei der venezianischen Inquisition.«

Anna bekam einen heißen Kopf. »Ihr geht mir unsäglich auf den Geist mit Eurem Dazwischengerede!«, sagte sie zu Gemini und hatte Mühe, sich zu zügeln. »Ich wäre Euch sehr dankbar, wenn Ihr mich die wenigen Sätze noch ausreden lasst.«

Sie glättete ihr Kleid und fuhr fort: »1593 wurde Bruno nach Rom überführt und dort langwierigen Verhören unterzogen. Die Gefangenschaft mit zahllosen weiteren Verhören dauerte ganze sieben Jahre! Am 17. Februar 1600 wurde Giordano Bruno auf dem Campo dei Fiori in Rom bei lebendigem Leibe verbrannt. Seiner Vorstellung ›vieler Welten‹ entsagte er bis zu seinem bitteren Tode nicht.«

Anna hatte ihren Vortrag beendet und war mit einem Applaus belohnt worden. Verschiedene Passagen aus Brunos Werk »*Von der Ursache, dem Prinzip und dem Einen*« hatte der Zirkel mit gegensätzlichen Meinungen disputiert. Das abschließende Votum hatte zwölf Stimmen für eine konspirative Verbreitung des Werkes in deutscher Sprache ergeben.

»›Ausgesetzt‹ heißt aber nicht abgelehnt?«, wollte Anna nun von Ginsleben bestätigt wissen.

»Nein, doch wenn van Cron mit Wolfen zusammenarbeitet und Euer Vater involviert ist, dürft Ihr jetzt nicht Mitglied werden. Wir müssen die Versammlungen beenden und recherchieren, wie weit die Kenntnisse der Inquisition über den Zirkel bereits gediehen sind.«

»Sie wissen den Namen.«

»Das ist schon zu viel, und es fragt sich, woher.«

Anna erzählte Ginsleben von den Vermählungsplänen mit Corvin und dass sie diesen Umstand nutzen wolle, ihn über *Amphora* auszuhorchen.

»Er wird seiner ›Zukünftigen‹ wohl mehr anvertrauen als irgendjemand anderem«, meinte Anna.

»Täuscht Euch nicht. Dazu seid Ihr noch nicht intim genug mit ihm.«

»Ihr meint, ich müsste …?«

»Ihr seid nicht mehr zu jung, um dies zu verstehen. Die Erfahrung hat gezeigt, dass in der Bettstatt die vertraulichsten Dinge offenbart werden. Könige haben in der Geborgenheit seidener Laken ihren Mätressen Staatsgeheimnisse offenbart. Der Akt als solcher und die Momente danach sind oft ergiebiger als versprochenes Gold.«

»Dieser ›Akt‹ wird so bald wohl nicht stattfinden, wenn

überhaupt«, sagte Anna und verzog den Mund angesichts der geringen Chancen, Corvin beizukommen.

»Grämt Euch nicht«, begütigte sie Ginsleben, »selbst wenn Ihr mit van Cron intim werden solltet, heißt das nicht, dass er Euch etwas preisgibt. Männer wie er wissen sehr genau, wann und wem sie was an Informationen zukommen lassen.«

»Das mag sein. Dennoch, auch Corvin ist nur ein Mann. Auch ihn kann man locken. Ich speise seinen Appetit und seine Hoffnung, ohne ihn von der Kostbarkeit naschen zu lassen. Wir brauchen baldigst Hinweise, die Zeit drängt; auch er und Wolfen haben nur bis Mitte August Zeit und werden ihre Nachforschungen entsprechend forcieren.«

»Tut, was in Euren Kräften steht, aber seid auf der Hut. Begebt Euch nicht in Gefahr!«

Darius hatte die letzte Vorlesung gehalten. Es war ein Uhr Mittag und die Lektoratsbesprechung über den zweiten Teil der *Veritas* mit Ginsleben stand an.

Als Darius nach dem »Herein!« Ginslebens Studierzimmer betrat, stand dieser am Stehpult und blätterte in einem Stapel Papierbögen, den Seiten einundfünfzig bis achtundneunzig des *pars secunda*.

Ginsleben nahm den Stapel in die Hand und setzte sich mit Darius an den Tisch. Er wog die Blätter in den Händen und sah seinem Schützling kritisch in die Augen. Er schwieg.

»Ist es nicht gut?«, fragte Darius verunsichert. Glaubte er doch, etwas Geniales hervorgebracht zu haben.

»Nein, es ist nicht gut …«

Darius schluckte. Das hatte er nicht erwartet. Der zweite Teil sollte doch eine Steigerung des ersten sein. Die fortgeführten Thesen und Berechnungen stützten die endgültige

Festsetzung des heliozentrischen Systems. Hatte er trotz seines Eifers ein mangelhaftes Werk geschaffen? War es zu knapp geraten oder nicht treffend genug? Hatte er gar Fehler in der Logik begangen, die Schlüsse nicht korrekt gezogen?

»… es ist hervorragend!«

Darius atmete auf. Ginsleben, Ginsleben …

»Mein lieber Darius, Ihr habt Kopernikus, Galilei und Kepler derart verinnerlicht, dass Euch mit diesem Wissen eine originäre, neuzeitliche Synthese gelungen ist. Euer gewagtes Gedankenexperiment, aus den zwei Keplerschen Axiomen über die elliptischen Umlaufbahnen der Planeten um die Sonne ein drittes Axiom herzuleiten, ist nicht nur originär, ich denke, es ist geradezu bahnbrechend in der Himmelsmechanik. Mit Euren neuen Formeln und den sechs Bahnelementen lassen sich alle Positionen feststellen.«

»Was haltet Ihr von meiner Idee der Bahnstörungen durch Gravitationskräfte anderer Himmelskörper?«

»Nun, Kepler hat da ebenfalls schon ein paar Thesen entwickelt. Alles noch sehr gewagt und noch nicht veröffentlicht. Ich denke, er würde sich gerne mit Euch austauschen, soll heißen, es ist an der Zeit, ein persönliches Treffen mit ihm zu arrangieren.«

»Das könntet Ihr tun?«

»Kepler ist mir zugetan. Wir kennen uns aus meiner Zeit als Gutachter. Ich schätze ihn sehr.«

»Und Ihr würdet mich wahrhaftig mit dem großen Meister zusammenbringen?«

»Demut ist gut, mein lieber Darius, doch auch in Euch steckt Großes, mehr, als Euch bewusst ist. Und Ihr wisst, wie sehr mir Euer wissenschaftliches Vorankommen am Herzen liegt. Die geistigen Umbrüche schwelen vor sich hin. Je mehr Späne des neuzeitlichen Geistes glimmen, um das Feuer zu entfachen, umso besser. Mit Kepler haben wir den momentan begnadetsten Astronomen der neuen Zeit in unseren Reihen. Ihr müsst Eure Thesen unbedingt mit ihm besprechen, denn sie sind der gewagteste Teil Eurer Arbeit. Sie bedürfen meines Erachtens noch besserer Beweisführung, doch sonst ist dieses kleine Werk ein Opus Magnum!«

»So steht Ihr dahinter.«

»Es ist mit Abstand das Beste, was ich je von Euch gelesen habe. Eine Enttäuschung allerdings, dass Ihr, entgegen Eurem Versprechen in *pars prima*, die Kometen so knapp abhandelt, und das, wo Ihr doch durch den kurfürstlichen Auftrag so tief in der Materie steckt.«

»Der von mir festgelegte Umfang gestattet keine weiteren Zusätze.«

»Ihr habt achtundneunzig Seiten. Eine verbliebe noch und Ihr wärt damit immer noch in Eurem Rahmen. Denkt darüber nach.«

Darius nickte.

»Ihr seid wahrlich ein großer Astronom«, fügte Ginsleben an, »nur …« Sein Gesicht verfinsterte sich.

»Nur, was?«

»Lasst Ihr all Eure Worte so stehen?«

»Natürlich. Ich habe bestimmt mehrere Dutzend Fassungen geschrieben. Die Gedankengänge sind konsequent in platonischer Manier zu Ende gedacht. Die Formulierungen diesbezüglich sind perfekt!«

»Dann habt Ihr mit *pars secunda* unsere Übereinkunft gebrochen.«

»Ihr meint, weil ich meine Arbeit nicht mehr als Hypothese darstelle, sondern als Wirklichkeit?«

»Ihr tut weit mehr. Ihr brecht nicht nur eine Lanze für das heliozentrische System, ihr prangert die katholischen wie die lutherischen Kirchenväter aufs Schärfste an und ruft alle Astronomen auf zum geistigen Kampf gegen das überkommene ptolemäische Weltbild!«

»Ja, das tue ich! Ich bin es endgültig leid, dieses Lügenspiel mitzuspielen. Es kann nicht angehen, dass wir wider besseres Wissen unsere wissenschaftlichen Lehren von der Kirche als Hirngespinste verunglimpfen lassen!«

»Als ›Hirngespinste‹, mein lieber Darius, fasst sie diese schon lange nicht mehr auf. Kardinal Bellarmino selbst lobte das heliozentrische Modell seiner mathematischen Verständlichkeit wegen als ›ausgezeichnet sinnvoll‹.«

»Da sagt Ihr es, das ›heliozentrische *Modell*‹. Bellarmino verwirft das neue System nicht nur, er war Großinquisitor im Häresieprozess gegen Giordano Bruno. Die klerikalen Wortführer formulieren sehr gewählt, um ihre Rückständigkeit damit besser zu kaschieren. Doch tatsächlich ist Ihnen daran gelegen, den wissenschaftlichen Umbruch mit allen Mitteln zu verhindern. Sie wollen der Wahrheit nicht ins Auge sehen und uns, die wir sie verkünden, als Phantasten brandmarken und uns mundtot machen!«

»Wenn Ihr die *Veritas* so publiziert, wird genau dies Euer Schicksal sein. Ihr werdet Bruno folgen.«

»Rom wird mich niemals auf den Scheiterhaufen bringen. Meine Schrift trägt keinen Namen. Und außer Euch weiß niemand, dass ich der Urheber bin.« Dass er Anna eingeweiht hatte, wollte er Ginsleben nicht offenbaren.

Just als dieser Satz gesprochen war, öffnete sich die Tür und von Krauchnitz trat ein. »Wird man hier nicht mehr hereingebeten? Oder sind die werten Herren mit Taubheit geschlagen? Ich habe mehrmals angeklopft!«

Darius wurde es schlagartig heiß. Auf dem Tisch lag sein Todesurteil. Ein Blick des Rektors darauf – und es war gesprochen.

Von Krauchnitz ging zum Fenster, ohne die beiden eines Blickes zu würdigen. Womöglich grämte er sich über das vermeintliche Überhören seines Klopfens, doch im Eifer ihres Gesprächs hatten sie nichts vernommen.

Der Rektor lehnte sich aus dem Fenster und sah hinaus. Ginsleben reagierte sofort. Rasch steckte er die Bögen in die Schublade seines Schreibtisches und schob sie lautlos zu.

»Ich hatte bereits letzte Woche angeordnet, dass die Rabatten im Innenhof geharkt werden!«, echauffierte sich von Krauchnitz. Er drehte sich um und fügte an: »Na ja, Euch trifft keine Schuld.« Er reichte beiden eine Rolle und sagte: »Werte Doktoren, in meinem Namen und dem meiner geschätzten Familie erlaube ich mir, Euch diese Einladung auszuhändigen. Es wäre mir eine … Freude, Euch in meinem bescheidenen Hause empfangen zu dürfen.«

Darius hatte die kurze Pause vor ›Freude‹ sehr wohl bemerkt, womöglich hatte der Rektor ›Ehre‹ im Sinn gehabt, was ihm dann doch zu hoch gegriffen schien.

Sie bedankten sich höflich und sagten ihr Kommen zu.

Von Krauchnitz beschloss mit einem kurzen Nicken und verließ das Zimmer. Darius und Ginsleben atmeten auf.

Die Einladung betraf von Krauchnitz' Geburtstagsfeier. Tag, Ort und Uhrzeit waren angegeben, standesgemäße Kleidung wurde sich erbeten.

Die beiden sahen sich an.

»Seit wann gehören wir zur noblen Gesellschaft?«, fragte ihn Ginsleben.

Annas Kleid saß alles andere als perfekt. Wie sollte es auch, nachdem sie allen Anproben, außer der ersten, mit Vorsatz ferngeblieben war – sie hatte ohnehin nicht vor, bei Tisch eine gute Figur zu machen. Sie trug ein Kostüm, dem spanischen Vorbild angepasst, bestehend aus einem Mieder aus Mailänder Brokat und einem dunkelgrünen, faltenlosen Taftrock. Den Reifrock hatte der Schneider auf Annas Geheiß widerwillig weggelassen, dafür fielen die sechs Oberröcke für ihren Geschmack viel gefälliger. Auch hatte er die Halskrause auf Annas Wunsch und ohne Widerspruch – des Rektors Tochter ergebenster Diener – ein Drittel kleiner als üblich gefertigt, da sie sich nicht wohlfühlte mit so einem Monstrum um den Hals. Ihr Haar hatte sie zu einem eleganten Nest hochgesteckt, darauf trug sie ein kleines Samthütchen mit Krempe.

Die Mutter trug ein ähnliches Kostüm, nur war ihr Mieder aus Atlas gefertigt und es dominierten die Farben rehbraun, karminrot und böhmischblau. In ihren behandschuhten Händen hielt sie einen florentinischen Faltfächer und der Duttenkragen prangte entgegen Annas faustdick und wagenradgroß um den Hals.

Alle zweiundvierzig Personen, die Vater eingeladen hatte – Juristen, Professoren, Amtsräte, Kaufleute, deren Ehefrauen und älteste Nachkommen – saßen an der langen Tafel. Keiner fehlte. Man wollte sich das Sehen und Gesehenwerden nicht entgehen lassen. Zudem mochte sich manch Unvermählter eine Gelegenheit für eine Anbahnung ausmalen, und sollte ihm dies nicht beschieden sein, konnte doch das ein oder andere Geschäft winken. Und wenn auch das nicht glücken wollte, so war man doch in bester Gesellschaft, konnte seinen Sonntagsstaat zu Markte tragen und sich über manch Unliebsamen das schändliche Lästermaul zerreißen.

Die Mutter hatte Tischkärtchen aus feinstem Pergament schreiben lassen und sie auf die lange, mit persischem Damast bedeckte Tafel platziert, die die ganze Breite des Gartens einnahm. Als Anna diese vor dem großen Ansturm der Gäste unter schnellen Schritten prüfte, tauschte sie rasch zwei aus – Mutter hatte vom Falkenhorst neben Darius gesetzt, was die Wahrscheinlichkeit eines Eklats in greifbare Nähe rückte –, sie stellte Darius' Kärtchen neben Ginslebens ans nördliche Ende des Tisches und postierte dafür die spitznasige und unvermählte Tochter des Gutsherren zu Heuberg an vom Falkenhorsts Seite.

Vaters Präsenz dominierte traditionsgemäß die südliche Stirnseite, Mutter, Anna und Corvin saßen rechts und links neben ihm.

In armlangen Abständen standen mit Talglichtern besetzte Kandelaber auf dem Tisch, dazwischen Schüsseln mit aus England eingeführten Süßkartoffeln und einheimischem Bohnengemüse. Vier vollständige, garnierte Schweinsköpfe, umschlossen von üppigen Trauben roter und weißer Weinbeeren, thronten auf ovalen Holzplatten. Wasser- und Weinkaraffen wechselten die Hände, Gläser aus venezianischem Kristallglas wurden an schmatzende und schwatzende Münder geführt. Silberne Messer, Löffel und Gabeln – das Tafelsilber hatte Vater von der Augsburger Silberschmiede ausgeliehen – schnitten durch fingerdicke Fleischscheiben, tauchten in die Suppenterrinen und stachen in die knolligen Erdäpfel.

Als der Abend dämmerte, war man bereits beim Nachtisch angelangt, es gab mit Honigglasur gezuckerte Haferplätzchen. Dazu wurde Weinbrand gereicht.

Öllampen ließen die Schatten an der Mauer schlängeln. Weit über der Gesellschaft standen im schwarzblauen Himmel die Sterne, und im Hintergrund spielte ein Ensemble Stücke von Girolamo Frescobaldi und auf Wunsch Corvins von Jan Pieterszoon Sweelinck.

Immer wieder sah Anna zum anderen Tischende hoch, doch es sollte sich nicht fügen, dass ihre Blicke Darius' trafen. Schon den ganzen Abend hatte sie sich Vorwürfe gemacht, dass sie ihn nicht eingeweiht hatte. Was mochte er denken? Er hatte sie auf die möglichen Gefahren, die seinen Kontrahenten betrafen, aufmerksam gemacht und sie gebeten, ihm zu berichten. Jetzt sah er sie neben ihm sitzen. Das konnte ihm doch nie und nimmer gleichgültig sein, selbst wenn der Augenschein dies vermuten ließ, so angeregt, wie er sich mit Ginsleben zu seiner Rechten zu unterhalten schien. Das hübsche Fräulein Isolde Tornreuth, eine bürgerliche Kaufmannstochter, die Anna mit gemischten Gefühlen ihm zur Linken zugeschanzt hatte, schien ihn gar nicht zu interessieren; stets war er nur Ginsleben zugewandt.

Mehrmaliges Schlagen von Metall gegen Glas drang zwischen das Tischgemurmel, das sich erst nach dem dritten Mal einstellte. Vater erhob sich, legte den Löffel beiseite, dankte für die einkehrende Ruhe und begann seine Rede. Nach einleitenden Worten um die Freude über die zahlreichen ehrenwerten Gäste, begann er von seiner Wissbegierde seit Kindheit zu erzählen, schlug einen Bogen über Schulausbildung und Studium, um schließlich bei seinem ehrwürdigen Rektorenamt anzulangen. Von diesem schwenkte er über zu den Wissenschaften, um bei der Astronomie zu enden. So knüpfte er die Verbindung zu Corvin, den er als ganz speziellen Gast pries und dessen Namen er laut und deutlich, annähernd einem höfischen Ausrufer gleich, aussprach. Vater bat Corvin, sich zu erheben und ein paar Worte an die Gesellschaft zu richten, bevor er die frohe Botschaft verkünde.

Anna wurde es mit jedem Wort aus Vaters Munde heißer. Ihre Wangen schienen zu glühen und die mit Mutters Fächer zugewedelte Luft brachte nur wenig Linderung. Sie spürte, wie sich Schweiß an der Stirn bildete, und unter ihrem Hütchen wähnte sie lauter Ameisen krabbeln. Sie traute sich nicht mehr, auch nur in Darius' Richtung zu schauen. Was würde Corvin sagen? So wie sie ihn einschätzte, nähme er Vaters Ankündigung des Verlöbnisses vorweg, nur um noch mehr im Zentrum der Aufmerksamkeit zu stehen.

Corvin erhob sich, nachdem er einen Schluck Wein getrunken hatte und sich die Lippen getupft, strich sich erst über das schwarze Hirschlederwams, dann über den Oberlippenbart und trat ein paar Schritte zur Seite, um von allen in ganzer Statur gesehen zu werden. Seine Rede begann mit einem Zitat des altertümlichen römischen Astrologen Firmicus Maternus über die Sternzeichen. Er stellte dessen Fähigkeit, Horoskope zu fertigen, heraus, betonte, die gleiche Gabe und Fähigkeit zu besitzen, und bot an, diesen Dienst jedem gewissenhaft Interessierten zu erweisen. Dabei entrollte er zwei Papierrollen, präsentierte sie der Runde und sagte: »Ich gehe davon aus, dass jedweder in diesem erlauchten Kreise solche Horoskope schon einmal gesehen hat, wenn nicht sogar sich selbst hat eines erstellen lassen. Dieses hier«, er hob die rechte Hand, »ist das Horoskop eines außergewöhnlichen Skorpions, nämlich das meinige. Und das hier«, er hob die linke Hand, »ist das Horoskop eines besonderen Löwen. Ich möchte der ehrwürdigen Tafel ein paar Dinge über den Löwen erzählen und bin gespannt, ob sie errät, um wen es sich dabei handelt. Möglicherweise«, fügte er an und strich sich dabei wieder den Bart, »werden ein paar Pikanterien preisgegeben.«

In Anna brodelte es. Die Vorstellung, die Corvin hier zum Besten gab, diente nicht nur der allgemeinen Unterhaltung. Er wollte das Selbstbewusstsein seiner Zukünftigen prüfen. Ihre renitente Art hatte er bereits im Privaten kennengelernt – bestimmt war sie die einzige Frau in seinem Leben, die ihn mit einer Zofe gleichgesetzt hatte. Jetzt zielte er darauf ab, auszuloten, wie es um ihr Stehvermögen in der Öffentlichkeit stand. Würde der Löwe den Schwanz einziehen oder die Krallen ausstrecken und den Kampf mit dem Skorpion aufnehmen? Natürlich Letzteres. Corvin hatte sich gewaltig in ihr getäuscht, wenn er glaubte, sie würde eine Verunglimpfung ihrer Person hinnehmen. Die Zukünftige zu einem astrologischen Rätselobjekt zu machen, würde sie niemals dulden. Niemals.

Bevor Corvin ein erstes intimes Detail, ob zutreffend oder nicht, von ihr verraten konnte, unterbrach sie ihn mitten im Satz: »Könnt Ihr denn die Positionsdaten des Sternbildes Löwe auf dem Zodiacus auswendig nennen?«

Corvin sah Anna erstaunt an. Sie verspürte Schadenfreude über seine Überraschung im Gesicht.

»Gnädiges Fräulein, wie meinen?«

»Ich weiß, dass Ihr in der Lage seid, Stücke aus dem Kopf zu spielen. So ist es doch für einen Astronomen Eures Formates wohl ebenfalls ein Leichtes, die Daten frei parat zu haben. Noch dazu, wo Ihr das Musizieren nur nebenher betreibt.«

»Mit Verlaub, gute Astronomen sind nicht notwendigerweise Gedächtniskünstler.«

»Ihr seid also nicht dazu in der Lage?«

Corvin war versucht zu schnauben. Anna sah, wie seine Gesichtszüge zu entgleisen drohten, doch er riss sich zusammen.

»Wir Astronomen von hohem Stand arbeiten mit Tabellen. Wer sie zu lesen kapabel ist, bedient sich ihrer, wenn er sie benötigt. Es ist nicht von Bedeutung, Daten auswendig zu wissen.«

Anna sah, wie der Vater etwas einwenden wollte, er beabsichtigte wohl, die Auseinandersetzung zu beenden, doch die Mutter hielt ihn am Arm.

»Wisst Ihr überhaupt *irgendwelche* Daten auswendig?«

Corvin tat einen schweren Atemzug. Er blickte in die schweigende Runde, die gebannt dem Disput folgte. Er lächelte, zeigte seine Zähne und entgegnete: »Ich sagte es bereits: Es ist nicht von Belang, Daten auswendig zu wissen! Im Gegenteil, wie jeder weiß, ist die Kapazität des menschlichen Gehirns begrenzt. Ein wahrhafter Wissenschaftler nutzt sie, um logische Verknüpfungen zu schaffen. Er ist kein ehrsüchtiger Eleve, der bei nobler Gesellschaft mit bravem Aufsagen von totem Zahlenwerk zu brillieren sucht.«

»Schön gesprochen, doch Euer Argument verzerrt!«, erwiderte Darius vom nördlichen Tischende her. »Ihr seid wie ein schlechter Prediger, der nicht ohne einen Blick in die Bibel auskommt, da er keine einzige Strophe aus dem Stegreif zu rezitieren vermag. Ich bin wahrhaftig kein Eleve mehr«, fuhr er fort, »und niemals habe ich mich angeschickt, in ehrenwerter Gesellschaft mit meinem Wissen glänzen zu wollen. Dennoch muss ich bekennen: Ich habe die Daten aller Sternbilder im Gedächtnis parat! Die ekliptikale Länge Leos ist 138,2 bis 173,9 Grad.«

Corvins eben noch bemühtes Lächeln wurde von einem feindseligen Blick hinfortgedrängt. »Hört, hört! Unser Musterknabe Doktor Degenhardt weiß sie zu nennen! Ein Astronom, wie er im Buche steht … im Erbauungsbuche … für die Beflissenen.«

Die Gesellschaft lachte. Anna sah zu Corvin, dann zu Darius. Sollte sie intervenieren, so wie sie es in der Druckerei getan hatte? Einen Disput zwischen den beiden heraufzubeschwören, war nicht in ihrem Sinne gewesen.

»Scherz beiseite …«, Corvin senkte die Stimme. Augenscheinlich, um nicht den Eindruck zu erwecken, die Kontroverse ins Lächerliche ziehen zu wollen. Das mochte wohl auch von der Gesellschaft missbilligt werden.

»… dass Ihr mit bravem Auswendiglernen Euch beweisen wollt«, führte er weiter aus, »bekundet nicht nur Euren niederen Stand. Es zeugt auch von Eurem Unwissen um die wesentlichen Dinge der Wissenschaft.«

Darius erhob sich und erwiderte: »Ihr scheint nicht nur astrologischer Daten unkundig, Ihr seid auch der ordentlichen Disputation nicht mächtig. Eure Quintessenzen sind beleidigend und entbehren der Logik. Überdies flüchtet Ihr Euch in nichtssagende Abstrakta. Wer wie ich in der Himmelsbeobachtung beschlagen ist, hat alle Sterndaten durch den nachhaltigen Gebrauch dergestalt verinnerlicht, dass er sie jederzeit memorieren kann.«

»Zu viel Gedächtniskunst kann einen auch in tödliche Bedrängnis bringen …«

Diese Anspielung mochte Uneingeweihten nichtssagend bleiben, doch Anna war sich gewiss, dass ihr Vater, Ginsleben und Darius sie zu deuten wussten. Corvin spielte auf Giordano Bruno ab und auf dessen mathematisches Gedächtnis, das ihm zum Verhängnis geworden war. Obwohl sie in ihrem Referat bei *Amphora* nicht darauf eingegangen war, wusste sie, dass Bruno von dem begüterten Adligen Zuane Mocenigo nach Venedig eingeladen worden war, damit er ihn in die Kunst des Memorierens einweise. Man munkelte jedoch, Mocenigo habe nur an Magie Interesse gehabt und nicht an Gedächtniskunst. Aus maßloser Enttäuschung kam es zu Querelen, die zur Denunziation und Verhaftung Brunos führten.

»Es sind nicht die Künste, die einem gefährlich werden«, antwortete Darius, »es sind einzig die Menschen, die von Missgunst darüber zerfressen sind.«

Ruprecht vom Falkenhorst warf sich in die Brust: »Wollt Ihr uns etwa unterstellen, wir missgönnten Euch eine so eintönige Tätigkeit wie das Sterngucken?«

Darius sah ihn an mit stechendem Blick. Anna ahnte nichts Gutes.

»Bei Euch ist es nicht nur Missgunst«, entgegnete Darius ihm, »es ist weit schlimmer noch: Ihr gehört zur Spezies der Erfüllungsgehilfen, die all jenen nach dem Leben trachten, vor denen sie sich fürchten.«

»Dass ich nicht lache! Unsereins bangt bei Gott nicht vor Leuten wie Euch, die nichts anderes tun, als Phantastereien zu hegen! Und was ist es anderes, wenn man behauptet, die Sonne sei das Zentrum der Welt?«

»Ihr erdreistet Euch, ein Urteil über die größten und höchsten Obliegenheiten der Menschheit zu fällen, obwohl Ihr keinerlei Kompetenz in der Astronomie besitzt! Zudem bringt Ihr unbescholtene Drucker in den Kerker! Woraus wird dieses Gebaren wohl gespeist?«

»Das ist unerhört!« Jetzt stand auch vom Falkenhorst auf. »Wie kommt ein Bürgerlicher dazu, einen Amtmann von Adel und seinen honorigen Dienst schmähen zu wollen? Wäret Ihr meinem Stand angehörig, ich verlangte auf der Stelle Satisfaktion!«

»Meine Herren«, schritt von Krauchnitz mit lauter Stimme ein, »es ist genug!«

»Aber Darius hat recht!«, warf Anna dazwischen, »die Menschen erlauben sich Urteile über Dinge, über die sie kein Wissen besitzen. Und anstatt sich um dieses Wissen zu bemühen, bekämpfen sie jene, die versuchen, die Unwissenheit zu erhellen. Das ist wahrhaftig schmählich!«

»Es reicht jetzt!« Ihr Vater wurde noch lauter. In sein Gesicht schoss die Röte. »Ich möchte kein weiteres Wort mehr vernehmen! Wir sind zusammengekommen, um zu feiern, nicht um zu streiten. Ich lasse mir meine Feier nicht verderben!«

»Eure Magnifizenz«, sagte Darius, »ich möchte mich in

aller Form für etwaige Entgleisungen meiner Person entschuldigen. Ich bitte Euch und die ehrenwerte Gesellschaft um Verzeihung, zugleich um Verständnis, dass ich ihr nicht länger beiwohnen kann. Gott befohlen.« Er machte eine Verbeugung, wandte sich ab und verließ die Tafel.

»Darius! Warte!«, rief Anna und lief ihm hinterher.

»Anna! Bleib!«, forderte sie der Vater auf, doch sie gehorchte nicht. Sie folgte Darius.

Darius hörte ebenso wenig auf Annas Aufforderung, wie sie der ihres Vaters gefolgt war. Starrköpfig schritt er voran, doch nach einigen Klaftern hatte sie ihn eingeholt. Er fluchte und zog über die Abendgesellschaft her, wie sie dort fett und gefräßig gesessen hatte und nicht den Schneid besessen, ihn zu unterstützen und dem Giftzwerg vom Falkenhorst angemessen zu begegnen.

»Satisfaktion wollte der. Dass ich nicht lache! Der kann doch gar keinen Degen halten, mit seinen Kartoffelhänden!«

»Darius!«

»Dieser adlige Furz!«

»Darius! So höre doch!«

Er hörte nicht. Wie besessen stapfte er einher und suhlte sich in seiner Wut. Erst ein deutliches »Verdammt noch mal!« aus Annas Mund ließ ihn innehalten. Derartig schändliche Worte hatte sie noch nie verlauten lassen – sie würde es beizeiten beichten, vielleicht.

Die Wut stand ihm immer noch im Gesicht, doch seine Augen hatten den stechenden Blick schon verloren. Sie hielt seine Hände fest und sagte: »Das war tapfer von dir!«

»Tapfer? Vielleicht. Aber bestimmt nicht klug. Jetzt habe ich alle gegen mich aufgebracht.« Er sah zum schwarzen Himmel hoch. »Einerlei«, sagte er, »der Giftzwerg war mir von Anfang an übel gesonnen, bei deinem Vater stehe ich ohnehin in Ungnade, und van Cron …, der hat sich ja berechnend zusammengerissen, der abgefeimte Widerling. Einzig du hast mir beigestanden.«

Anna, ihre Hände in den seinen, klopfte das Herz, sie hätte ihm so viel zu sagen, doch sie brachte jetzt keine Erklärung über die Lippen. Nur spüren wollte sie ihn und zog ihn an sich.

»Küss mich!«, sagte sie und sah ihn an. Den Kopf in den Nacken gelegt, schloss sie die Augen und versuchte, an nichts zu denken.

Als sie ihn spürte, *wusste* sie es.

12

»Wolfen ist hart. Aber gerecht«, hatte der erdbeernasige Amtmann im Cottbuser Wirtshaus Darius geantwortet, als er dort eingekehrt war und die Sprache auf den hiesigen Inquisitor gelenkt hatte.

»Der Dominikaner«, erfuhr er, »hat neben dem Theologiestudium seinen Doktor in der Juristerei gemacht und vertritt sowohl die kirchliche als auch die weltliche Exekutive. Er ist für das Amt des Ketzerrichters geradezu berufen.« Als Generalinquisitor von Brandenburg und Sachsen sei er ständig auf Reisen, und weil so kompetent, auch in anderen Ländern gefragt. Würde er erst einmal Großinquisitor von ganz Deutschland geworden sein, werde man ihn hier wohl nicht mehr vorfinden. So habe Darius Glück, ihn in persona anzutreffen.

Auf Darius' Frage, warum ein so wichtiger Funktionär nicht an einem zentraleren Ort bestallt sei, hörte er, es heiße nicht nur bei den großen Städten aufzumerken, sondern auch den ketzerischen Erscheinungen an den Grenzlinien Achtung zu schenken. Der hiesige Schultheiß samt höchsten Amtsräten sei eigens in Rom vorstellig geworden, um den fähigen Mann wenigstens für eine gewisse Zeit hierherzubekommen. Die Cottbuser Stadtführung habe den Schild sowohl gegen die protestantische Seuche, die fast den ganzen Norden infiziert habe, emporgehoben, als auch gegen das verdammte Ketzertum, das noch lange nicht niedergemacht sei. Wolfen genieße alle Privilegien. Man habe ihm ein eigenes Haus zugeteilt, in dem er sowohl arbeite als auch wohne.

Mit einer Nervosität, wie er sie seit seiner Disputatio nicht mehr empfunden hatte, strebte Darius auf das Haus des Generalinquisitors zu. Es stand viel auf dem Spiel. Doch er wusste sich mehr als gut, ja, bestens vorbereitet. Seine notierten Merkzettel, neun an der Zahl, konnte er auswendig. Gut zwei Dutzend Mal hatte er sie während der achtstündigen Fahrt mit dem Reisewagen rezitiert – einen erneuten schmerzhaften Ritt zu Pferde hatte er sich erspart –, dennoch hatten ihm die großen Worte des Amtmanns mehr Respekt als erwartet verschafft. Darius verspürte ein Rumoren im Bauch, mehr noch als vor der Audienz beim Kurfürsten.

Der Hausdiener bat ihn, im Dienstzimmer Platz zu nehmen und sich ein wenig zu gedulden, der Generalinquisitor sei überfällig. »Im Zuge eines Verhörs«, entschuldigte er seinen Herren, »kann man nicht immer auf die Minute planen.«

Bei »Verhör« dachte Darius unweigerlich an den Vater; hatte Wolfen schon mit seiner Befragung begonnen?

Wuchtige Regale dominierten die Wände des Dienstzimmers. Aus ihnen quollen, alphabetisch geordnet, Vernehmungsprotokolle und Prozessakten hervor, dicht gedrängt wie Besenborsten. Darius schätzte deren Zahl zwischen acht- und neunhundert, und ihm wurde erneut gewärtig, dass dies kein leichter Gang gegen Wolfen werden würde.

Er nutzte die Gelegenheit und sah sogleich beim Buchstaben *D* nach. Darius fächerte die Mappen auseinander und entdeckte eine Akte, auf der Delinquent: *Degenhardt, Urban* stand. Sie enthielt außer der Anklageschrift, die vom Falkenhorst ausgefüllt hatte, noch keine weiteren Dokumente. Daneben steckten die drei Exemplare des ersten Teiles seiner *Veritas pars prima*. Die Zettel, die oben zwischen einzelnen Seiten seines Werkes herauslugten, zeugten zweifellos von Wolfens gründlicher Lektüre. Darius durchzuckte der Gedanke, die drei Exemplare zu entwenden und fortzueilen, doch ließ er diesen sogleich wieder fallen; er kam ihm schon nach dem zweiten Atemzug wieder kindlich und dumm vor: nicht auszudenken, welche Folgen das sowohl für den Vater als auch für ihn haben mochte.

An der Mauer hinter dem Schreibtisch, der einzigen nicht mit Regalen vollgestellten Wand, hingen zwei einzelne Porträts zweier Geistlicher, auf Stühlen sitzend. Darius erkannte im kleineren Bild den derzeitigen Papst Paul V. Die Person im größeren daneben war ihm unbekannt, doch ihm fiel auf – wie konnte das angehen? –, dass diese schmucker gewandet war als der Summus Pontifex.

Auf Wolfens Schreibtisch lagen keinerlei Akten. Die große, eichene Fläche bestach durch drei religiöse Objekte, säuberlich arrangiert: Das Christusmonogramm *XP* an silbernem Standfuß auf dunkelrotem Samtdeckchen, ein polierter Totenschädel mit der eingravierten Inschrift *Memento Moriendum Esse*[*] und eine stark abgegriffene Ausgabe des *Malleus Maleficarum*[**], darauf ein gerollter Brief, das rostbraune, bereits geöffnete Siegel deutlich zu erkennen: eine Waage und darunter Treue Hände[***]. Über der Waage, halbrund gesetzt und verschnörkelt, die Initialen *CvC*. Es dauerte keinen Lidschlag und Darius sah sich zurückversetzt in die Audienz beim Kurfürsten, als der Secretarius verlas: »… zweiter und letzter Sohn der Eheleute Rouven Elart van Cron, Kaufmann für Seefahrtsbedarf …« Die Waage war ein Symbol des Handels. Die Treuen Hände in Verbindung damit standen für gegenseitigen Verlass im Marktrecht. Die Bedeutung der Initialen

[*] ›Sei eingedenk, dass zu sterben ist‹

[**] ›Hexenhammer‹, Standardwerk zur Hexenverfolgung von Heinrich Kramer, 1486

[***] Die Treuen Hände sind ein Begriff aus der Heraldik; sie zeigen zwei sich gebende Hände.

bedurfte keiner weiteren Erklärung. Darius strich sich die Gänsehaut von den Unterarmen. Mit diesem Brief, noch dazu abgelegt auf dem schändlichsten aller Werke, wurde ihm der Holländer geradezu diabolisch; damit hatte ihn van Cron offenbar bei Wolfen diffamiert. Schließlich war nichts offensichtlicher, als dass der Sohn alles daran setzen würde, mit Wolfen Kontakt aufzunehmen, um den Vater aus der Haft zu bekommen. Und nichts war klarer, als dass der Widersacher alles daran setzen würde, dies zu verhindern. Dieser Brief musste nur so vor Verleumdungen und Falschheiten strotzen. In Darius loderte mit jedem weiteren Gedanken an den Holländer bloßer Hass auf. Seine Hand, die sich wie von unsichtbarer Kraft getrieben, zitternd nach dem Geschriebenen streckte – die Fingerkuppen spürten schon das Siegel –, zog er blitzschnell wieder zurück, als jäh die Tür sich öffnete und Wolfen den Raum betrat.

Die hagere Erscheinung, fast einen Kopf größer als Darius, gekleidet in den weißen Dominikanerhabit, weckte eine sonderbare Ehrfurcht in ihm. Aus Wolfens zerfurchtem, doch sonst glattem Gesicht, kantig wie ein Holzklotz, blickten ihn zwei haselnussbraune Augen so konzentriert an, als wollten sie geradewegs bis auf den Grund seiner Seele schauen.

Nach einleitenden Worten über seine Herkunft und den Grund seines Besuches begann Darius, jetzt stehend, sein Plädoyer. Seiner Nervosität begegnete er, indem er sich vorstellte, er halte eine Vorlesung und Wolfen sei sein gelehriger Student. Wolfen lauschte aufmerksam. Weder unterbrach er Darius, noch zeigte er eine abfällige Miene. Im Gegenteil, er lehnte sich entspannt zurück, die gekreuzten Hände über dem Bauch, oder legte, nach vorn geneigt, den Zeigefinger an die von einem Vollbart umwachsenen Lippen. Immer aber war da ein Glitzern in seinem Blick – die Augen scharf wie ein gewetztes Messer, das jede Geste, jeden mimischen Zug Darius' zu sezieren schien.

Sich der kritischen Analyse Wolfens wohl bewusst, gelang es Darius, alle Argumente, nach den Regeln der Rhetorik dramaturgisch geordnet, auf souveräne Art vorzubringen. Keinen der notierten Verteidigungspunkte hatte er vergessen. Wolfen hatte ihn bis zum Ende kein einziges Mal unterbrochen oder etwas dementiert. Darius fragte sich, ob dies Gutes oder Schlechtes verhieß. Es mochte sein, dass der Inquisitor die Fähigkeit besaß, sich komplexe Satzgebäude bis ins letzte Wort zu merken, so wie er es mit Zahlen und Daten konnte. In dieser Ungewissheit bedankte er sich am Ende seines Plädoyers für Wolfens Aufmerksamkeit und gab seiner Hoffnung Ausdruck, der Generalinquisitor möge pro reo entscheiden.

Sekunden vergingen. Weder Darius noch Wolfen sagten etwas. Dann klatschte Wolfen mehrmals blutleer in die beringten Hände und sagte: »Bravo, bravo! Sehr eloquent, Doktor Degenhardt. Wirklich, sehr eloquent.«

Darius bedankte sich und folgte der Aufforderung Wolfens, Platz zu nehmen. Jetzt saß er dem Inquisitor gegenüber, der erhaben im schweren Eichenstuhl thronte. Trüge er einen Hermelin und nicht den ordensüblichen weißen Habit, hätte man ihn für einen König halten mögen. Mit spitzen Fingern entfernte er einen Fussel auf seinem unbefleckten Skapulier und erzählte: »Gestern erst bin ich aus dem Städtchen Diez an der Lahn, nahe Limburg, zurückgekehrt. Der calvinistische Landesherr Graf Ernst-Casimir hatte seinen Amtsrat Doktor Martin Naurath beauftragt, anstehende Hexenprozesse zu führen. Die erste Hexe war die Kremersche aus Staffel gewesen. Sie wurde an der Lahnbrücke auf dem Scheiterhaufen verbrannt. Vorher hatte sie unter der Folter zwei weitere Personen als Teufelskomplizen angeklagt …«

Darius hörte aufmerksam zu. Er überlegte, was Wolfen mit dem Einbringen dieses Berichts bezweckte.

»… die Gemeinde Offheim, zehn Kilometer nördlich von Diez, musste für die Verbrennung zwei Wagen Scheitholz liefern. Die zweite war Dorothea Naumborn, gegen die das halbe Dorf ausgesagt hatte. Sie soll Pferden geschadet und Hagel herbeigehext haben. Man hat ihr vorgeworfen, der Hexerei schon seit zwanzig Jahren nachzugehen. Ankläger Naurath hat jedoch gemeint, den Leuten aus Offheim sei wegen übermäßiger böser Affektion wenig zu glauben. Die Verdächtigungen seien dem Hörensagen oder eingebildeten Meinungen geschuldet. Er hatte mich um ein Urteil gebeten. Mir wurde eine angeforderte Expertise von der Juristischen Fakultät der Universität Marburg vorgelegt, in der geraten wurde, die Beklagte zur Erlangung der Wahrheit weiterer peinlicher Befragung zu unterziehen. Ich habe die *Unterlassung* derselben angeordnet.«

Darius atmete auf und entspannte sich.

»Die Frau hatte genug gelitten.«

Darius hatte den Zweck des Berichts verstanden und entschuldigte sich innerlich, dass er Wolfen verkannt und ihn als so schlecht eingeschätzt hatte.

»Die Beweislage war eindeutig. Sie wurde ohne viel Aufhebens den Flammen übergeben.«

Darius richtete sich wieder auf. Die innere Entschuldigung nahm er unverzüglich zurück. Er hatte Wolfen aufgrund des Erzählten Menschlichkeit zugeschrieben und daraufhin in seiner Achtsamkeit nachgelassen. Doch jetzt begriff er, dass eben doch jene Vorsicht geboten war, die er walten zu lassen sich vorgenommen, als er dieses Haus betreten hatte.

»Ich entnehme Eurem Bericht«, sagte Darius, »dass Ihr Euer Amt sehr gewissenhaft bekleidet. Ein Inquisitor mit geringeren Fähigkeiten wäre womöglich einem Fehlurteil erlegen.«

»Die Inquisition, das gestehe ich unumwunden ein, hat in ihrer langen und beschwerlichen Geschichte einige dunkle Momente erlebt. Das wird nicht mehr vorkommen; ich plane Gewaltiges.« Wolfen zeigte dabei auf das größere der beiden Porträts und sagte: »Don Fernando Niño de Guevara, der Kardinalinquisitor von Spanien. Mein Vorbild. Das Porträt hat der berühmte El Greco vor zehn Jahren eigens für mich nachgemalt.«

Darius drohte die Gesprächsführung zu entgleiten. Er beabsichtigte nicht, Wolfen schönzureden oder ihm als Kunstsachverständigen zu schmeicheln. Sein Ansinnen hatte er in einem sprachgewandten Plädoyer vorgetragen, dort galt es anzuknüpfen.

»Was ist nun mit meinem werten Herrn Vater, setzt Ihr ihn frei?«, fragte er deshalb, ohne sich in weitere Umschweife zu verlieren.

»Eure Zielstrebigkeit, mein guter Degenhardt, spricht für Euch. Ihr seid wahrlich ein guter Sohn«, antwortete Wolfen mit so akzentuierter Mildtätigkeit in der Stimme, dass sie Darius suspekt erschien.

»So schreibt Ihr den Entlassungsbrief?«

Wolfen schüttelte den Kopf. »Wenn Ihr das verlangt«, erwiderte er, »so fehlt Ihr doppelt: Zum einen beschämt Ihr mich, wenn Ihr denkt, ich könnte mich eigenmächtig über die unfehlbaren Richtlinien des Inquisitionsverfahrens erheben. Zum anderen untergrabt Ihr diese in höchst unschicklicher Manier – Ihr ersucht mein Gehör im Glauben, eine halbstündige Fürsprache könne einen Überführten freisprechen. Ich vermute, dieser Glaube ist einer Form von Anmaßung geschuldet. Ich kann nicht im Ernst annehmen, dass er kindlicher Arglosigkeit entspringt.«

Das stieß Darius sauer auf. Er musste an sich halten, Wolfen nicht in gleicher unredlicher Art zu begegnen. »Von einem Appell auf Freispruch war in meinem Plädoyer nicht die Rede«, antwortete er kalt. Tatsächlich hatte er für Frei*setzung* plädiert.

Wolfen blickte streng. Die Lippen, zusammengepresst, verschwanden für einen Moment in seinem Gesicht. Darius sah, wie sich sein Kropf, gleich einer Faust, in seinem Hals bewegte.

»Es ist beileibe nicht an mir, vor Euch auch nur in der geringsten aller Formen Rechenschaft abzulegen! Nur weil ich ein so großes Herz habe und weil Ihr Gelehrter seid, lasse ich mich herab, an Euch ein paar erhellende Worte zu richten. Verfallt nicht dem Irrglauben, dass diese Ehre jedwedem zuteil wird.«

Soll ich vor dir jetzt einen Kniefall tun? Vor so einem Menschen wie dir? Niemals im Leben!, dachte Darius bei sich. Er erwiderte deshalb nur: »Ich danke Euch!«, nüchtern und ohne eine unterwürfige Formel.

»Die Verfolgung«, erklärte Wolfen, »richtet sich nicht gegen Euren Vater persönlich. Es ist, das unterbreite ich Euch im Vertrauen, nicht einmal die Verrichtung seines Handwerks. Ich sage es ganz offen, denn ich habe hier einen Doktor der Wissenschaft vor mir, den ich nicht darüber belehren muss, wie stark und weit die großen religiösen Zerwürfnisse die Welt erschüttern, es ist die Schrift, deren Druck er sich schuldig gemacht hat.«

Was sollte diese Scheinbelehrung? Wollte Wolfen ihn für dumm verkaufen? Weswegen war er denn bei ihm vorstellig geworden?

Wolfen erhob sich von seinem Schreibtisch, schritt zum

Regal, zog das mit den Lesezeichen gespickte Exemplar hervor, drückte es Darius in die Hand und setzte sich wieder. »Ihr wisst doch davon?«, fragte er Darius.

In Sekunden nur rekapitulierte Darius die Szenerie mit vom Falkenhorst in der Druckerei. Der Giftzwerg hatte Wolfen bestimmt minutiös alles berichtet.

»Euer Funktionär hat mir daraus zwei Titel vorgelesen, als er sie konfiszierte.«

»Vom Falkenhorst. Ein treuer Mann. Sonst wisst Ihr nichts?«

»Leider nein.«

Wolfen erhob sich erneut. Mit nachdenklicher Miene schritt er in der Dienststube umher und stöhnte so theatralisch, dass Darius an ein Theaterspiel dachte – Wolfen schien sich im Charakterfach zu versuchen.

»Seid Ihr sicher?«

Darius schüttelte abermals den Kopf und erwiderte: »Tut mir leid, ich weiß wirklich nichts darüber.«

»Dann lasst mich andersherum fragen: Was könnte denn der Inhalt sein, weswegen wir dieser Schrift einen ketzerischen Wert zumessen?«

Darius kratzte sich am Kinn. Ihm wurde warm und der Kragen seines Hemdes kam ihm mit einem Mal so eng vor. Jedes einzelne Wort dieser seiner Schrift kannte er, und jetzt musste er den Ahnungslosen mimen. Dass dieses nicht mehr ohne Weiteres möglich war, hatte schon vom Falkenhorst mit dem Rezitieren der astronomischen Überschriften vereitelt.

»Doktor Degenhardt«, fuhr Wolfen fort, ohne eine Antwort von Darius abzuwarten, weiter in der Stube umherschreitend, die Hände gefaltet und sich die gekreuzten Daumen reibend, »ich möchte Euch eine Lehrstunde über die heilige Pflicht der Inquisition ersparen. Doch ich hoffe inständig, Ihr wisst um die teuflischen Gefahren, die von ketzerischen Schriften ausgehen. Schriften wie diese, die Ihr gerade in Händen haltet, sind Ausgeburten der Hölle! Sie vergiften jeden, der sie liest. Sie zerstören und schänden den *wahren* Glauben. Niemals können wir das zulassen! Niemals! Ketzerei ist das schlimmste Verbrechen, dessen man sich schuldig machen kann, schlimmer noch als Unzucht oder Vater- und Brudermord.«

Darius blätterte oberflächlich in der *Veritas*, tat, als überfliege er ein paar Passagen, Berechnungen und Skizzen und meinte dazu: »Eine gewöhnliche astronomische Schrift! Drei lächerliche Exemplare, noch dazu von solch geringem Umfang, was sollen die ausrichten?«

Wolfen nahm ihm die Schrift aus der Hand und warf sie auf den Tisch. »Das ist keine gewöhnliche astronomische Schrift! Das ist ketzerische Schmiererei!«

Darius nahm sie noch einmal zur Hand, tat, als gäbe er seiner Prüfung mehr Sorgfalt. »Astronomische Phantastereien«, spielte er sein Werk nochmals herunter, »komplizierte mathematische Modelle und geometrische Konstruktionen, alles in Latein gehalten. Das versteht doch nur eine Handvoll Astronomen. Ich sehe keine Gefahr in diesem mageren Werk.«

Wolfen stöhnte wie ein Lehrer, der einen begriffsstutzigen Hornochsen von Schüler vor sich hat. Er ging an den Schrank und holte ein zahnradgetriebenes geozentrisches Planetarium hervor. »Ein kostbares Stück«, sagte er, »von dem begnadeten Mechanicus Jost Bürgi* geschaffen und mir zum Geschenk gemacht.« Wolfen schob die religiösen Insignien auf seinem Schreibtisch zur Seite und platzierte das Planetarium in die Mitte. Er zog die Mechanik auf und ließ Sonne, Mond und Planeten um die Erde kreisen.

* Astronom und Uhrmacher, 1552–1632

»Selten ist es den Menschen so gut gelungen«, bekannte Wolfen, »die kosmische Ordnung derart greifbar darzustellen wie mit diesen Planetenmaschinen. Die Zahnräder dieses Modells entsprechen den kreisrunden Bewegungen der Himmelskörper. Platon, Aristoteles und Ptolemäus, selbst der große Kopernikus und auch der leider verstorbene Tycho Brahe waren sich einig: Die Regelmäßigkeit, mit der die Sonne täglich ihre Bahn um die Erde zieht und die Sterne Nacht für Nacht wiederkehren, kann nicht anders erklärt werden als durch exakte, in sich geschlossene Kreise. Man muss kein Astronom sein, um das zu beobachten. Das kann jeder Mensch jeden Tag und jede Nacht mit dem bloßen Auge feststellen.«

Darius schüttelte innerlich den Kopf über diesen Ausbund an Rückständigkeit. Kepler veröffentlichte bereits vor neun Jahren seine *Astronomia Nova*, in der er eine Lanze für die *Ellipsen*bewegung der Planeten brach. Jetzt kam ein Inquisitor mit einem veralteten geozentrischen Planetarium daher und wollte damit die Zeit zurückbefehlen. Darius hatte die Keplerschen Thesen uneingeschränkt übernommen. Für Wolfen konnte die *Veritas* nur eine Ausgeburt höchster ketzerischer Verderbtheit sein.

Wolfen stellte das Planetarium in den Schrank zurück, schob das eine Exemplar der *Veritas* zu den beiden anderen ins Regal und setzte sich wieder. »Gut, dass Ihr ein rechtschaffener und unbescholtener Astronom seid«, sagte er zu Darius und richtete seinen Sezierblick auf ihn, »und nichts weiter über den Inhalt dieser Schrift wisst. Wer so etwas verbreitet und noch dazu die Stirn hat, es als ›*Veritas*‹ zu betiteln, dem ist zweimaliges Feuer gewiss: das des Scheiterhaufens und das der ewigen Verdammung.«

Wolfens Worte stellten für Darius die Quintessenz der Inquisition von ihren frühesten Anfängen über die Gegenwart bis in die Zukunft dar: Machterhaltung der römisch-katholischen Kirche durch die diktatorische Unterjochung Andersdenkender und das Schüren von Angst. Er dachte an Pietro Aretino und Giordano Bruno, die in den Fängen der Inquisition umgekommen waren, an Galileo Galilei, der unter ihrer Observanz stand, und an Nikolaus Kopernikus, der ihnen zwar nicht zum Opfer werden konnte, da er erst auf seinem Sterbebett die Publizierung veranlasst hatte, doch dessen Werk auf den Index gesetzt worden war. Es erübrigte sich, Wolfens Worten über die *Veritas* etwas zu entgegnen, beide, Wolfen und er, kannten den Inhalt und waren sich der Reaktionen bewusst, die sie heraufbeschwören würde, wenn sie erst einmal an die Öffentlichkeit gebracht worden wäre.

Wolfen streichelte mit einer manierierten Fingerhaltung den Totenschädel und sagte: »Als Verfasser der Schrift kommen, Ihr sagtet es bereits, einzig Astronomen infrage. Leider können wir den Kreis nicht auf die hiesigen begrenzen, wir wissen, dass gerade Ketzerautoren ihre Schriften weit entfernt von ihrer Wirkungsstätte in Auftrag geben …«

Dieses Bekenntnis ließ Darius kurz aufatmen.

»… doch das ist kein großes Hindernis. Wir werden Euren Vater so lange in Haft halten, bis er uns den Auftraggeber nennt. Das dürfte nicht viel Zeit in Anspruch nehmen, wir verfügen über probate Mittel und Wege … Sind wir des Namens habhaft geworden, stehen die Ermittlungen gegen den Genannten an.«

»Namen sind Schall und Rauch. Auf der Schrift selbst habe ich keinen gesehen. Und es liegt nahe, dass auch der Auftraggeber keinen oder einen falschen genannt hat. Wie sollte da mein Vater Euch zu Diensten sein?«

»›Wenn auch kein Name ist, so ist immer noch der Mensch‹, so lautet eine meiner Erfahrungen. Wir werden herausfinden, wer es war. Irgendjemand muss den Auftrag erteilt haben. Dieser wird seiner gerechten Strafe nicht entgehen! Vertraut mir.«

Wolfen strahlte auf einmal so viel Mächtigkeit aus, dass Darius Beklemmung verspürte. Der Blick Wolfens, der auf ihm lastete wie auf einer Beute, wurde ihm unerträglich. Unruhig sah er auf die religiösen Insignien dort auf dem Tisch, blieb letztlich bei dem Siegel des Briefes auf dem *Malleus Maleficarum* hängen, als Wolfen plötzlich aus der Dienststube eilte, getrieben von panischem Geschrei des Hausdieners.

Darius nahm den Brief – er musste wissen, was van Cron über ihn geschrieben hatte –, doch schon nach zwei Sätzen legte er ihn wieder zurück, mit einem Gefühl zwischen Enttäuschung und Beruhigung: ein Candidus von Chiemheym, zweiter Stadtjustiziar von Meißen, richtete eine Denunziation an den Inquisitor.

Kaum hatte Darius den Brief zurückgelegt, kam auch schon Wolfen wieder herein, sich über den Diener auslassend, der in seiner Ungeschicktheit beim Schlachten eines widerspenstigen Huhns sich den halben Daumen abgehackt hatte.

Wolfen setzte sich und verkündete: »Nun denn, alles ist gesagt«, worauf Darius entgegnete: »Wie darf ich das Resultat unserer Unterredung resümieren?«

Darius war bemüht, der Situation ein Ende zu bereiten und der zunehmend erdrückenden Gegenwart Wolfens zu entrinnen, doch er musste Gewissheit haben.

»Euer Vater bleibt in Haft, bis der Verfasser der Ketzerschrift gefunden ist und arretiert. Morgen werde ich mit dem Verhör beginnen. Ich hoffe auf ein kooperatives Zusammenspiel, ansonsten müssen wir auf die peinliche Befragung zurückgreifen. Das ist alles.«

Darius schluckte und schwieg.

»Ihr findet allein hinaus.«

Wolfen bequemte sich nicht, sich zum Abschied zu erheben. Sein Blick blieb starr, als sich Darius für die Zeit, die er ihm gewidmet hatte, bedankte und sich verabschiedete.

Darius schritt aufrecht und erhobenen Hauptes zur Tür. Noch im Türstock gab ihm Wolfen mit auf den Weg: »Es versteht sich von selbst, dass mit dieser Unterredung ein Besuchsverbot einhergeht. Ihr werdet Euren Vater erst wieder sehen dürfen, wenn wir den Fall geklärt haben.«

Auf der Straße wollte Darius plötzlich umkehren, erneut bei Wolfen eintreten und einen Disput mit ihm beginnen. Er fand seinen Einsatz für den Vater viel zu wenig engagiert. Doch nomen est omen, wenn er den Wolf zu sehr reizte, würde er die Situation nur noch verschlimmern.

Sein Plan war misslungen. Er brauchte einen neuen. Einen besseren.

Die Rückfahrt von Cottbus, in der er, hin- und hergeschüttelt, bis zur Ankunft in Frankfurt geschlafen hatte, brachte Darius direkt zu Hedwigs Kaschemme; er hatte dem Wagenführer Order gegeben, ihn zum Wirtshaus und nicht nach Hause zu bringen. Damit war er der inneren Eingebung gefolgt, möglicherweise der fruchtenden Idee zur Rettung des Vaters habhaft zu werden, wenn er sich nicht dem nüchternen Geist hingab, der ohnehin schon sein Leben dominierte, sondern weinseligen Gedanken.

Nach dem letzten Schluck setzte Darius mit Wucht den Becher auf die speckige Tischplatte. Mit dem Handrücken wischte er sich über den Mund, band die Geldkatze vom Gürtel, hielt sie dem achtsamen Blick Hedwigs entgegen wie kostbare Karfunkel und rief »Zahlen!« durchs Gemurmel der letzten aufbrechenden Gäste.

Während er auf Hedwig wartete, die ihr breites Gesäß von Tisch zu Tisch durch die Schankstube lavierte und wie immer darauf hoffte, ein dreister Trinker möge ihr unter den Rock langen oder ins Dekolleté, wurde er gewahr, wie sehr er sich doch in den Jahren seit seinem Studium verändert hatte. Damals hatte er regelmäßig Hedwigs Kaschemme besucht und sich vorsätzlich den Wein in die Kehle geschüttet. Niemals war es bloßer, reiner Durst gewesen, niemals kindliches Vergnügen am Rausch oder die ungezügelte Lust auf ein vorsätzliches Vernebeln seines sonst so klaren Verstandes. Nein, es war Hunger gewesen. Der Hunger des streunenden Wolfs, tief in seinem Gemüt. Doch ihn hatte nicht, wie das Raubtier, nach rohem Fleisch verlangt. Sein Hunger hatte Höherem gegolten: Er hatte Antworten begehrt. Antworten auf die Fragen, die das Leben ihm stellte, und auf die Fragen, die *er* dem Leben stellte. In der fatalistischen Ahnung, dass sich ihm, obwohl angehender Gelehrter, die Antworten nur unzureichend und damit unbefriedigend erschlössen, hatte er getrunken. Doch immer nur so stark, dass er noch imstande war, zu reden und aufrecht zu gehen, und noch wichtiger, zu spielen; er hatte dem berechenbaren Espérance gefrönt, einem Würfelspiel, das 1607 von glücklosen Zuckerhändlern aus Avignon eingeführt worden war; glücklos deshalb, weil das hiesige Volk kein Geld für das ›weiße Gold‹ gehabt hatte, es süßte nach wie vor mit Honig aus der Zeidlerei. Darius hatte nur wenige Male beim Espérance verloren, wenn er sich zu sicher geglaubt und es trotz guter Vorsätze nicht geschafft hatte, beim Trinken Maß zu halten. Doch meistens war es ihm gelungen, das Spiel für sich zu entscheiden, besaß er doch nicht nur das feinsinnige Gespür für den Übermut und den damit einhergehenden Leichtsinn blutiger Anfänger, sondern neben seinem arithmetischen Wissen auch ein extremes Zahlengedächtnis: Er war in der Lage, sich bis zu dreihundertsechzig geworfene Würfelbilder zu merken und diese nach der Ein-Sechstel-Gleichverteilung und den sieben Mersenne'schen* Formeln der Wahrscheinlichkeitsrechnung im Kopf auszuwerten. Beim Espérance, gespielt mit zwei Würfeln und drei Teilnehmern, die pro Runde dreimal knobelten, hieß das für ihn achtzehn Augenbilder pro Runde, sodass er nie mehr als zwanzig Runden gespielt hatte. Er hatte gelernt, dass alles zwischen Himmel und Erde mathematischen Gesetzmäßigkeiten unterworfen war. Auch das Glück besaß, so seine Überzeugung, eine eigene Mechanik, die sich berechnen ließe. »Freilich ist die ›Mechanik des Glücks‹ äußerst kompliziert«, betonte er immer wieder in seinen Vorlesungen, »und ihre Berechnung, da von zahllosen Unbekannten durchdrungen, weitaus diffiziler als die der Planetenbahnen.«

Hedwig brachte den letzten Gast zur Tür hinaus, wartete zwei Momente und schloss ab. Dann ging sie zu Darius, strich die Zeche vom Tisch und beugte sich zu ihm hinab, so tief, so nah, dass sich ihre wuchtigen, verschwitzten Brüste, die aus ihrem von Mehlstaub und Bratenfett befleckten Ausschnitt hervorquollen, ihm ins Gesichtsfeld drängten wie zwei kindskopfgroße Germknödel, weiß und teigig.

»Kommst mit nach hinten in die Kuchel? Ich zeig dir was Schönes«, sagte sie und raffte mit fleischigem Griff das knöchellange Kleid samt Unterrock und Schürze zwei Handbreit über die feisten Knie. »Für drei Groschen kannst alles von mir haben.«

»Dein werter Herr Gemahl würde das wohl nicht gutheißen.«

»Wen kümmert den werten Herrn Gemahl? Wenns ein rechts Mannsbild bist, dann nutzt die Gunst der Stund.«

* Marin Mersenne, 1588–1648, französischer Mathematiker.

»Das fünfte Sakrament scheint dir nicht allzu heilig zu sein.«

»Für einen, der das Gotteshaus meidet wie unsereins die Hurengass, sprichst ganz schön fromm. Aber ich sag dir was: Red nit so gescheit daher. Nutz die Gelegenheit. Mein Mann liegt oben in der Schlafkammer, sturzbesoffen. Stinkt und grunzt wie ein Eber.«

»Er wäre nicht der erste Hahnrei, der aufwacht und dem Ehebrecher einen Wetzstahl ins Kreuz rammt.«

»Bist ein Hasenfuß, der sich nichts traut!«

»Wenn du meinst … Vielleicht mache ich mir auch nichts aus Vetteln.«

Empört wies sie ihm die Tür und sagte: »Sieh zu, dass Land gwinnst!«

Darius erhob sich, zog sein Barett auf und schritt hinaus in die Nacht. Das Pflaster glänzte matt unter dem vollen Mond. Die Turmuhr schlug drei.

Zu Hause ging er nicht zu Bett, sondern setzte sich an den Tisch in der Essstube, wo noch ein halber Laib Kartoffelbrot, ein Tiegel Apfelmus und eine Schwarte Speck lagen. Kerzen, Schneidbrett und Messer schob er auf die Seite. Er verspürte keinen Hunger.

Am hölzernen Zuber wusch er sich, verzichtete auf die Rasur, holte einen sauberen Talar aus der Kleidertruhe und ging aus dem Haus, um sich auf den Weg zur Viadrina zu machen. Die heutige Sommervorlesung begann um vier in der Früh.

Mit jedem Schritt in Richtung Universität wurde ihm jedoch klarer, dass die Studenten heute ohne ihn auskommen mussten, zu sehr beschäftigte ihn der Vater. Unterwegs traf er Wilrath, einen jungen Magister. Darius erzählte ihm, er würde von schlimmem Halsweh geplagt, die Stimmbänder seien so angeschlagen, es wäre unmöglich, die Vorlesung zu halten. Er bat ihn, seinen Talar mitzunehmen, Ginsleben Bescheid zu geben und eine Vertretung zu bemühen. Wilrath nickte. Darius drückte ihm die Schulter und bedankte sich.

Nachdem Wilrath seinem Gesichtskreis entschwunden war, schritt Darius weiter, geradewegs zur Oder. Dort, nur eine Viertelmeile vor der Stadt, wo der Fluss mit einer Biegung durchs Land zog und eine Sandbank die Strömung verlangsamte, hatte er vor langer Zeit sich seinen Platz ausgesucht. An einer Stelle am Ufer, wo eine ausladende Weide ihre langen Äste weit hinab ins Wasser hängen ließ. An diesem Ort hatte er sich oft niedergelassen, um ungestört den Himmel zu beobachten, tagsüber oder in der Nacht. Tagsüber studierte er die Wolkenformationen, beobachtete den Wind und den Wechsel des Tageslichts, nachts notierte er die Sternenkonstellationen. Wenn er weder studierte noch notierte, dann versuchte er, eingehüllt von Froschquaken und Grillenzirpen, sich den Antworten auf die Fragen des Lebens zu nähern. Manchmal gelang es ihm.

Darius saß am Ufer und stierte in die sanfte, kaum merkliche Strömung. Die aufgehende Sonne warf matte Strahlen aufs Wasser, die in den sanften Wellen flachsfarbene Schlieren zogen. Auf der Mitte des Flusses trieben zwei Boote, deren Fischer, langstielige Pfeifen im Mund, mit ausgeworfenen Angeln auf einen guten Fang hofften.

Wie oft war er hier schon gesessen und hatte geforscht, beobachtet, sinniert. Jetzt saß er wieder hier, mit schwerem Kopf, schwerer noch das Herz, in Gedanken an den Vater – immer schon hatte der Vater gewollt, dass sein Sohn ebenfalls Drucker würde, doch es war Darius' sehnlichster Wunsch gewesen, an die Viadrina zu gehen. »Ich weiß die Schwarzkunst wohl zu schätzen«, hatte er seinem Vater entgegnet, »sie ist ehrbar und genießt hohes Ansehen. Sie ermöglicht es, im Kopf Ersonnenes für immer zu bewahren. Doch tief in mir steckt etwas, was Eure Kunst nicht nähren kann.« Nur an der Universität, so war Darius sich sicher gewesen, würde er bekommen, was er suchte. Dort war die Wissenschaft zu Hause, dort trafen sich die Gelehrten, dort gab es Bücher, Bücher, Bücher und einen Unterricht, der weit über Lesen, Rechnen, Schreiben und Latein hinausging. Der Vater hatte es ihm gestattet, obwohl es sein größter Wunsch gewesen war, ihm einmal die Druckerei zu überantworten. Er hatte ihn eingeschrieben, unter der Bedingung, dass der Sohn sich einen Teil des Studiengeldes in der Druckerei verdiene. Darius hatte sofort eingewilligt. Stets war er zur Stelle gewesen, wo man ihn brauchte, und hatte, ohne eine richtige Ausbildung zu absolvieren, die wichtigsten Fertigkeiten eines Druckers erlernt. Mit zunehmendem Einsatz im Studium jedoch war ihm der Eifer geschwunden. Gänzlich war er erloschen, als Darius sich mehr und mehr den Planetenberechnungen widmete.

Darius nahm ein paar Kieselsteine und warf sie ins Wasser, sonst tat er dies, um naturwissenschaftliche Betrachtungen anzustellen – bis jetzt hatte noch kein Physiker die exakte Erklärung dafür erbracht, warum das Eintauchen eines Wassertropfens einen senkrecht hochspringenden Kugeltropfen hervorbrachte, das Eintauchen eines Kiesels jedoch nicht. Vater war ein aufrichtiger Mann, ein guter, gottesfürchtiger Mensch, ein Arbeiter, dem nichts über die Schwielen an den Händen ging und den Schweiß auf seinem Angesicht. Mit den artes liberales, den freien Künsten, die Darius an der Universität erlernt hatte, konnte er nichts anfangen und von seines Sohnes Wissenschaft hatte er keinen Schimmer. So hatte, und das bedauerte Darius aufrichtig, niemals ein fruchtender Diskurs zwischen ihnen stattgefunden. Aber das war es doch, was Darius brauchte und was ihn vorwärtstrieb auf seiner Suche nach Erkenntnis. Es gab etwas im Leben, das höher stand als das bloße Leben selbst. Das wusste Darius und mit ihm alle Physiker, Mathematiker und Astronomen, all jene, die sich nicht abspeisen ließen mit einem bröckelnden Weltbild, das von den Kanzeln herabgepredigt wurde. Die Wissenschaft vermochte an dieses Hohe zu gelangen. Das Hohe, das sich nicht erschloss durch anerzogenen Glauben und Festklammern an eine Exegese, die mit blutigen Schwertern vom Klerus verteidigt wurde. Nein, es waren keine Geringeren als die Wissenschaftler, die die Geheimnisse des Lebens erforschten, die Stunden um Stunden, Tage, Monate, Jahre und Jahrzehnte, ihrem hehren Ziel verschrieben, beharrlich untersuchten, auflösten, folgerten und bewiesen, um letztlich zu den großen Erkenntnissen zu gelangen. Manche von ihnen ernteten dafür Ruhm und Ehre.

Er wolle keine Verantwortung übernehmen, hatte der Vater ihm einmal vorgeworfen, als Darius Ehe und Familie infrage gestellt hatte. Doch war ihm nicht größte Verantwortung übertragen für die Wissenschaft und für seine Studenten, die ihm begierig jedes Wort von den Lippen ablasen? War es nicht eine überaus große Verantwortung, das geeignete Maß zu finden zwischen den altvertrauten und den neuzeitlichen Lehren, heikel abzuwägen, was zu übernehmen, was zu verwerfen sei?

Seit dem Fortgang der Mutter für immer und ewig war die Frage nach dem Göttlichen im Universum und der Stelle des Menschen darin sein Größtes gewesen. Diese Frage hatte ihn vorangetrieben. Und sie würde ihn weiter vorantreiben, sein ganzes Leben lang, bis er die Antwort darauf gefunden hätte. Es lag der Schluss nahe, dass sich ihm die Antwort im Studium der Heiligen Schrift offenbaren würde, dem Erasmus von Rotterdam'schen Leitsatz *sed in primis ad fontes ipsos properandum** folgend. Doch Darius hatte nach vielen Stunden des Lesens und Nachdenkens erkannt, dass selbst die Heilige Schrift – die er mangels Möglichkeiten nur in Latein, teilweise in Griechisch und nie auf Hebräisch gelesen hatte –, der man den Anspruch zumaß, das Ergebnis göttlichen Diktats zu sein, doch nur aus des Menschen Wort bestand. Als er zudem die Schriften des Tommaso d'Aquino, Augustinus von Thagates und des Martin Luther studiert hatte und selbst nicht vor den schwierigen Übersetzungen der Damascenus'schen Kompilationen zurückgeschreckt war, bestätigte dies seine Erkenntnis: Die Allmacht Gottes offenbarte sich nicht in einer unsäglichen Fülle geschriebener oder gedruckter Tinte. Die großen Offenbarungen zeigten sich in der Natur: Sonne, Wind und Regen, ja, gewaltiger noch: Sturm, Donner und Blitz. Und trotz der übermenschlichen Gewalt dieser Erscheinungen, es waren *irdische* Erscheinungen. Um wie viel höher, mächtiger und alles überragender waren da die *kosmischen* Kräfte der Sterne, Monde und Planeten?

Gott, was philosophierte er schon wieder? Es galt, einen Plan für den Vater zu schmieden! Stattdessen, sich müde sinniert, schlief er ein, bis er, als die Sonne schon halbhoch am Himmel stand, von einem Kuss ins Genick geweckt wurde. Es war Anna.

»So, Halsweh hat der Herr«, sagte sie und strich ihm über das Haar.

Darius schilderte ihr die Lage und berichtete ausführlich vom Besuch bei Wolfen. Seine Worte schlossen mit: »Niemals werde ich zulassen, dass er meinen Vater foltern lässt! Niemals!«

Anna, einen Wimpernschlag überlegend, wandte ein: »Du

---

* »Vor allem muss man zu den Quellen selbst eilen.«

darfst ihn jetzt nicht einmal mehr besuchen. Was willst du tun?«

Darius zuckte mit den Schultern. »Mit schicklichen Mitteln ist diesem Wolfen nicht beizukommen«, resümierte er, »ich muss etwas anderes finden.«

Eine Weile saßen sie schweigend nebeneinander und sahen zur Oder. Auf der gegenüberliegenden Seite pflügte ein Bauer seinen Acker, und zwei Jungen, durchs schilfige Dickicht am Ufer gebrochen, fielen schreiend ins Wasser.

»Ich weiß jetzt, was zu tun ist«, sagte Darius schließlich, »wirst du mir helfen?«

13

Behutsam drehte Anna den Schlüssel ihrer Zimmertür um. Sich einzuschließen hieß ein Affront gegenüber der elterlichen Gewalt, weswegen sie nicht das kleinste Geräusch machen durfte. Sie verriegelte die Tür nicht nur, weil sie bei ihrer verbotenen Lektüre ungestört sein musste – Ginsleben hatte ihr vor Zeiten *L'Horatio*, eine Verstragödie von Aretino aus dem Fundus von *Amphora* geliehen –, sondern weil sie liebend gern am helllichten Tag im Bette las, und das, ohne krank zu sein, und dazu noch die Schuhe anbehalten! Am liebsten hätte sie dazu einmal eine Tabakpfeife probiert, so eine, wie sie Ginsleben rauchte, doch das traute sie sich dann doch nicht. Allein bei der Verknüpfung dieser drei höchst gottlosen Untugenden erwischt zu werden, würde ihr wohl einen Monat Hausarrest und, schlimmer noch, Leseverbot einbringen; in dieser Zeit musste sie dann stundenlang musizieren oder, oh Gott, Handarbeiten verrichten.

Die Lektüre in den Händen, das aufgebauschte Kissen im Rücken und einen Becher verdünnten Weines neben sich, war sie gerade dabei, in Aretinos tragische Welt einzutauchen, als sie unvermittelt ihren Namen rufen hörte: »Anna!«

Das war Vaters Stimme, die da mit beunruhigend viel Energie vom Dachboden heruntertönte. »Anna! Zum Donnerwetter, komm nach oben!«

Anna schwante etwas. Vater war seit Monaten nicht mehr auf dem Dachboden gewesen, und wenn er sie jetzt dorthin befahl, konnte es sich nur um einen bestimmten Gegenstand handeln.

»Ich komme!«, rief sie zurück, verstaute das Buch unterm Bett, entriegelte, den Atem angehalten, die Tür, trat aus dem Zimmer und eilte nach oben.

»Wo ist das Fernrohr?«, fragte er sie streng, vor ihr stehend zwischen seinem Sammelsurium von Utensilien, mit hochgekrempelten Ärmeln, Staub im Gesicht und Schweißperlen auf der Oberlippe.

»Ich habe den ganzen Speicher abgesucht«, sagte er mit abgekämpfter Stimme, »es ist nicht aufzufinden! In Luft aufgelöst kann es sich nicht haben. Also?«

»Also was?«

»Frag nicht so einfältig! Wo hast du es versteckt?«

»Verzeiht mir, bin ich ein kleines Mädchen, das Sachen versteckt? Vielleicht hat Mutter es ja genommen.«

»Mutter? Natürlich! Mutter! Ach, ich vergaß, sie ist ja Professor der Tierkunde und beobachtet die Wühlmäuse in Nachbars Garten … Für diese Frechheit, mein Kind, sollte es eine Backpfeife setzen!«

»Seid Ihr sicher, dass es fehlt? Vielleicht habt Ihr es ja übersehen? Bei dem ganzen Gerümpel, das hier herum…«

Batsch! Die Backpfeife. Vaters Unikate als Gerümpel zu deklassieren, war wohl doch zu unmanierlich. Anna hielt sich die Hand auf die heiße Wange; zum Glück hatte sie der Vater nicht voll getroffen, zwischen dem vielen Kram mit dem Gleichgewicht kämpfend.

»Du sagst mir jetzt auf der Stelle, wo das Fernrohr ist!«

Anna rieb sich immer noch die Wange. Erneut einen Schwächeanfall vorzutäuschen, würde ihr nicht wirklich aus der Bredouille helfen. »Ihr habt es jahrelang nicht benötigt. Und jetzt plötzlich ein Riesenaufruhr, nur wegen eines Stückes Blech. Warum braucht Ihr es denn auf einmal?«

»Das geht dich gar nichts an! Ich will es haben und basta! Also! Drei Sekunden! Haben wir uns verstanden?«

Anna atmete schwer.

»Eins!«

Ihr Herz klopfte.

»Zwei!«

Vaters Gesicht wurde noch roter.

»Dr...«

»Ich habe es verliehen!«

»Wem? Warum? Erzähl mir alles! Und wehe, ich überführe dich einer klitzekleinen Lüge!«

Anna erzählte die ganze Wahrheit. Vater hörte sich alles geduldig an. Als sie geendet hatte, sagte er: »Das war sehr christlich von dir. Doch über die Maßen unchristlich war es, mich nicht vorher in Kenntnis zu setzen und um Erlaubnis zu bitten. Das kann nicht ungeahndet bleiben: Drei Tage Hausarrest!«

»Drei Tage? Geht es nicht weniger?«

»Sind wir hier auf dem Markt? Ich handle nicht!«

»Und wann?«

»In zehn Jahren ... Hör endlich auf mit deiner dummen Fragerei! Ab sofort natürlich! Und jetzt geh auf dein Zimmer oder musizieren!«

Mit geballten Fäusten folgte sie der ersten Aufforderung, nach Musik stand ihr jetzt bestimmt nicht der Sinn. Dumme Fragerei? Gar nicht! Sie musste es wissen, Darius würde auf sie warten. Heute Abend wollte er mit ihr nach Cottbus, den Plan ausführen, doch sie sah keine Möglichkeit, das Haus unbemerkt verlassen zu können; Vater kontrollierte bei Hausverbot stündlich ihre Anwesenheit. War er nicht zugegen, so nahm er Mutter in die Pflicht und die hatte sich noch nie mit ihr solidarisiert. Kriemhild! Sie könnte Darius doch Bescheid geben! Nein, Kriemhild lag mit einer üblen Darmverstimmung im Bett.

Herrgott, wo blieb sie nur? Sie war doch sonst immer so zuverlässig! Darius saß auf dem Rappen, der, friedlos mit den Hufen scharrend, hin und her schritt, während er mit Mühe die Zügel des zweiten Pferdes, eines Berbers, hielt; es waren die zwei besten Pferde des Stallers an der Oderau, die er gegen gutes Geld für die heutige Nacht entliehen hatte.

Die Turmuhr schlug. Anna war schon fünfzehn Minuten überfällig.

Sie hatte ihm ihre Hilfe versprochen, als er ihr gestern am Fluss seinen Plan unterbreitet hatte. Es war abgemacht, heute Abend um neun Uhr von Frankfurt loszureiten. Bei einem sechsstündigen Ritt wären sie um drei Uhr in der Früh in Cottbus. Maximal noch eine Viertelstunde konnte er auf sie warten, wenn sie bis dahin nicht erschien, musste er die Aktion eben im Alleingang bewältigen.

Es schlug halb zehn. Eine weitere Viertelstunde war verstrichen, während er bei jedem noch so kleinen Geräusch auf ihr Eintreffen hoffte.

Seine Hoffnung blieb unerfüllt.

Anna kam nicht. Das machte ihm mehr Sorgen, als ihm lieb war. Er zitterte jetzt schon wie Espenlaub angesichts des geplanten Unterfangens. Wenn er sich jetzt noch mehr den Kopf um sie zerbrach, bestand akute Gefahr, dass er die Aktion sein ließe. Doch das durfte er nicht! Er hatte allen Mut zusammengenommen und war über sich selbst ins Staunen geraten, als er ihr so ausschweifend seinen Plan unterbreitet hatte. Und jetzt, hier auf diesem edlen Ross sitzend, wo er sich bestimmt keinen begnadeten Reiter nannte, musste er an sich halten, nicht durch Grübelei alles zu verderben. Den Grund für ihr Fernbleiben konnten sie klären, wenn alles getan war. Er musste los!

Darius brachte den Berber zurück, was ihn noch einmal wertvolle Minuten kostete, und gab seinem Rappen die Sporen. Im gestreckten Galopp ritt er durch eine ausnahmslos klare Sommernacht; seit Langem waren nicht mehr so viele Sterne wie heute zu sehen. Unweigerlich kam ihm der Komet in den Sinn, doch er traute sich nicht, nach oben zu sehen, saß ihm doch die Angst im Genick, bei dieser Raserei zu Pferde auf dem unwegsamen Gelände zu stürzen.

Beim Glockenschlag drei in der Früh stieg er stöhnend im Nachtdunkel nahe dem Gefängnis ab. Er wischte sich den Schweiß von der Stirn, streckte die Glieder und nahm einen kräftigen Schluck aus der Schnapsflasche. Diese hatte er vorsätzlich mitgenommen für die anstehende Tat, die ihm nach wie vor, trotz gutem Zureden und Herunterspielen, mehr als waghalsig schien und von der er sich erhofft hatte, Anna hätte schon allein durch ihr Mitwirken Angst und Zweifel vertrieben.

Er wollte den Vater auf dieselbe Art befreien, wie er es vor Jahren in einem Essay von Michel de Montaigne über halsbrecherische Ausbruchsversuche italienischer Sträflinge gelesen hatte. Diese Geschichten hatten ihn fasziniert und sich bilderstark in sein Gedächtnis eingegraben. Große Bewunderung hatte er diesen Sträflingen und ihren Komplizen entgegengebracht für die Furchtlosigkeit und ihre kompromisslose Bereitschaft, sich ins Ungewisse zu stürzen. Dass er selbst einmal zu einem solchen Hasardeur werden sollte, hatte er sich nicht vorzustellen gewagt, und auch jetzt wollte er es noch nicht recht glauben. Dabei war doch alles so einfach: Er brauchte sich nur elementarster Physik zu bedienen. Ein Messen der Kräfte, Statik gegen

Dynamik, gemauerter Stein gegen die explosive Kraft eines losgaloppierenden Rosses.

Mit einem kräftigen Durchatmen und entschlossenem Nicken griff er in die Satteltasche, wo er das Seil hineingepackt hatte; mit diesem fünf Klafter langen Stück gedrehtem Sisal würde der Freiheit des Vaters nichts mehr im Wege stehen.

Der Versuch, den Vater ans Zellenfenster zu bekommen, schlug fehl. Mit dem kläglichen Nachahmungsversuch des Locklautes eines Kauzes und gedämpftem Rufen durchs Gitter gelang es Darius nicht, gegen dessen herzhaftes Schnarchen anzugehen. Wenigstens war Vater wohlauf, wer so sägte, dem konnte es nicht schlecht ergehen.

Darius zurrte ein Seilende wie eine Art Geschirr um das Ross und schlang das andere durch die Gitterstäbe. Obwohl genügend Platz zwischen den Stäben war, hatte er Schwierigkeiten, mit seinen schwitzigen und zitternden Fingern einen anständigen Knoten zu binden. Als dieser endlich saß, sah er, ein Stoßgebet sprechend, zum Himmel und stockte plötzlich – tatsächlich, das war keine Sinnestäuschung: der Komet! Wahrhaftig! Klar und deutlich stand der Feuerstern zwischen …? War das jetzt Auriga oder Perseus? Er konnte die Sternbilder nicht differenzieren, zu aufgewühlt war er. Darius strich sich durchs schweißnasse Haar. Warum musste sich jetzt der Komet zeigen? Ausgerechnet zum ungünstigsten Zeitpunkt, den man sich überhaupt vorstellen konnte. War das ein gutes oder ein schlechtes Omen? Gar keines. Er war nicht abergläubisch!

Es schmerzte ihn, den Kometen unbeachtet ziehen zu lassen, doch er hatte keine Wahl.

Die Hände am Wams trocken gerieben, den Rohrstock hoch, versetzte Darius dem Pferd einen so gewaltvollen Hieb, dass es sich aufbäumte und losgaloppierte. Darius wich erschrocken zurück und sah, wie mit einem Krachen das geschmiedete Gitter samt einzelnen Mauersteinen aus der Wand schnellte. Es schoss am gestreckten Seil durch die Luft und rammte sich wenige Klafter entfernt wie ein Anker in den Erdboden.

Darius rannte zum Mauerloch. Auf allen vieren davor hockend, spähte er in die Zelle. Es war stockdunkel. Alle Fackeln gelöscht, nichts war zu erkennen.

»Vater!«, rief er gedämpft. »Vater! Wacht auf!«

Vater wollte nicht wach werden. Verflixt, er hatte nicht ewig Zeit, um ihn herauszuholen. In den nächsten Sekunden konnte jemand kommen. Eine Handvoll Kiesel, hastig zusammengescharrt, warf er in die Richtung, aus der das Schnarchen tönte. Aus dem Dunkel kam ein kurzer Aufschrei, er hatte ihn getroffen. Vater stöhnte und war erwacht. Gott sei Dank.

»Vater! Kommt! Schnell! Ich zieh Euch heraus!«

»Wo seid Ihr?«

Ihr? War Vater schon so konfus? »Hier am Fenster! Seht Ihr denn nicht? Das Gitter ist fort!«

Vater näherte sich. Eine dunkle, schwarze Gestalt.

»Reicht mir Eure Hände! Ich ziehe Euch heraus!« Darius nahm die sich ihm entgegenstreckenden Hände und fasste die Unterarme, die ihm so anders erschienen – das konnten doch niemals Vaters Arme sein. Darius erschrak; ein Fremder stand da vor dem Mauerloch.

»Wo ist der Mann aus dieser Zelle?«

»Der Drucker? Weg!«

»Wie, weg?«

»Na weg, eben! Jetzt zieht!«

Darius hielt abrupt inne. »Ihr lügt!«

»Schon vor drei Tagen«, antwortete der Fremde, »zieht!«

Darius stockte. Er ließ den Fremden los. »Niemals!«, schrie er ihn an. »Ihr dreckiger Lügner! Das kann niemals sein!«

»Ich lüge nicht, verflucht! Und seid leise!«, erwiderte der Fremde. »Schaut Euch doch um! Hier ist kein gottverdammter Drucker!«

Mit zitternden Händen entzündete Darius ein Schwefelhölzchen und hielt es in die dunkle Zelle.

Der Fremde hatte die Wahrheit gesagt.

Darius hielt sich die Hände vors Gesicht, versuchte, den Weinanfall, der ihn urplötzlich überkam, vor dem Fremden zu verbergen. Wolfen hatte ihm übel mitgespielt. Er hatte ihn seelenruhig sein Plädoyer vortragen lassen, obwohl schon alles getan war.

»Die Zeit rennt! Rettet mich, bevor jemand kommt!«

Darius griff dem Fremden unter die Achseln und zog ihn heraus. Vor ihm stehend, klopfte der sich fahrig den Dreck von den Kleidern und reichte Darius zum Dank die Hand.

»Ich weiß nicht, wer Ihr seid, doch Euch hat der Himmel geschickt!«, sagte der Fremde zu Darius, als plötzlich eine herrische Stimme dazwischenrief: »Ihr gottverdammten Ketzer! Euch steche ich ab!«

Es war Wolfen, der mit gerafftem Habit und erhobenem Messer auf sie zustürmte. Er war nur wenige Klafter von den beiden entfernt. Darius, völlig überrascht, stand wie gelähmt, während der Fremde geistesgegenwärtig einen der herausgebrochenen Mauersteine griff und ihn dem heranhetzenden Wolfen mit solcher Wucht auf den Kopf schlug, dass der, die halbe Schädeldecke zerschmettert, ohne einen Laut zusammensackte.

Wolfen lag röchelnd auf der Erde, das Blut strömte aus der faustgroßen Kopfwunde, er verdrehte die Augen und verzog das Gesicht zu einer hässlichen Fratze. Darius und der Fremde standen wie erstarrt daneben.

»Ihr kommt zu spät, Degenhardt«, keuchte Wolfen. »Euer Vater ist … Doch Ihr habt Glück …, es war eindeutig!«

»Wolfen! Was meint Ihr damit?« Darius kniete nieder, schüttelte ihn, hoffte auf eine Erklärung. Doch Wolfen sprach nichts mehr. Er war tot. Wolfens selbstherrliche Darstellung bei ihrer Zusammenkunft schoss ihm ins Gedächtnis, der Bericht über die Hexe aus Offheim, da hatte er ebenfalls von ›eindeutig‹ gesprochen. Jetzt verstand er. ›Glück‹ hieß dann wohl, dass Vater ohne Folter seinen Tod gefunden hatte.

»Wolfen hat kurzen Prozess mit ihm gemacht, wie mit allen anderen!«, sagte Darius.

»Kurzen Prozess? Unsinn! Ins Hospital haben sie ihn gebracht!«

»Wie? Ist er nicht tot? Man hat ihn nicht verbrannt?«

»Er hat Blut und Galle gehustet«, erzählte der Fremde, »da war kein Vernehmen möglich.«

Darius war versucht, sich zu bekreuzigen.

»Los! Weg hier!«, sagte der Fremde.

»Aber … was ist mit Wolfen?«

»Der hat bekommen, was er verdient hat! Und jetzt verschwindet besser!« Der Fremde sah Darius an und floh die unheilige Stätte.

Darius sprang zum Pferd, löste das Seil und ritt los in Richtung Heimat.

Den ganzen Ritt über sah er die Rettungsaktion vor seinem geistigen Auge: das Gitter, wie eine Kanonenkugel durch die Luft sausend, den Fremden, aus dem Mauerloch kriechend, Wolfen erschlagen und dessen Leichnam blutüberströmt auf der Erde. Es war Wolfens Schicksal, machte er sich bewusst, zur falschen Zeit am falschen Ort. Nein, es war die richtige Zeit, der richtige Ort, korrigierte er sich. Er habe Großes vor, hatte Wolfen ihm bedeutet. Was hätte das sein können? Noch mehr unschuldige Frauen zu Hexen erklären? Weiter grausam foltern und verbrennen?

Bis zur Ankunft morgens gegen neun – er hatte fast eine Stunde weniger gebraucht, so sehr hatte er sich in die Steigbügel gestemmt –, waren Körper, Geist und Seele ein einziger Geysir, nicht zur Ruhe zu bringen, gehetzt und getrieben. Schweißnass Hemd und Haar, das Wams beschmutzt mit Blut und Erde, stürzte er die Treppen seines Turmes nach oben, riss sich die Kleider vom Leib, tauchte in den Waschzuber und schrubbte sich mit Bürste und Knochenseife die Spuren von den Fingernägeln.

Das Ross zurückgebracht, strebte er zur Oder, weiter weg als sonst, fern jeglicher Menschenseele, und verbrannte das befleckte Wams auf einer kiesigen Wasserscheide.

Dies getan, kehrte langsam die Ruhe zu ihm zurück. Sein Verstand bekam die Oberhand und seine Wissenschaftlerseele begann wieder im gewohnten Gleichmaß der Gedanken zu schwingen. Man würde ihn nicht mit dem Ausbruch in Verbindung bringen, geschweige mit dem Mord an Wolfen. Niemand außer Anna wusste von seiner kühnen Unternehmung. Niemand hatte ihn beobachtet und auch er war niemandem begegnet. Darius fühlte sich sicher – Cottbus war weit weg, er unbeschadet zurück, alle Indizien, die gegen ihn sprechen mochten, getilgt.

Der Verbleib des Vaters im Hospital beruhigte ihn einerseits, dort war er unter ärztlicher Aufsicht, andererseits war damit sowohl das Vorsprechen bei Wolfen und ärger noch, der Rettungsversuch mit seinem fatalen Ausgang ein unnötiges Unterfangen gewesen. Ohne dieses jedoch, schloss er sein Resümee, wäre Wolfens Tod nicht erfolgt, was für

Vaters Verhör einen Aufschub bedeutete. Eine schicksalsträchtige Verkettung, und er war ein Glied darin.

Von der Oder zurück, machte er sich auf den Weg zu von Krauchnitz' Haus. Unbedingt musste er den Grund für Annas Fernbleiben erfahren und zudem ihr alles berichten, was sich zugetragen hatte.

»Anna ist nicht für Euch zu sprechen«, empfing ihn von Krauchnitz schroff, »sonst noch etwas?«

Darius, der sich von Krauchnitz' Ablehnung nur als emotionales Überbleibsel der entglittenen Geburtstagsfeier erklären konnte, entschuldigte sich noch einmal für sein ungebührliches Verhalten und fragte ihn, ob es ihr gut ergehe und er ihr seine Aufwartung machen dürfe.

»Es geht ihr gut! Seid Ihr jetzt zufrieden?«

Nein, das war er nicht. Seine Professur hing nach wie vor am seidenen Faden. Sie war einzig abhängig vom Resultat des Ultimatums, das er beileibe nicht vergessen hatte, wo doch der Komet ihm gestern Nacht erschienen war in diesen dramatischsten Minuten seines Lebens. Wieder war ihm damit ein Zusammentreffen prägendster Ereignisse beschieden gewesen, was es ihm abermals erschwerte, nicht in unwissenschaftlichen Aberglauben um die unheilstiftende Macht des Haarsterns zu verfallen. Jetzt sollte er sich abspeisen lassen von seinem Vorgesetzten? Noch war von Krauchnitz sein Vorgesetzter, mit dem Recht, ihn zu entlassen. Doch was hieß das jetzt noch? In einer Woche war das Ultimatum abgelaufen. Das Amt würde dann wohl an van Cron vergeben werden – gewiss hatte der Holländer die Berechnungen angestellt, in dieser sternenklaren Nacht, während Darius Blut und Wasser geschwitzt hatte.

»Was habe ich verbrochen, dass Ihr mich so abweisend behandelt?«, fragte Darius freimütig, im Wissen, nichts mehr verlieren zu können. »Bin ich Euch nichts mehr wert? Habe ich so gefehlt, dass ich dermaßen Euren Unmut heraufbeschwor?«

»Die Dinge ändern sich und wir uns mit ihnen. Es ist an der Zeit, Euch über ein paar Angelegenheiten aufzuklären. Dass Ihr mit meinem persönlichen Besitz Himmelsbetrachtungen anstellt und mich nicht darüber in Kenntnis setzt, zeugt von starker Verfehlung. Meine Tochter, die Euch unerlaubt und eigenmächtig mein Fernrohr zukommen ließ, hat dies mit Hausarrest abzugelten.«

Damit war die Frage nach ihrem Fernbleiben und dem Verbot, sie zu sehen, beantwortet. Das allein aber konnte doch nicht der Grund für diese unbotmäßige Versagung sein.

»Anna«, fuhr von Krauchnitz fort, »ist ab jetzt als zukünftige Frau van Cron für Euch tabu.«

Nie und nimmer! Es konnte nicht angehen, dass Anna diesen geleckten Gecken heiraten wollte. »Hat Eure Tochter diese Wahl getroffen oder ist es des Vaters Bestimmung?«

»Wenn Ihr mit besonnenen Augen durch die Welt ginget, erübrigte sich diese Frage, die Euch, überdies, zu stellen nicht ansteht. Doch so vernarrt, wie Ihr in Euer eigenes Fortkommen seid, bleibt Euch das Glück anderer verborgen. Habt Ihr denn nicht bemerkt, wie zugetan Anna unserem holländischen Doktor ist?«

Diese Lügengeschichten musste er sich nicht anhören. Das, was zwischen Anna und ihm geschehen war, sprach eine andere Sprache. Man musste ein vollkommener Trottel sein, so etwas misszuverstehen. Wie konnte von Krauchnitz ihm nur so etwas sagen? Oder log er doch nicht? War Darius einer Täuschung erlegen? Hatte Anna kokettiert? Nicht in böser Absicht, das würde er ihr niemals unterstellen, eher aus Gefallen am Spiel. So war er Opfer der unbewussten

Launen eines Backfischs geworden, ein Spielkamerad zum Zeitvertreib einer Adligen in eintönigen Stunden?

»Es versteht sich von selbst«, platzte von Krauchnitz in seine Gedanken, »dass Ihr die Hoheit des künftigen Paares in aller Form respektiert. Meine Tochter hat sich uneingeschränkt auf ihre künftige Ehe zu konzentrieren. Es ist dem Gedeihen einer neuen Liebe abträglich, Altes und Vergangenes mit hineinzuschleppen. Erschwerend kommt das Delikt Eures Vaters hinzu, was Euren Leumund arg in Bedrängnis bringt. Das heißt, ich wiederhole mich, dass Euch ab sofort jedweder Kontakt zu ihr untersagt ist.«

»Wie könnte ein geringer Lehrer wie ich dem hochkarätigen Wissenschaftler gefährlich werden? Oder zweifelt Ihr gar an der wahren Liebe Eurer Tochter zu ihm?«, fragte Darius erbost.

»Ich verbitte mir jedes weitere Wort! Mit Eurem unflätigen Benehmen ist jetzt Schluss: Verlasst mein Haus!«

So ein abruptes Ende war nicht in Darius' Sinn. Ein paar Worte hätte er noch mit ihm wechseln wollen, doch er hatte den Bogen wohl überspannt. Darius wandte sich um und ging.

»Kümmert Euch um den Haarstern!«, rief von Krauchnitz ihm nach, »wenn Ihr Euren Ruf nicht gänzlich verlieren wollt. Ihr habt nur noch sechs Tage bis zur Aufwartung beim Kurfürsten!«

Das wusste er selbst. Von Krauchnitz war der Letzte, der ihm das zu sagen hatte. Zwar versprach es auch heute wieder eine sternenklare Nacht zu werden, doch war ihm die Lust auf den Kometen fürs Erste vergangen.

»Ihr solltet Euer Dienstzimmer besser lüften, Schwiegervater«, sagte Corvin und setzte sich unaufgefordert in den schweren Stuhl gegenüber von Krauchnitz' Schreibtisch. Dabei war es nicht das Zimmer, das muffig roch, sondern er, der verschwitzt und nach Pferd stinkend, eben von Cottbus gekommen war, und sich, angewidert von seinem fettigen Haar und seiner üblen Ausdünstung, in gereizter Stimmung befand. Doch nicht nur seine desolate Schmalzfrisur und sein ranziger Körpergeruch schürten seinen Groll, es waren die zwei kostbaren Tage, die ihn statt guter Botschaften mit dem Tode Wolfens und einem Rattenschwanz an Konsequenzen in Beschlag nahmen.

Corvin hatte in Erfahrung gebracht, dass es sich bei dem Geflohenen um Baldø zur Weyterau, einen Ketzer erster Güte, handelte, mit Verbindungen zur Cottbuser Gelehrtenschicht. Der Begriff *Amphora* war gefallen und es sprach alles dafür, die Recherchen nach Cottbus zu verlegen. In einem Brief an die römische Kurie hatte Corvin den tragischen Tod Wolfens geschildert und Aufschub der Frist für die Aushebung des Zirkels ausbedungen.

Keinen Anlass verspürend, von Krauchnitz in weitere Details einzuweihen, resümierte er das Resultat seiner Recherchen mit der Quintessenz: »Dann müssen wir eben ohne Wolfen die Schlacht bestreiten, und das solange, bis uns Rom einen Neuen schickt.« Corvin zog eine Schriftrolle aus der Innentasche seines schwarzen Reitrockes hervor, legte sie von Krauchnitz auf den Tisch und sagte nur trocken: »Lest!«

Von Krauchnitz rollte das Schriftstück auf und stockte.

»Die Vollstreckungsurkunde für Meister Degenhardt …«, stellte er konsterniert fest.

»Wolfen hatte sie schon nach dem ersten Verhörtag ausgestellt. Er war stets ein Mann der schnellen Entscheidungen.«

»… Tod durch den Strang.«

»Den Cottbusern war das Holz zu teuer«, ergänzte Corvin und fügte an: »In vier Tagen, im Morgengrauen des 18. August, wird es stattfinden. Am Morgen nach dem Fest beim Kurfürsten. Vom Falkenhorst wird zugegen sein als zeichnungspflichtiger Zeuge, er hat ihn ja schließlich überführt; zudem spielt er sich ja gerne auf, unser Wachzwerg.«

Von Krauchnitz sah etwas bleich aus.

»Ist Euch nicht gut, werter Rektor?«

Von Krauchnitz schenkte sich einen Becher Wasser ein, dabei zitterte er ein wenig. »Ist das Urteil endgültig?«, fragte er.

Corvin nickte. »Beschlossen ist beschlossen! Wolfen hatte Befugnisse.« Nach einer kurzen Pause fügte er an: »Allerdings … die Vollstreckung kann ausgesetzt werden. Doch nur durch einen Aufhebungserlass von höherer Instanz, wie zum Beispiel den Fürstbischof. Aber wozu? Meister Degenhardt ist nicht wichtig!«

Auch *Amphora* war Corvin, zumindest momentan, nicht wichtig. Rom war zu weit weg, um die dringlichen Dinge vor Ort beurteilen zu können. Wichtig war ihm jetzt nur eines: Die Vorbereitungen für seine Präsentation bei der Audienz. In nunmehr drei Tagen fände das große Ereignis statt, bis dahin musste alles perfekt sein. Bis jetzt war gar nichts perfekt. Er hatte keinerlei Berechnungen angestellt – was sollte er da präsentieren? Ihn fröstelte bei dem Gedanken, Degenhardt könnte im Wettstreit obsiegen und das Amt für sich einstreichen. Dann wäre alles zunichte gemacht, die ganzen langwierigen und komplizierten Lancierungen umsonst gewesen. Corvin hatte bis dato keine wirklich elegante Lösung gefunden, den jungen Widersacher aus dem Feld zu schlagen. Anna hatte er ihm weggenommen und sein Vater war dem Tod geweiht, ja, gut, das bedeuteten wohltuende Karten im Spiel, doch hießen sie nicht Degenhardts Bezwingung.

Das Einzige, was Corvin in Händen hatte, waren zwei Dinge: Zum einen die Koordinaten des Kometen; so viel Geschick und Ehrgeiz besaß er noch, um diese in der klaren Nacht mit dem Astrolabium festgestellt zu haben. Doch das waren bloße Koordinaten. Er brauchte Formeln für die Bahn, besser noch das komplette und überzeugende Ergebnis für eine brillante Präsentation! Zum anderen hatte er die drei Exemplare des *pars prima* der *Veritas* aus Wolfens Dienstzimmer an sich gebracht. Doch dieser habhaft zu sein, zeitigte nur den halben Erfolg.

»Ich muss unbedingt *pars secunda* haben!«, sagte er zu von Krauchnitz und erklärte ihm, laut *pars prima* stünden dort alle erforderlichen Formeln zur Berechnung von Bahnen. Es handele sich um hochkomplexe und äußerst diffizile Ableitungen der Planetenformeln. Diese habe er auf den Kometen zu übertragen, was nicht einmal für einen hochrangigen Astronomen wie ihn ganz einfach sei.

»Das Berechnen ist dann nur noch Zahlenzauberei«, fügte er in nahezu fahrlässig herabmindernder Manier an, »das kostet mich eine läppische Nacht.«

Nach wie vor war Corvin nicht in der Lage, die Berechnungen anzustellen. Er verfügte über keinerlei Praxis – war doch die letzten Jahre die Politik seine Astronomie gewesen. Hunderte, oft Tausende staubtrockener Zahlenkolonnen zu addieren und zu multiplizieren, war etwas für Rechenknechte in ihren düsteren Kemenaten. Mit so etwas wollte und würde er sich nicht mehr abgeben. Er setzte auf Diplomatie und psychologisch ausgefeilte Manipulation.

»Der Abgleich mit den Degenhardt'schen Ergebnissen ist dennoch aus bekannten Gründen unentbehrlich«, kaschierte er konsequent seine astronomische Unzulänglichkeit, »hat er Euch, wie angedacht, in die Früchte seiner Arbeit eingeweiht?«

»Nein. Und das wird er wohl auch nicht …«

Corvin merkte auf.

»… so, wie ich ihn abgefertigt habe, den unverschämten Emporkömmling«, fuhr von Krauchnitz fort, »ein Bürgerlicher! Maßt sich an, sich Frechheiten gegenüber seinem Rektor zu erlauben, einem Mann von höherem Stand! Ich habe ihn in die Schranken gewiesen und, dafür werdet Ihr mir ewig danken, ihm den Umgang mit Anna verboten!«

»Ihr habt was?«, fragte Corvin entsetzt und stand auf.

»Eurem Glück mit meiner Tochter steht nichts mehr im Wege.«

Corvin biss die Zähne zusammen. Es gelang ihm nicht mehr, an sich zu halten. »Ihr … Ihr … Hornochse! Keinen Funken diplomatisches Geschick besitzt Ihr! Das Gegenteil hättet Ihr tun sollen! Jetzt wird er Euch die Formeln niemals mehr zukommen lassen!«

Corvin ging fluchend im Zimmer umher, den Blick auf den Boden gerichtet, und stampfte auf – Gott, dachte er, kaum den lauten Schritt getan, was für eine infantile Geste. Aufgestampft hatte er das letzte Mal, als sein Vater ihm den Spielkreisel weggenommen hatte. Niemals würde er von Krauchnitz verzeihen, dass er ihn so weit brachte, sich zu so einer kindischen Gebärde hinreißen zu lassen.

»Wir hatten uns doch ausführlich über Sinn und Zweck meiner christlichen Mission unterhalten! Den Grund dafür, warum ich die Konkurrenz unbedingt gewinnen muss. Begreift Ihr das denn nicht? Mir brennt es lichterloh auf den Nägeln! Die Congregatio, das Kardinalsgremium und nicht zuletzt der Primas selbst sitzen mir mit glühenden Schenkeln im Genick! Und Ihr? Anstatt mit mir zu kooperieren, rollt Ihr mir klafterhohe Felsbrocken in den Weg! Uns bleiben nur noch drei gottverdammte Tage, um alles ins Reine zu bringen. Jetzt sagt mir, wie wir das anstellen sollen!«

Von Krauchnitz schmollte.

Eine geschlagene Minute verging unter eisigem Schweigen. Nichts rührte sich. Da saßen sich zwei Männer gegenüber stierten ins Leere und schwiegen unablässig. Schließlich lenkte Corvin ein: »Verzeiht mir den Hornochsen. Ich war wohl etwas ungehalten. Aber versucht, mich doch wenigstens *ein Mal* zu verstehen!«

»Ich werde mir wohl doch noch überlegen müssen, ob Ihr der richtige Schwiegersohn seid.«

»Die Heirat ist beschlossen!«

Von Krauchnitz verschränkte die Arme und stierte vor sich hin, trotzig wie ein kleines Kind. Corvin musste an sich halten, um nicht erneut rasend zu werden.

»Denkt an die Congregatio …, an Eure Geheime Bibliothek …«, drohte Corvin ihm, »wähnt Euch nicht auf der sicheren Seite!«

Von Krauchnitz schwieg.

Corvin schritt in der Dienststube umher, rieb sich mit beiden Händen Gesicht und Augen und überlegte. »Wie können wir den jungen Degenhardt zur Zusammenarbeit bewegen? Wir brauchen diesen verdammten Astronomen und seine Formeln! Und das besser heute als morgen!«

Ungehalten ging Corvin durchs Zimmer, die Lippen rot gebissen. Sein Schädel tat ihm schon weh vom angestrengten Denken.

Dann hatte er doch noch einen Geistesblitz! Wenn Repressalien den Himmelsknecht nicht zum Herausrücken der Formeln zwängen, so konnte das Gegenteil Erfolg versprechen. Er hatte eine Idee! Ja, das könnte funktionieren. Die geballte Faust hinter des Rektors Rücken emporgereckt, einen Triumphschrei unterdrückt –

von Krauchnitz brauchte davon nichts zu wissen, sonst glaubte der sich gar seiner Pflicht eines Einfalles enthoben –, fand er seine Idee geradezu ›ein geniales Stückchen‹! So wie er sich mit der Psyche des Menschen auskannte, musste es wirken. Doch es gab ein kleines Risiko; die Psyche des Menschen war nichts Exaktes wie die Mathematik. Menschsein bedeutete, Wankelmut in sich zu tragen, Wankelmut wiederum hieß Unberechenbarkeit, und das Wissen um diese bedeutete, es gab keine vollkommen sichere Gewähr dafür, dass Degenhardt damit zu bewegen war, *pars secunda* herauszurücken. Offiziell hatte er die *Veritas* ja gar nicht verfasst, geschweige denn, dass er sie seinem Widersacher zukommen lassen würde. So bedurfte es von Krauchnitz' Verhandlungsgeschick, die Daten auf den Tisch zu bekommen. Der Rektor sollte auslöffeln, was er eingebrockt hatte. Corvin hatte keine Nerven mehr, sich das Hirn weiter zu zermartern.

Verbissen saß von Krauchnitz in seinem Stuhl, die Finger weißgekrallt in die Lehnenknäufe. »Ginsleben!«, stürzte er plötzlich hervor, »er hat den zweiten Teil! In seinem Dienstzimmer.«

»Woher wisst Ihr das?«

»Ich habe ihn und Degenhardt überrascht, als ich sie zu meiner Feier einlud. Er hat die Schrift in seinem Schreibtisch verschwinden lassen und gedacht, ich merke es nicht.«

»Und Ihr glaubt allen Ernstes, dass sie dort noch liegt?«

Von Krauchnitz entgegnete kühl: »Man weiß es nicht, solange man es nicht überprüft hat.«

»Richtig! Das werdet Ihr! Und zwar sofort! Das ist der erste Schritt zur Wiedergutmachung Eures fatalen Lapsus', den Ihr begangen habt.«

»Ginsleben ist auf Reisen; sein Dienstzimmer verschlossen!«

»Als Rektor habt Ihr Schlüssel und Zugangsbefugnis zu allen Zimmern. Lasst keine Zeit mehr fruchtlos verstreichen. Ich warte hier auf Euch.«

»Für die Schreibtischschublade aber habe ich keinen Schlüssel!«

»Wir haben bei der Congregatio gelernt, wie man Schlösser öffnet!«

Von Krauchnitz stand kommentarlos auf und begab sich zum Schrank im Nebenzimmer. Dort hingen an gleichmäßigen Nagelreihen verschiedene Schlüssel. Er nahm einen ab. Diesen eingesteckt und einen Dietrich dazu, zog er eine große Ledertasche hervor und schritt mit einem »Bis gleich« zur Tür.

Gut eine halbe Stunde dauerte es, bis er zurückkehrte.

»Ist das bei Euch ›gleich‹?«, fragte ihn van Cron, vom Warten ungeduldig geworden und lechzend nach einem heißen Bad.

»Die Schublade klemmte. Zudem ist mir ausgerechnet beim Verlassen von Ginslebens Zimmer Degenhardt begegnet.«

»Hat er Verdacht geschöpft?«

»Konnte er nicht. Ich habe ihn sogleich in ein Gespräch verwickelt, wegen der Tabellenbücher unter seinem Arm. Er meinte, er werde sich an die Berechnungen machen.«

Corvin atmete auf und fragte: »Und?«

»Was, und?«

»Habt Ihr ihn nicht aufgefordert, Euch morgen die Resultate zu unterbreiten?«

»Nein. Daran habe ich nicht gedacht. Und jetzt lasst mich in Frieden! Ich habe Euch gebracht, was Ihr wolltet.« Von Krauchnitz zog *pars secunda* aus der Tasche und warf sie

Corvin respektlos auf den Tisch. Corvin steckte die Schrift, ohne auch nur einen Blick hineinzuwerfen, in die Tasche und sagte: »Nun heißt es, unseren Musterschüler zu überflügeln!«

Er verabschiedete sich vom Rektor und verließ die Viadrina. Jetzt war er im Besitz der kompletten *Veritas* mit allen Formeln. Ein Gefühl von Leichtigkeit umflog ihn; warum nicht einen Rechenversuch wagen? Es war gar nicht so abwegig, dass ihm Beachtenswertes gelang; alles hatte er ja nicht vergessen. Zudem mochte seine mathematische Leistung Anna beeindrucken. Eigentlich war er ein guter Astronom. Lediglich suchte ihn ab und an der Dünkel heim, sich vor sich selbst schlechtzumachen. Rechnen konnte er, er war nur etwas aus der Übung. Zahlen waren nichts Kompliziertes, nur die Formeln, aber die hatte er ja jetzt.

Hoffnungsvoll strebte er nach Hause, zu seiner Mietwohnung in der Sachsengasse, in seiner Tasche einen kleinen Schatz. Geradezu euphorisch freute er sich auf seinen sonnenbeschienenen Schreibtisch in seinem großen Zimmer, wo er, nach einem heißen Bad und frisch gewandet, bei einem Glas Cognac und poudre de la reine* sich den Berechnungen hingeben wollte, ausgestattet mit bestem Leipziger Bütten, Utrechter Tinte und scharfgespitztem Gänsekiel. Vorher aber musste er den Brief aufsetzen und dem Eilkurier überantworten – Euphorie in Ehren, sein ›geniales Stückchen‹ hatte er nicht vergessen.

* franz.: Pulver der Königin, Schnupftabak

14

… SO MÖCHTE ICH DICH DENNOCH BITTEN, *liebe Anna, mir einen letzten Gefallen zu erweisen. Ich weiß, dass ich Dir damit Großes abverlange, doch ich sehe keine andere Möglichkeit.*

Gestern Nacht habe ich den Kometen beobachtet und besitze jetzt alle Daten für die Berechnung der Bahn. Wie Du vielleicht weißt, sind es nur noch drei Tage bis zur Präsentation. Dann und dort wird sich meine weitere Zukunft entscheiden. Die Zeit eilt also. Für meine Berechnungen brauche ich pars secunda der Veritas. Diese liegt jedoch unter Verschluss in Ginslebens Dienstzimmer, zu dem ich keinen Zugang habe. Ginsleben ist zurzeit auf Reisen. Ich möchte dich bitten, mir den Schlüssel zu besorgen. Du bist die Einzige, der das möglich ist. Es liegen mir noch andere Dinge dir zu sagen auf dem Herzen, doch jetzt und hier ist nicht der Ort. Vielmehr möchte ich die letzten Worte persönlich an Dich richten.

Ich warte auf Dich,
in ewiger Freundschaft, trotz allem
Darius

Anna faltete den Brief zusammen, steckte ihn in ihr Kleid und wischte sich mit dem Handrücken über die Augen.

Dem ausharrenden Kurier, der ihr den mit einem Holzklötzchen beschwerten Brief vom Garten aus ins Zimmer hochgeschleudert hatte, warf sie eine kurze Benachrichtigung zurück, in der sie Darius schrieb, er solle um halb zwei Uhr mittags in der Universitätsbibliothek auf sie warten; täglich von ein bis drei Uhr war

Mittagsschlaf im Hause von Krauchnitz angeordnet. Anna hatte zwar immer noch Hausarrest, doch sie stiege eben durchs Fenster des Musikzimmers und über die Gartenmauer. Vater war für diesen Tag außer Haus, die stündlichen Kontrollen entfielen, denn Mutter schlief mittags wie eine Tote. Dieser günstige Umstand kam ihr bestens zupass.

Mit dem Schlüssel ihres Zimmers öffnete sie Vaters Schreibzimmertür – Anna hatte schon sehr bald herausgefunden, dass es die gleichen Schlösser waren –, deren unvermeidliches Quietschen zum Glück von Kriemhilds Schnarchen übertönt wurde. Vom großen Schlüsselbund im Regal zog sie drei Schlüssel ab, schritt katzengleich die Treppe hinunter und nahm den geplanten Fluchtweg.

Ihr Herzklopfen hatte sich nicht, wie sie gehofft hatte, beruhigt, sondern sich eher noch verstärkt, als sie pünktlich in der Bibliothek ankam und dort Darius auf sich warten sah.

Schweigend standen sie sich gegenüber und vermieden es, sich in die Augen zu schauen. Nicht einmal mehr die Arme drückten sie sich zum Gruß, wie sie es sonst taten.

»Ich öffne dir die Türen«, brach Anna das Schweigen, »bevor ich dir lange die Schlüssel erklären muss.«

Darius sah Anna an und nickte. Sie hätte sich über ein freundliches Wort gefreut, doch wollte ihm keines über die Lippen kommen. Wenn er doch nicht immer so schwierig wäre, dachte sie und wünschte, er würde irgendetwas sagen.

Dieser Wunsch erfüllte sich nicht. Darius schwieg bis zum Herausziehen der Schublade von Ginslebens Schreibtisch.

»Merkwürdig«, sagte er, »gewöhnlich hält Ginsleben die Schublade verschlossen.«

»Sei froh! Unser guter Professor ist nicht mehr der Jüngste, auch er wird nachlässig.«

Die Schublade ließ sich schwer aufziehen, sie war vollgestopft mit Mappen, Schriftstücken, Notizzetteln. Dazwischen lagen verstreut abgebrochene Federkiele, Kastanien und Eicheln, zwei Lupen und mehrere vertrocknete Maikäfer.

Pars secunda war nicht aufzufinden.

Darius ging noch einmal den ganzen Stapel durch. »Er fehlt!«, sagte er bestürzt, »das ist das Original! Ich habe keine Kopie zu Hause, nur loses Stückwerk.«

»Er wird ihn in Sicherheit gebracht haben.«

»Hier ist Sicherheit! Dekanatszimmer der Universitäten sind Hoheitsbereiche. Wer hier wie wir unerlaubt eindringt, dem winken Hausverbot und Karzer.«

»Oh? Dann lass uns hier nicht zu lange bleiben«, erwiderte Anna; wenn Darius wüsste, wie oft sie schon unerlaubt in alle möglichen Universitätszimmer eingedrungen war …

»Vielleicht hat er ihn zum Lektorieren mitgenommen«, fiel ihr ein.

»Das Lektorat war bereits gemacht. Aber … Ja, das wäre möglich! Er wollte ein Treffen mit Kepler arrangieren und hat ihm meine Thesen gezeigt.«

»Niemals! Du kennst unseren Ginsleben. Ohne deine ausdrückliche Zustimmung würde er das auf keinen Fall tun.«

Darius packte alles wieder in den Schreibtisch, schloss die Schublade und sah sich im ganzen Zimmer um. Nirgends war die geringste Spur von *pars secunda* zu sehen.

Plötzlich hielt er inne, sah Anna an und sagte unvermittelt: »Dein Vater kam gestern aus diesem Zimmer. *Er* hat ihn!«

»Das ist eine Anschuldigung! Und keine geringe.«

»Weshalb verschafft er sich während Ginslebens Abwesenheit Zugang zu seinem Zimmer und verlässt es mit einer Tasche unter dem Arm? Was hätte er sonst hier zu suchen gehabt?«

»Woher sollte er von der *Veritas* wissen? Ginsleben hat meinem Vater nie etwas anvertraut.«

»Von irgendjemandem muss er es aber erfahren haben. Ein klitzekleiner Hinweis, eine Andeutung, ein Gesprächsfetzen, zufällig erhascht.«

Anna schüttelte nachdenklich den Kopf. Keiner der Handvoll Leute, die ihr in den Sinn schossen, wusste von der *Veritas*. Doch dann bekam sie feuchte Hände. Sie erinnerte sich an das Gespräch mit ihrer Mutter vor sechs Wochen, an diesem verregneten Sonntag. Mitten in ihren Ausführungen über die beiden Weltsysteme, über die sie, wie sie bewusst nebenbei bemerkt hatte, von Darius belehrt worden war, war Mutter ihr ins Wort gefallen: »Der junge Degenhardt ist ein Bürgerlicher.« Anna hatte ihn mit: »Er schreibt an einer wissenschaftlichen Arbeit« gepriesen und der Entgegnung der Mutter, ob das nicht alle täten, erwidert, er schreibe an einer ganz besonderen.

Mit heißem Kopf gestand sie dies Darius.

»Und deine Mutter hatte nichts Besseres zu tun, als zu deinem Vater zu rennen und es ihm brühwarm zu verraten.«

Das war gemein. Anna hatte sich für ihn eingesetzt und er dankte es jetzt mit diesem Vorwurf.

»Ja, ja«, erwiderte sie harsch, »sie ist sofort losgestürmt und hat alles verpetzt!«

Er starrte in die Luft. Sein Gesicht bekam etwas Verbissenes. »Fakt ist«, sagte er, »du hast es ausgeplaudert, deine Mutter hat es deinem Vater zugetragen und der …

ich kann es nicht fassen … hat daraufhin meinen Vater denunziert!«

»Das ist eine grobe Unterstellung! Hast du dafür Beweise?«

»Ja, die Logik! Es kommt niemand sonst infrage. Keiner außer dir und Ginsleben wusste davon!«

Darius fiel von Krauchnitz' Hereinplatzen bei der Besprechung mit Ginsleben ein. »Er hat uns belauscht und zur Ablenkung einen Aufstand um die Rabatten gemacht«, sagte er zu Anna, »ich wusste nicht, dass er so gut schauspielern kann. Hat er mich mit dir und van Cron auch belogen?« Darius erzählte Anna von der schmählichen Abweisung, die er schon in seinem Brief an sie angedeutet hatte. Anna bejahte die Vermählungspläne.

»Ich kann nicht glauben, dass es wahr ist«, sagte Darius.

»Mein Vater hat für mich immer im besten Sinne gehandelt«, entgegnete Anna, »ich kann mich nicht darüber hinwegsetzen. Das ist unmöglich! Ehen werden nun mal von den Eltern bestimmt, das gilt für alle Stände.«

»Liebst du diesen Mann?«

»Wie kannst du mir diese unverschämte Frage stellen?« Anna war hochgefahren, ohne es wirklich zu wollen. Hatte er denn wirklich noch immer nicht begriffen, dass ihre Liebe ihm galt? War er wirklich so vernagelt, um nicht zu verstehen, dass es keinen Ausweg gab? Die Ehe mit Corvin war beschlossen. Da gab es kein Rütteln. Überdies gab es ein weiteres unüberwindbares Hindernis, ihren unterschiedlichen Stand.

»Es wäre alles kein Problem«, sagte sie, »wenn du von Adel wärst!«

Sein Blick wurde finster. Er verzog die Mundwinkel und antwortete: »Du hast dir deinen Stand nicht erarbeitet!

Ich habe in der Druckerei geschuftet, um mein Studium zu finanzieren. Und den Doktor habe ich bestimmt nicht geschenkt bekommen. Ich bin ein angesehener Astronom! Und wenn ich die Kometenbahn berechnet habe, bin ich sogar kurfürstlicher Hofastronom!«

»Das reicht nicht!«

»Ich kann nicht glauben, dass du den Holländergroßhans mir vorziehst! Nichts verbindet dich mit ihm, außer dieses unverdiente ›van‹.«

Anna stöhnte. »Wie kannst du nur so verbohrt sein! Ich versuche dir die ganze Zeit zu erklären …«

»Ach, ›du versuchst mir zu erklären‹? Diese Formulierung degradiert mich zum begriffsstutzigen Eleven.«

»Wie es den Anschein hat, bist du das auch! Zumindest was das Leben hier auf der Erde angeht. Mag sein, dass du die Himmelsgesetze veränderst, doch was die Planeten da oben betrifft und die geduldigen Papiere, die ihr Astronomen mit euren Theorien füllt, haben sie nichts zu tun mit unserer wirklichen Welt hier unten. Hier gelten andere Gesetze, und wer gegen sie verstößt, ist der Strafe sicher. Als ob du das nicht selber wüsstest.«

»Es hat keinen Sinn, mit dir weiter zu disputieren. Ich dachte, du bist keine herkömmliche Frau, sondern eine, die erhellt ist vom fortschrittlichen Geist. Ich habe mich sehr in dir getäuscht. Du bist doch eine Gefangene deiner selbst und der Welt, in der du lebst!«

»Hah! Das kann ich dir zur Gänze retournieren!«

»Dann tut es mir leid, dass ich dir nicht mehr zu bieten habe. Werde glücklich mit dem Holländerfatzke!«

Kaum hatte Darius dies gesprochen, war er auch schon aus der Tür. Auf Annas »Warte!« hörte er ebenso wenig, wie er an ihres Vaters Geburtstagsfeier gehört hatte, als er voller Groll von dannen marschiert war. Es schmerzte sie ungemein, ihn so gehen zu wissen, doch dieses Mal konnte und würde sie ihm nicht wieder hinterherlaufen.

Darius hatte sich umgehend von der Viadrina zu von Krauchnitz begeben, um mit ihm über die *Veritas* zu sprechen. Doch der sei wegen der »dringlichen Kometengeschichte«, so Frau von Krauchnitz, beim Kurfürsten und kehre erst am späten Abend zurück.

Ihm blieb nichts übrig, als im Studierzimmer seines Turmes die unzähligen Entwürfe von *pars secunda* zusammenzuklauben. Nach zwei Stunden hielt er einen stattlichen Stapel in Händen. Der jedoch bildete nur Flickwerk, setzte sich zusammen aus unausgegorenen Thesen und lückenhaften Formeln. Die Originalschrift, ungezählte Male überarbeitet, konnten sie niemals ersetzen. Dennoch musste Darius damit in die Kometenmaterie eintauchen und sich an die Berechnungen machen! Es blieben ihm nur noch zwei Tage! Übermorgen würde die Präsentation stattfinden.

Darius blätterte in den Bögen. Erfolglos suchte er nach Stellen über die Kometen. Hatte er denn gar keine Erkenntnisse über die Haarsterne notiert? Nein, hatte er nicht, das hatte Ginsleben doch bemäkelt. Kometen waren für den Inhalt der *Veritas* nicht wesentlich gewesen und überdies war *pars secunda* schon niedergeschrieben, als er mit dem kurfürstlichen Auftrag betraut wurde.

Er zog ein neues, leeres Blatt hervor, tauchte die Feder ins Fässchen und titelte: *Pars tertia*. Am unteren Blattrand notierte er die Zahl ›99‹.

Er schrieb:

So epochal Keplers Erkenntnisse über die Planetenbahnen sind, so mager sind seine Ergebnisse über die Kometen. Er vertritt die Ansicht, sie bewegen sich auf Geraden.

Die Daten, die ich über den neuen Kometen gesammelt habe, lassen aber auf eine gekrümmte Linie schließen. So behaupte ich: Der Komet bewegt sich gleich der Planeten ebenfalls auf einer Ellipsenbahn, deren einer Brennpunkt die Sonne ist. Nur ist diese Bahn um ein Vielfaches weitläufiger. Den Beweis dafür werde ich mit den just anzustellenden Berechnungen erbringen.

Beim Niederschreiben dieser Erkenntnis hörte Darius plötzlich ein: »Meister Degenhardt!« von draußen rufen. Er ging auf den Balkon, sah den Reisewagen der Viadrina vor dem Turm stehen und ein Bein in der offenen Haustüre verschwinden.

»Meister Degenhardt«, kam es jetzt, begleitet von Schritten, die Treppe hoch, »ich muss mit Euch reden!«

Von Krauchnitz stand im Türrahmen. Er sah abgekämpft aus und so dunkle Augenringe hatte Darius selten an ihm gesehen.

»Ich komme geradewegs vom Kurfürsten. Das war kein Spaß. Er und seine Vertrauten haben mich wegen dieses unsäglichen Kometen ganz schön in die Mangel genommen.«

»Wie darf ich das verstehen?«

»Der höchste Adel wird beim Fest zugegen sein. Der Kurfürst hat sich in strengstem Ton gegen eine nicht auszudenkende Blamage erhoben. Er wollte zum einen Eurer Gesundheit versichert sein, zum anderen der erfolgreichen Präsentation. Ich musste für Euch und Euren Dienst mit meinem Namen und dem der Viadrina bürgen!«

»Das war Euch wohl nur schweren Herzens möglich.«

»Was redet Ihr? Ich bin kein Unmensch. Meine Handlungen sind aufrichtig und notwendig. Ihr tragt mir wohl immer noch meine Maßregelung wegen Anna nach. Lasst

Euch gesagt sein, wenn Ihr sorgender Vater wäret, tätet Ihr dergleichen. Das mögt Ihr verstehen oder nicht.«

»Was habt Ihr dem Kurfürsten erzählt?«

»Ich habe behauptet, Ihr habet die Berechnungen bereits abgeschlossen und seiet dabei, die Präsentation vorzubereiten. Wie weit seid Ihr tatsächlich?«

»Ich bin gerade zugange. Doch ich kann kein Resultat versprechen. Meine Formeln waren bei Ginsleben, der ist fort und meine Arbeit mit ihm ...« Darius sah von Krauchnitz an. Aus seinem Blick leuchteten alle Fragen und Mutmaßungen, die er Anna gegenüber geäußert hatte. Er hoffte auf ein richtiges Deuten des Rektors. Doch der blieb stumm. »Wisst Ihr etwas darüber?«, fragte er diplomatisch.

»Wieso sollte ich?«

»Werter Rektor, mit Verlaub, wir haben keine Zeit mehr für Kindereien. Für uns alle steht viel auf dem Spiel!«

»Ach? Gut, dass Ihr die Lage erkennt. Nur, Eure Position ist dabei die schwächste. Ihr seid der Letzte, der sich anschicken möchte, irgendwelche Forderungen zu stellen.«

»Ich fordere nichts. Außer, dass Ihr mir meine Formeln zurückgebt!«

»Was unterstellt Ihr mir? Ich habe Eure Formeln nicht! Macht Euch an die Berechnungen und präsentiert sie mir morgen im astronomischen Laboratorium!«

»Zu welchem Nutzen?«

»Mein lieber Doktor, Eure bübische Renitenz außer Acht gelassen, vergesst nicht: Ihr seid immer noch vereidigter Doktor der Viadrina! Und als solcher der universitären Ordnung und Gerichtsbarkeit unterworfen! Ein Entgegenhandeln oder Missachten einer Rektoratsanweisung kann missliche Konsequenzen für Euch haben.

Ihr wollt Euch doch nicht den Weg an andere Universitäten versperren?«

»Ihr werdet das Resultat ohnehin einen Tag später bei der Präsentation zu sehen bekommen. Weshalb die Ungeduld?«

»Das hier ist keine Disputation, Degenhardt!«

»Möglicherweise schaffe ich es nicht bis morgen früh.«

»Morgen um zehn Uhr! Im astronomischen Laboratorium, falls es etwas zu demonstrieren gibt.«

Von Krauchnitz wünschte ihm Glück und verabschiedete sich. Darius entgegnete nichts mehr, gewärtig der Mittel, die von Krauchnitz gegen ihn in der Hand hatte. Doch brauchte sich der Rektor nicht einzubilden, er stelle die Berechnungen für ihn an. Darius tat es allein für sich. Noch bestand die Chance auf das Amt.

Zur Auswertung seiner Bahndaten zeichnete er auf zwei den ganzen Schreibtisch überdeckende Papierbögen ein Bild des inneren Sonnensystems. Getreu seiner Gesinnung setzte er die Sonne ins Zentrum und konstruierte mittels des Ellipsenzirkels die fast kreisrunden Ellipsenbahnen von Merkur, Venus, Erde und Mars. Von diesen Planeten zeichnete er die errechneten Positionen vom übermorgigen Tag, dem Tag der Präsentation, den siebzehnten August 1618.

Auf der Erdbahn, der Sphæra Tellur, wie Kepler sie nannte, trug er zusätzlich die Positionsdaten der Beobachtungstage ein. Von diesen zeichnete er die durch seine Winkelmessungen hervorgegangenen Strahlen zu den Kometenkoordinaten. Darius unterstellte dem Kometen, dass dieser sich beim Nähern an die Sonne gleichbleibend beschleunigte und sich ebenso beim Entfernen verlangsamte, zudem war er gezwungen, den durch fehlende Beobachtung unbekannten Bahnabschnitt in unmittelbarer Sonnennähe zu ergänzen und die Kometenbahn in der Ekliptik festzulegen.

Gegen Mitternacht hatte er die Arbeiten abgeschlossen: Die Bahn, die seine Berechnungen zutage förderte, kreuzte die Sternbilder Camelopardalis, Pollux, Lynx, Castor und Cassiopeia. Es war eindeutig keine Gerade, sondern eine gekrümmte Linie. Alles deutete auf eine elliptische Bahn hin. Um herauszufinden, ob diese sich letztlich als eine Parabel oder eine Hyperbel gestaltete, reichte ihm zum einen die Zeit für eine weitere Datensammlung nicht, zum anderen kam etwas ganz anderes zum Vorschein: Er hatte eine unerwartete Entdeckung gemacht. Eine Entdeckung, die diese Frage in den Schatten stellte. Der Komet, sollte er wahrhaftig diese Bahn weiterführen, würde ein kosmisches Drama heraufbeschwören! Noch im Unglauben darüber, rechnete er daraufhin die Planetenbahnen, ihre Abstände zur Sonne und zueinander, sowie die einzelnen Positionen mehrmals nach. Zudem überprüfte er die exakte Darstellung auf seinen Zeichnungen. Das tat er ein ganzes Dutzend Mal.

Als sich diese auch nach der zwölften Durchführung alle als fehlerfrei erwiesen, widmete er sich voller Konzentration der Kometenbahn: Er überprüfte Brennpunkte, Haupt- und Halbachsen und die lineare Exzentrizität. Selbst Querproben mit verschiedenen Brennstrahlen stellte er an und kam doch stets auf das gleiche sowohl fantastische als auch beunruhigende Ergebnis. Auch diese Prozedur wiederholte er ganze zwölf Mal. Jede einzelne bestärkte aufs Neue dieses außerordentliche, ja, geradezu dramatische Resultat.

Er musste sich seiner Sache vollkommen sicher sein. Der Maßstab der zwölf Zeichnungen war zu gering, die Darstellungen demnach zu ungenau, als dass er sie als exaktes Beweismittel dieser seiner epochalen Entdeckung hätte hernehmen können. Er brauchte merklich größer dimensioniertes Material. Aus dem Turmkeller brachte er mannshohe und armspannenbreite Pappbögen, vor Monaten schon aus der Druckerei mitgenommen, ins Studierzimmer. Auf diesen, zehnmal größer als die Bögen auf dem Schreibtisch, würde er die exakte Zeichnung und damit die endgültige Verifikation des beklemmenden Ergebnisses festhalten. Zudem vermochten sie bei der Präsentation weit mehr zu beeindrucken als das Dutzend kleiner Bögen.

Er rückte Tisch und Stuhl an die Wand und fügte einen Reißboden aus den Pappkartons zusammen, deren Stöße er mit Knochenleim und Linnenstreifen verklebte. Die Fläche nahm den ganzen Fußboden ein. Da der Zirkel nicht mehr ausreichte, konstruierte er die Ellipsenbahn des Kometen mittels der Gärtnermethode. Wieder zeichnete er ins Zentrum des Koordinatensystems die Sonne und platzierte an die für den übermorgigen Stichtag errechneten Positionen Merkur, Venus, Erde und Mars. Der Bahn des Mondes, vor allen Dingen seiner Position, die Darius zur Stunde, um vier Uhr in der Früh, auf Rektaszension 7 h 7' und Deklination 23° 34' errechnet hatte, galt das ganze Augenmerk.

Auf allen vieren kniend, zog er die Kurve, nachdem er mit Zollmaß und Konstruktionsremen die Einsatzpunkte im Koordinatensystem festgelegt hatte. Konzentriert wie ein Uhrmacher fuhr er mit dem Federkiel den Bindfaden entlang, den er vorher fünf Mal angelegt und nachgemessen hatte. Auch alle anderen Koordinaten hatte er mehrmals nachgerechnet: Er konnte es sich nicht erlauben, auch nur den kleinsten Fehler zu begehen. Seine Zukunft stand auf dem Spiel.

Inkarnierte Konzentration kroch dort auf dem Boden. In gespenstischer Langsamkeit führte er die spitze Feder den dünnen Faden entlang, Zoll für Zoll, Atemzug für Atemzug.

Als er die Hälfte der Strecke gezeichnet hatte, hielt er

inne. Sein Blick fixierte jeweils für eine Sekunde die Feder, die die Kometenbahn zeichnete, dann den Mond, den kleinen Kreis aus Tinte. Schweißperlen tropften ihm von der Stirn über die Nase auf den Karton. Als er diese mit der Hand wegwischte, verschmierte er die Zeichnung, was ihn noch nervöser machte; dadurch mochten sich Ungenauigkeiten einschleichen.

Er spürte den Puls in den Kieferknochen, doch das konnte ihn nicht davon abhalten, die letzten fünfzehn Zoll der Kometenbahn zu vollenden. Zwölf Zoll! Zehn Zoll! Acht!

Mit äußerster Langsamkeit zog er den Strich. Der Kiel kratzte über die Pappe wie ein Meißel über Schiefer.

Eine halbe Handlänge vor dem Mond hielt er erneut inne. Er setzte die Feder ab. Er wusste, er brauchte die Bahn nicht weiterzuführen. Er konnte sie mit den Augen vervollständigen.

Vom Reißboden erhoben, rieb er sich den Rücken und die Knie. Er ging nach draußen auf den Balkon, ließ sich in seinen Stuhl fallen und versuchte, sich zu sammeln. Er schloss die flatternden Augenlider. Konzentrierte sich. Zog die Luft tief ein und blies sie in langen, noch zitternden Strömen wieder aus.

Er brauchte einige Minuten, bis Puls und Atmung sich wieder beruhigt hatten. Etwas gefasster, machte er sich bewusst, dass er als ernstzunehmender Astronom keine voreiligen Schlüsse ziehen durfte und demnach falsch handeln. Das Auge war leicht zu betrügen. Sollte er sich anmaßen, den Verlauf der restlichen Strecke, die knappen fünf Zoll, die in Wirklichkeit Zehntausende von Meilen ausmachten, bis zum bitteren Ende vorauszuschauen? Durfte er aufgeben, noch bevor das Resultat überhaupt feststand, einzig seiner beschämenden Furcht wegen?

Er ging wieder nach drinnen und kniete sich erneut auf den Zeichenboden, nahm die Feder zur Hand und zog die Bahn zu Ende. Tatsächlich: Die Tintenlinie traf den kleinen Kreis fast exakt in der Mitte. Sie teilte ihn annähernd in zwei gleiche Hälften.

Er strich sich über den Bauch, er fühlte sich, als ob er etwas Schlechtes gegessen hätte, sah wie verlegen nach draußen. Was sollte er mit diesem Ergebnis anfangen? Was bedeutete diese Entdeckung in letzter Konsequenz? So etwas konnte er doch nie und nimmer vorbringen. Lynchen würden sie ihn für diese Botschaft.

Er zog Kopernikus' *De Revolutionibus Orbium Coelestium* hervor. Das ganze vierte Buch des Werks widmete sich dem Mond! In zweiunddreißig Kapiteln, elf Tabellen und zweiundzwanzig Grafiken hatte der große Meister alles Erdenkliche über den Erdtrabanten erforscht. Das würde, wenn Darius mit seinen mathematischen Künsten nicht gefehlt hatte, in zwei Tagen obsolet sein! Er hatte nicht gefehlt. Eine weitere Überprüfung wäre nicht nur sinnlos, sie zeugte von sträflichem, gänzlich unwissenschaftlichem Starrsinn und würde ihn jenes Makels überführen, den er seinen Gegnern ankreidete. Er hatte sich damit abzufinden und es als neueste geschichtliche Tatsache zu akzeptieren: Der Mond würde in zweieinhalb Tagen Geschichte sein! Doch was würde der Verlust des Mondes für die Menschen bedeuten? Ebbe und Flut gehörten der Vergangenheit an, erleuchtete Vollmondnächte würde es nie wieder geben. Das musste er niederschreiben. Die Dokumentation, dass er der Entdecker dieses epochalen Ereignisses war, würde den krönenden Abschluss der *Veritas* bilden, die letzte, neunundneunzigste Seite. Doch nicht jetzt, so verschwitzt und ausgelaugt, wie er an seinem Schreibtisch saß. Es schlug elf Uhr nachts. Seit dem Nachmittag hatte er ununterbrochen am

Tisch gesessen, gerechnet, gezeichnet, gerechnet. Er wollte jetzt nicht mehr denken, nichts mehr niederschreiben. Das würde er tun, wenn er sich erfrischt hatte. Jetzt brauchte er Luft! Luft und Wasser!

Mit einem »Heureka!« sprang er unversehens vom Tisch auf, rannte den Turm hinunter in die laue Nacht hinaus, hatte weder die Kerzen gelöscht noch die Türen geschlossen; das erfrischende Nass der Oder wartete auf ihn.

Wie wild sprang er übers Feld, geradewegs zum Ufer. Noch im Rennen riss er sich die Kleider vom Leib, um splitternackt ins Wasser zu stürzen. Wie lange hatte er das schon nicht mehr gemacht, sich mitten in der Nacht im Fluss zu wälzen wie ein Aal? Sich mit Schlamm und Sand einzureiben und stundenlang zu toben wie ein toller Fuchs?

»Heureka!«, schrie er in die Sternennacht und warf mit Wasser um sich, als wären es Silbermünzen.

»Heureka!«

Corvin warf das Tintenglas mit Wucht ins Eck. Die hoch gespritzte Tinte hinterließ ein Muster wie knorrige Äste eines Baumes an der Wand.

»Gottverdammt!«, fluchte er. »Welch ein Grauen ist die Mathematik! Für Menschen aus warmem Fleisch und Blut ist das nichts, Ziffern, Buchstaben, Klammern und Striche zu sortieren. Das ist etwas für lebende Leichen, für knöcherne Buchhalterseelen. Kepler ist so einer, dem sieht man diese malträtierende Form der Himmelskunst schon von Weitem an, vom Zahlenaddieren ausgemergelt bis auf die Knochen, ein astronomischer Hungerleider par excellence. So wird Degenhardt auch mal enden, wenn ihn vorher nicht die Inquisition niedermacht.«

Corvin hatte guten Willen gezeigt und sich an den Bahnberechnungen aufrichtig versucht, den ganzen Abend lang, bis tief in die Nacht hinein, dabei die halbe Flasche Cognac getrunken und allen Schnupftabak verbraucht. Letztlich fand er sich in seiner Ahnung bestärkt, dass er sich doch in sich geirrt hatte. Dieses Zahlenmartyrium war für ihn ein für alle Mal gestorben. Worte und Wörter waren seine Machtwerkzeuge, nicht Zahlen und Ziffern.

Die Fronten mit dieser Erkenntnis endgültig abgesteckt, zudem in Kampfeslaune, fand er es die rechte Zeit – es schlug zehn Uhr in der Nacht –, dies seinem Widersacher just zu offenbaren. Es lag deutlich auf der Hand, dass der turmbewohnende Sterngucker am Hofe kläglich untergehen würde; gut, er wusste sich wohl auszudrücken, dennoch beherrschte er die Regeln dieser Sprache nicht. Diese Welt war nichts für einen Bürgerlichen seines kleinen Formates. Corvin sah es geradezu als seine Christenpflicht an, den Unbedarften vor seinem Unglück zu schützen. Er musste ihn ein für alle Mal ins Gebet nehmen und vor allem: ihm die Berechnungen entlocken.

Mit Verve und Zuversicht machte er sich auf den Weg zu Degenhardts kuriosem Domizil. Bis dato kannte er dies nur vom Hörensagen, jetzt sollte er es endlich in natura sehen und zudem das vielbesagte bizarre Sternengitter.

Dass Degenhardt einem jeden nächtlichen Besucher sein Haus so offen zugänglich ließ, noch dazu mit hellem Kerzenschein den Weg zu seiner Studierstube wies, stimmte Corvin heiter. Regelrecht beglückt jedoch war er, womit er empfangen wurde; der Rechenknecht fort, doch brav zurückgelassen, was dem Eifer des heimlichen Gastes gebühret – der Schreibtisch übersät mit der Botschaft der Glückseligmachung: Sage und schreibe ein ganzes Dutzend exakter Kopien der Kometenberechnungen, samt Zeichnung mit allen Koordinaten! Eine gefälliger als die andere, wo sollte man sich da bedienen?

Corvin bekreuzigte sich, sandte ein Stoßgebet zur Heiligen Lucia, zog mit geschlossenen Augen und beringter Hand einen Bogen heraus, küsste ihn wie eine heilige Reliquie und steckte ihn in die Innenseite seiner schwarzen Schecke.

Sonst nichts angerührt, verschwand er, wie er gekommen war, schwarz und lautlos, getragen von Zuversicht und Zufriedenheit; das Ins-Gebet-Nehmen des Strebers war obsolet geworden und auch sein Sternengitter hatte ihn nicht mehr interessiert.

Unverzüglich, nachdem Corvin nach Hause zurückgekehrt war, studierte er die Berechnungen. So beschämend simpel er Degenhardts Darstellung erst abgetan hatte – »ein paar Kreise, eine Ellipse und ein paar Daten, eine solide Arbeit, ja, recht ordentlich und sauber, doch nichts Überragendes, das hätte jeder Astronom zuwege gebracht« –, so schicksalsträchtig war das Ereignis, das sie prophezeite. Was da so lapidar auf einer Seite niedergeschrieben stand, stellte alles bis jetzt in der Geschichtsschreibung Niedergelegte in den Schatten. Gut, Degenhardt war Astronom und kein Theologe, aber es konnte doch nicht sein, dass er sich nicht der religiösen Bedeutung seiner Entdeckung bewusst war? Oder war er tatsächlich schon so stark vom Ketzerglauben befallen?

Unter den Theologen bestand die einhellige Überzeugung, dass Gott mit Hilfe auffallender Naturphänomene den Menschen Botschaften sandte. Kosmische Erscheinungen wie Sonnen- und Mondfinsternisse und auch Kometen, die die göttliche Ordnung der Natur störten, waren Zeichen des Gotteszornes über die Sündhaftigkeit und mangelnde Bußfertigkeit der Menschen. Durch sie kündigte er verderbenbringende Ereignisse an.

Corvin schlug die Bibel auf. Bei *Matthäus 24,29* wie bei *Markus 13,24* las er: »*Sofort nach den Tagen der großen Not wird sich die Sonne verfinstern, und der Mond wird nicht mehr scheinen; die Sterne werden vom Himmel fallen, und die Kräfte des Himmels werden erschüttert werden.«*

Im Buch *Joël 2,3* stand: »*Es wird Wunderzeichen geben im Himmel und auf Erden, nämlich Blut, Feuer und Rauchdampf. Die Sonne soll in Finsternis und der Mond in Blut verwandelt werden, ehe denn der große und schreckliche Tag des Herrn kommt.«*

Bei *Lukas 21,10* las er schon gar nicht mehr nach. Er wusste um den Wortlaut.

Corvin rieb sich die Stirn. Der Mond gespalten von einem Kometen! Das sollte er morgen Abend dem Kurfürsten und der erlauchten höfischen Gesellschaft unterbreiten? Wie sollte er das bewerkstelligen, ohne dass eine unsägliche Hysterie ausbräche? Er musste allen Besuchern die Angst nehmen und jedweden Ansatz einer apokalyptischen Stimmung im Keime ersticken. Das Gegenteil musste er auslösen, Faszination wecken, wissenschaftliches Interesse schüren. Notfalls konnte er ihnen die Bedeutungslosigkeit des Mondes vor Augen führen; es würde keinen Unterschied für die Geschicke der Erde machen, ob sie mit oder ohne den kleinen Erdtrabanten weiterexistierte.

Je länger sich Corvin die Vorteile der Himmelskatastrophe für sich herausschälte, umso weniger Gewicht gab er ihr hinsichtlich apokalyptischer Schwarzseherei, bis Letztere schließlich für ihn nebensächlich wurde, im Gegenteil: Für ihn und seinen großen Auftritt war die Kollision une chose extraordinaire! Diese Sensation adäquat aufbereitet, würde ihm bei Hofe Kusshände einbringen und das Amt ohnehin!

Den Kopf voller Ideen, fand er kaum Schlaf, um recht früh schon wieder hellwach ins Mieder zu schlüpfen.

Sein erster Weg am Morgen führte ihn zur Viadrina. Es gab mit von Krauchnitz ein paar wichtige Dinge zu besprechen. In seiner schwarzen Umhängetasche trug er eine Abschrift des Darius'schen Berechnungsblattes und ein Doppel der Urkunde für die Hinrichtung Meister Degenhardts.

Die Antwortdepesche aus Bamberg stand noch aus.

Sie trafen sich um acht Uhr im astronomischen Laboratorium, wo sie sich an den Kartentisch setzten.

»Gut zu wissen, dass Ihr Euch doch noch um den jungen Degenhardt bemüht habt«, sagte Corvin zu von Krauchnitz, nachdem er von diesem erfahren hatte, dass sein Konkurrent in zwei Stunden hier mit seinen Berechnungen vorstellig werden sollte, »wenngleich wir seine ›Mitarbeit‹ nicht mehr benötigen.«

»Wie meint Ihr das?«

»Die Formeln in *pars secunda*. Ich habe sie überprüft. Allesamt sind sie falsch und funktionieren nicht. Hat er mit ihnen die Kometenbahn berechnet und tritt damit zur Präsentation an, ist ihm die Schmach gewiss. Und Euch ebenfalls.«

»Seid Ihr sicher? Degenhardt ist ein äußerst fähiger Mann.«

»Ihr sprecht für den Ketzer und fechtet meine Kompetenz an? Von Krauchnitz, Ihr macht mich mehr und mehr an Euch zweifeln! Haltet Ihr die Köpfe der Congregatio, die mich Euch zum Vorgesetzten erwählt haben, für unfähig?« Corvin hielt seine Abschrift von Krauchnitz flüchtig vors Gesicht, schlug mit der flachen Hand darauf und sagte: »Das hier ist das einzig Wahre! Ich habe die Kometenbahn vollständig errechnet. Es wird eine kleine Überraschung bei Hofe geben.«

Die Abschrift wieder zurückgepackt, legte er dem Rektor die Vollstreckungsurkunde für Meister Degenhardt auf den Tisch und sagte: »Angesichts der aktuellen Lage haben sich Änderungen ergeben. Diese wollen wir jetzt besprechen. Ich möchte Euch ersuchen, Euch alles sehr gut zu merken. Auf den letzten Klaftern zum Ziel darf nichts mehr scheitern.«

Während seiner Instruktionen fragte Corvin von Krauchnitz mehrmals, ob er alles verstanden habe und behalten, bis dieser zusehends ungehaltener wurde und ihm entgegnete, er habe es hier nicht mit einem Strohkopf zu tun.

Ihn einen intrigierenden Zieraffen heißend, forderte er Corvin schließlich auf, das Laboratorium zu verlassen.

»Ihr werdet empfindlich, Schwiegervater«, entgegnete ihm Corvin darauf, »dabei ist mir doch nur daran gelegen, dass alles nach bestem Dünken verläuft. Wir werden unseren Ehrgeizling so sanft in den Boden drücken, dass er, staubbedeckt wie ein Regenwurm, keinen Widerstand mehr aufzubieten vermag. Vertraut mir, Ihr wisst doch um meine Fähigkeiten.«

Corvins Worte wurden durch eine Art Poltern jäh unterbrochen – es kam aus der Nebenkammer. Er stockte einen Moment, sprang dann sogleich auf, um nachzusehen. In der Kammer jedoch fand er nur ein paar Bretter auf dem Boden vor. Das Fenster stand offen und zwei Katzen flohen auf das angrenzende flache Dach des Nebengebäudes.

»Mistviecher!«, sagte er und schloss das Fenster. Beim Verlassen des Laboratoriums warf er von Krauchnitz noch einen Blick zu und meinte: »Macht Eure Sache gut!«

Das war doch Ginsleben! Darius hatte sich nicht getäuscht. Auf dem Weg zum Treffen mit von Krauchnitz in der Viadrina sah er ihn den schmalen Furtweg zum Markt hinuntereilen.

»Professor Ginsleben! So wartet doch!«, rief Darius ihm hinterher und rannte, um ihn einzuholen. Ginsleben blieb stehen und stellte sich mit ihm in eine Türnische.

»Mir bleibt nicht viel Zeit, werter Darius. Ich muss fortreisen.«

»Schon wieder? Ihr wart doch erst weg.«

»Diesmal für immer. Die Inquisition ist mir auf den Fersen. Sie haben unseren Zirkel aufgespürt.«

»So seid Ihr doch ein Mitglied. Ich hatte es immer geahnt. Wieso habt Ihr es mir nie anvertraut?«

»Darius, Ihr seid seit Eurer waghalsigen Disputation zum Doktor der Astronomie in ihrem Augenmerk. Es existieren Abschriften all Eurer öffentlichen Arbeiten. Von Krauchnitz steht bei der Congregatio unter Eid und ist gehalten, jeden anzuzeigen, der verdächtig ist, ein *Amphoraner* zu sein. Hätte ich Euch mit dem Zirkel zusammengebracht, wärt Ihr Eures Lebens nicht mehr sicher gewesen.«

»Und Anna?«

»Was ist mit ihr?«

»Sie ist doch auch im Zirkel.«

»Wer behauptet das?«

»Ich habe Euch zusammen gesehen.«

Ginsleben gestand ein, dass Anna eine Aspirantin gewesen war, jedoch mit dem Zerschlagen des Zirkels eine Aufnahme nicht mehr stattfinden konnte. Sie sei zum Glück nicht weiter bekannt. Ihr könne nichts geschehen. Ginsleben jedoch und drei andere müssten die Stadt verlassen. Er habe bereits alles in die Wege geleitet, um nach Frankreich zu reisen. Der Gelehrte de Peiresc* nehme ihn bei sich in Aix-en-Provence auf. Heut Nacht schon werde er fort sein.

»Sagt mir noch, ob Ihr *pars secunda* aus der Schublade genommen habt.«

* Nicolas Claude Fabri de Peiresc, 1580–1637

»Die habe ich seit unserer Besprechung nicht mehr angerührt.«

Darius schwieg; so hatte er doch Recht gehabt.

Sich umarmend, wünschten sie einander Glück. Darius bat ihn, ihm zu schreiben, wenn er in Sicherheit sei, unter falschem Namen, verstünde sich.

Darius hob zum Abschied die Hand, wartete, bis Ginsleben in Richtung Markt verschwunden war, und strebte zur Viadrina. In wenigen Minuten hatte er seine Unterredung mit dem Rektor. Der würde staunen, was er ihm unterbreiten würde; er hatte, in der Früh erst von der Oder zurückgekehrt, wo er unter freiem Himmel eingeschlafen war, sich an den Studiertisch gesetzt, um *Seite 99* niederzuschreiben, *pars tertia* zu verfassen und damit die *Veritas* endgültig abzuschließen. Dazu hatte er die Bögen der gestrigen Nacht hergenommen. Merkwürdigerweise hatte er nur elf Bögen gezählt, wo er sich doch vollkommen sicher gewesen war, ein rundes Dutzend angefertigt zu haben. Text und Zeichnungen ein letztes Mal durchgegangen, hatte er aufgeatmet. Es war kein normales Aufatmen gewesen, nein, es war viel mehr, es war ein tiefes, ein anhaltendes Aufatmen – zu fantastisch, zu unglaublich und einzigartig war seine Entdeckung gewesen! Er hatte sich noch einmal auf den Reißboden niedergekniet, wo er erneut ganze siebenmal nachgemessen und nachgerechnet hatte. Und immer wieder hatte er gesagt: »Heureka! Heureka!« Nachdem die siebte Berechnung abgeschlossen war, hatte er sich mit heißem Kopf an den Schreibtisch gesetzt, ein neues Blatt genommen und *Seite 99* vollendet.

Pünktlich um zehn Uhr trat Darius durch die Tür ins astronomische Laboratorium. Er schritt über den knarrenden Holzboden am großen Quadranten und den Planetarien vorbei, direkt zum Kartentisch, wo von Krauchnitz schon auf ihn wartete. Der Kartentisch, sonst Tabellenbüchern und Himmelskarten vorbehalten, war komplett leer geräumt, bis auf eine Pergamentrolle, die verloren am Tischrand zur von Krauchnitz' Rechten lag.

Von Krauchnitz' Gesicht war fahl und sein Blick schillerte silbergrau im Morgenlicht. Stocksteif saß er da, kalt und hart kam er Darius vor, wie ein verwitterter Baumstamm.

Sie saßen am Kartentisch und schwiegen einige Momente. Darius wollte nur noch wenige Augenblicke warten. Wenn sein Rektor nicht das Wort erhob, wie es das Protokoll vorschrieb, würde er die Unterredung eröffnen und von seinen erstaunlichen Entdeckungen und seinen Gefühlen darüber berichten.

»Morgen ist der große Tag«, fing von Krauchnitz nun doch an und sprach, entgegen der Bedeutsamkeit, völlig unpathetisch, »nur, werter Degenhardt, wird er ohne Euch stattfinden.«

»Ich wusste, Ihr würdet nicht an mich glauben. Doch ich muss Euch leider enttäuschen: Ich habe die Berechnungen! Sie sind bis ins kleinste Detail ausgearbeitet! Seht!«

Darius wollte die *Seite 99* aus der Tasche ziehen, als von Krauchnitz die Hand auf die seinige legte und ihm bedeutete, er möge das Blatt stecken lassen.

Von Krauchnitz räusperte sich und sagte: »Für Euch ist das Spiel mit diesem Tage gespielt! Ihr müsst gehen!«

»Aber, ich habe das Ergebnis! Es ist eine kleine Sensation! Das Amt ist mir so nah wie nie. Meine Zukunft!«

»Degenhardt, bitte, hört mich an! Es haben sich Änderungen ergeben, denen wir alle unterworfen sind! Versteht Ihr?«

Darius schüttelte den Kopf.

»Mein zukünftiger Schwiegersohn wird Euren Platz einnehmen!«

»Ph! Soll er ihn haben! Er hat sich ja wohl reichlich darum bemüht. Wenn ich erst Hofastronom bin, dann wird Cölln ohnehin mein neues Zuhause!«

»Ihr habt immer noch nicht verstanden. Van Cron wird Euch nicht nur an der Viadrina ablösen, er wird auch allein die Präsentation halten.«

»Das geht nicht an! Es wurde ein Duell entschieden! Wer das bessere Ergebnis vorweist und besser präsentiert, erhält das Amt. So war es abgemacht!«

»Die Abmachung ist hinfällig.«

»Wer sagt das?«

»Degenhardt, nun kommt doch zur Vernunft! Das Spiel ist aus.«

»Ihr habt für mich beim Kurfürsten gebürgt! War das gelogen?«

»Nein, war es nicht.«

»Und die Nachfrage des Kurfürsten nach meinem Befinden?«

Von Krauchnitz faltete die Hände, führte sie ans Kinn, schloss für einen Moment die Augen und sagte: »Herrgott im Himmel, Degenhardt! Ihr steht auf der Liste der Congregatio! Ihr seid Eurer Schrift überführt!«

Darius sah von Krauchnitz in die Augen.

»So ist es wahr. Ihr habt sie. Und Ihr werdet mich dafür in den Kerker bringen, so wie Ihr meinen Vater in den Kerker gebracht habt.«

»Ich *hatte* sie.«

»Warum tut Ihr das?«

»Degenhardt, es ist nicht an mir, mich zu erklären! Es wäre wahrlich der Welt Untergang, wenn sich das Gute dem Schlechten gegenüber zu rechtfertigen hätte.«

»So bin ich schlecht und mein Vater ebenfalls?«

»Ihr seid ein fähiger Astronom, aus Euch kann noch viel werden. Doch in hellen Köpfen wie dem Eurigen lauert die Gefahr! Ihnen muss man beikommen. Die Erfüllungsgehilfen sind zweitrangig.«

»Der Genius ist nur das eine. Was ist mit den Degenhardts aus Fleisch und Blut? Heißt es nicht: ›Vor Gott sind alle Menschen gleich‹?«

»Paulus schrieb an die Römer*: ›Alle Menschen auf der Welt sind vor Gott *schuldig*.‹«

»So deucht mich, Schuld ist nicht gleich Schuld.«

»Er schrieb ebenfalls: ›Die Aufgabe des Gesetzes ist es, dass wir die Sünde erkennen.‹«

»Ihr seid das Gesetz? Und Ihr erkennt sie?«

Von Krauchnitz setzte an, doch er verstummte. Nach ein paar stillen Sekunden sagte er: »Es ist an der Zeit, Eure Sachen zu packen. Folgt Ginsleben, er ist bereits fort.«

»Damit ist noch immer nicht mein Ausschluss von der Präsentation beschieden. Oder habt Ihr einen kurfürstlichen Beschluss?«

»D-e-g-e-n-h-a-r-dt«, von Krauchnitz erhob sich, »zum letzten Mal! Ihr nehmt nicht teil! Packt Eure Sachen! Schert Euch von meiner Viadrina und verlasst die Stadt! Wenn wir vom Fest zurückgekehrt sein werden, müsst Ihr verschwunden sein! Ansonsten droht Euch wahrlich die Inquisition! Das war mein letztes Wort!«

Darius verharrte einen Moment, erhob sich dann ohne eine Erwiderung vom Tisch und würdigte von Krauchnitz keines weiteren Blickes. Er rieb sich die feuchten Fingerspitzen, sah auf die Bretterfugen des Holzbodens, bemerkte den vielen Dreck darin, mit den Jahren angesammelt und Teil vom Ganzen geworden, und wurde gewahr, dass von

* Römer, 3,23

Krauchnitz und auch er nichts weiter waren als das, was da unter seinen Füßen lag.

Als Darius bereits die Türklinke in der Hand hielt, rief von Krauchnitz ihm nach: »Wartet!«

Der Rektor eilte ihm entgegen und drückte ihm die Pergamentrolle in die Hand. »Für Euch.«

Darius sah ihn fragend an.

»Steckt es ein und lest es zu Hause.« Von Krauchnitz öffnete ihm die Türe und wies ihm den Gang.

15

STILLE DURCHDRANG JETZT DIE DRUCKEREI. Zwischen den Blättern der Laubbäume hindurch quoll das Sonnenlicht des frühen Nachmittags durch die Fenster, tauchte die Werkstatt in Bernsteinfarben, ließ das sonst graue Blei der Setzkästen silbern schimmern und die gestapelten Papierbögen wie gespreizte Schwingen eines Schwanes erscheinen. Ein Maler wäre bei diesem Stillleben in Verzückung geraten, doch Darius, zitternd auf dem Boden sitzend, die Augen nur noch halb geöffnet, hatte für diese bezaubernde Welt jeden Blick verloren.

Vor Stunden von der niederschmetternden Unterredung mit von Krauchnitz hierher gekommen, hatte er den alten Gesellen ausbezahlt und fortgeschickt. Er wollte allein sein. Allein mit sich und dem Bruch mit seiner Vergangenheit. Dieser Bruch hatte nicht am Fluss oder in seinem Turmzimmer zu geschehen. Die Druckerei hatte er als Ort des endgültigen Abschieds gewählt. Er hatte mehrere Abschiede zu nehmen, doch den schwersten würde er hier zu bestreiten haben.

Nach vielen Minuten der Aufruhr, des Schreiens, Fluchens und Tobens hatte Darius sich entkräftet niederfallen lassen und saß jetzt auf dem schmutzigen Holzboden, den Rücken gegen die Wand gelehnt, die Beine ausgestreckt. Er stierte auf die von Staub und Dreck geschlossenen Bretterfugen und fühlte sich in seiner philosophischen Erkenntnis bestätigt, die er noch am Morgen im Labor über den Rektor und sich gewonnen hatte.

Eine Flasche hochprozentigen Himbeergeist, zu

zwei Dritteln geleert, stand neben ihm, eine zweite, so ihm die eine nicht genügen sollte, in greifbarer Nähe.

Unweit seiner Füße lag neben der Pergamentrolle, die ihm der Rektor ausgehändigt hatte, die Bibel, vor Minuten fortgeschleudert. Die Stelle, die er laut gelesen hatte, war wie durch unsichtbare Hand aufgeschlagen geblieben:

Alles hat seine Stunde. Für jedes Geschehen unter dem Himmel gibt es eine bestimmte Zeit: eine Zeit zum Gebären und eine Zeit zum Sterben, eine Zeit zum Pflanzen und eine Zeit zum Abernten der Pflanzen, eine Zeit zum Töten und eine Zeit zum Heilen, eine Zeit zum Niederreißen und eine Zeit zum Bauen, eine Zeit zum Weinen und eine Zeit zum Lachen, eine Zeit für die Klage und eine Zeit für den Tanz; eine Zeit zum Steine Werfen und eine Zeit zum Steine Sammeln, eine Zeit zum Umarmen und eine Zeit, die Umarmung zu lösen, eine Zeit zum Suchen und eine Zeit zum Verlieren, eine Zeit zum Behalten und eine Zeit zum Wegwerfen, eine Zeit zum Zerreißen und eine Zeit zum Zusammennähen, eine Zeit zum Schweigen und eine Zeit zum Reden, eine Zeit zum Lieben und eine Zeit zum Hassen, eine Zeit für den Krieg und eine Zeit für den Frieden.[*]

Kluge Worte hatte Prediger Salomo da einst niedergeschrieben. Schon während seiner Kindheit hatte Mutter ihm immer wieder diese Weisheit vorgetragen. Doch jetzt erschien ihm der Spruch gar nicht mehr so weise. Jetzt erkannte er, dass er weder Spruch noch Weisheit war, sondern nur eine bloße Auflistung von Antonymen, die dem Menschen zu eigen sind, eine Beobachtung der Welt, nicht mehr. Warum hatte er diese Passage herausgegriffen? Hatte er sich eine Antwort von ihr erhofft? Hatte er geglaubt,

[*] Buch Kohelet, 3,1–8

Salomo spreche zu ihm? Erteile ihm einen Rat, was er zu tun habe, nachdem alles, wirklich alles, was er sich ersehnt und erhofft hatte, fehlgeschlagen war: Der Professur enthoben und damit ohne Erwerb. Duell und Amt verloren. Die einzige Frau, die er liebte, in der Macht seines Widersachers. Sein Meisterwerk, die *Veritas*, in den Fängen der Inquisition. Und das Schlimmste aller Übel, zur Vervollkommnung des Leids: der Vater zum Tode verurteilt. Dieser jüngste Umstand, der ihn um sich schlagen ließ, die Wahrheit verdammen und so lange weinen, bis keine Träne mehr fließen wollte, hatte ihn vollends zu Fall gebracht.

In seiner rechten Hand hielt er eine brennende Kerze, in der linken einen Bogen Papier, die Quintessenz aller Mühsal um den Kometen: *Pars tertia, Seite 99*.

Mehrmals schon hatte er die Flamme dem Bogen genähert, um der jüngsten Vergangenheit den Weg zu bereiten, doch etwas in ihm ließ die Hände immer wieder auseinandergehen und auf den Schenkeln ruhen. Wie lange wollte er das noch wiederholen, bis endlich das Blatt in Flammen aufgehen sollte und zu Asche niedersinken, um in diesen Bretterfugen dem Vergessen anheimzufallen? Sollte er die Kerze so lange halten, bis sich das heiße Wachs über Finger, Bein und Knie ergossen haben würde, die Flamme sich gar auf ihn lenkte, damit er lichterloh brenne und so seinem Schicksal entrinnen mochte?

Darius atmete schwer. Er fühlte sich alt und schwach wie ein Greis. Die letzten vier Wochen, ja, die letzten vier Tage, waren anstrengender gewesen als die letzten vier Jahre. Er sehnte sich danach, die Augen zu schließen und einzuschlafen, so wie er dort saß, Bogen und Kerze in der Hand, doch diesem Schlaf traute er nicht. Es mochte sein letzter sein.

Dann doch die Einsicht: Was nützte *pars tertia*, die Huldigung an den Kometen, wenn das Opus Magnum, die

Veritas, dem Tode geweiht war? Und dann die Überwindung: Er führte das Kerzenlicht an den Bogen – in Sekunden nur wurde Genius zu Nichtigkeit, verbrannten Worte, Zahlen, Ziffern, Zeichnung und zerfielen zu Asche.

Er griff die Flasche, um das letzte Drittel auf einen Satz zu leeren. Den ersten Schluck getan, hörte er herannahende Schritte genagelter Schuhe auf dem hölzernen Boden.

Wer da?, kam es ihm kurz in den Sinn, doch fand er nicht mehr die Kraft, die Flasche abzusetzen und zu fragen. Nicht einmal die Augen hob er, um zu schauen. Stattdessen glitt sein Blick an der Flasche vorbei und ruhte auf dem Boden.

Die Schuhe kamen nur wenige Zoll neben ihm zum Stehen, als er den letzten Tropfen getrunken hatte, die Flasche abgesetzt und ins Eck geworfen, wo sie mit einem Klirren zerschellte.

Es brannte in Rachen und Kehle und auch im Bauch wurde es ihm heiß. Darius rieb sich mit dem Ärmel über den Mund und sah neben sich. Die schwarzen Schuhe, peinlich sauber, mit silbernen Schnallen, blitzend wie Augsburger Tafelbesteck, hoben sich mehr als störend vom dreckigen Holzboden ab. Genau solche Schuhe waren ihm bei der Audienz ins Auge gestochen, und er hatte sie sogleich als weibisch verurteilt. Mit Mühe, doch von Neugier getrieben, hob er den benebelten Blick und sah sich bestätigt: Corvin van Cron höchstpersönlich stand neben ihm, bestens ausstaffiert, von Kopf bis Fuß ganz in Schwarz, das lange Haar seidenmatt auf seine Schultern fallend. Breitbeinig postierte sich der Holländer neben ihn und applaudierte mit höfischer Arroganz.

»Welch göttliches Schauspiel!«, sagte er, »ich wusste nicht, dass Ihr dem Drama so zugetan seid. Was war es denn, das da eben so lichterloh in Flammen aufging? Eine Petition, deren Gehalt Euch doch zu dürftig schien, um sie einzureichen? Ein Abschiedsbrief, zu peinlich für die Nachwelt? Oder gar eine Liebesepistel, die die Angebetete nicht mehr empfangen darf? Schwand Euch sogar jetzt der Mut, nachdem die Schlacht geschlagen, der Held dem Untergang geweiht, selbst die letzte Tat zu bewältigen, die Nachricht zu versenden?«

Van Cron ging vor Darius in die Hocke, bleckte die Zähne und setzte nach: »Was für eine erbärmliche Figur Ihr seid! So sieht die ›Wahrheit‹ aus, demaskiert und bloß. Ich wusste es. Ja, ich wusste es von Anfang an, seit ich Euch das erste Mal sah: Ihr seid aus dem Fleisch des Versagers gemacht! Und hatte ich es nicht prophezeit, als ich Euch beim Abschied vom Kurfürsten Courage und Langmut gewünscht hatte, dass Ihr das brauchen werdet? Habt Ihr Euch meine Worte nicht zu Herzen genommen, als ich Euch verriet, Kometen seien die widrigsten Gesellen im ganzen Kosmos und schon manchen Astronomen hätten sie ins Unglück gestürzt?«

Darius vernahm jedes Wort, doch brachte er nicht die Kraft auf, van Cron zu antworten. Selbst die Augen offen zu halten, wollte ihm nur schwer gelingen. Die Flasche Himbeergeist, die er sich gewaltsam einverleibt hatte, lähmte Körper und Geist, und seine Seele schien bereits zur Hälfte aus ihm entwichen zu sein.

»Ein Glück, dass ich in Euer Leben trat!«, fuhr van Cron fort, »ja, ein Glück, denn ich habe Euch Euren wahren Wert offenbart. Und überdies Schaden abgewendet, den Ihr zweifelsohne angerichtet hättet. Unglück und Schande hättet Ihr über das Haus von Krauchnitz und über die Viadrina gebracht, durch Eure ketzerischen Delikte wie die *Veritas* und die Zugehörigkeit zu *Amphora*.« Van Cron griff in die Innentasche seiner schwarzen Samtschecke und zog eine Pergamentrolle hervor, die er in seinen Händen wog. »Der Grund, weshalb ich Euch gesucht – und gefunden –

habe, ist nicht, Euch eine Predigt zu halten, das ist das Amt der Priester. Auch kann ich Euch nicht länger Gesellschaft leisten bei Eurem … ›einträchtigen‹ … Verweilen. Mein Reisewagen wartet. In sechs Stunden werde ich beim Kurfürsten mit meiner Präsentation aufwarten! Die Vorbereitungen sind schon zugange. Und spätestens morgen um vier Uhr in der Früh werde ich das Amt des Hofastronomen innehaben.«

Van Cron fragte Darius stets, wenn dieser die Augen schloss, ob er ihm noch zuhöre – was Darius stöhnend bejahte –, denn, so betonte van Cron, wolle er ja nicht vergebens zu einer Schnapsleiche reden. »Die Zeit eilt. Ich muss fort. Doch nicht, ohne Euch dies hier zu überreichen, damit Ihr wisst: Ihr habt Euch in mir geirrt, ärger noch, gründlich verkannt habt Ihr mich und mein großes Herz. Damit habt Ihr mir schweres Unrecht getan und Euch weitere Schuld aufgebürdet. Ich habe das Dokument per Depesche eigens beim Fürstbischof von Bamberg erbeten. Es ist der Gnadenerlass für Euren Vater! Er gilt bis zum Morgengrauen des kommenden Tages. Beim vierten Glockenschlag wird er hingerichtet, worüber, wie ich sehe, Euch von Krauchnitz bereits in Kenntnis gesetzt hat«, bemerkte er und nickte nach der am Boden liegenden Schriftrolle.

»Ihr hättet die unwiederbringliche Gelegenheit gehabt«, sagte van Cron und tippte Darius mit dem gerollten Dokument auf den Bauch, »ihm mit diesem Erlass das Leben zu retten! Versteht Ihr? Eine wirkliche Okkasion! Einmalig und außerordentlich! Von mir lanciert für Euren armen, unschuldigen Vater. Glaubt nicht, dass das ein jeder bewirken kann. Ich habe es vermocht! Und Ihr? Ihr habt es aufs Schändlichste verwirkt! Ob Ihr jemals wieder in Euer Spiegelbild sehen könnt? Vielleicht seht Ihr dann Euren Vater, wie er den Totentanz am Galgen vollführt.«

Van Cron erhob sich. Darius fixierte die silbernen Schuhschnallen.

»Was ist das für ein Gefühl, ein Versager zu sein?«, fragte van Cron mit beißender Stimme, »wenn einem seine erbärmliche Unvollkommenheit ins Gesicht schlägt, wieder und wieder, bis man darniederliegt, keines Wortes mehr mächtig? Jetzt liegt Ihr da, mit wirren Gedanken im Kopf, die Euch Eure gottlose Schwächlichkeit mit jedem weiteren Moment tiefer und tiefer ins Herz stoßen wie ein scharf geschliffener Degen.« Van Cron warf ihm die Schriftrolle hin. Sie rollte ein paar Zoll durch die Asche über den Boden und kam neben der Vollstreckungsurkunde zu liegen.

»Ihr dauert mich, tragischer Sternengucker!«, sagte er und verließ die Werkstatt, wie er gekommen war. Darius sah ihm hinterher, so gut er es mit gesenktem Kopf aus den Augenwinkeln vermochte. Das Blitzen der Schnallen verblasste, das Klacken der Sohlen wurde dumpfer und verstummte ganz.

Die Ruhe war zurückgekehrt. Lediglich seinen Atem vernahm er. Er streckte den Arm nach der Schriftrolle aus, vermochte es jedoch nicht, sie zu greifen. So matt war er, als ob alle Last der Welt ihn niederdrückte.

Die Zeiten offenen Auges verringerten sich zu immer kürzeren Momenten verschwommenen Blickes. Zunehmend schwerer fiel es ihm, dem Schlaf zu trotzen, immer weniger konnte er Traum und Wirklichkeit auseinanderhalten. Bis seine Mutter ihm erschien, in eine braune Ketzerkutte gewandet, im bernsteinfarbenen Licht. »Junge«, rief sie ihn, »Junge! Du bist kein Versager! Bring mir die Zahlen! Du hast sie! Steh auf und bring sie mir! Nur du kannst mich retten! Steh auf!«

Wie gelähmt stand der kleine Junge vor den Gassenbuben, die ihn an der Rettung der Mutter zu hindern suchten.

»Deine Mutter ist eine Hexe!«, riefen sie und kreisten ihn ein. Er stand da, die Zahlen in der Hand, mit verbissenen Lippen. »Junge«, rief die Mutter, »komm! Komm und kämpfe! Kämpfe um die Wahrheit!«

»Hexe! Hexe!«, schrien die Kinder immer lauter und kamen näher und näher. Ihre Gesichter wurden zu grässlichen Fratzen, sie rissen die Schandmäuler auf und entblößten ihre schwarzen Zähne, die wie zerschossene Palisaden aus ihren Mündern ragten. Mit Händen und Fäusten schlugen sie ihm in Gesicht, Rücken und Magen. Wieder und wieder.

»Versager!«, riefen sie und schlugen weiter auf ihn ein. »Heho, Versager, wo ist denn deine Wahrheit? Versager! Wehr dich! Los, wehr dich, wenn du kannst!«

Wie festgewurzelt stand er vor ihnen, mit blutiger Nase und geschwollenen Augen, die Zähne ausgeschlagen, den Mund voller Blut. Keines Wortes mächtig, keiner Handlung fähig.

»Kämpfe!«, flehte die Mutter. »Kämpfe, mein Junge! Es ist nicht zu spät! Kämpfe für die Wahrheit!«

Das Bild der Mutter verschwand. Die Kinder wurden von einem Mann verjagt, der, als er näher kam, sich als van Cron entpuppte. Der zog ihn an den Haaren zum Schafott, wo der Vater am Boden kniete, einen Strick um den Hals, die *Veritas* in der Hand.

»Tod durch den Strang!«, lautete das Urteil, »Henker! Walte!«

Mit einem Schrei erwachte Darius aus diesem Traum. Die wenigen Sekunden nur, die er gedauert hatte, genügten, um seinen ganzen Körper in Aufruhr zu bringen. Während ihn ein heißer Schauer durchfuhr, stand ihm kalter Schweiß auf der Stirn. Mutters Stimme klang ihm in den Ohren: »Steh auf! Steh auf und kämpfe!«

Darius wollte aufspringen, doch kaum hatte er die Beine aufgesetzt, fiel er wieder nieder. Er ohrfeigte sich, um die Trunkenheit aus sich herauszuschlagen. Erst die rechte Wange, dann die linke. Immer wieder und so lange, bis ihm das Gesicht glühte, der Kiefer sich wie gebrochen anfühlte. »Steh auf!«, schrie er jetzt selbst – ein verzweifelter Appell zwischen Keuchen und Stöhnen. Er zog die Beine an, die er kaum spürte; wie tot hingen sie an ihm. Lebloses Gebein, fremd und nicht das seinige. Mit Faustschlägen traktierte er Schenkel und Waden, er musste das Leben wieder in sie hineinprügeln.

Er zog sich an der Werkbank hoch, taumelte zum Waschzuber und tauchte seinen Kopf unter. Erst nur wenige Sekunden, dann immer länger, bis er zu ertrinken drohte. Sein Puls hämmerte gegen die Schläfen. Mit gläsernen Knochen hielt er sich am Zuber fest. Der Alkohol hatte so hartnäckig von ihm Besitz ergriffen, dass er ihn mit der bloßen Wasserkur nicht loswerden konnte. Er musste sich entgiften! Schnellstmöglich! Er stürzte zum Abort und steckte sich den Finger in den Hals, so tief und so lange, bis er nur noch Galle erbrach. Das half. Doch es reichte nicht. Niemals konnte er in diesem Zustand ein Pferd besteigen, geschweige denn, bis nach Cottbus reiten und den Vater retten. Er musste sich von innen entgiften. Mutter! Wie oft hatte sie Patienten entgiftet. Er kannte die Mixtur hundertmal besser als die Zusammensetzung der Druckerschwärze. Anis, Fenchel und Süßholz brauchte er, dazu schwarzen Kardamom, weißen Pfeffer, Zimt, Ingwerwurzel und Nelkenkraut. Wo sollte er das jetzt alles herbekommen? Er hatte nicht mehr viel Zeit. In acht Stunden würde der Vater hingerichtet werden. Er brauchte sechs Stunden bis nach Cottbus. Wenn er schnell ritt, das beste Pferd unter sich, könnte er es in fünf schaffen. Es blieben ihm drei Stunden über! Drei Stunden! Das war zu schaffen.

Mit stolpernden Schritten eilte er zum Apotheker. Der

machte ihm zu einem extra starken Sud noch Waden-, Bauch- und Stirnwickel, während seine Frau heiße und kalte Körpergüsse bereitete.

Eine Stunde später rannte er, halbwegs wiederhergestellt, aus der Apotheke und lief zum Staller, den Rappen borgen. Er ritt zurück zur Druckerei, um Vaters Gnadenerlass zu holen und sich frische Kleider anzuziehen.

»Ich werde diesen holländischen Verbrecher nicht heiraten!« Anna hatte ihrer Mutter Modesta Pozzos *»Das Verdienst der Frauen«* regelrecht vor die Füße geworfen. Mit einem papiernen Knall war es auf dem Steinboden aufgeschlagen. »Dort steht alles drin! Lest es und steht mir wenigstens einmal in meinem Leben zur Seite!«

»Anna! Was tust du mir an?«, fragte die Mutter bestürzt und konnte kaum an sich halten, »willst du uns in Verruf bringen, unseren Namen derart verunglimpfen, dass wir uns nicht mehr auf die Straße trauen können? Mit den Fingern werden sie auf uns zeigen und uns verspotten!«

»Van Cron und Vater machen gemeinsame Sache. Van Cron unternimmt alles, um Darius zu vernichten und Vater hat Meister Degenhardt bei der Inquisition denunziert! Morgen bei Tagesanbruch soll er in Cottbus hingerichtet werden!«

Die Mutter stockte. Sie überlegte einen Moment und sagte: »Hingerichtet? Woher weißt du das?«

»Ich weiß es eben!«

»So wird es seine Richtigkeit haben! Ein Unschuldiger wird nicht hingerichtet!«

»Mutter! Verstehst du nicht? Die Schlechten richten über die Guten!«

»Du bezeichnest deinen Vater als schlecht und die Ketzer als gut? Wie kannst du es wagen? Gottlose Sünderin!«

»Mutter! Willst du nicht verstehen! Nie hast du mir beigestanden, dich immer nur Vaters Willen gebeugt! Du bist eine Gefangene deiner selbst und der Welt, in der du lebst!«

»Das reicht!« Die Mutter schlug Anna ins Gesicht. »Aus meinen Augen! Ich will dich nicht mehr sehen!«

»Das wirst du auch nicht!«, erwiderte Anna mit Tränen der Wut und der Verzweiflung in den Augen. Sie griff Pozzos Werk vom Boden, rannte aus dem Zimmer und aus dem Haus.

Darius suchte nach der Umhängetasche für das Dokument, als plötzlich Anna in der Druckerei stand, mit glänzendem Gesicht und außer Atem. Er hielt abrupt inne und sah sie an.

»Anna? Du?«, fragte er ungläubig, um dann streng anzufügen: »Ich habe keine Zeit für dich! Ich muss unverzüglich nach Cottbus!«

Anna strich sich das schweißnasse Haar aus der Stirn und sagte: »Die Entscheidung fällt in Cölln!«

»Was redest du?«

»Du bist der bessere Astronom! Du kannst Corvin schlagen!«

Darius suchte weiter nach der Tasche. »Was zählt das schon?«

»Dein Leben! Die *Veritas*!«

»Leben? Ich habe den *Tod* meiner Mutter auf dem Gewissen! Den meines Vaters werde ich mir nicht auch noch aufbürden!«

Anna stürzte auf ihn zu und hielt ihn bei den Händen. »Herrgott im Himmel! Du warst zehn Jahre alt, als deine Mutter starb. Sie hatte ihren Tod selbst zu verantworten! Höre endlich auf, dir die Schuld daran zu geben!«

Er löste sich von ihrem Griff und sagte: »Es geht nicht um meine Mutter!«

»Wo sind deine großen Ziele? Deine Visionen? Du hast mir vorgeworfen, ich sei eine Gefangene meiner selbst und meiner Welt! Wenn du nach Cottbus reitest, wird Corvin *unser beider* Gefängniswärter! Er wird alle Macht haben! Macht über dich! Und Macht über mich! Mein Vater ist ihm schon ausgeliefert!«

»Ich habe von van Cron den Gnadenerlass. Das ist die unwiederbringliche Chance, meinen Vater zu retten!« Darius hob zwei nahezu identische Pergamentrollen in die Höhe. »Hier!«, sagte er und hielt die linke nach vorne. »Diese Rolle enthält Vaters Todesurteil! Doch diese hier«, er zeigte ihr die andere Rolle, »birgt seine Rettung!«

»Sie ist noch versiegelt. Du hast sie nicht geprüft? Wie konntest du ihm nur vertrauen?« Anna nahm die Rolle. Sie öffnete das Siegel, las das Dokument und nickte. »Tatsächlich«, sagte sie und verzog die Lippen, »Corvin hat Wort gehalten. Sollte ich mich doch so in ihm getäuscht haben?«

Die Turmuhr schlug neun Mal.

Darius riss Anna die Urkunde aus der Hand. »Die Würfel sind gefallen!«, sagte er, »ich muss sofort los, bevor es zu spät ist!«

Er sah in ihre Augen und stieß auf maßlose Enttäuschung.

»Dann reite zu, in Gottes Namen!«, sagte sie mit Frost in der Stimme.

Darius eilte zum Pferd.

Die Schuhspitze gerade im Steigbügel, die Hand am Sattelknauf, rief Anna: »Darius! Warte!«

Er musste los, verdammt! Was wollte sie denn noch?

16

»Otto von der Groeben, Hauptmann zu Schaaken!«

Nur achtundachtzig ausgesuchte Gäste hatte Kurfürst Johann Sigismund zur großen Feier geladen. Jeder Einzelne wurde vom Diener in brandenburgischer Livree laut angekündigt, bevor er den großen Gläsernen Saalbau über die doppelläufige Marmortreppe betrat.

»Herr von Weißenbach auf Schönfels im Vogtland!«

Die höfische Gesellschaft durfte sich gleich drei festlicher Anlässe erfreuen: Der Rückkehr Seiner Kurfürstlichen Majestät Johann Sigismund, des sechzehnten Geburtstags der dritten und jüngsten Tochter Katharina, und nicht zuletzt der Präsentation der Kometenberechnung durch den holländischen Astronomen Corvin van Cron.

»Doktor Georg Venediger, Bischof von Pomesanien!«

Während die Feier im opulenten Gläsernen Saalbau stattfand, sollte die Präsentation auf dem Großen Altan, der weitläufigen Schlossterrasse, erfolgen, wo bereits zwei Dutzend Diener die Vorbereitungen trafen, angeführt von Claus Pott, Kammerhauptmann zu Bütow.

»Wedigo Reimar Gans Edler Herr zu Putlitz, kurbrandenburgischer Erbmarschall, nebst Gemahlin Manfreda Beatrix!«

Vierzehn Fernrohre von drei Fuß Länge, zweiundzwanzig Fernrohre von fünf Fuß und sieben Fernrohre von acht Fuß Länge waren bereits über den ganzen Altan verteilt installiert. Ebenso zwölf kleinere Quadranten und neun Armillarsphären.

Als Corvin den Altan betrat, hatten Büchsenmachermeister Felix Marzahn und Waffenschmiedemeister Chrispin

Blumenstein mit zwei Gesellen die ein Klafter hohe und zwei Klafter lange Eisenkonstruktion nach seiner Skizze schon fast komplett errichtet. Er hatte ihnen die Instruktionen per Eilkurier bereits am Morgen zukommen lassen.

Corvin war mit Hofmaler Daniel Rose erschienen. Der trug eine durch einen Blasebalg mit Luft und Goldblättchen aus der höfischen Münze zum Bersten gefüllte und mit der Mondoberfläche bemalte Schweinsblase in der Hand.

Die Konstruktion bestand aus einem Gerüst, das eine langgestreckte, gekrümmte Schiene trug, an dessen einem Ende die Schweinsblase mit Klammern montiert war, während am anderen Ende eine faustgroße, mit Pech gefüllte Eisenkugel saß. Die Kugel, die den Kometen symbolisierte, wurde mittels einer durch Zahnräder gespannten Spiralfeder beschleunigt und über die Schiene geführt, die direkt an der Schweinsblase endete, sodass die brennende Kugel, so man sie entzündete, in die Blase schoss und dieselbe zum Explodieren brachte. Die Explosion wiederum würde Tausende kleiner Goldschnipsel regnen lassen.

So hatte Corvin sich es zumindest ausgedacht und Marzahn und Blumenstein hatten die Konstruktion bestens ausgeführt, wenngleich der Corvin'sche Bauplan nur aus wenigen Strichen bestand.

Neben der Mond-Kometen-Konstruktion hatte Corvin das Aufstellen mehrerer Staffeleien angeordnet, deren Leinwände mit Formeln nebst Zeichnungen von Sternbildern und der Kometenbahn die Gesellschaft ins Bilde setzen sollten. Auch dafür hatte er den Hofmaler abgestellt und ihm das Degenhardt'sche Plagiat zu treuen Händen entliehen, allerdings mit der Order, nicht die Sonne in den Mittelpunkt zu nehmen, sondern wie es richtig sei: die Erde. Da sei ihm in der Eile ein Missgeschick unterlaufen, was Rose unter allen Umständen für sich behalten müsse!

Corvin ließ Rose die Konstruktion und die Staffeleien mit edlen Tüchern bedecken und bat ihn, dafür Sorge zu tragen, dass kein Neugieriger sie vorher lüfte.

Erst nach Mitternacht, als das Geburtstagskind seinen großen Tag beschließen musste und von den Zofen zu Bett begleitet wurde, kündigte man nach ausschweifendem Essen und Trinken, allerlei galantem Diskurs, höfischer Musik und Reigen die Präsentation auf der Schlossterrasse an, zu der jetzt nur van Cron erschienen war – der Kurfürst hatte von Krauchnitz und seine Tochter kurzerhand ausgeladen, als er erfahren musste, dass der viadrinische Kandidat wider des Rektors Versicherung nicht erscheinen werde. Was war ein Duell ohne Gegner? Corvin beschwichtigte ihn, dass das, was er zu präsentieren habe, von so großer Ausgefallenheit zeuge, dass es das Fehlen des Frankfurter Astronomen bei Weitem wettmache. Ohnehin trage dessen blasse Figur, dem höfischen Leben abgeneigt, nicht sonderlich zur Bereicherung des zauberhaften Abends bei.

»Haltet Euch im Zaum mit Euren Äußerungen über den jungen Degenhardt!«, riet ihm der Kurfürst, was Corvin veranlasste, über dessen ketzerisches Vergehen nebst misslichen Begleitumständen, die er zu gerne vorgetragen und ausgeschmückt hätte, zu schweigen. Dass der Kurfürst aus unerklärlichen Gründen Sympathie für seinen Gegenspieler aufbrachte, war ihm schon bei der Audienz aufgefallen. Das grämte ihn. Ebenso grämte es ihn, den ganzen Aufwand um sein ›geniales Stückchen‹, den Gnadenerlass, durch Degenhardts unverhoffte und wahrlich perfide Selbstaufgabe vereitelt zu wissen. Es war bestimmt keine Banalität, von Aschhausen um einen derartigen Gefallen zu bemühen, und schon gar nicht in Sachen Inquisition, wo der Fürstbischof doch als ein Hexenverbrenner ersten Ranges galt. Noch diffiziler war die Angelegenheit, da es sich um die

Revidierung eines Urteils dessen Busenfreundes Wolfen handelte. Doch Corvin hatte sich diesen Trumpf gegen einen berechenbaren Gegner in den Kopf gesetzt. Auf zwei Hochzeiten würde auch Degenhardt nicht gleichzeitig tanzen können. Entweder föchte er hier am Hof das Duell aus oder aber musste er in Cottbus vorstellig werden, um den Gnadenerlass für den Vater vorzulegen. Für Corvin kam nur Letzteres infrage – er war sich sicher, dass der Sohn niemals die außerordentliche Gelegenheit versäumen würde, den Vater zu retten. Dass der junge Astronom sich vor Verdruss betrank und damit sein psychologisches Spiel zunichtemachte, stand außerhalb seiner Erwartungen. Er hatte ihn schon im Geiste schweißüberströmt im Sattel sitzen gesehen und dem Pferd die Sporen geben, damit er ja rechtzeitig um vier Uhr in der Früh einträfe. Jetzt lag er in der Werkstatt des todgeweihten Vaters, vor Selbstmitleid zergehend, und träumte Albträume, die ihm der Weingeist schicken mochte. Armseliger ging es wohl kaum.

Gegen ein Uhr in der Nacht – die Hälfte der Gäste hatte sich zum Kummer Corvins schon vorzeitig verabschiedet –, war die restliche Gesellschaft vollzählig auf dem Großen Altan versammelt. Der Kurfürst schritt im Sommerhermelin mit seiner Gemahlin, der Kurfürstin Anna von Preußen, ein, neben seinem engsten Hofstaat, dem persönlichen Sekretär Reichard Beyer und dem Geheimen Kammerdiener Anton Freytag sowie Kammersekretär Ludwig Rasch und Kammerschreiber Johann Grabow. Ihnen folgte der Zwerg Justus Bertram, des Kurfürsten Liebling und unzertrennlicher Begleiter, in der rechten Hand den goldenen Schemel, in der linken Hand eine Leine, daran vier Englische Hunde.

Doktor David Herlicius aus Stargardt, Arzt und Hausastrologe des Kurfürsten, sprach, nachdem er sich mit Corvin besprochen hatte, einführende Worte über Kometen allgemein und diesen im Besonderen, der sich heute Nacht ganz besonders hell zeige. Gott habe es gut mit dem Landesherren gemeint und mit allen, die sich hier versammelten, um einem großen Schauspiel beizuwohnen.

»Meine sehr verehrte, hochlöbliche Gesellschaft«, übernahm Corvin das Wort, nachdem er protokollgemäß den Kurfürsten nebst Gattin begrüßt und mit Komplimenten bedacht hatte, »seid in den nächsten drei Stunden Zeuge eines wahrlich einmaligen Naturschauspiels, das Gott uns beschert, und mit dem er seine Allmacht auf noch nie gesehene Weise zur Schau stellt. Seid Euch der Gnade bewusst, die göttliche Allgewalt schauen zu dürfen, denn all jene, die sich bereits bequemt haben, die Bettstatt aufzusuchen, werden unwissend sein über die Hintergründe, weshalb sie künftig einen großen Himmelsstern nicht mehr am Firmament sehen werden.«

»Haltet keine langen Reden! Kommt zur Sache«, warf Kanzler Rappe ein, die Hand auf den Offiziersdegen gestützt, »wir schätzen knappe Worte!«

Graf Wilhelm zu Solms-Braunfels meinte: »Dort oben stehen Tausende Himmelssterne. Was sollte ein fehlender schon ausmachen?«

»Es handelt sich nicht um einen der vielen kleinen Sterne. Ich sprach von einem großen, meinte aber: den größten!« Mit diesen Worten schritt er, sich den Bart streichend, weitausholend zu den Staffeleien, enthüllte diese, wies mit einem dünnen Zeigestock auf die mathematischen Formeln und sagte: »Ich will die noble Gesellschaft nicht mit der hohen und komplizierten Schule der Astronomie behelligen. Es geht mir lediglich darum, ihr den Hauch einer Ahnung zu verschaffen, welches Wissen von Nöten ist, um meine kühne Aussage, die ich der ehrenwerten Gesellschaft in wenigen Minuten unterbreiten werde, zu stützen!«

»Spannt uns nicht länger auf die Folter«, unterbrach ihn wieder der Kanzler, »unterbreitet sie sogleich!«

»Ja, enthüllt das Kunstwerk!«, tönte eine Frauenstimme.

»Nun denn! Lasst mich vorwegnehmen und Euch präsentieren, was um punkt vier Uhr dort am Firmament zu sehen sein wird. Wer mit aufmerksamem Auge just nach oben sieht und mit Kombinationsgabe gesegnet ist, weiß, was folgen wird!«

Eine Stimme aus der Gesellschaft sprach: »Es hat den Anschein, der Komet bewege sich geradewegs auf den M…«

»Nein! Verratet es nicht, kluger Mann – verzeiht mir, wenn ich um Eure Anrede nicht weiß –, lasst mich es sagen!« Corvin zog mit einem Ruck die rote Samtdecke von der Konstruktion, die mit weniger Ach! und Oh! honoriert wurde, als er es sich in seiner Vorfreude ausgemalt hatte. Das lag wohl daran, dass ein paar Eisenstangen und Zahnräder nicht viel Eindruck schinden mochten. Er gab Blumenstein Order, die Kugel zu entzünden, während Marzahn die Schussvorrichtung spannte.

»Hochlöbliche Gesellschaft! Werdet Zeuge eines einmaligen Schauspiels! Diese brennende Feuerkugel stellt den Kometen dar, wie wir ihn alle dort oben am Himmel sehen können! Bei manchem Kometen hat es den Anschein, er bewege sich nur langsam oder stehe gar still. Doch das liegt nur daran, dass er so weit weg im Universum seine Bahn zieht. Unser Komet jedoch ist sehr nahe. So nahe wie der Mond! Und jetzt kommen wir zum Kern der Präsentation: Der Komet bewegt sich auf einer flachen Ellipsenbahn durch das All! Seine Bahn ist hier durch diese gebogene Schiene dargestellt. Die Kugel wird nicht die ganze Bahn durchlaufen, weil … « Corvin ging die vier Schritte zum Ende der Schiene und zeigte auf die Schweinsblase.

»… weil sie von diesem Etwas aufgehalten wird! Und dieses Etwas ist …?«

»Der Mond!«, rief der Kurfürst entrüstet.

»Ja, Eure Majestät! Der Komet kreuzt die Mondbahn und …« Corvin gab Marzahn das Zeichen zum Abschuss der Kugel. Diese raste als brennender Feuerball, einen Flammenschweif hinter sich herziehend, die Schiene entlang und schoss in die prall aufgepumpte, mit den Goldblättchen gefüllte Schweinsblase. Sie explodierte mit einem lauten Knall, die Goldblättchen stoben auseinander und regneten wie funkelnde Sternchen hernieder.

Als der Zauber vorbei war, herrschte eisige Stille. Corvin war perplex. Er hatte alles gegeben, warum zum Teufel applaudierte niemand?

Nach einigen Momenten begann Kammerdiener Freytag verhalten zu klatschen. Rasch und Grabow zogen mit. Es folgten die Kurfürstin, der Zwerg und Kanzler Rappe.

Corvin atmete auf.

In wenigen Sekunden stimmte die gesamte höfische Gesellschaft ins verhaltene Applaudieren ein.

Nur der Kurfürst blieb still.

Darius ritt wie nie zuvor in seinem Leben. Wie ein tollkühner Dragoner lag er auf dem Rappen. Nur noch eine Meile hatte er vor sich, dann, so hoffte er, würde sich alles fügen.

Als er ankam, schlug die Turmuhr halb vier. Nur noch dreißig Minuten blieben ihm. Bei den Wachen sprang er vom Sattel, schilderte in drei lauten Sätzen die Situation und ließ sich unter Geleit im Eilschritt zum Ort des Geschehens bringen.

Es herrschte eine unheimliche Stille.

Nur ein Flüstern war zu vernehmen.

Die Gesellschaft saß auf dem in Dunkel gehüllten Altan an den Fernrohren und sah zum Himmel. Dort konnte man schon mit dem bloßen Auge erkennen, wie der Komet nur noch eine Handbreit vom Mond entfernt war, der genau 23° 34' über dem östlichen Horizont stand und sich als schmale, nur elf Prozent beleuchtete, abnehmende Sichel zeigte.

»Nur noch zwanzig Minuten bis zur Kollision!«, rief van Cron.

»Nein!«, platzte Darius in die Stille. »Es wird nicht passieren! Es wird keine Kollision geben!« Er wischte sich mit dem Ärmel über das tropfnasse Haar und stellte sich mitten in die Gesellschaft. Ein Diener kam mit einem Kerzenleuchter, um den Störenfried zu bescheinen.

»Degenhardt! Was zum Teufel …?«, rief van Cron und schritt auf ihn zu. Doch Darius wandte sich zum Kurfürsten.

»Eure Kurfürstliche Exzellenz!«, sprach er, noch außer Atem, »van Cron hat unrecht! Was Ihr hier seht«, er strebte zu den Staffeleien und zeigte auf die Zahlen und Zeichnungen, »ist alles mein Werk! Van Cron hat es mir gestohlen!«

»Eine infame Lüge!«, rief van Cron erbost. »Nehmt diesen Mann unverzüglich fest!«

»Schweigt!«, rief der Kurfürst. »Ihr habt hier gar nichts anzuordnen! Und Ihr«, er sah zu Darius, »beweist Eure kühne Behauptung!«

»Ein Leichtsinnsfehler! Ich hatte eine Koordinate vertauscht und es erst bemerkt, als ich die *Seite 99* des *pars tertia* vollendete!«

»Sprecht nicht in Rätseln!«

»Der Komet wird die Bahn des Mondes zwar kreuzen, aber nicht mit ihm kollidieren. Sie verpassen sich sozusagen!«

»Noch zehn Minuten!«, ertönte eine Stimme aus dem Hintergrund.

»Van Cron ist meinen falschen Berechnungen erlegen, Eure Majestät. Und diese will er Euch als die seinen ausgeben, damit er das Amt erhält!«

»Wachen!«, rief van Cron und wurde sogleich vom Kurfürsten mit Strafe bedroht, wenn er noch einmal das Hausrecht missbrauche.

»Beweis?«, sagte der Kurfürst wieder, zu Darius gewandt.

»In zehn Minuten. Ihr werdet sehen, dass der Komet zwar im Mond verschwindet, doch das ist nur eine optische Täuschung wie bei einer Finsternis. Er wird nach einigen Minuten wieder hervortreten und seine Bahn weiterziehen. Der Mond bleibt unversehrt!«

»Ich bitte um Vergebung, Eure Kurfürstliche Exzellenz, aber Ihr müsst mich anhören!«, fiel van Cron ihm ins Wort. »Degenhardt ist ein Ketzer! Wie Galilei! Er hat eine Schrift wider dem urchristlichen Glauben verfasst!«

»Was maßt Ihr Euch an?«, fragte der Kurfürst.

»Ich bin beeidigter Gutachter der römischen Inquisition! Ich habe seine Schrift konfisziert!«

»Es geht hier nicht um eine Schrift!«, maßregelte der Kurfürst van Cron.

»Noch fünf Minuten!«

»So wollt Ihr einen Ketzer schützen? Einen Mann, der die göttliche Weltordnung durcheinanderbringen will? Der phantastische Thesen aufstellt und sie als wahr preist?«

»Van Cron! Hier ist nicht die Inquisition! Doch wenn Ihr hier schon anklagt, was ist mit Doktor Degenhardts Anschuldigungen gegen Euch? Habt Ihr seine Berechnungen entwendet?«

»Aber Eure Königliche Hoheit! Ich bin beeidigter Gut…«

»Habt Ihr oder habt Ihr nicht?«

»Natürlich nicht! Ich sagte es von vornherein! Alles infame Lügen!«

»Eure Kurfürstliche Gnaden«, warf Darius ein, »wenn das van Crons Berechnungen sind, so kann er sie jederzeit erneut anstellen. Kann er es nicht, so hat er sich selbst überführt. Ich anerbiete daher …«

»Seht! Der Komet! Er ist im Mond!«, rief eine Stimme.

Alle schwiegen und sahen gebannt, wie der Komet in die schmale Mondsichel eintauchte.

Die Explosion blieb aus.

Nach einigen Minuten trat der Komet wieder heraus. Nichts war geschehen.

Darius hatte recht gehabt.

Die Gesellschaft applaudierte. Darius' Name wurde erfragt und lobend ausgerufen. Er jedoch hörte nur das viermalige Schlagen der Turmuhr, dachte an den Vater und an Annas letzte Worte.

»Treib Er die Rösser mehr an, zum Donner«, schrie Ruprecht vom Falkenhorst aus der Gästekanzel heraus den Wagenlenker an, »wir sind zu langsam!«

Durchgeschaukelt im Reisewagen und mit Dröhnen im Schädel, hielt Ruprecht seine Tasche auf dem Schoß und überlegte sich eine auskömmliche Rechtfertigung für seine Verspätung. Sie waren bereits eine halbe Stunde über der Zeit. Und das passierte ausgerechnet ihm, dem Hauptzeugen und Überbringer der Vollstreckungsurkunde, wo doch jeder wusste, wie pedantisch er war. Wieso hatte er sich auch hinreißen lassen, eine zweite Flasche Wein zu öffnen? Doch Fräulein Anna war zu schön, um ihr das abzuschlagen. Dass sie so viel vertrug, war nicht zu ahnen, und hinter dieser Frau zurückzustecken, das konnte er nicht auf sich sitzen lassen. Zudem hatte er niemals erwartet, von der Schönsten in Frankfurter Adelskreisen beehrt zu werden, und noch weniger, sie zu einem guten Tropfen überreden zu können, wo doch der Grund ihres späten Besuches sich eher als ernst erwiesen hatte: Fräulein Anna war von ihrem Vater über Meister Degenhardts Hinrichtung in Kenntnis gesetzt worden und überdies davon, dass er, Ruprecht, in der Nacht nach Cottbus fahre, um in der Früh am nächsten Morgen in dreifacher Funktion zu amtieren: Als Überbringer der Vollstreckungsurkunde, zur Identifizierung des Verurteilten und als Hauptzeuge der Vollstreckung. Fräulein Anna hatte ein kleines Kruzifix für Meister Degenhardt bei sich gehabt und Ruprecht gebeten, ihm dieses vor der Hinrichtung zu übergeben – »Es soll ihm Kraft schenken in diesem seinem schwersten Moment des Lebens!« Ruprecht hatte ihr seine aufrichtigste Anteilnahme beteuert und ihr die Übergabe zugesichert. Er hatte das Kruzifix sogleich zur Urkunde in die Tasche gesteckt, damit er es nicht vergesse.

Um Viertel vor fünf erreichte Ruprecht die Hinrichtungsstätte. Der Wagen hatte gut zwanzig Klafter entfernt zu halten, zum Galgen führte nur ein morastiger Pfad. Mit gehetzten Schritten strebte er auf die Kommission zu, die wartend am Schafott stand, in Schweigen und Nebel gehüllt.

Auf halber Strecke griff er in die Tasche und warf das Kruzifix fort – dafür war jetzt weder Zeit noch Gelegenheit –, der alte Degenhardt hatte ohnehin schon eine Dreiviertelstunde Galgenfrist erhalten.

Statt eine Entschuldigung für die Verspätung vorzubringen, klagte Ruprecht über die schlechten Wegverhältnisse – man müsse die Straßenbauer mehr ins Gebet nehmen! –, er sei froh, nicht Achsenbruch erlitten zu haben und lebend angekommen zu sein.

Ruprecht sah zum Galgen, unter dem Meister Degenhardt kniete, den Strick um den Hals, und richtete seinen Blick auf den oberen Holm, wo eine weiße Taube ihre Flügel spreizte, was ihn kurz stutzig machte, wieso hockten dort keine Rabenvögel? Was soll's, dachte er, er war nicht abergläubisch.

Der Kommissar sagte lediglich, dann könne man ja jetzt endlich zur Tat schreiten. Er hieß den Scharfrichter das Seil um Meister Degenhardts Hals straff ziehen und Ruprecht, ihm die Vollstreckungsurkunde übergeben, damit er sie im Beisein aller laut verlese, sie unterzeichnet und die Vollstreckung nach Amtsvorgabe ausgeführt werden könne.

Ruprecht zog das Dokument aus der Tasche und übergab es dem Kommissar. Der entrollte es und setzte zum Verlesen an. Doch bereits nach der ersten Zeile verstummte er. »Ein anderes Schriftstück habt Ihr nicht?«, fragte er Ruprecht.

Der sah ihn fragend an, schaute, für eine Sekunde verunsichert, in seine Tasche und erwiderte: »Nein, natürlich nicht! Das ist das Einzige. Es wurde mir von Doktor van Cron höchstpersönlich überreicht.« Was glaubte denn der Kommissar, wen er da vor sich hatte? Einen Hanswurst? »So lest! Wir warten!«, forderte Ruprecht ihn ungeduldig auf.

Der Kommissar verlas laut und getragen die Urkunde:

Zu verlesen am Morgen der vierten Stund
des 18. Augusts 1618 AD

Gnadenerlass

Wir, Johann Gottfried Freiherr von Aschhausen, Fürstbischof von Bamberg als auch von Würzburg, geben Kraft der kaiserlichen Bulle unseres Ranges eines Reichsfürsten des Heiligen Römischen Reiches und unter Ausübung unserer hochstiftlichen Regalien allhier maßgebend die Verfügbarkeit über die oberste Gerichtsgewalt gemäß der Constitutio Criminalis Carolina, der Constitutio de regalibus und des Corpus iuris civilis kund: Urban Degenhardt, geboren am 19. April 1573 in Hohenwalde, seines Zeichens ehrbarer Meister der Schwarzkunst, bezichtigt des Druckens einer ketzerischen Schrift und verurteilt zum Tode durch den Strang, soll hiermit Gnade erteilt werden.

Rechenschaft und Erklärung: Der amtführende Inquisitor Widukind Wolfen, Generalinquisitor von Brandenburg und Sachsen, ist während der Anhörungen verstorben und konnte die Verurteilung weder mit eindeutigen Schuldbekenntnissen des Delinquenten belegen noch mit belastenden Aussagen Dritter.

Das Strafmaß der Verurteilung ist dem Vergehen nicht angemessen. Eine Vollstreckung stellte einen groben Verstoß gegen die peinliche Halsgerichtsordnung dar und ist nicht zu dulden.

Die Vollstreckung des Urteils ist hiermit aufgehoben. Der Delinquent ist auf freien Fuß zu setzen.

Dieser Gnadenerlass ist weder zu revidieren noch anzufechten.

Gezeichnet und bischöflich gesiegelt

Johann Gottfried Freiherr von Aschhausen, Fürstbischof von Bamberg und Würzburg

Im Jahre des Herrn, 15. August 1618

Der Kommissar sah Ruprecht an. Der schloss die Augen einen Moment und versuchte sich daran zu erinnern, wie van Cron ihm die Rolle übergeben und er sie in seine Tasche gesteckt hatte. Seitdem war diese unberührt auf der Truhe in seiner Stube gelegen.

Mit einem Nicken bedeutete der Kommissar dem Scharfrichter, das Seil von Meister Degenhardt zu nehmen. Der fiel auf die Knie und betete das Paternoster.

»Und was geschah weiter?«, fragte Anna Darius, als er die Reisetruhe füllte. Es war ein diesiger Morgen, zwei Tage nach dem großen Ereignis. Anna stand mit Darius im Turm und half ihm packen für seinen Umzug nach Cölln.

»Van Cron hat sich trotz mehrmaliger Aufforderung geweigert, die Berechnungen nachzuvollziehen. Zuletzt hat er nur noch herumgeschrien und die ganze Gesellschaft beleidigt. Dilettanten und Nichtswisser hat er sie geheißen.«

»Das hat der Kurfürst geduldet?«

»Anfangs fand er es lustig. Erst als van Cron einen Kammerdiener als ›einfältigen Tölpel‹ beleidigte, hat er ihn von den Wachen hinauswerfen lassen.«

»Recht so!«

»Der Kurfürst hat ihm verboten, jemals wieder einen Fuß auf höfischen Grund zu setzen!«

»Und?«

»Van Cron antwortete trocken, das habe er ohnehin nicht vor, und setzte hinzu, er sei deswegen nicht aus der Welt. Zu mir sagte er, ich solle auf der Hut sein, man sehe sich immer zweimal im Leben.«

»Er hat deine *Veritas*.«

»Es wird eine neue Fassung geben und einen neuen Titel.«

»So fügt sich alles. Van Cron ist fort, du behältst deine Professur und das Amt hast du inne. Mein Vater hat sich sogar bei dir entschuldigt; das hat er noch nie bei jemandem getan.«

»Er hat meinem Vater und mir übel mitgespielt, da ist eine Entschuldigung wohl das Mindeste.«

»Er konnte nicht anders, das weißt du.«

Darius nahm das Astrolabium vom Regal. »Woher wusstest du, dass ich in der Druckerei war?«, wollte er wissen.

»Ich ›wusste‹ es nicht. Ich hatte dich gesucht. Nachdem ich in der Nebenkammer des astronomischen Laboratoriums Vater und van Cron bei ihrer Unterredung belauscht hatte, musste ich dich unbedingt finden.«

Sie reichte ihm einen Packen Federkiele.

»Du warst weder an der Oder noch in deinem Turm. Ich habe die ganze Stadt nach dir abgesucht. Es blieb nur noch die Druckerei.«

»Zum Glück war ich noch nicht fort, als du kamst.«

»Zum Glück war vom Falkenhorst noch nicht fort. Wäre der früher abgereist und mir nicht so zugetan, wäre mein Plan fehlgeschlagen. Und zudem ein Glück, dass amtliche Urkunden sich alle gleichen.«

Darius sah Anna in die Augen. Sein Blick schien ihr, als könne er immer noch nicht glauben, dass sich alles zum Guten gewendet hatte.

»Ich darf frühestens in einem Monat dienstfrei nehmen. Siehst du bis dahin nach meinem Vater und dem Turm?«

Sie nickte.

Darius schloss die Truhe. Es war alles gepackt. Sie hörten den Reisewagen kommen.

Der Lenker und ein Gehilfe trugen die Kiste nach unten und wuchteten sie auf den Wagen. Darius und Anna folgten.

»Ich habe mit dem Kurfürsten über uns gesprochen«, sagte Darius zu Anna, vor dem Wagen stehend. »Er hat mir nicht nur seine Protektion zugesichert; wenn ich erfolgreich bin, steht ein Adelstitel in Aussicht! Dein Vater weiß davon und ist dem zugetan.«

»Das heißt?«

»Ich darf, wenn ich ein *von* Degenhardt bin, um deine Hand anhalten.«

Anna strahlte und umarmte ihn.

Nachdem sie sich gelöst hatten, zog er das Aquariusamulett von ihr aus dem Hemdausschnitt hervor. »Es hat deine Kraft«, sagte er, »ich werde es immer tragen.«

Sie lächelte.

Darius stieg in den Wagen und gab Order, zu fahren. Der Lenker trieb die Pferde an.

Anna sah ihnen hinterher. Sie griff unter den Kragen ihrer Bluse und fühlte einen in Silber gefassten, wasserverschliffenen Glasstein von der Form eines Herzens.

DANKSAGUNG

Mein Dank für diesen Roman gilt Peter Renz für wertvolle Ratschläge zur Dramaturgie und meinem guten Freund Karsten für fruchtende Diskussionen und Anregungen. Zudem Udo Till von der Astronomischen Vereinigung Augsburg für Koordinaten und fachliche Tipps.

Nicht zuletzt Julia Abrahams von der Agentur Schmidt & Abrahams und der Cheflektorin Claudia Senghaas vom Gmeiner-Verlag für ihren Einsatz.

Weitere historische Romane finden Sie auf den folgenden Seiten und im Internet: www.gmeiner-verlag.de

RUBEN WICKENHÄUSER

Die Magie des Falken

318 Seiten, Paperback.
ISBN 978-3-8392-1142-7.

MIT FEUER UND SCHWERT Norwegen, kurz vor Ende des ersten Millenniums christlicher Zeitrechnung. An der Seite seines Vaters Hæric Harekson – Falkner, Seher und Vertrauter des Wikingerkönigs Tryggvason – erlebt Kyrrispörr als junger Mann, wie der König 994 zum Christentum übertritt. Als Knappe des Königs erlernt er die Kunst der Falknerei.

Tryggvason nutzt seine Bekehrung dazu, das Land mit Feuer und Schwert zu missionieren und lockt die Seher in eine tödliche Falle. Auch Kyrrispörrs Vater lässt sein Leben, Kyrrispörr selbst wird gefangengenommen. Ihm gelingt die Flucht – doch den Mord an seinem Vater kann er weder vergessen noch verzeihen …

BIRGIT ERWIN / ULRICH BUCHHORN

Die Reliquie v. Buchhorn

365 Seiten, Paperback.
ISBN 978-3-8392-1143-4.

GEFÄHRLICHER HANDEL Buchhorn am Bodensee im 10. Jahrhundert. Als der Imker Dietger ermordet wird, gerät seine Frau Isentrud unter Verdacht. Wulfhard, ihr heimlicher Geliebter, bittet den St. Gallener Benediktinermönch Eckhard um Hilfe. Dabei plagen diesen bereits andere Sorgen: Ein Ordensbruder, der Reliquien für das Michaelskloster auf dem Heidelberger Heiligenberg erwerben sollte, ist auf seiner Reise verschwunden. Seine Spur verliert sich in Bregenz.

Eckhard macht sich zunächst auf die Suche nach dem verschollenen Mönch. In Bregenz findet er jedoch heraus, dass es eine Verbindung zwischen den beiden Fällen gibt …

GMEINER

Wir machen's spannend

STEPHAN NAUMANN

Das Werk der Bücher

319 Seiten, Paperback.
ISBN 978-3-8392-1139-7.

TEUFLISCHER PAKT Mitte des 15. Jahrhunderts. Der menschenverachtende Richter Tanner ist bis ins hohe Alter kinderlos geblieben. Sein Unmut darüber treibt ihn zu einem schicksalhaften Pakt mit dem Teufel. Der Bastard Nathan, den er mit einer Dirne zeugt, wird jedoch nicht nur ihm sehr schnell unheimlich. Während eines Feuers, das ihm durch seine Verbindung mit der Hölle nichts anhaben kann, erhält der hinterhältige Junge seine wahre Bestimmung: Er soll die bedeutendste Erfindung seiner Epoche, Gutenbergs Buchdruck, zu Gunsten des Teufels missbrauchen. Nathan macht sich auf den Weg nach Mainz …

DAGMAR FOHL

Der Duft v. Bittermandel

375 Seiten, Paperback.
ISBN 978-3-8392-1140-3.

DER KOCH DES KÖNIGS Frankreich im 16.Jahrhundert. Oberküchenmeister Bertrand de Baladoux, Koch des französischen Königs, legt sein Geständnis ab. Er hat Kanzler Antoine Duprat und König Franz den Ersten, der sich im Krieg mit dem deutschen Kaiser Karl dem Fünften befindet, vergiftet. Aber warum? Was hat den gutmütigen Menschen zu einer solchen Tat getrieben?

Die Antwort gibt das Tagebuch der Königin, das sie nach ihrem frühen Tod dem Hofnarren Paltoquet hat zukommen lassen …

GMEINER

Wir machen's spannend

JULIAN LETSCHE

Auf der Walz

464 Seiten, Paperback.
ISBN 978-3-8392-1141-0.

ZÜNFTE, HÄNDLER UND PASTOREN Reutlingen im 16. Jahrhundert. Der 17-jährige Zimmergeselle Hannes Fritz geht nach seiner Gesellentaufe auf die traditionelle Walz. Seine dreijährige abenteuerliche Wanderschaft führt ihn in die freie Reichsstadt Esslingen, in das Benediktinerkloster Lorch und nach Frankfurt am Main. Er trifft den Humanisten Ulrich von Hutten, gerät zusammen mit einer jüdischen Familie in die Fänge von skrupellosen Räubern und begegnet der Kaufmannstochter Anna, seiner ersten großen Liebe …

REBECCA ABE

Im Labyrinth der Fugger

466 Seiten, Paperback.
ISBN 978-3-8392-1144-1.

IM SPIEGEL DES TEUFELS Augsburg Ende des 16. Jahrhunderts. Nach dem Tod des mächtigen Anton Fugger wird dessen Millionenvermögen gleichmäßig auf alle Nachkommen verteilt. Christoph Fugger, ein Egoist und Frauenfeind, will die Kinder seines Bruders Georg Fugger ins Kloster bringen lassen, um die Zahl der Erben zu dezimieren. Dazu verbündet er sich mit dem Jesuiten Petrus Canisius. Nur Georg Fuggers Tochter Anna ahnt, welch perfides Spiel der Augsburger Domprediger treibt …

GMEINER

Wir machen's spannend

ÖHRI / TSCHIRKY

Sinfonie des Todes

272 Seiten, Paperback.
ISBN 978-3-8392-1145-8.

JENSEITS DER NACHT Wien 1901. Wilhelm Fichtner, spielsüchtiger Beamter des kaiserlich-königlichen Kriegsministeriums, wird zuhause von seiner Gattin Lina tot am Schreibtisch aufgefunden, den durchschossenen Kopf auf einem Kassenbuch liegend, die Pistole neben ihm auf dem Boden. Doch Cyprian von Warnstedt, Inspektor der k.k. Gendarmerie, bezweifelt, dass es sich um einen Selbstmord handelt. Als Täter vermutet er einen der Männer aus Wilhelms letzter Kartenrunde in dem verrufenen Gasthof »Zur Kaisermühle«. Aber auch die Witwe selbst verhält sich äußerst verdächtig …

GERHARD LOIBELSBERGER

Reigen des Todes

324 Seiten, Paperback.
ISBN 978-3-8392-1068-0.

DIE SPUR DES TODESENGELS Wien 1908. Als am Ufer des Donaukanals ein abgetrennter Unterarm entdeckt wird, wittert Gerichtsredakteur Leo Goldblatt die große Story. Doch nicht nur diese mysteriöse Angelegenheit schlägt dem Inspector und ausgewiesenen Gourmet Joseph Maria Nechyba gewaltig auf den Magen, sondern auch die Suche nach dem seit Tagen vermissten Oberstleutnant Vestenbrugg. Bewegung kommt erst in den Fall, als Vestenbruggs abgeschnittener Kopf auftaucht und sich herausstellt, dass er eine junge Geliebte hatte: Steffi Moravec, deren amouröse Fähigkeiten auch andere Herren der Wiener Gesellschaft sehr zu schätzen scheinen …

GMEINER

Wir machen's spannend

PETER HERELD

Geheimnis d. Goldmachers

319 Seiten, Paperback.
ISBN 978-3-8392-1069-7.

DIE HUNDE DES HERRN Sommer, im Jahre 1234. Zwei Männer, wie sie unterschiedlicher nicht sein könnten, sind auf dem Weg nach Köln. Osman Abdel Ibn Kakar, ein Muselman aus Alexandria, ist auf der Flucht vor seinem Herrn. Begleitet wird er von Robert dem Schmalen, seinem besten Freund. Unterwegs lernen sie in einem Dominikanerkloster in Hildesheim den großen Gelehrten Albertus Magnus kennen. Der Mönch verrät ihnen in aller Vertraulichkeit von seinem päpstlichen Auftrag: aus minderen Elementen Gold herzustellen. Als er kurz darauf entführt wird, fällt der Verdacht auf die beiden Reisenden. Der Beginn einer Jagd auf Leben und Tod …

UWE KLAUSNER

Die Bräute des Satans

315 Seiten, Paperback.
ISBN 978-3-8392-1072-7.

MEIN IST DIE RACHE Das Kloster Maulbronn, im Jahre 1417. Die Hennen legen nicht, die Kühe geben kaum Milch, der Wein schmeckt wie Essig. Und als das Bauernmädchen Mechthild der Zauberei verdächtigt wird, ist die Krise perfekt. Bruder Hilpert, der erst vor ein paar Wochen ins Kloster heimgekehrte Bibliothekar, tut alles, um die Gemüter zu besänftigen. Doch das Unheil nimmt seinen Lauf. Kaum hat er mit seinen Ermittlungen begonnen, wird der verkohlte Leichnam eines Mitbruders gefunden. Vom Täter, der auf einem Pergamentröllchen die Buchstaben EST hinterlassen hat, fehlt dagegen jede Spur …

GMEINER

Wir machen's spannend

Unsere Lesermagazine

2 x jährlich das Neueste aus der Gmeiner-Bibliothek

DIN A6, 16 S., farbig

10 x 18 cm, 16 S., farbig

24 x 35 cm, 20 S., farbig

GmeinerNewsletter

Neues aus der Welt der Gmeiner-Romane

Haben Sie schon unseren GmeinerNewsletter abonniert? Alle zwei Monate erhalten Sie per E-Mail aktuelle Informationen aus der Welt der Krimis, der historischen Romane und der Frauenromane: Buchtipps, Berichte über Autoren und ihre Arbeit, Veranstaltungshinweise, neue Krimiseiten im Internet und interessante Neuigkeiten.

Die Anmeldung zum GmeinerNewsletter ist ganz einfach. Direkt auf der Homepage des Gmeiner-Verlags (www.gmeiner-verlag.de) finden Sie das entsprechende Anmeldeformular.

Ihre Meinung ist gefragt!

Mitmachen und gewinnen

Wir möchten Ihnen mit unseren Romanen immer beste Unterhaltung bieten. Sie können uns dabei unterstützen, indem Sie uns Ihre Meinung zu den Gmeiner-Romanen sagen! Senden Sie eine E-Mail an gewinnspiel@gmeiner-verlag.de und teilen Sie uns mit, welches Buch Sie gelesen haben und wie es Ihnen gefallen hat. Alle Einsendungen nehmen automatisch am großen Jahresgewinnspiel mit ›spannenden‹ Buchpreisen teil.

GMEINER

Wir machen's spannend

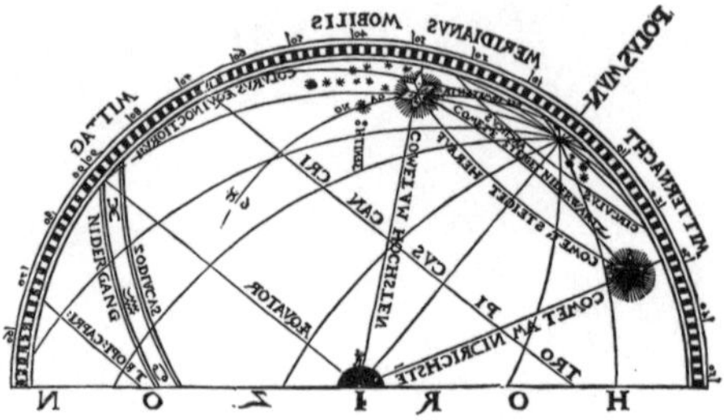
HORIZON
MERIDIANVS MOBILIS
POLVS MVN
MITTAG
MITTERNACHT
NIDERGANG
COMET AM NIDRICHSTE
COMET AM HOCHSTEN